매천 황현 평전

일제 식민지를 거부한 절명 시인

지은이

정은주 Jung Eun-joo, 鄭恩周

성균관대학교 한문학과 및 동 대학원을 졸업하고, 「낙하생 이학규 문학의 변모 양상 연구」로 문학박사 학위를 받았다. 성균관대학교 BK21 동아시아학융합사업단 박사후 연구원과 한문학과 강사를 지냈으며, 영남대학교 한자문화연구소 연구교수로 재직 중이다. 주요 논저로 「실학파 지식인의 물명에 대한 관심과 『물명류해』」, 「19세기 성호학파 문인의 문물 고증과 기록, 『동사일지』」, 『철로 위에 선 근대지식인』(공역), 『낙하생 이학규 문학의 심층 연구』, 『대한망국사열전』(공역) 등이 있다.

한말 사대가 평전 3

매천 황현 평전 일제 식민지를 거부한 절명 시인

초판인쇄 2024년 2월 1일 **초판발행** 2024년 2월 10일

지은이 정은주

펴낸이 박성모 **펴낸곳** 소명출판 **출판등록** 제1998-000017호

주소 서울시 서초구 사임당로14길 15 서광빌딩 2층

전화 02-585-7840 **팩스** 02-585-7848

전자우편 somyungbooks@daum.net **홈페이지** www.somyong.co.kr

값 30,000원

ISBN 979-11-5905-869-1 04810

979-11-5905-870-7 (세트)

이 저서는 2015년 대한민국 교육부와 한국학중앙연구원(한국학진흥사업단)의 한국학총서사업의 지원을 받아 수행된 연구임.(AKS-2015-KSS-1230008)

한말 사대가 평전 3

매천 황현 평전

일제 식민지를 거부한 절명 시인

정은주 지음

황현 평전을 펴내며

한자로 문필 생활을 영위했던 구체제 인물 가운데 매천梅泉 황현黃玹은 일찍부터 대중에게 널리 알려진 인물이다. 특히 우리나라 근대사를 언급할 때면 어김없이 그 존재감이 드러난다. 강위·김택영·이건창과 함께 '한말사대가'로 불렸던 천재 시인, 구한말의 대표적인 우국지사, 일제에 목숨으로 항거한 강직한 선비정신의 표상, 날카롭고 냉철한 시선으로 세상을 기록한 근대사의 보고 『매천야록梅泉野錄』의 저자. 황현을 표현하는 대표적인 수식어들이다. 이는 「절명시絶命詩」로 표상되는 황현의 이미지가 대중에게 각인된 결과일 것이다. 어린 시절 뛰어난 시적 재능으로 세상을 놀라게 했던 천재 소년에서, 운명을 다한 왕조에 대한 의리로 순절을 선택했던 절명 시인으로 생을 마감하기까지, 황현은 어떠한 노정을 지나왔을까. 이 책은 길 위의 황현을 찾아가는 짧고도 긴 여정이다.

『매천 황현 평전』은 시리즈로 기획된 '한말사대가 평전' 중 가장 마지막 세대인 황현에 관한 기록이다. 이 책에서는 황현의 일생을 1차 사료를 중심으로 재구성하였고, 특히 한말사대가의 관계망 속에서 황현을 논하고자 하였다. 황현은 과거 시험을 치르기 위해 올라온 서울에서 강위·김택영·이건창을 만나 사귐을 맺었으며, 이후 그들의 만남은 사후에 이르기까지 지속되었다. 황현은 서울에서 과거제도의 모순과 관리들의 부정부패를 겪은 뒤 곧장 구례로 내려가 발걸음을 끊었고, 시 스승으로 추앙 받았던 강위는 국내외를 동분서주하며 개화 사상을 도모했으며, 문장가로 명성이 높았던 이건창은 여러 관직을 역임하는 동안 유배와 해배를 거듭하다 강화에 우거했고, 개성 출신의 김택영은 국망 직전 중국으로 망명을 떠난 뒤 그곳에서 생을 마감했다.

이처럼 출생지와 신분이 각각 달랐던 한말사대가 네 명은, 황현이 서울에 올라온 이후에야 비로소 한 자리에 모일 수 있었다. 그 이후 각자의 인생 행로를 따르느라 함께 지내지는 못했으나, 지속적인 서신 왕래와 방문을 통해 깊은 교분을 유지했다. 강위가 세상을 떠났을 때 황현은 시를 지어 고인을 추모했고, 김택영은 한편의 전기傳記를 지어 그의 일생을 기록했다. 또한 이건창의 부음을 들은 황현은 구례에서 강화까지 800리를 달려가 그의 묘소 앞에서 통곡을 했으며, 망명을 떠난 중국에서 황현의 순절 소식을 접한 김택영은 비통한 심경으로 애도시를 짓고 문집 간행을 위해 힘썼다.

황현의 기록에는 우리나라 근대사를 수놓았던 각계각층의 수많은 인물들이 등장하고 퇴장한다. 황현은 강위와 이건창처럼 사행의 명분으로 외국 땅을 밟아보지도 못했고, 김택영처럼 바다 건너 국외로 망명을 떠나지도 못했다. 한말사대가의 세 사람과는 다르게 황현은 평생 동안 국내의 강역에서 벗어나지 못했다. 그러나 그 대신 국내 구석구석을 지팡이를 벗 삼아 분주하게 누볐다. 벗의 유배 소식을 들으면 아무리 멀고 외딴 곳이라도 수백 리를 걸어서 찾아갔고, 국내 곳곳의 명승지를 두루 탐방하기도 했으며, 벗의 집을 방문하여 함께 바둑을 두고 시문을 수창하며 밤새도록 시국에 대해 토론하기도 했다.

이러한 인간에 대한 끊임없는 정감의 발로는, 황현에 내재된 휴머니스트의 면모에서 비롯된 것이다. 당시 황현은 지역과 신분에 얽매이지 않고, 수많은 인물들과 다양한 교유를 하였다. 그리고 황현의 문하에서 학문적 가르침과 영향을 받은 수많은 문인과 제자들이 배출되었고, 이들은 하나의 시파詩派를 형성하기도 했다. 이는 고국에 의리를 지키기 위해 목숨을 버릴지언정 일제에 무릎 꿇지 않았던 강직하고 꼿꼿한 인물로 각인되었던 황현에 대한 재발견이다.

인간은 누구나 불완전한 존재이다. 한말사대가 네 사람이 서로 의지하면서 무수한 곡절의 인생 노정을 함께 헤쳐갔던 것처럼, 저자 또한 혼자 힘으로는 이 책을 완성할 수 없었을 것이다. '한말사대가 평전' 출판을 함께 해주신 한영규 선생님, 이은영 선생님, 김진균 선생님께 진심으로 감사의 말씀을 올린다. 또한 평전의 완결성을 위해 감수의 노고를 선뜻 맡아준 배종석 동학에게도 고마운 마음을 전한다. 마지막으로 미흡한 원고를 단장하여 책으로 꾸며주신 소명출판 편집진께도 깊은 감사를 드린다.

정은주 근지

차례

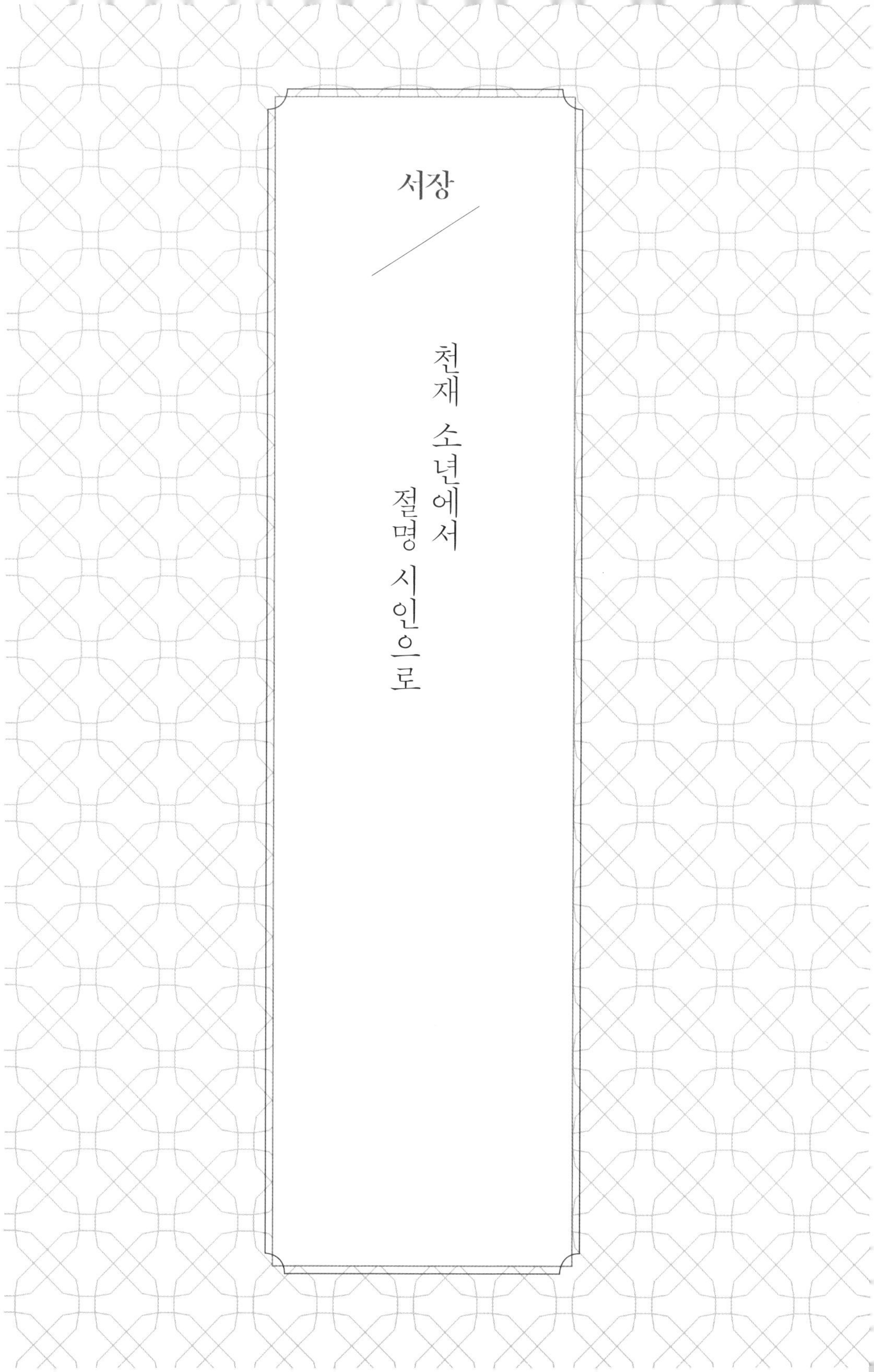

서장

천재 소년에서 절명 시인으로

1. 황현이 걸어간 길

황현黃玹은 1910년 8월 한일병합 소식을 듣고 통분을 금하지 못한 채 「절명시絶命詩」와 유서를 남기고 자결한 우국지사이다. 1855년 전라도 광양현 서석촌지금의 전라도 광양시 봉강면 석사리이다에서 태어났고 본관은 장수長水, 자는 운경雲卿, 호는 매천梅泉이다. 어려서부터 인근의 고을에서 황현의 이름을 모르는 사람이 없을 정도로 시재詩才가 뛰어났다. 조부에게 유산으로 물려받은 천여 권의 서적을 늘 가까이에 두고 읽었으며, 구례에 있는 왕석보에게 사사하여 본격적인 학문의 길로 들어섰다.

황현은 24세 되던 1878년에 처음으로 서울에 발을 들여놓았다. 과거 합격을 통해 기울어진 집안을 일으켜 세우길 희망했던 부친의 염원과, 향리의 우매하고 비루한 습속을 버리고 견식을 넓히길 바랐던 황현의 열망이 실현되려던 순간이었다. 첫 번째 서울행에서 평소 존경해오던 강위를 만나게 된 황현은, 이후 시사詩社에 참여하고 여러 차례 서울에 출입하면서 당대 이름난 문인들과 사귐을 맺었다. 당시 서울에 의지할 데라곤 없었던 시골 청년인 황현이 서울의 명망가들에게 이름이 알려질 수 있었던 데에는 이건창의 도움이 주효했다.

이건창은 황현이 지은 시를 보고나서 그의 비범한 재주를 알아보았고, 이후 여러 문인들에게 황현을 소개해주었다. 당시 이건창은 이미 문단에서 명성이 높았는데, 그에게 시를 인정받았다는 사실만으로 서울의 문인들에게 황현의 이름을 각인시킬 수 있었다. 황현은 서울에 출입하면서 훗날 '한말사대가韓末四大家'로 병칭되는 강위·김택영·이건창과 함께 남촌시사詩社에 참여하기도 하는 등 깊은 교분을 쌓았고 이들의 두터운 친분은 만년에 이르도록 계속되었다. 특히 김택영·이건창·황현은 동년배로서 더욱 사귐이 깊었으며, 당시 이들의 만남은 신교神交로 일컬어질 정도였다.

황현은 1883년 보거과保擧科 초시에서 1등으로 뽑혔으나, 시험관은 그가 시골 출신이라는 이유로 2등으로 내려놓았다. 당시 사회적으로 만연해있던 과거 시험의 부정부패를 절감한 황현은 환로宦路에 대한 뜻을 접고 고향으로 돌아간 뒤 서울에 출입하던 발걸음을 끊었다. 그러나 부모의 권유를 끝내 저버리지 못하고, 1888년에 응시한 생원시에서 마침내 합격자 명단에 이름을 올렸다. 그러나 이때는 조정의 부정부패가 극심하고 봉건 질서의 해체와 변혁에 따른 사회적 혼란이 곳곳에 만연한 상황이었다. 이에 황현은 과거 급제자의 영광을 뒤로한 채 곧장 나귀를 타고 고향으로 내려온 뒤, 스스로 재야지식인의 삶을 선택했다.

고향으로 돌아온 황현은 구례 만수동으로 거처를 옮긴 뒤, 차례로 서실인 구안실과 일립정을 지어 3,000여 권의 서책을 곁에 쌓아두고 독서와 저술, 후학 양성에 전념하였다. 1894년에 이르러 동학농민운동, 청일전쟁, 갑오경장이 연이어 발생하고 국내외 정세가 요동치자 사세의 급박함을 느낀 황현은 붓을 들어 『매천야록梅泉野錄』과 『오하기문梧下紀聞』 집필에 착수했다. 근대전환기의 역사적 사건이 벌어지는 혼란스러운 세상과 거리를 둔 채 황현은 구안실에 머무르면서 저술에 전념할 수 있었다. 황현이 남긴 글 가운데 만수동에서 저술한 것이 가장 많은 분량을 차지하며, 주요 저술로 꼽히는 『매천야록』과 『오하기문』도 이 시기에 쓰여진 것이다. 구안실을 매천 학문의 산실로 부르는 것도 이 때문이다. 그 뒤 월곡리로 다시 거처를 옮긴 황현은 사립 호양학교 설립에 참여하는 등 신학문 교육에 앞장섰다.

1905년 일제는 강제로 을사늑약을 체결하고 대한제국의 외교권을 박탈했다. 이에 고종은 1907년 만국평화회의에 밀사를 파견하여 일본침략의 부당성과 을사늑약의 무효를 전 세계에 호소하려고 했으나, 이마저도 실패로 돌아갔다. 일제는 이것을 빌미로 고종을 퇴위시키고, 이어서 정미7조약을 체결하여 대한제국 군대를 강제로 해산시켰다. 그리고 1910년 마침내 국권 상실의 종막을 맞게 되었다. 1910년 8월 22일, 대한제국의 총리대신 이완용과 일본 통감 데라우치 마사타케의 이름으로 한일병합 조약이 체결되었다. 일제에 나라를 빼앗겼다는 통분의 소식을 접한 황현은 「절명시」 4수와 유서를 남긴 채 아편을 마시고 자결했다. 평소 '식자인識字人'을 자처했던 황현은 나라에 의리를 지키고 선비로서 책임을 다하기 위해, 스러져가는 조선 왕조와 운명을 함께 하는 길을 선택했다.

황현이 살았던 시기는 우리 역사에서 근대전환기에 해당된다. 그는 역사적 격동기이자 변혁기에 벌어졌던 국내외 사건들을 기록하기 위해, 예리한 식견과 냉철한 시선을 바탕으로 세상을 향해 붓을 들었다. 곧 황현이 날카로운 안경 너머로 써 내려간 방대한 기록은 개인의 역사를 넘어 우리나라 근대사가 집약된 보고寶庫라고 할 수 있을 것이다. 황현의 저술은 그 역사적·문학적 가치를 인정받아 2019년 5월 7일, 시문집 7책을 비롯하여 『매천야록』, 『오하기문』, 『절명시첩』, 유묵·자료첩 11책, 교지·시권·백패통이 문화재로 등록되었다.

2. 한말사대가로서의 매천 황현

구한말 한문학사의 종장을 화려하게 장식했던 강위·김택영·이건창·황현을 아울러 '한말사대가韓末四大家'라고 부른다. '한말사대가'라는 명칭은 일찍이 김태준의 『조선한문학사』에서 강위·김택영·황현을 '한말삼대가'로 지칭한 이후에 이건창을 포함시켜 '한말사대가'로 불렀으며, 현재 학계에서도 그대로 통용되고 있다. 황현은 한말사대가의 일원 가운데 가장 나중에 태어나 후배 격에 해당한다. 그러나 1910년 한일병합 소식을 접하고 나라에 의리를 지키기 위해 순절한 황현의 우국지사로서의 면모는, 한말사대가 중에서 첫째로 손꼽힌다고 해도 과언이 아닐 것이다.

> 영재寧齋를 종유從遊하여 문사文詞에 일기逸氣가 있어서 영경삼매靈境三昧에 이르렀고, 강추금姜秋琴의 시풍詩風을 정전正傳하여 시로써 더욱 정묘精妙의 공功을 다하였다.[1]

김태준의 『조선한문학사』에 기록된 황현에 대한 평가이다. 황현의 문사는 이건창과 교유하여 문사에 뛰어난 기운이 있었고, 시는 강위의 시풍을 이어받아 더욱 정묘한 것으로 평가했다. 황현의 문사와 시에서 각각 이건창과 강위가 끼친 영향력이 언급되어 있다. 그러나 동 시대를 살았던 영남 지역을 대표하는 문인 조긍섭曺兢燮의 평가를 살펴보면, 황현의 시문은 한말사대가의 일원인 이건창이나 김택영과 비교할 때 뚜렷한 특장을 지니고 있었다.

대개 영재와 매천의 시문을 읽으면 그 심간心肝을 토해낸 것을 보는 것 같으니 일생의 명命을 힘쓴 자가 아니면 할 수 없고, 집사김택영-저자 주의 작품은 마치 바람이 물 위를 지나듯 자연스럽게 문장을 이루어 전혀 중첩되거나 아로새긴 흔적이 있는 것을 볼 수 없습니다. 대개 기氣가 승하여 그러한 것이니, 이것이 어려운 것입니다.[2]

영재의 문장은 비록 기氣가 모자라는 것 같으나 그 일단의 광채가 빛나는 곳은 끝내 쉽게 미칠 수 없습니다. 그 시도 또한 스스로 일가를 이루었으니, 비록 골력骨力은 조금 매천梅泉보다 뒤지는 것 같으나 그 진정眞情이 유출하고, 풍격風格이 사람을 감동시키는 곳은 또 아마 매천이 능히 이르지 못할 것입니다. 이것은 사람에게 달린 것이지, 시에 관계된 것이 아닙니다. 요컨대, 두 사람의 시의 성격은 대략 서로 비슷하여 거의 분별하지 못할 것이 있습니다.[3]

위의 두 글은 조긍섭이 김택영과 교유하면서 주고받은 편지의 일부이다. 조긍섭은 여기에서 김택영과 이건창, 황현의 시문이 지닌 각각의 특장에 대해 비교해서 설명하였다. 김택영의 문장은 이건창보다 사리辭理는 부족하나 기氣는 나으며, 시는 황현보다 신운神韻이 뛰어나지만 의意는 미치지 못한다고 하였다. 또한 이건창과 황현의 시문은 심간을 토해낸 것과 같고, 김택영의 시문은 기가 승하여 자연스럽게 이루어졌다고 하였다. 조긍섭은 이건창의 문장에 대해 기는 모자라나 광채가 빛나고, 시는 비록 황현보다 골력이 부족하나 진정이 유출하고 풍격이 사람을 감동시키는 것은 황현이 미치지 못하는 부분으로 평가했다. 조긍섭은 황현의 동생인 황원에게 보낸 편지에서 생전에 황현에게 가르침을 청하지 못한 것에 대한 아쉬움을 토로하면서, 그의 「절명시絶命詩」를 읽고는 문득 미칠 수가 없다는 탄식을 했다고 밝힌 바 있다. 이러한 측면에서 조긍섭은 황현의 시가 지닌 골력이 우위에 있다고 판단한 것이다.

위에서 조긍섭이 말한 황현의 시가 지닌 특장으로 꼽은 골력이란 기개와 절조가 군센 것을 의미한다. 이는 황현이 평소 내면에 간직한 우국충정이 발로發露하고 현실에 대한 날카로운 비판 의식이 체화體化되어 시문의 문면에까지 드러난 것이다. 실제로 황현이 저술한 시문에는 그의 절개와 지조가 고스란히 스며들어 있으며, 후대의 평가 또한 이 부분에 중점을 두어 이루어졌다. 박은식은 우리나라 근대사를 기록한 『한국통사韓國痛史』에서 일제가 병합을 선포한 이후에 나라를 위해 죽은 조선 지사의 한 사람으로 황현을 주목하고 그의 「절명시」를 수록하기도 했다.[4]

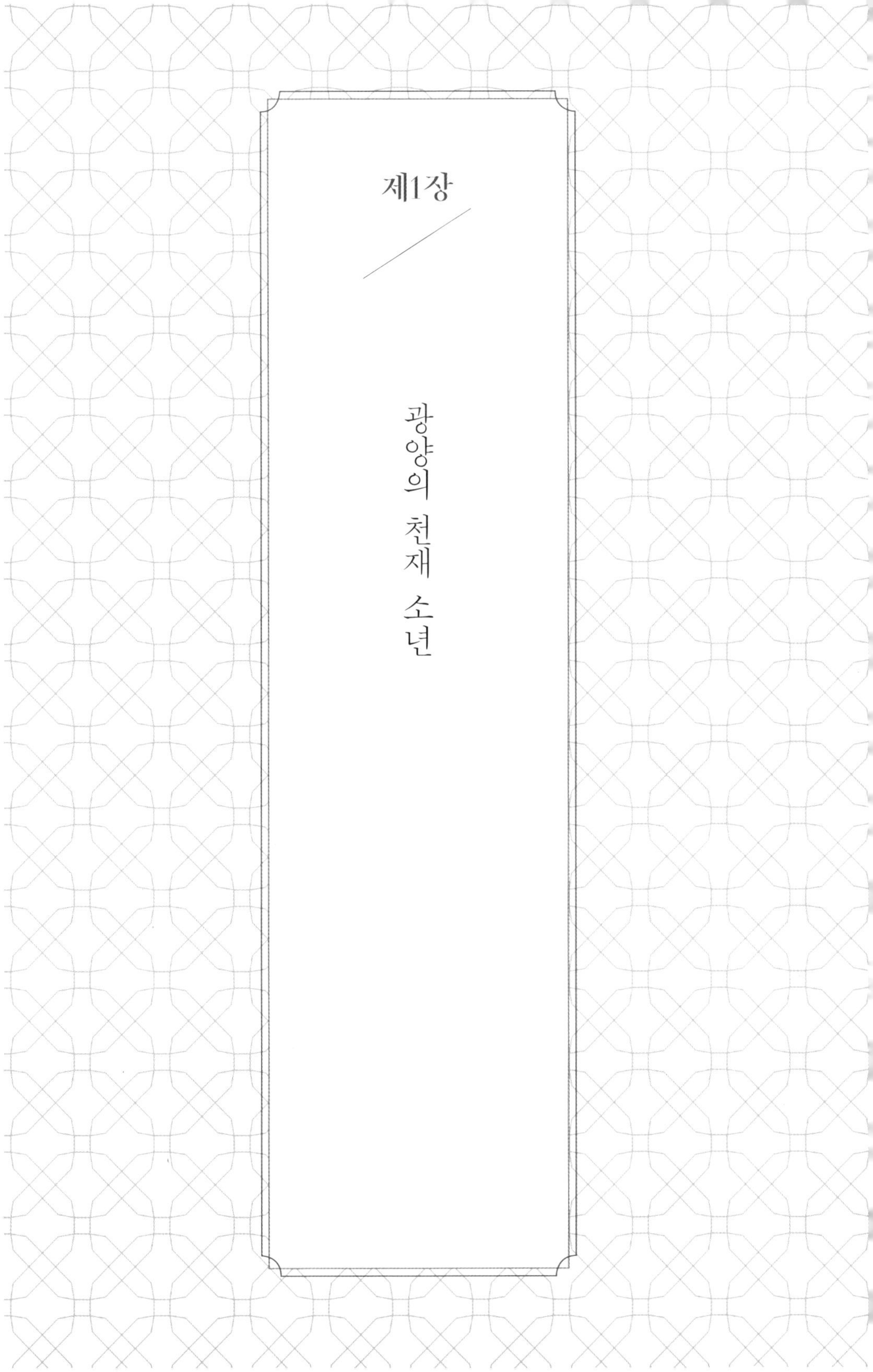

제1장

광양의 천재 소년

1. 1855년 12월, 전라도 광양에서 태어나다

1910년 8월 22일, 마침내 일본은 강압적으로 대한제국과의 병합조약을 통과시켰다. 그리고 일주일 뒤 전국에 동 조약을 공포했다. 일제 식민지 치하의 어둡고 긴 터널로 들어서는 순간이었다. '한일병합韓日倂合' 또는 '경술국치庚戌國恥'로 부르는 망국의 사건에 맞서 전국 각지의 각계각층에서 저항운동이 거세게 일어났다. 이때 전라도 구례의 궁벽한 고을에서 망국의 소식을 들은 한 선비가 나라를 잃은 비통함에 탄식을 거듭하다 끝내「절명시絶命詩」 4수와 유서를 써놓고 스러져가는 왕조와 운명을 같이 했다. 바로 매천 황현이다.

황현은 1855년 12월 11일 전라도 광양시 봉강면 석사리 서석마을에서 3남 2녀 중 장남으로 태어났다. 본관은 장수長水, 자는 운경雲卿, 호는 매천梅泉이다. 서석마을은 남도의 명산으로 손꼽히는 백운산의 문덕봉 아래에 자리한 곳이다. 황현은 이곳에서 태어나 성인이 된 이후에 구례로 이사한 뒤 그곳에서 생을 마감했는데, 그 사이에 몇 차례 서울 출입을 제외하면 평생을 광양과 구례 일대에서 보낸 셈이다. 지금까지 이 지역을 대표하는 역사적 인물로 가장 먼저 황현을 꼽고, 그와 관련된 사적지 보존과 현창 사업이 계속되는 이유이다.

황현의 선조는 처음에 남원에 거주했던 것으로 알려져 있다. 시조인 황경黃瓊이 처음에 전라도 남원시 장수현에 터를 잡은 이후로 자손들이 그곳을 관향으로 삼았다. 선조 가운데 역사에 명성이 높은 인물로는 조선시대 세종 때 태평성대를 이루며 청백리의 표상이 되었던 황희黃喜 정승을 꼽을 수 있다. 황희의 5세손인 황진黃進은 임진왜란 때 왜구를 격파하여 큰 공을 세웠고, 황진의 손자인 황위黃暐는 병자호란 때 의병을 일으켜 나라에 공을 세운 인물이다. 이후 세대에서는 높은 관직에 오른 현달한 인물은 찾아보기 어렵고, 대체로 남원에 세거하며 몰락한 양반 집안을 유지했던 것으로 보인다.

세대를 거듭하는 동안 이렇다 할 벼슬길에 나아가지 못하면서 집안의 가세는 점점 기울어졌다. 기울어진 집안 형편을 다시 일으켜 세운 것은 황현의 조부인 황직黃樴에 이르러서이다.

> 부군의 휘는 직樴이고 자는 여화汝化이다. 장수를 본관으로 하는 황씨는 고려 초의 휘 경瓊이 시조인데, 그 후손의 경우는 문헌이 부족하여 상세히 알 수 없다. 조선에 들어와 방촌厖村 상공相公이 처음으로 크게 현달하였고, 그 증손인 휘 개塏가 처음으로 남원에 우거하였다. (…중략…) 부인은 남원 윤씨이고 아들이 셋 있다. 맏아들은 흠묵欽默으로 아들 하나를 두었는데, 이름은 담壜이고, 담의 아들은 신현莘顯이다. 둘째 아들은 시묵時默으로 아들 셋을 두었는데, 현玹은 성균 생원이고 그 다음은 련璉이고 원瑗이다. 현의 아들은 암현巖顯과 위현渭顯이다. 막내아들은 태묵泰默이고 그의 아들은 증增이다. 부군은 철종 병진년에 졸하였으니 수는 62세이다. 묘소는 순천 서면 죽매산 왼쪽 양지 바른 계좌癸坐 언덕에 있다.[1]

장수 황씨의 시조는 신라시대 경순왕의 부마인 황경黃瓊이다. 조선시대에 들어서는 황희 정승이 크게 현달하였으며, 그의 증손인 황개黃塏가 남원에 우거한 이후 이곳에 정착했다. 황직은 남원 윤씨와 혼인하여 아들 셋을

〈그림 1〉 황현 생가
출처 : 광양시청

두었는데, 그 중 둘째인 황시묵黃時默이 곧 황현의 부친이다.

황직은 어려서부터 집안이 몹시 가난하여 관례를 치른 뒤부터는 시세에 따라 상품을 매매하는 것을 업으로 삼아 부모를 봉양했다. 그는 남원에서 10여 년 정도 상업에 종사해 기울어졌던 가산을 크게 불렸으며, 이후 오랫동안 광양과 순천 사이를 떠돌다가 노년에 들어서 전라도 광양시 봉강면 서석촌에 정착하였다. 광양으로 거처를 정한 황직은 축적된 경제력을 바탕으로 백운산 아래에 위치한 농토를 구입했으며, 그 덕분에 온 가족이 백운산을 이웃 삼아 지낼 수 있었다.

황직은 무엇보다 후손들의 교육에 가장 큰 관심을 기울였다. 그 자신이 어린 시절 가난한 집안 형편 때문에 배우지 못한 것을 늘 가슴 아파했으며,

1천여 권의 서적을 구입해놓고 선생을 맞이하여 자식과 조카들을 가르치게 하였다. 황직은 당시 향리에서 행의行義로 명성이 높은 인물이었다. 그는 마을 사람 중에 재주는 있으나 집안 형편이 가난한 사람들을 불러 모아 숙식을 제공하고 공부할 수 있는 환경을 제공해주어서 황직의 집은 글방이 무색할 정도였다. 또한 자신의 재물을 나누어 가까운 친척들이 삶의 터전을 잃게 하는 일이 없었고, 대의를 위해서는 아낌없이 재산을 내놓았다.

황직은 첫 손자가 세상에 태어난 기쁨도 잠시 황현이 돌도 되기 전에 세상을 떠났다. 비록 직접 손자에게 학문을 전수하고 가르침을 베풀지는 못했으나, 그 대신 천여 권의 서적과 몸소 실천했던 행의의 미덕을 유산으로 남겨주었다. 이는 훗날 황현이 학문을 연마하고 정신을 수양하여 올곧은 성품으로 성장하는 데 밑거름으로 작용하였다.

〈그림 2〉 황현 생가
출처 : 이은영

우리 집안은 조부 이전에는 대대로 몹시 가난했다. 조부께서 분발하여 객지를 돌며 재물 모으는 것을 업으로 삼았고, 그 뒤 10년 만에 재물이 수만금이 되었다. 이 책은 바로 그 도조賭租와 재화財貨를 기록한 장부 중 하나인데, 자손들은 아직도 그 덕을 보고 있다. 비록 책이 망가지고 어지럽게 쓰여 후세에 전해 보기에 걸맞지는 않지만, 조상을 섬기는 근본에 힘써야 하는 도리로 보면 어찌 한 집안의 문헌이 되기에 부족하다 하겠는가. (…중략…) 비록 그렇지만 근년 들어 집안이 차츰 영락하여 조부의 유업 중에 남은 것이 거의 없고, 이 책에 실려 있는 것도 이미 변하여 다 없어지고 말았다. 매번 이 책을 받들어 열람할 때마다 나도 모르게 두려운 생각이 절로 든다. 아아, 내가 천 권의 책을 지니고 붓을 놀려 선조의 유묵 뒤에 글을 적을 수 있게 된 것은 작은 것 하나도 모두 조부의 은덕이니, 이 책이 우리 집안에서 어찌 중요하지 않겠는가.[2]

어느 날 황현은 조부가 남긴 문권을 정리하면서 느낀 소회를 글로 지었다. 황직은 10여 년 동안 객지를 돌아다니면서 재물을 모아 기울어진 집안 형편을 일으켜 세우기 위해 동분서주했다. 그리고 그 과정에서 얻은 논밭을 빌려준 대가로 받은 소작료와 재화 등을 빠짐없이 장부에 기록했는데, 거기에는 집안의 모든 재산 목록이 망라되어 있었다. 황현은 조부가 남긴 문권이 비록 망가지고 어지럽게 쓰여 후세에 전하는데 걸맞지 않더라도, 선조를 섬기는 근본 도리에서 본다면 한 집안의 문헌이 되기에 부족함이 없다고 평가했다.

그러나 황직이 세상을 떠난 이후 집안 형편이 점차 영락해진 까닭에 장부에 기록된 유업과 재화가 거의 다 소실되고 말았다. 이 때문에 황현은 조부의 문권을 열람할 때마다 선조가 남긴 유업을 지키지 못한 까닭에 두려운 마음이 앞섰다. 그리고 자신이 어려서부터 천 권의 서적에 둘러싸여 학문을 연마하고 글을 지을 수 있게 된 것은 모두 조부의 은덕이라고 칭송하여, 학문적 성취의 배경에 조부의 영향이 지대했음을 밝혔다.

1902년 2월 15일, 황현은 돌아가신 조부의 묘에 작은 비석을 세웠다.

울창한 송백나무 차기만 한데
쓸쓸한 비와 이슬 흠뻑 젖어 있네.
널찍한 산소의 경내에서
배회하자니 슬픈 마음이 드네.
우리 조부 세상을 떠나시던 때에
나는 태어난 지 돌이 채 안 되었지.
얼굴 모습 이미 뵙지도 못했거늘
막연히 누구를 그리워하랴만.
동기同氣는 진실로 서로 감응하는 법
끌리는 마음은 나침반과 한 가지네.
더구나 자손 위해 후한 계책 남기시어
아직까지 그 은혜를 입고 있다네.

鬱鬱松栢寒 凄凄雨露滋.
曠然塋域內 躑躅令人悲.
我祖違背日 我生猶未朞.

既不承顔貌 邈爾云誰思.

一氣固相感 引續如針磁.

矧復貽謀盛 帡幪迄今玆.[3]

황현이 태어난 지 얼마 안 되어 황직이 세상을 떠났으므로, 조부의 생전 모습에 대한 기억은 별로 남아있지 않을 것이다. 그러나 혈연의 정을 따라 황현도 조부를 향해 이끌리는 마음을 지니고 있었다. 조부가 남긴 후한 계책은 후손들에게 두루 은덕이 미쳤으며, 황현도 그 은혜에 힘입어 학문을 연마할 수 있었다. 그러나 황직이 오랜 시간 쌓아올린 경제적 기반은 세대를 지날수록 점차 위축되었다. 뛰어난 상업적 수완을 바탕으로 상당한 재화를 축적했던 조부와는 달리, 벼슬길에 나아가지 않은 채 평생을 독서와 저술에만 전념했던 황현의 대에 이르자 집안 형편은 점점 기울어져만 갔다. 이에 후손으로서 황현이 할 수 있는 일은 선조의 사적을 공정하게 기록하여 후대에 길이 전하는 것이다. 조부의 비석에 새긴 비문은 황현이 직접 지었다. 그는 비문의 진정성에 대한 후인의 의심을 피하기 위해서, 글자 하나하나마다 여러 번 생각하여 깎고 또 깎아서 과장된 말이 없도록 공력을 기울였다. 조부의 고결한 행의에 누를 끼치지 않도록 정성을 다해 후손으로서의 소임과 도리를 다하고자 하였다.

황현의 부친인 황시묵은 질박하고 정직한 성품을 지녔으며, 평소 의리를 지키는 것을 중요하게 여겼다.

부군은 훤칠한 체구에 수염이 성글었고 기개와 풍도가 범상치 않았다. 성격은 엄정하였으나 모습은 온화하였다. 과묵하여 말하기를 좋아하지는 않았으나 말을 하면 정성스럽고 후덕하였다. 비록 화가 났을 때라도 사람을 맞을 때는 반드시 웃음을 머금어 희색이 만면하니, 사람들이 모두 크게 심취하여 가는 곳마다 한 목소리로 선한 사람이라고 칭찬하였다. 자신을 위해 쓰는 것은 매우 박하게 하였지만 궁한 사람을 도와주거나 남의 재난을 구원하는 일에는 종종 옛사람과 같은 기풍이 있었다.[4]

황현이 기억하는 부친의 생전 모습이다. 황시묵은 평소 유자儒者 중에 저술에 종사하는 사람을 좋아하여 재물을 아껴 책을 구입하는데 사용했으며, 이때 사들인 책이 천여 권이나 되었다. 또한 그는 황현이 서울로 유학을 떠나겠다고 하자, "문인들은 대부분 경박한데 부디 그것은 본받지 말거라. 내가 먼저 남을 용서해야지 남에게 용서받는 사람이 되어서는 안 된다"라고 신신당부했다. 곧 문인들의 글 짓는 재주는 숭상하되 그들의 경박한 품성은 경계해야 한다는 말로 아들의 서울행을 격려한 것이다.

황시묵은 먼저 세상을 떠난 형님을 대신하여 종갓집의 대소사를 직접 챙겼고, 아울러 종손과 종부를 정성껏 보필했다. 이와 관련된 일화로 황시묵이 종손에게 먹이기 위해 오징어를 포로 만들어 처마에 매달아 두었는데, 황현이 한 마리를 몰래 먹다가 발각되어 피나도록 매를 맞은 적이 있다. 황현은 당시의 일에 대해 "평소에 사랑을 독차지하였기에 일생 동안 매를 맞은 것을 따져보면 그때가 유일하였다"[5]라고 회상하였다. 이를 통해 보면 황시묵은 사랑하는 아들에게 매를 들 정도로, 자신의 가족보다 종손과 종부에게 더 정성을 기울였다. 또한 황시묵은 종갓집 일을 도맡아 처리하면서 곡식 낟알 하나, 돈 한 푼도 모두 장부에 꼼꼼하게 기록한 뒤 연말에는 반드시 형수인 왕씨王氏 앞에 무릎을 꿇고 올렸다. 황시묵이 오랫동안 이와 같이 계속하자 왕씨가 진심 어린 그의 정성에 감복하였다.

황현은 일찍이 김택영에게 부친의 묘갈명을 부탁했다. 이때 김택영은 망명을 떠나 중국 남통에 머물러 있었는데, 황현의 부탁대로 묘갈명을 지어 편지로 부쳐주었다. 김택영은 묘갈명에서 1878년 삼남 지방을 여행할 때 구례에서 황시묵을 만난 인연에 대해 기록했다. 당시 김택영이 만난 사람들 중에는 그가 재주를 뽐낸다고 의심하여 반박하려는 자가 있었다. 이때 황시묵이 손을 내저으면서, "이 사람은 실로 자부할 만한 것이 있다"라고 하여 김택영의 재주를 높이 평가했다. 김택영은 훗날 이 일에 대해 갑자기 만난 중에 이미 지우知遇를 받은 것이라고 탄복하였다.[6]

아아, 선친이 못난 자식들을 버리고 떠나신 지 어느덧 14년이 흘렀다. 그 온화하던 모습과 헌걸찬 풍채를 상중喪中에는 그래도 희미하게 그려볼 수 있었으나, 결국 지금은 날이 갈수록 더욱더 잊혀만 가고 있다. 아! 이런 점에서 하늘을 향해 울부짖는 나 같은 자도 사람의 자식이라 할 수 있겠는가. 이에 옛 상자를 뒤져서 평소에 써 놓으신 글씨를 찾았는데, 자잘하게 초록하여 성책成冊해 둔 것이 몇 권 있었다. (…중략…) 가만히 생각해 보면, 선친이 문예에는 능하지 못하여 전할 만한 저술이 없고, 종가에 최선을 다하여 마치 충신이 어린 임금을 보필하듯 종손과 종부에게 힘을 쏟았다. 그러다 보니 한 조각의 땅뙈기나 한 섬의 도조에 대해서도 잘못 처리하여 마음을 저버릴까 두려워하였다. 그 정신과 마음이 장부의 글자 사이사이에 아직도 아련히 어려 있다. 이 점은 야박한 풍속을 경계

시키고 후손에게 교훈을 줄 수 있는 것들이니, 실로 보통의 저술에 비할 바가 아니라 하겠다.[7]

이 글은 부친이 세상을 떠나고 14년의[8] 세월이 흐른 뒤, 황현이 유고를 정리하면서 지은 것이다. 세월이 흐를수록 고인의 모습은 살아있는 자의 기억 속에서 점점 흐릿해지고 잊혀져간다. 황현은 기억 속에서 점점 희미해지는 부친의 생전 모습을 떠올리며, 오래된 상자 속에서 부친의 쓴 글씨를 찾았다. 황현의 막냇동생인 황원黃瑗은 앞서 부친의 손때 묻은 글을 모으고 편집하여 한 권의 책으로 만들었다. 황현은 부친에 대해 "부군은 가장 낮은 관품官品도 지낸 적이 없고 문학적 재능도 짧았으므로 돌아가신 뒤에 뭐라고 지목하여 일컬을 만한 것이 없다. 하지만 그 순수한 마음과 후덕한 행실은 경박한 세속에서 거의 보기 드문 분이었다"[9]라고 평가했다.

일찍이 황시묵이 장남인 황현에게 과거 시험장에 나아가기를 거듭 종용했던 것도 자신을 대신하여 가문을 빛내주길 바라는 마음에서였다. 황시묵은 자식들에게 시서詩書를 읽히느라 애를 썼고, 문호를 세우기를 기대했다. 황현은 부친이 남긴 이 장부야말로 야박한 풍속을 경계시키고 후손에게 교훈을 전달할 수 있으니 보통의 저술에 비할 바가 아니라고 하였다. 그리고 부친이 평생토록 간직한 진정한 마음과 노력이 담겨있는 장부를 소중하게 지킬 것을 다짐하였다.

황현의 모친은 풍천豐川이 본관인 노찬盧欑의 따님이다. 풍천 노씨는 황시묵과 혼인하여 슬하에 3남 2녀를 두었다. 첫째 아들이 황현이고, 둘째 아들은 황련黃璉, 셋째 아들은 황원黃瑗이다. 두 분의 따님은 각각 김하술金河述

과 유덕기柳德基에게 출가했다. 황현은 아들로 황암현黃巖顯과 황위현黃渭顯을 두었는데, 그 중 둘째인 황위현은 황련의 양자로 갔다. 황현의 모친인 풍천 노씨는 총명함과 과감한 결단력을 겸비한 인물로 알려져 있다. 특히 황현을 뱃속에 품었을 때에는 태교의 법칙을 준행하여 음식 하나라도 반드시 반듯하게 자른 음식을 먹었던 것으로 전한다. 이와 같이 강직하고 곧은 성품을 지닌 풍천 노씨는 올바른 자식 교육을 위해 심혈을 기울였고, 그 결과 나라에 의리를 지키기 위해 목숨을 바친 황현과 같은 우국지사를 길러낼 수 있었다.

2. 광양의 '황동'으로 불리다

황현은 어린 시절부터 몸이 허약하고 잔병치레가 많았다. 이 때문에 또래 아이들보다 몸집이 작은 편에 속했다. 그 스스로 자신에 대해서 부들과 버들같이 몸이 연약해서 건강한 날이 드물었다고 말할 정도였다. 황현의 얼굴은 눈썹이 듬성듬성하고 이마는 널찍하고 광채가 났다. 그의 목소리는 맑은 음색을 띠었으며 눈은 근시에 오른쪽으로 틀어졌다. 콧마루는 올곧게 뻗었고 귀는 높이 솟았으며, 치아는 섬세하고 입술은 거무스레하며 수염 길이는 두어 치쯤 되었다. 이러한 황현의 외모는 보는 사람에게 날래고 굳센 인상을 풍겼는데, 마치 가을 매가 우뚝 서 있는 듯한 느낌을 자아냈다.

황현의 어린 시절에 대해서는 막냇동생인 황원의 기록이 자세하다. 황현은 두세 살이 되었을 때부터 항상 숯덩이 조각을 가지고 놀면서 담장 벽에 무언가를 그리곤 했는데, 남들이 보면 마치 글씨 쓰기 연습을 하는 듯이 보였다. 황현이 서당에 들어간 때는 7살 무렵이다. 이후 본격적으로 글을 배운 다음부터는 한 번 귀로 듣고 눈으로 본 것은 평생 잊지 않을 정도로 기억력이 매우 뛰어났다. 황현은 평소 글 읽기를 매우 좋아했는데, 그가 다니던 서당은 가산家山의 뒤쪽으로 몇 리 떨어진 곳에 위치해 있었다. 그의 부모는 어린 황현이 서당을 다니다가 혹시 산길에서 맹수에게 해를 당할까 염려하여 밤에는 서당에 가지 못하도록 했다. 그러나 황현은 틈을 엿보아 부모님 몰래 서당에 가서 글을 읽고 돌아올 정도로 어렸을 때부터 학문에 대한 열의가 높았다.

또한 황현은 또래 아이들과 다르게 장난치는 것을 별로 좋아하지 않았다. 이러한 그의 성품은 악공들이 마을에 와서 기예를 부릴 때 마을 사람들이 모두 모여 진기한 구경을 하러 갔는데도, 홀로 나아가지 않고 태연하게 글을 읽었다는 일화를 통해서도 짐작할 수 있다. 황현은 서당에 있을 때에도 동학들과 장난하며 어울리지 않았고, 서적을 곁에 쌓아놓고 오직 글 읽기에 전념하며 학문 연마에 힘을 쏟았다. 이와 같이 황현이 어린 시절 육체적 활동보다 독서를 비롯한 정신적 활동에 대부분의 시간을 보낸 것은 본래 책 읽기를 좋아하는 그의 천성 때문이기도 하지만, 남들보다 유독 허약했던 체질도 원인으로 꼽을 수 있을 것이다.

황현은 서당에 다닐 때 스승을 대신하여 동학들을 가르칠 정도로 학문에 뛰어난 자질을 보였다. 어렸을 때부터 특출났던 황현의 시재詩才는 마을 잔치에서 시를 지어 사람들을 놀라게 했던 일화에서 찾을 수 있다. 어느

해 마을에서 장로長老들의 잔치가 열렸는데 황현이 시를 짓기를 "기러기 소리가 처음 노는 이의 연석에 들려온다[雁聲初落遊人席]"라고 하였다. 이는 황현이 처음 지었던 시로 알려져 있는데, 이때 그의 나이 11세 무렵이었다. 그의 시를 들은 마을 장로들은 하나같이 천재 소년의 빼어난 시작詩作 솜씨에 놀라움을 표했다. 훗날 시명詩名으로 온 나라에 명성을 떨친 시인의 화려한 데뷔였다. 일찍이 황현의 스승이었던 왕석보王錫輔도 그의 시를 읽고서 "후일에 반드시 명가名家가 될 것이다"라고 하면서 탄식을 금하지 못했다.

황현은 14~15세 무렵 도에서 실시하는 향시鄕試에 응시했다. 시험장에 자리한 황현은 붓끝에서 바람이 일어날 정도로 거침없이 글을 써내려갔다. 이때 향시에 참석한 여러 유생들이 그를 담장처럼 둘러싸고 구경하면서 입을 모아 기재奇才라고 일컬었다. 이후로 날이 갈수록 황현의 재명才名은 인근 지역에 널리 알려졌다. 그리고 황현이 호남에서 열리는 과거 시험장을 돌아다닐 때에는 가는 곳마다 그의 얼굴을 한 번이라도 보기 위해 사람들이 서로 다투어 모여들었을 정도로 명성이 높아졌다. 이 때문에 동네 저잣거리의 어린아이들까지도 모두 그가 광양의 '황동黃童'이라는 것을 알 수 있었다.

망국亡國에 임하여 망설임 없이 순절을 택한 황현의 과감한 결단력과 강직한 성품은 이미 어린 시절부터 형성된 것이었다. 황현이 15세가 되었을 때 지방의 도적떼가 광양을 함몰시킨 사건이 발생했다. 이때 황현은 집에 있는 도끼와 가래 등의 연장을 가지고 나와서 칼과 창 수십 자루를 만들어 도적떼를 방어할 계획을 세웠다. 마침 얼마 되지 않아 도적떼가 평정되어 준비한 창과 칼을 이용하지는 못했으나, 그의 용맹한 성품과 결단력은 어려서부터 형성된 것임을 알 수 있다. 황현의 모친이 늘 황원에게 이르기를, "네 형은 성질이 강하고 엄격하여 뛰어난 절개를 좋아하니, 만일 난세亂世를 만나면 반드시 목숨을 바칠 것이다"라고 했는데, 이는 황현의 성품을 꿰뚫어본 것이라 하겠다.

황현은 17세에 순천영順天營의 백일장에 응시했다. 이때 그는 시권試券을 바친 뒤 밤에 영장營將의 처소로 갔는데, 당시 영장으로 있던 윤명신尹明信이 갓을 벗고 맨발로 평상에 걸터앉아 있었다. 이때 황현이 상대에게 절하지 않고 꼿꼿이 서서 "내가 들어오지 않아야 할 곳을 들어왔소이다"라고 하였다. 그 말을 들은 윤명신이 그 뜻을 물었다. 그러자 황현이 답하기를, "내가 비록 왜소하고 보잘것없지만 그래도 선비인데 공이 어찌 이토록 무례하게 대할 수 있습니까?"라고 하였다. 그의 대답을 들은 윤명신은 껄껄 웃으면서 갓을 가져다 쓰고 예를 지켰다. 이와 같은 일화를 통해 지위 고하를 막론하고 예법에서 벗어난 행동을 마주하면 바로잡는 황현의 강직하고 올곧은 성품을 확인할 수 있다.

3. 스승 왕석보에게 나아가 학문을 배우다

황현은 서당에 출입하기 시작하면서 본격적인 학문의 길로 접어들었다. 스승인 왕석보王錫輔의 자는 윤국允國, 호는 천사川社, 본관은 개성開城이다. 정유재란 때 창의하여 순절한 왕득인王得仁과 왕의성王義成이 그의 선조이며, 구례지역을 대표하는 개성 왕씨 출신이다. 왕석보는 12살 무렵 부친을 일찍 여의고 홀어머니 슬하에서 자랐다. 초년에는 도가의 방술方術에 몰두하였으나 중년에는 오직 경학에만 힘써 일가를 이룬 것으로 평가된다. 그는 과거를 보러 서울에 들어갔다가 추잡한 행동을 일삼는 선비들과 탐관오리들을 직접 목도하고 난 뒤, 과거 시험을 치르지 않고 고향으로 곧장 내려왔다. 그 후 벼슬길에 나아가는 것을 마음에 두지 않고, 오로지 학문 수양과 후학 양성에 힘을 쏟았다. 이러한 왕석보의 행보는 훗날 과거 시험의 부정을 경험한 뒤 곧바로 귀향해서 독서와 저술에 전념했던 황현을 떠올리게 한다.

왕석보는 호남지역에서 저명한 문인으로 손꼽히는 백광훈白光勳·임제林悌 이후 3백 년 만에 시문학을 개척해서 후학에게 이어준 것으로 평가될 정도로 뛰어난 시재詩才로 명성이 높았다. 당시 호남지역에는 그의 학문과 명망이 널리 퍼져 있었으며, 자연스레 그의 가르침을 받기 위해서 문하에 제자들이 몰려들었다. 그의 문인 가운데 문명이 높았던 인물로는 황현을 비롯하여 대종교 창시자인 나인영羅寅永과 호남의 대학자 이기李沂 등을 꼽을 수 있다.

왕석보가 세상을 떠난 이후, 황현은 스승의 시문을 정리하여 엮는 일을 도맡았다. 왕석보의 장남인 왕사각이 황현을 찾아가 부탁한 것이다. 이때 황현이 지은 왕석보의 문집 서문을 살펴보면 스승의 생애와 학문에 대해 상세하게 기록되어 있다. 황현은 왕석보에 대해 탄환 크기만한 작은 고을인 봉성현에서 태어났으나 온 나라가 봉성을 시향詩鄕으로 추켜올렸다고 평했다. 나라 전체에 비교하면 봉성현은 탄환에 비유될 정도로 작은 고을에 불과하지만, 왕석보가 이곳에서 생장한 덕분에 나라 사람들이 봉성을 시향으로 일컫는다고 한 것이다. 그리고 왕석보가 세상을 떠난 지 이십여 년에 그를 추종하는 시파詩派의 흐름이 점점 넓어져 차차 작가의 대열에 오르게 되었다고 하여 한 지방의 풍기風氣에 관계되는 인물로 평가했다.[10]

일찍이 최익한崔益翰은 호남지역의 학맥에 대해 다음과 같이 언급한 바 있다.

> 호남의 시는 백옥봉白玉峯·최고죽崔孤竹·임백호林白湖 등 여러 사람 이후 침쇠沈衰하여 명성이 없음이 2백여 년이었다. 근세에 이르러서야 앞에서 천사川社 보가 굴기崛起하고, 뒤에서 매천 황현이 크게 울려서 호남의 시가 다시 지역 안에 소문나게 되었다. 함께 나아가며 교유함이 성대하였는데, 그중에 해학海鶴 이기李沂·소천小川 왕사찬王師瓚·유당酉堂 윤종균尹鍾均 등의 무리가 뒤따라 화응和應하며 각자 그 명예를 드날렸다. 이 여러 사람은 구례에서 태어나거나 거처하였기 때문에 구례는 더욱 시향詩鄉으로서 호남에서 으뜸이 되었다.[11]

이 글에서 최익한은 옥봉玉峯 백광훈白光勳·고죽孤竹 최경창崔慶昌·백호白湖 임제林悌 이후 수백 년이 지나 왕석보가 호남의 시맥을 이었으며, 그 뒤를 다시 황현이 이어받은 것으로 평가했다. 그리고 황현과 함께 이기·왕사찬·윤종균 등의 문인이 시명을 드날렸으며, 이로 인해 구례가 시향으로서 호남에서 으뜸이 되었다고 하였다. 이러한 최익한의 평가는 문학사에서 차지하는 왕석보의 위상을 방증해주는 사례이다. 황현은 왕석보의 학문 성향에 대해 특히 율시에 뛰어났으나 고체시는 없었다고 하면서, 당·송의 시풍에 맴돌았던 것은 벽지에서 궁하게 살아 고증과 견문이 적었기 때문이라고 하였다. 이어서 뛰어나고 박아한 선비가 늙도록 시를 읊고 아무런 사업에 성취함이 없는 것은 모두 때를 만나지 못한 것이라고 안타까워했다. 왕석보는 황현이 '개제군자愷悌君子'라고 칭할 정도로 명리에 뜻을 두지 않고 청렴한 생활을 하였다. 이와 같은 왕석보의 청렴한 성품과 학문적 재능은 제자인 황현에게 그대로 계승되어, 「절명시」를 남긴 우국지사의 면모로 진일보되어 나타났다.

왕석보는 세 아들을 두었는데, 차례대로 왕사각王師覺 · 왕사천王師天 · 왕사찬王師贊이다. 황현은 서당에 출입하는 동안 그들과 함께 책상을 나란히 하여 글을 읽고 시문을 배웠다. 오랜 시간을 함께 수학하는 동안 그들은 두터운 친분을 형성했다. 그들의 교유는 왕석보의 사후에도 면밀하게 이어져서 시문과 편지를 서로 주고받고 함께 명승지 유람을 다니기도 하는 등, 친형제와 다름없는 친밀한 관계로 발전했다. 그리고 왕사각의 아들인 왕수

〈그림 3〉 황현 생가 담장 벽화
출처 : 이은영

환王粹煥은 황현의 문하에서 글을 배웠으며 그의 사후에는 문집을 간행하는 일에 주도적으로 참여했다. 곧 황현과 왕씨 삼 형제의 교유는 다음 세대에까지 이어진 것으로, 진정한 의미에서 세교世交를 했다고 말해도 좋을 것이다.

4. 해주 오씨 오현주의 따님과 혼인하다

황현은 17세가 되던 1871년 3월 19일, 구례군 마산면 사도리 상사마을에 사는 해주 오씨海州吳氏 오현주吳顯胄의 따님과 혼례를 올렸다. 오씨 가문은 대대로 가족의 화목을 가장 중요시하였고, 이웃에게 덕을 베풀며 칭송을 받았던 집안이다. 그리고 일제 치하에서도 끝까지 창씨개명을 하지 않아 대쪽 같은 선비정신의 가풍을 몸소 실천한 가문으로 명망이 있었다. 어려서부터 가문의 가풍을 체득한 오씨는 혼탁한 세상과 부정한 일에 맞서 황현이 자신의 신념을 지켜 저술과 후학 양성에 진력할 수 있도록 지탱해 주었다. 오씨는 올바른 품성을 소유한 인물이었기에 세속의 명리를 좇지 않는 황현을 이해할 수 있었고, 황현 또한 부인을 믿고 의지하며 학문과 저술에 전념할 수 있었다.

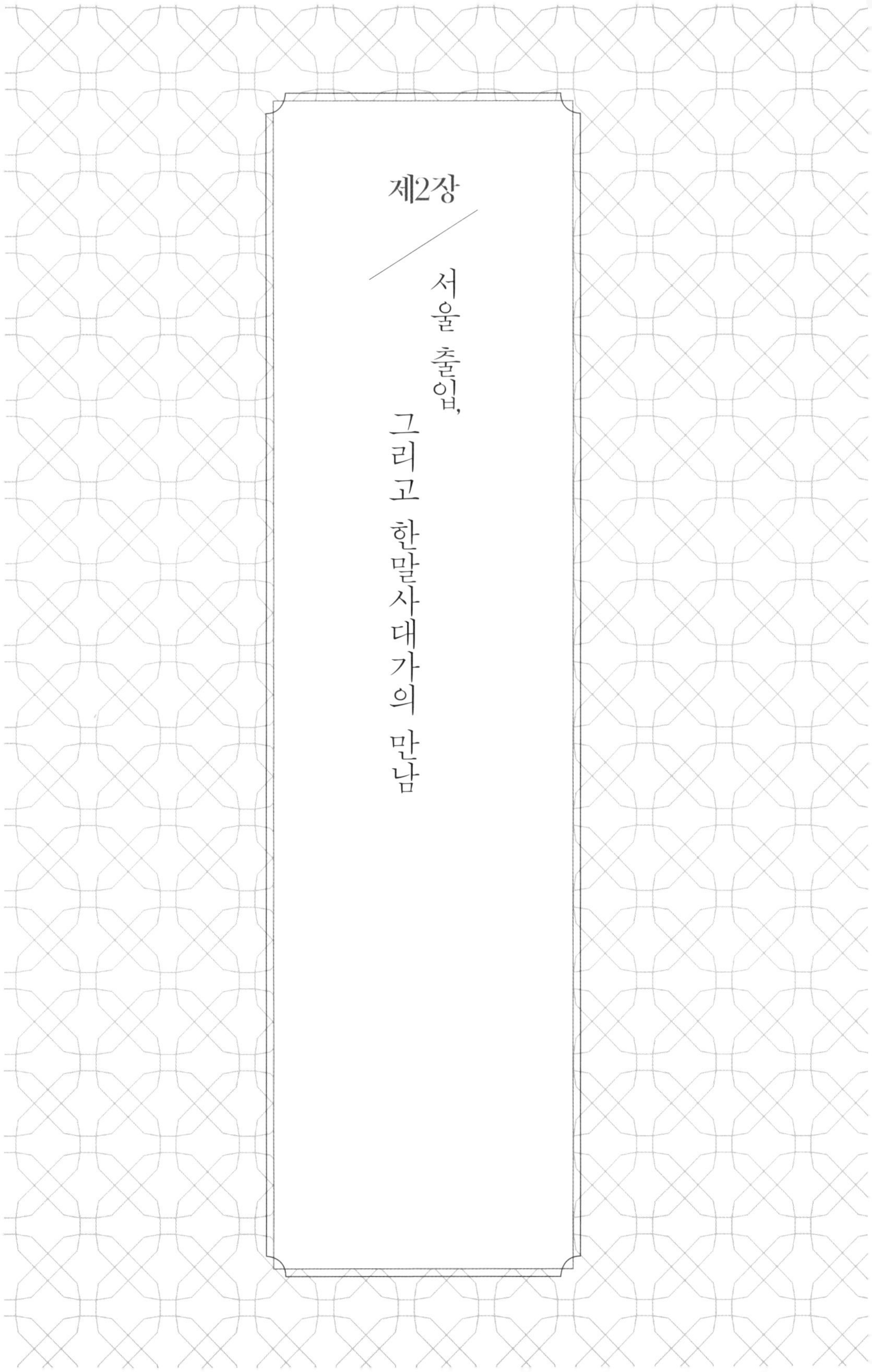

제2장

서울 출입, 그리고 한말사대가의 만남

1. 시골 청년, 한양에 들어가다

황현은 10대 이후 본격적인 과거 시험 준비를 위해 구례로 향했다. 그 결과 지방에서 열린 여러 향시에서 두각을 나타내기 시작했고, 그의 명성은 20세가 되기도 전에 이미 호남 전역에 널리 퍼져 있었다. 황현은 광양과 구례에서 인생의 대부분을 보냈으나, 20대에는 서울에 출입하면서 당대 문명이 높은 인사와의 만남을 통해 교유의 자장을 넓혀나갔다.

황현은 서울에 머무르는 동안 한말사대가韓末四大家의 일원인 강위姜瑋·김택영金澤榮·이건창李建昌을 비롯하여 당대 중앙 문단에서 활동하는 명망 높은 문인들과 교분을 쌓고 시사詩社에 참여하여 견식을 넓히는 계기로 삼았다. 이때 황현이 서울에서 친분을 맺었던 인물들은 서울 생활을 접고 고향으로 돌아간 이후에도 계속되었다. 황현은 그들과 서로 편지를 주고받기도 하고, 시문을 지어 상대에 대한 그리움을 토로하였으며, 상대방의 유배 소식을 들으면 먼 거리라도 직접 찾아가 처지를 위로하곤 하였다.

황현은 일찍이 스승 왕석보의 시풍을 언급하면서, 그의 시에 고증과 견문이 적은 이유에 대해 벽지에서 궁벽하게 살았기 때문이라고 진단한 바 있다. 곧 시문을 자유자재로 구사하기 위한 고증과 견문의 필요성을 주장한 것으로, 이를 실현하기 위해서는 보다 넓은 세상에서 다양한 견문과 학식을 쌓아야 한다고 본 것이다. 황현은 어려서부터 천재 소년으로 불리우며 호남지역을 중심으로 학문 활동을 전개하였으나, 다양한 경험과 견문을 통한 새로운 지식에 대한 갈증, 그리고 편벽된 학적 범위를 넓히기 위한 방편으로 서울행을 결심하게 되었다.

> 20여 세가 되어서는 향리의 우매하고 비루한 풍습을 걱정하여 북으로 서울에 가서 유학하였다. 당시 교리校理 이건창李建昌의 문장이 조사朝士들 중에 으뜸이어서 강위姜瑋로부터 그 이하 사람들이 그와 종유從遊하지 않는 이가 없었다. 황현이 시를 지어 가지고 가서 만나 본 결과, 이건창이 그 시를 보고 크게 칭찬을 가하여 이로 말미암아 명성이 날로 높아졌다.[1]

황현의 서울행에 대해 일찍이 김택영도 '향리의 우매하고 비루한 습속을 걱정'했기 때문이라고 증언한 바 있다. 그리고 황현이 서울에 올라온 이후 이건창에게 뛰어난 시적 재능을 인정받아 마침내 그의 명성이 고향인 구례에서 서울에까지 널리 퍼졌다고 하였다. 당시 이건창은 조선 왕조 최연소 과거합격자의 타이틀을 보유한 명망 높은 문인이었는데, 황현의 시문이 그에게 인정받았다는 사실만으로도 뭇사람들의 입에 오르내리며 이름을 알리기에 충분했다.

한편 황현이 서울행을 결심하게 된 데에는 성혜영成蕙永과의 만남도 주요한 계기로 작용했다. 1876년 황현은 광양의 석현정사에서 처음 성혜영을 만났다. 이때 황현은 성혜영을 통해 당시 서울의 학문 동향과 명망 높은 문인에 대한 소식을 전해 들었다. 성혜영은 본래 경상도 하동의 향반 출신 문인이다. 그는 강위에게 시를 배웠으며 당시 강위가 주도하던 시사인 육교시사六橋詩社에서 활동하고 있었다. 성혜영은 황현에게 강위의 시를 들려주었고, 그의 시를 접한 황현은 곧바로 강위에 대해 존경하는 마음을 품게 되었다. 그리고 2년의 시간이 흐른 뒤, 황현은 마침내 오랜 시간 계획했던 서울행을 실행으로 옮겼다.

1878년 여름, 황현은 처음으로 서울 땅을 밟았다. 첫 방문인 서울에서 아는 사람이 없었던 황현은 남산 아래쪽에 위치한 주동注洞의 객사를 빌려 두 달 정도 머물렀다. 황현의 시야에 들어온 서울 풍경은 광양에서 나고 자란 그에게 모든 것이 낯설고 새로운 모습이었다. 분주하게 오가는 서울 사람들 속에서 황현은 이방인의 신세였다. 이방인이 외롭고 고독한 시간을 견딜 수 있는 방법은 고향에 두고 온 가족을 떠올리며 잠시나마 추억에 잠기는 것이다.

구름은 모였다 흩어졌다 하고 달은 막 나오는데
사방 산이 캄캄해 나무숲이 칠같이 검구나.
감청색 별빛은 가만있다가 또 깜빡거리고
은하수는 가로로 길게 뉜 베처럼 펼쳐져 있네.
처마를 둘러싼 박쥐들은 갑자기 절로 떨어져
거꾸로 날아 빽빽한 박꽃 사이로 들어가네.
사람들은 관솔불 아래서 조용히 얘기 나누며
온 가족이 보리밥에 배부르다 자랑할 테지.

雲合雲離月方出 四山冥冥樹如漆.
星角紺靑定還搖 河影漸長橫練疋.
蝙蝠繞簷忽自落 倒飛走入匏花密.
人語寥寥松作燈 全家麥飯誇腹實.[2]

황현은 수백 리나 되는 먼 길을 달려서 서울에 당도했다. 하지만 막연한 기대감과 호기심도 잠시일 뿐, 모든 것이 낯설고 생소한 서울에서 황현은 익숙하고 그리운 고향의 정경을 떠올렸다. 광양에서 태어나고 자라면서 20여 년간 그 일대를 벗어난 적이 없었던 황현의 가슴 속엔 고향의 정겨운 풍경이 선명하게 아로새겨 있었다. 칠흑같이 검은 숲을 뚫고 새어나오는 달빛과 별빛, 마치 베로 짠 직물처럼 가로로 길게 뻗은 은하수, 그리고 처마 아래 자리한 박쥐들과 달빛을 받아 더욱 환하게 빛나고 있는 박꽃. 진수성찬은 아니지만 보리밥을 먹고 배부름을 자랑하는 가족들의 모습은 모두 외로운 이방인의 향수를 자극하는 정겹고 따뜻한 고향의 정경이다. 처음 방문한 서울의 객사에서 여름밤 그리운 고향의 풍경과 정다운 가족을 떠올리며 쉽사리 잠들지 못하는 시인의 모습이 선명하게 다가온다.

2. 서울 유람과 새로운 인사와의 교유

설레는 마음과 부푼 기대를 안고 올라온 서울에서 황현은 무엇을 했을까. 황현은 1878년 처음으로 서울에 발을 내딛었고, 이후에도 여러 번 발걸음을 했다. 현대적 교통수단이 전무했던 당시에, 구례에서 서울까지 수백 리나 되는 먼 거리를 왕래하는 것은 상당한 시간과 육체적 피로를 수반하는 고된 여정이었다. 어느 날 서울을 다녀온 뒤, 극도의 피로감 때문에 며칠을 누워서 지냈다고 토로한 그의 발언은 결코 과장이 아닐 것이다.

황현은 서울행을 통해 저명한 문사들과 새로운 인연을 맺을 수 있었고,

주위 명승지를 유람하며 견문을 넓히는 기회로 삼았다. 당시 황현이 교유했던 인사들 가운데 신헌申櫶과 신정희申正熙 부자를 꼽을 수 있다. 신헌은 1876년 2월 조선의 대표로 참가하여 강화도조약을 체결한 인물이며, 신정희는 그의 아들이다. 황현과 신헌 부자의 만남은 이건창의 소개로 이루어졌다. 서울에 온 황현이 신헌의 집에 머무를 때 있었던 일화가 전한다. 어느 날 신헌이 황현에게 바둑 두기를 청했다. 황현은 "대감은 바둑을 잘 무르신다니 두지 않겠습니다"라고 대답하며 그의 청을 거절했다. 이에 신헌은 "자네에겐 결코 무르지 않겠네"라고 약속을 하며 거듭 청했고, 마침내 두 사람은 바둑판을 마주하게 되었다. 그리고 이 대국에서 황현은 바둑알을 무르지 않겠다는 약속을 지킨 신헌을 상대로 연전연승을 기록했다. 이 일화는 상대의 신분과 지위 고하에 관계없이 올바른 일이 아니면 절대로 타협하지 않았던 황현의 강직한 성품을 보여준다.

〈그림 1〉 신헌 초상
출처 : 한국민족문화대백과사전

황현은 신헌의 집에 머무르는 동안 신정희가 지은 시권詩卷에 발문을 써 주기도 하는 등 깊은 교분을 나누었다.

곽령의 자손 훌륭하고 무혜의 담장 튼튼해라
대장의 깃발과 부절이 한 가문에 다 모였네.
여전히 가장 남다른 건 병영의 등불 아래서
당시唐詩를 손에 들고 밤새도록 보는 거로세.

郭令兒孫武惠垣 元戎旌節萃門闌.
依然最是兵燈下 手把唐詩徹夜看.

회화 버들 그늘 속에 계극棨戟이 침침하여라
맑은 새벽 관아 파하면 향 연기 피어오르네.
장군의 시문은 무게가 천 근이나 되기에
감히 마주馬周처럼 소장을 올리지 못하겠구려.

槐柳陰陰棨戟幽 淸晨衙罷篆香浮.
元戎硯墨千斤重 不敢封章擬馬周.[3]

이 시는 황현이 처음 서울에 올라왔던 1878년에 지은 것이다. 황현은 대장大將 신정희의 부친인 신헌을 곽령郭令에 비유했다. 곽령은 중국 당나라의 명장으로 분양군왕汾陽郡王에 봉해진 곽자의郭子儀를 가리킨다. 또한 신정희를 무혜武惠에 비유해서 표현했는데, 무혜는 중국 북송北宋시대 명장으로 사후 제양군왕濟陽郡王에 추봉된 조빈曹彬의 시호이다. 곧 무신의 신분으로 문장과 서화에 모두 능했던 신헌과 신정희 부자를 중국의 이름난 명장에 비유함으로써 그들의 재능을 높게 평가한 것이다. 황현이 신헌 부자와 교유하던 때는 아직 과거에 급제하기 이전으로, 그의 신분은 시골에서 갓 상경한 무명의 청년에 불과했다. 반면 신헌 부자는 이미 집안과 명성이 널리 알려진 세도가였다. 당대 문장으로 이름이 났던 신정희의 시권에 황현이 발문을 지어준 사실은 서울의 문사들에게 널리 알려졌고, 그의 이름 두 자를 각인시키는 계기가 되었다.

신정희는 임오군란에 대한 책임으로 전남 신안에 위치한 임자도에 유배되었다. 1883년 황현은 임자도를 찾아가 그를 위로했다. 이때 황현은 한 달 가량 임자도에 머무르면서 두 사람이 수창한 시를 엮어 『영빈창수록靈濱唱酬錄』이라는 제목을 붙였다. 『영빈창수록』의 발문에서 황현은 신정희에 대해 이상수李象秀에게 경서를 수학하고 강위에게서 시를 배웠으며, 김정희와 권돈인權敦仁에게 서화를 배웠다고 기록했다. 그리고 군사를 통솔함에 엄정하고 기강이 있어 당시 사람들이 채용할 만하다고 평하여, 신정희에 대해 문무를 겸비한 인재로 고평하였다.[4]

1884년 신헌이 세상을 떠났다는 소식을 들은 황현은 애도시를 지어 추모했다.

> 평산 신씨는 대대로 가풍이 제일이거니와
>
> 다섯 조정의 인서人瑞로 한 대장이 있었으니,
>
> 경술經術의 근원 추구해 용병의 근본 알았지만
>
> 태평성대를 만났기에 전공戰功은 많지 않았네.
>
> 휘하의 명신은 감瑊 같은 인사가 많았거니와

집안의 여러 자식은 위瑋의 재능이 웅걸하네.

관 덮은 뒤의 만사에 내 어찌 유감 있으랴.

애영哀榮을 끝까지 누린 게 눈 가득 찬란한걸.

奕葉平城最有風 五朝人瑞一元戎.

推原經術知兵本 遭世昇平少戰功.

麾下名臣瑊輩衆 家中諸子瑋才雄.

盖棺萬事吾何憾 溢眼哀榮爛始終.[5]

이 시는 신헌이 세상을 떠난 다음 해인 1885년에 지어진 것이다. 신헌은 무관 가문에서 태어났으며, 어려서 당대 석학으로 일컬어진 정약용과 김정희의 문하에서 학문을 수학하기도 했다. 이 때문에 신헌은 무관 출신임에도 불구하고 학문적 소양이 높아 유장儒將으로 불렸다. 황현은 이 시에서 신헌의 본관인 평산平山 신씨의 높은 가풍을 말하고, 이어서 조정을 섬기면서 활약했던 신헌의 위상을 나타냈다. 그리고 신헌을 중국 당나라의 용장勇將인 혼감渾瑊에 비유하고, 그의 자손을 송나라의 용장 조빈曹彬의 셋째 아들인 조위曹瑋에 견주었다. 혼감은 무장의 신분이었으나 문장과 학문에도 능통했으며 겸손한 인품을 소유했던 것으로 알려진 인물이다. 조위 또한 무장이면서도 독서를 좋아하여 경서에 능통했던 것으로 알려져 있다.

비유 대상으로 꼽은 두 사람 모두 무장의 신분임에도 독서와 문장에도 능통한 재주를 지녔던 인물이라는 공통점을 지닌다. 곧 당시 문무를 겸비했던 신헌과 신정희 부자를 두 사람에 빗대어 표현하고 존숭하는 마음을 나타낸 것이다. 황현은 자공子貢이 공자孔子에 대해 "살아서는 세상이 다 그를 존경하고 죽어서는 세상이 다 그를 슬퍼하나니, 어떻게 그분에게 미칠 수 있으리오[其生也榮, 其死也哀, 如之何其可及也]"라고 한 말을 상기하며, 신헌의 경우에 빗대어 살았을 때와 죽었을 때 모두 영예를 입었다고 하였다.

황현은 서울에서 지내는 동안 여러 명승지를 찾아다니며 감상하고 그곳의 풍광을 시문에 담아냈다. 1881년 다시 서울을 찾은 황현은 삼청동에 위치한 김종규金宗圭의 원정園亭에 머물렀다.

깊이 들어갈수록 사람 소리는 적고
한 시내의 돌 모래가 환히 빛나네.
샘물은 여기저기 다 마실 만한데
나무에 걸쳐 평상도 만들었구려.
갠 낮엔 두 언덕 발자국 소리 들리고
새벽엔 봉우리마다 향을 사른 듯하네.
장차 응당 늙은 박을 반으로 쪼개
바가지 잔으로 나를 취하게 하겠지.

漸入人聲少 一溪沙石光.
有泉皆可飮 因樹便爲床.
兩岸晴聞屐 千峰曉爇香.
會須匏子老 剖樽醉我長.[6]

이 시는 삼청동에 위치한 원정 주위의 풍광을 동행했던 박문호朴文鎬와 함께 읊은 것이다. 눈앞에 그려질 정도로 생생하게 묘사한 정자 주위의 수려한 풍경과 함께 그곳에서 마음 맞는 벗들과 함께 술잔을 나누는 정겨운 한때가 잘 표현되어 있다. 시의 첫 구에서는 삼청동에 깊이 들어갈수록 사람 소리가 적다고 하여 고요하고 적막한 가운데 고즈넉한 분위기를 자아내는 주위 풍광을 표현했다. 국내외 관광객들의 발길로 항상 북적북적한 지금의 현실에서는 상상하기 어려운 여유롭고 한적한 모습의 삼청동이다.

박문호는 충북 보은 출신으로 황현이 서울에 머무를 때 교유했던 문인 중 한 사람이다. 박문호의 서울 출입도 황현과 마찬가지로 과거 응시를 위한 것이었다. 그는 연로한 부모님 봉양을 위해 고향으로 돌아간 이후에 서울 출입을 그만두었다. 황현은 박문호에 대해 과거에 급제하지 못하여 은둔하더니 다시 세상 밖으로 나오지 않았다고 하면서 훌륭한 인재가 세상에 쓰이지 못함을 안타깝게 여겼다.[7]

박문호는 서울에 머무르면서 황현, 김택영과 함께 의기투합하여 명승지를 유람하는 등 깊은 교분을 나누었다. 박문호는 당시 황현과의 만남에 대해 다음과 같이 기록하였다.

> 내가 젊었을 때 한경漢京에서 매천과 처음 알게 되어 마침내 망형교忘形交로 삼고 3, 4년 동안 함께 술 마시고 시문 짓고 하는 사이에 거리낌 없이 노닐었다.[8]

'망형교忘形交'는 형식에 얽매이지 않는 막역한 친구 사이를 의미한다. 황현과 박문호 두 사람에게는 과거 응시를 위해 상경한 지방 출신 문인이라는 공통분모가 있었다. 서울에 머물렀던 3~4년 동안 함께 명승지를 유람하고 시문을 논하는 등 누구보다 막역했던 두 사람의 교유는 박문호가 서울 출입을 그만두게 되면서 저절로 소원해졌다. 박문호는 황현의 사후에 김택영의 부탁을 받고 묘표墓表를 지었는데, 황현의 순절에 대해 망국의 일을 당해 용감하게 결단하여 선비의 의리를 지킨 것으로 높이 평가했다.

3. 박문호 · 김택영과 함께 북한산성에 오르다

1882년 황현은 박문호·김택영과 함께 북한산성 유람을 위해 길을 나섰다.

> 한양성 북쪽 한없이 구불구불 돌아드니
> 천만 겹 크나큰 산에 관문이 한 구멍 같네.
> 쌓인 산 기운은 푸른 하늘 밖으로 용이 나는 듯
> 길 다한 곳엔 흰 구름 사이로 새도 날지 않누나.
> 지금의 요해처로 장차 누구를 대비하는가
> 이 험준한 절벽은 기어오를 수도 없겠구려.
> 봄바람에 말술 마시고 나그네는 일이 없어
> 중흥사 아래 졸졸 흐르는 물소리를 듣노라.

> 漢陽城北百盤盤 千疊雄山一竇關.

積氣龍騰空翠外 窮途鳥絶白雲間.

如今鎖鑰將誰待 有此巉巖不可攀.

斗酒春風客無事 重興寺下聽潺湲.[9]

황현과 박문호, 김택영은 서울에서 지낼 때 알게 된 사이로 그즈음 누구보다 가깝게 지내면서 돈독한 관계를 형성했다. 세 사람은 각자 청운의 꿈을 안고 도착한 서울에서 시문을 주고받으며 서로의 학문에 감발되기도 하고, 주요 명승지를 함께 유람하면서 흥취를 즐기기도 하였다.

당시 황현의 눈에 비친 북한산의 모습은 마치 용이 나는 듯 영험한 기운이 감돌고 새조차 날지 않는 험준한 절벽이 장벽처럼 놓여 있는 곳이었다. 기어서 올라가는 것조차 쉽게 허용하지 않는 험준한 절벽 앞에서 발걸음을 멈춘 나그네가 할 수 있는 일이라곤 술잔을 나누며 주위를 에워싸는 물소리에 귀를 기울이는 것이다. 중흥사重興寺는 북한산 안쪽에 자리한 유서 깊은 사찰이다. 고려 초기에 창건되었다가 이후 1915년에 홍수로 소실되어 주춧돌과 축대만 남은 형태가 되었는데, 2000년대에 접어들어 다시 복원되면서 옛 모습을 거의 되찾았다. 세 사람의 북한산성 유람을 가벼운 필치로 표현한 이 시는 과거 준비에 여념이 없던 세 사람의 망중한과 같은 한때를 잘 보여준다.

이때 세 사람이 북한산성 유람을 계획한 데에는 그만한 이유가 있었다. 그 이유는 김택영의 시를 통해 확인할 수 있다.

그대들 남궁시南宮試에 낙방했다 들었는데

나 데리고 북한산성에 함께 왔다오.

가소롭다 주사主司의 계책 없음이여

진기한 보화 죄다 빈산에다 버렸으니.

聞君不利南宮試 携我同來北漢關.

可笑主司無計策 盡抛奇貨向空山.[10]

남궁南宮은 조선시대 육조의 하나인 예조의 별칭이다. 시에서 말한 남궁시南宮試는 예조의 주관으로 행하는 소과小科와 대과大科 회시會試를 가리킨다. 곧 1882년에 치른 회시에서 나란히 고배를 마신 황현과 박문호가 씁쓸한 마음을 위로하기 위해 김택영과 함께 북한산성으로 향한 것이다. 당시 김택영이 지은 시의 각주에 두 사람이 모두 성균관 회시에 낙방했다는 내용이 기록되어 있다.[11] 주사主司는 과거시험의 담당 고시관을 가리키는 용어이다. 김택영은 시의 마지막에서 황현·박문호와 같은 훌륭한 인재를 알아보지 못하는 주사의 어리석음을 비웃고, 그들을 과거에서 낙방시킨 것은 곧 진기한 보화를 빈산에 내다버리는 것과 같다고 비난의 목소리를 높였다.

이와 같이 당시의 북한산성 유람에 대해 황현과 김택영은 각각 시를 지어 자신의 소회를 나타냈다. 한편 박문호는 이때의 유람에 대해 제법 긴 분량의 기문記文을 지었는데, 이 글에는 당시 북한산성 유람의 여정이 자세하게 기록되어 있다. 박문호의 문집인 『호산집壺山集』에는 「유속리산기遊俗離山記」, 「유화양동기遊華陽洞記」, 「유관악산기遊冠岳山記」와 같은 기문이 수록되어 있어 저자의 유람에 대한 흥취를 엿볼 수 있다.

〈그림 2〉 북한산성 대남문
출처 : 문화재청

세 사람의 북한산성 유람은 대남문大南門을 들어서는 것으로 시작되었다. 이후 문수암文殊菴에서 나와 산영루山影樓에 올랐다. 그들은 민가를 빌려 하룻밤을 묵고, 다음날 태고사太古寺를 거쳐 용암사龍巖寺에 올랐는데 이곳은 곧 용롱봉龍瀧峯의 남쪽에 해당되는 곳이다. 여정의 도중에 어떤 나무꾼을 만나서 앞에서 인도하게 하여 따라갔다. 백운대에 이르자 나무꾼은 그들에게 삼각산三角山의 지명에 대해 알려주었다. 산이 도봉산 서쪽에서 오다가 한 번 솟은 용암봉이 남각南角이고, 두 번째 솟아 서북쪽으로 자리한 백운대가 중각中角이며, 세 번째 솟아서 동북쪽으로 된 인수봉仁壽峯이 북각北角이라고 하였다.

사실 삼각을 구성하는 봉우리에 대해서는 여러가지 설이 존재한다. 조선시대 정조 때의 문인인 이덕무李德懋는 1761년 북한산을 유람하고 남긴 글에서 백운봉·만경봉·노적봉을 삼각산으로 부른다고 하였다.[12] 또 조선시대 근기남인실학파의 종장인 이익李瀷은 백운봉의 남쪽에 있는 만경봉과 동쪽의 인수봉이 모두 높이가 백운봉과 비슷하고 나란히 우뚝하여 삼각산이라는 이름을 얻은 것이라고 하였다.[13] 지금은 대체로 이익의 설을 따라 백운봉·인수봉·만경봉을 삼각산으로 지칭한다.

황현과 박문호, 김택영은 북한산의 주봉인 백운대白雲臺에 오른 뒤 도선암道詵菴에 이르렀다.

> 나와 호산자壺山子는
> 공중 아득한 곳에 놀기를 기약했네.
> 나는 구름은 삼상三象 밖에 보이고
> 지는 해에 온 나라가 슬프다오.
> 절험한 곳을 산승도 외려 경계하고
> 남다른 걸음을 세인들 혹 의심한다오.
> 온갖 신령이 삼엄하게 나라를 지키나니
> 당절幢節은 한낮에도 펄럭인다오.
>
> 吾與壺山子 空中汗漫期.
> 飛雲三象外 落日八州悲.
> 絶險僧猶戒 奇蹤世或疑.

百神森護國 幢節晝葳蕤.[14]

김택영이 지은 시를 보면 '매천은 험한 것을 꺼려해서 올라올 수 없었다'는 내용의 각주가 달려 있다. 실제로 이때 황현은 백운대에 오르지 않았는데 그 이유는 다음 글에서 확인할 수 있다.

장차 백운대에 오르는데 나무꾼이 앞에 서고 우림이 그 다음에 내가 또 그 다음에 서고, 운경이 뒤에 섰다. 백운봉 중간에 이르니, 가장 험한 곳이다. 세속에서는 '결단암決斷巖'이라고 부르니, 올라가는 자와 오르지 못하는 자가 이곳에서 결정된다고 한다. 드디어 옷과 삿갓, 신발, 버선을 벗고, 손발을 구멍 속에 넣고 기어서 나아갔다. 운경이 멈추고 오르지 못했다. 나무꾼이 "원래 여기를 오르는 자들은 서넛에서 백십 명에 이르기까지 반드시 그중에 한 사람은 오르지 못하는 자가 있으니, 여기에서 옷가지를 지키는 자입니다"라고 하였다. 내가 "명산 정토淨土에서도 도둑에 대비해야 하는가?"라고 하였다.

처음에 우림과 백운대에 오르기로 약속할 때는 호방하게 노래했는데, 이윽고 정신이 어질해져서 오래 머물 수 없었다. 낭선군朗善君 이우李俁가 통곡한 것은 다 까닭이 있었고, 무관懋官 이덕무李德懋가 백운대에 오르지 말라고 경계한 것은 그 또한 일찍이 이곳에 와본 적이 있어 징계한 것이었다. 장차 내려가는데 누운 채 구멍에 수족을 넣고 조금씩 내려왔다. 이윽고 운경과 서로 붙잡고 크게 웃었다. 운경이 "금강산金剛山의 비로봉毘盧峯과 망군봉望軍峯도 이렇게 험하지는 않았다"라고 하였다. 우림이 "송악산松嶽山과 천마산天馬山도 이곳에 비하면 도리어 평지이다"라고 하였다. 내가 "속리산의 문장대文藏臺와 관악산冠岳山의 연주대戀主臺도 이

렇지 않다"라고 하였다.[15]

백운대에 오르기 위해서는 세속에서 '결단암決斷巖'이라고 부를 만큼 경사가 가파르고 지세가 험난한 곳을 올라가야 한다. 결단암은 그곳을 올라가는 자와 올라가지 못하는 자가 결정된다고 하여 붙여진 이름이다. 결국 황현은 박문호, 김택영과 함께 오르지 못하고 대신 그들이 벗어놓고 간 옷가지를 지키는 경우를 택했다. 호기롭게 백운대에 올라갔던 박문호 역시 정신이 어지러워 얼마 되지 않아 내려와야 했다. 그들보다 먼저 백운대를 다녀갔던 이우李俁와 이덕무李德懋가 통곡을 하고 후대 사람에게 오르지 말라고 경계한 것은, 실제 경험에서 우러나온 것으로 결코 빈말이 아니었다.

김택영과 박문호가 무사히 백운대에서 내려오자, 그제야 세 사람은 크게 웃을 수 있었다. 황현은 백운대를 금강산의 비로봉과 망군봉에 빗대었고, 김택영은 송악산과 천마산의 산세와 비교했으며, 박문호는 속리산의 문장대와 관악산의 연주대에 빗대어 그중에서 백운대의 지세가 가장 험난하다고 하였다. 세 사람 모두 과거에 자신이 경험했던 세상이 전부인 것으로 알고 있었는데, 지금 백운대라는 새로운 세상을 경험함으로써 고정관념에서 벗어날 수 있었던 것이다. 결국 세상은 아는 만큼 보이는 법이다. 세 사람의 유쾌한 산행은 여기에서 멈추지 않았다.

마침내 성을 나와 동쪽으로 가서 도선암道詵菴에 이르러 묵고, 다음날 혜화문惠化門을 경유하여 들어가 봉조鳳藻 학사를 찾아갔다. 봉조가 "나 또한 일찍이 백운대에 간 적이 있었다. 청컨대 삼각의 우열을 논해 보자. 용암봉은 여럿 중에서 뛰어나기는 하나 뛰어나게 기이하지는 않다. 사람들이 모두 그 꼭대기에 이를 수 있으니, 또한 싫어서 버리고 이르려 하지 않는다. 그러나 용암봉을 버리면 삼각은 완전하지 않으니, 이것이 또 삼각의 장점이다. 비유하면 문장에 재주는 부족하나 역량이 뛰어난 자와 같으니, 경모景謨 박문호朴文鎬의 문장이 이와 비슷하다. 백운대는 기이함으로 그 기이함 만드는 것을 이겨서, 자못 사람을 떠나고자 하나 이르는 자가 항상 많다. 비유하면 문장에 재주는 남음이 있으나 역량이 미치지 못하는 자와 같으니, 운경의 문장이 이와 비슷하다. 인수봉은 세상을 떨치고 홀로 서서, 사람을 막지 않으나 사람이 저절로 이를 수 없다. 비유하면 문장에 천품이 매우 높아 재력으로 논할 수 없는 것과 같으니, 우림의 문장이 이와 비슷하다"라고 하였다. 이에 기록한다. 임오년1882-저자 주 3월 3일이다.[16]

세 사람은 발길을 재촉하여 성의 동쪽으로 나아가 도선암에서 하룻밤을 묵은 뒤, 다음날 혜화문惠化門을 경유해서 서울에 들어가는 것으로 여정을 마무리했다. 총 2박 3일 동안의 유람이었다.

북한산성 유람을 마친 세 사람은 그 길로 봉조鳳藻 학사를 찾아갔는데, 봉조학사는 다름 아닌 이건창이다. 자신을 찾아온 세 사람에게 이건창은 삼각三角에 관한 이야기를 해주었다. 여러 봉우리 중에 뛰어나기는 하지만 특출나게 기이하지도 않은 용암봉은 비록 문장에 재주는 부족하나 역량이 뛰어난 박문호의 문장과 비슷하다고 하였다. 또한 기이함을 지닌 까닭에 그곳에 이르는 사람들이 항상 많은 백운대는 문장에 재주는 많으나 역량이 미치지 못하는 황현의 문장과 비슷하다고 하였다. 그리고 세상을 떨치고 우뚝 서서 막지 않아도 사람이 저절로 이를 수 없는 인수봉은 문장에 천품이 높아 재력으로 논할 수 없는 김택영의 문장과 비슷하다고 하였다. 삼각의 봉우리가 지닌 각각의 특성에 빗대어 세 사람의 문장을 비유한 표현이 매우 적절하다. 당시 이건창은 세 사람과 교유하며 각자의 문장이 지닌 특성을 잘 파악하고 있었기 때문에 이러한 비유가 가능했을 것이다.

4. 평소 흠모하던 강위 선생을 만나다

1878년 여름, 황현은 처음 들어간 서울에서 평소 흠모하던 강위를 만나기 위해 찾아갔다. 고대하던 강위와의 만남을 앞두고 황현은 당시 설레는 마음을 고스란히 시에 옮겨 담았다.

> 내가 추금 선생을 뵌 적은 없었지만
> 생각해 보면 일찍이 본 것과도 같네.
> 미리 상상하여 한 번 뵌 이후로
> 마땅히 지어 사모하는 것이 어떠한가.
> 멀리서 온 객은 돌아가지를 못하고
> 꽃다운 풀이 정원에 가득하네.
> 남산에는 저녁에 비바람이 치고
> 평상을 둘러 천백 번이나 돌고 있네.

我不見先生 思之如曾見.

豫想一見後 當作如何戀.

遠客不歸去 芳草滿庭院.

南山風雨夕 繞床千百轉.[17]

서울에 도착한 황현은 드디어 수소문 끝에 강위를 만났다. 이때 황현의 나이는 24세이고 강위는 59세였으므로 35세의 나이차를 뛰어넘은 만남이었다. 첫 번째 서울행에서 황현은 강위의 소개를 통해 당대 인사들과 만남을 가졌다. 그리고 당시 강위와 이건창이 참여하고 있던 남촌시사에도 참여하게 되었다.[18] 황현은 9월 초 고향으로 돌아가기 위해 성문을 나섰다. 비록 2~3달 정도 머물렀던 짧은 서울행이었지만, 중국으로 가는 사절단을 수행하여 북경을 다녀온 강위를 비롯하여 강화도조약과 조미수호통상조약의 책임자였던 신헌과의 만남은, 당시의 시대 상황과 국제 정세를 가늠할 수 있는 기회가 되었다.

강위의 자는 중무仲武·요장堯章·위옥韋玉·유성惟聖·자기慈屺, 호는 추금秋琴·추금秋錦·위염威髥·청추각聽秋閣·고환당古懽堂 등이 있다. 대개 선비들이 하나 정도의 자字를 갖고 있는 것에 비해, 강위는 자와 호 모두 상당히 여러 가지를 사용했다. 이건창은 강위의 묘지명에서 성품이 이름자 바꾸는 것을 좋아하여 이루 다 기록할 수 없다고 썼는데, 당시 강위의 수많은 자와 호는 다른 문인들에게도 범상치 않게 비춰졌음을 알 수 있다.

강위는 경기도 광주 출생으로 한미한 무반武班 가문 출신이었다. 강위의 부친과 형 모두 무과 벼슬을 지냈다. 그는 14세에 서울에 올라와서 과거시험 준비를 했으나 이내 마음을 접었다. 24세에는 이미 과거에 대한 뜻을 버리고 민노행閔魯行에게 나아가 고증학 연구에 매진했다. 그 후 김석준金奭準과 함께 김정희金正喜의 문하에 들어가 북학을 계승하여 시재를 인정받고 중인층의 시 동인들에게 학풍을 확산시켜 맹주로서의 위치를 갖게 되었다.

〈그림 3〉 1880년에 촬영한 강위의 사진
출처 : Terry Bennett, *KOREA : Caught in Time*, 1997

강위는 뛰어난 시인이자 개화 사상가로 평가된다. 강위가 국제 정세에 대한 감각을 키우게 된 것은 여러 차례에 걸쳐 외국 사행단의 일원으로 참여했기 때문이다. 강위는 54세 되던 1873년에 처음 외국행에 올랐는데, 이때는 정건조와 함께 동지사행冬至使行의 명목으로 중국을 다녀왔다. 이듬해인 1874년에는 이건창의 수행원 명분으로 다시 중국행에 올랐다. 이와 같이 강위는 국외 사행에 참여하여 당시 동아시아의 국제 질서와 현실을 목도하고 국제적 감각을 키울 수 있었다. 그리고 국제적 경험을 살려 1876년 강화도조약을 체결할 때 당시 전권대신이었던 신헌을 도와 외교 교섭의 현장에서 활동하였다.

1880년 3월, 제2차 수신사로 김홍집이 일본에 파견되었는데 이때 강위는 김옥균의 추천으로 서기로 참여하게 되었다. 파견의 명분은 앞서 김기수를 파견한 이래 일본의 사절들이 조선을 자주 방문한 것에 대한 회답 차원

〈그림 4〉 변박(卞璞), 〈동래부순절도(東萊府殉節圖)〉, 1760, 96×145cm
출처 : 육군사관학교 육군박물관

이었지만, 실제 의도는 당시 일본과의 현안인 관세, 미곡수출 금지, 인천 개항 문제 등을 타결함과 동시에 일본 정세를 탐지하려는 것이었다. 그해 5월 서울을 출발한 수신사 일행은 관세 등의 현안을 타결하지는 못했지만 일본의 정세에 대해 깊이 있게 탐문하고 돌아왔다. 그리고 1880년 8월 귀국한 김홍집이 가져온 『조선책략朝鮮策略』, 『이언易言』 등은 조선의 정계에 커다란 영향을 미쳤다.[19]

황현은 일본으로 떠나는 강위를 전송하기 위해 부산 동래로 마중을 나갔다.

> 왕의 계책 윤색코자 사절을 따라가다니
> 서생이 시무를 아는 건 예전엔 드물던 일이네.
> 좀먹은 원고 뭉치는 변방 평정할 계책이요
> 봉새 등의 외론 돛은 해신에 대한 제사구나.

눈은 온 지구를 탐색해 해돋이까지 다하고

기개는 큰 칼을 울려 뜬 구름을 자르누나.

내 옛날 동래 왜관에서 동녘을 한 번 바라보니

물과 하늘이 똑같이 푸르러 분간을 못했었네.

潤色王猷隨使節 書生識務古稀聞.

蠹餘宿藁平邊策 鵬背孤帆祭海文.

眼繞圓球窮出日 氣鳴雄劍截浮雲.

昔余萊館一東望 只是水天靑未分.[20]

이 시는 1880년에 지은 것으로, 황현의 나이 26세 때이다. 황현은 수신사 일행을 따라 일본으로 향하는 강위에 대해, 서생으로 시무를 아는 능력을 겸비한 것에 찬탄을 표시했다. 시에서 붕새 등에 있는 해신海神을 제祭한 글은 해로海路가 평온하기를 바라는 뜻에서 해신에게 축원하는 글을 의미한다. 이제 막 바다를 건너 일본으로 가는 강위의 여정이 평온하기를 바라는 시인의 마음이 담겨 있다.

붕새는 『장자莊子』「소요유逍遙遊」에 등장하는 상상의 새다. 이 새는 남쪽 바다로 옮겨갈 때면 물결치는 것이 3천 리나 되고, 회오리바람을 타고 9만 리를 올라가 6달을 가서야 쉰다는 매우 커다란 크기의 새다. 그 크기를 가늠할 수 없을 정도로 커다란 붕새는 대체로 영웅호걸이 웅대한 포부를 펴는 것에 자주 비유된다. 물론 여기에서는 원대한 포부를 품고 일본으로 향하는 강위를 비유한 것이다.

강위는 이로부터 2년 뒤인 1882년에 다시 일본행에 올랐다. 이때는 김옥균과 서광범 등 젊은 개화파 관료들이 일본에 파견될 때 동행한 것으로 제자인 변수邊燧와 함께 갔다. 이들은 국내에 임오군란이 일어났다는 소식을 듣고 서둘러 귀국길에 올랐다. 강위는 이때 유럽과 아메리카까지 돌아보려고 하였으나, 일본 나가사키長崎에서 일행과 헤어져 홀로 세 번째 중국 여행을 떠나 상해 일대의 개화파 인사들과 교유한 뒤 귀국하였다.

5. 금강산을 유람하고 기행시를 짓다

1880년 가을, 황현은 금강산을 찾아 그곳의 명승지를 두루 유람한 뒤 기행시를 지어 「풍악기행楓嶽紀行」으로 이름하였다. 풍악楓嶽은 금강산의 가을 명칭이다. 서울에 머무르고 있던 황현은 하늘에 걸려 있는 보름달을 바라보며 지난해 추석에 방장산方丈山을 찾아갔던 일을 떠올렸다. 그리고 올해 추석에는 금강산 유람을 마음속으로 다짐하고 마침내 실행에 옮겼다.

금강산은 아름답고 수려한 풍경으로 일찍부터 명성을 떨쳤으며, 누구나 일생에 한 번쯤은 방문하기를 소망하는 명승지 가운데 하나이다. 이 때문에 금강산을 방문하는 묵객들은 그곳의 여러 명승지를 시문으로 기록하기도 하고 화폭에 옮겨 담기도 했다. 금강산은 외금강・내금강・해금강의 세 곳으로 이루어져 있다. 설악산처럼 태백산맥을 분수령으로 해서 서쪽 비탈면이 내금강, 동쪽 비탈면이 외금강이며, 다시 외금강에서 20km쯤 바다 쪽으로 향하면 해안선을 따라 해금강이 펼쳐진다. 내금강에는 비로봉과 영랑봉·중향성·영추봉·백운대·향로봉·법기봉 등 하늘을 찌를 듯 우뚝하게 솟은 봉우리들과 만폭동 골짜기를 비롯해 백천동·태상동 등 이름난 골짜기들이 위치해 있다. 비로봉은 백운대 동쪽에 위치한다. 금강산의 최고봉으로 불리는 비로봉은 일만이천봉과 동해의 만경창파를 한눈에 조망할 수 있는 전망대이다. 금강산을 찾아간 황현도 비로봉 정상에 올라 주변의 승경을 두 눈 가득 담았다.

바다 속 금강산 더욱더 사랑스러워라
험준한 바위 봉우리 골짝이 갑절 정겹구나.
불두와 선인장 같은 봉우리는 삼천 겹이요
이무기 자라는 만년 비 서리를 겪었네그려.
물거품이 화석으로 변했다고 말하긴 어렵고
엉긴 안개가 형체 이룬 거라 추측할 뿐이네.
푸른 바다 밑바닥은 두루 비춰 볼 길 없거니
벽해가 겁후의 상전 되는 것만 헤아릴 뿐일세.

入海蓬山更可憐 嵌岩峯壑倍依然.
佛頭仙掌三千疊 蜃雨鰲霜一萬年.
難道泡漚能化石 强求形氣是凝烟.
無由遍照靑蒼底 只算滄桑劫後田.[21]

황현이 해금강을 방문한 뒤에 지은 것이다. 해금강은 금강산의 동쪽 동해바닷가에 있는 명승지인데 글자 그대로 바다의 금강, 곧 금강의 바다풍경이다. 고성군 수원단으로부터 영랑호와 감호, 화진포까지의 외금강 동쪽에 펼쳐진 아름다운 호수와 해안 및 바다절경을 포괄한다. 넓은 의미에서는 통천군의 총석정까지 포함시키기도 한다. 해금강이라는 이름은 17세기 말에 처음 사용하기 시작한 것으로 알려져 있는데, 금강산의 지맥이 물속으로 뻗어 내리면서 기이한 봉우리와 기암괴석을 그대로 바다에 옮겨 놓은 것 같다고 해서 붙여진 것이다. 해금강은 흰 물결이 출렁이는 푸른 바

〈그림 5 · 6〉 정선, 〈풍악도첩(楓嶽圖帖)〉 중 일부, 1711, 보물 제1875호
출처 : 국립중앙박물관

다와 주변의 기묘한 바위절벽과 기암들이 어우러져 뛰어난 자연 풍광을 형성하고 있어 금강산의 아름다운 자태를 더욱 돋보이게 한다.

황현은 금강산을 유람하면서 고향에 있는 왕사각을 떠올렸다.[22] 두 사람은 스승인 왕석보의 문하에서 오랜 시간 동안 함께 학문을 연마한 사이였다. 그런데 금강산 유람을 함께 하지 못하는 미안한 마음을 남쪽에 있는 왕사각에게 부친 것이다. 금강산으로 가는 길은 험난하고 고된 여정의 연속이다. 이날 황현은 몇 개의 산을 통과하고 산골짜기를 넘어 금강산을 향해 갔는데, 하루에 45리를 지났다고 고백했다. 먼 거리에 서둘러 일찍 출발했지만 길이 막히고 험난하여 저녁 무렵에야 단발령斷髮嶺 아래 위치한 마리촌馬里村에 도달할 수 있었다. 단발령은 금강산으로 들어가는 초입에 있는 고개이다. 신라시대 마지막 임금인 경순왕의 아들 마의태자가 이 고개에서 삭발하고 산으로 들어갔다고 해서 단발령이라고 불렀다는 설화가 전한다.

황현은 금강산으로 가는 여정에서 벗들의 다정한 얼굴을 차례로 떠올렸다. 서울에서 교분을 쌓았던 이건창과 김택영의 모습을 상기하며 그리운 마음을 시로 표현했다.

그대를 먼저 들여보내 넘어진 기 내려놓으며
나 역시 한쌍의 나막신 신고 떨쳐 일어났네.
용감하게 명산으로 감을 지금 스스로 허락하곤
이런 발걸음은 창강을 버리지 않기 위함이네.

輸君先入倒旛降 我亦搴飛蠟屐雙.

勇往名山今自許 此行要不負滄江.[23]

이 시는 금강산에서 김택영을 떠올리며 지은 시이다. 김택영은 황현이 금강산 유람을 하기 몇 해 전에 이미 금강산을 다녀온 바 있다. 황현이 보낸 시를 받은 김택영은 곧바로 시를 지어 화답했다.

운경雲卿이 동쪽으로 유람해서 양사언楊士彦을 찾아가니
가을바람 살랑살랑 얼굴에 불어대리.
단발령 위에서 고맙게 날 생각하여
흰 구름 한 조각을 날려서 보냈다오.
내 금강산과 작별한 것 이미 십년 전
단풍나무 고목되고 산승은 죽었으리.
생각이나 했으랴 그대와 정신으로 만나는 곳
둥근 달이 비치는 일흔 두 봉우리일 줄을.

雲卿東遊訪士彦 秋風嫋嫋吹其面.
斷髮嶺頭勞憶我 白雲爲之飛一片.
我別此山已十年 楓樹老大僧歸天.
豈意與君神遇處 七十二峯明月邊.[24]

김택영이 보낸 화답시는 모두 세 수인데, 위의 내용은 첫째 수이다. 1구의 운경은 황현의 자이다. 양사언에 대해서는 누차 풍악에 노닐면서 스스로 풍악주인이라 하고, 호를 봉래라고 했다는 내용이 부기되어 있다. 그는 금강산을 좋아하고 자연을 즐겨 회양 군수 시절 금강산 만폭동 바위에 '봉래풍악원화동천蓬萊楓嶽元化洞天'이라는 여덟 글자를 새겼던 것으로 전한다. 김택영은 황현이 동쪽으로 금강산 유람을 떠난 것을 두고 양사언을 찾아간 것으로 비유한 것이다. 이어서 자신을 생각하여 시를 지어 보낸 것에 고마움을 표시하면서, 황현이 부친 시를 흰 구름 한 조각에 비유했다. 벗에 대한 그리움을 담아 시를 부친 것을 일컬어 금강산에 걸쳐 있는 흰 구름 한 조각을 날려서 보냈다는 시적 표현이 참으로 절묘하다.

이 시에서 김택영은 자신의 금강산 유람이 십 년 전이라고 표현했지만, 실제로는 9년 전인 1872년의 일이다. 마지막 구절의 일흔 두 봉우리는 금강산의 봉우리를 가리킨다. 김택영은 일찍이 금강산의 봉우리 수에 대해 72개로 정한 바 있다. 세상에서는 일반적으로 금강산의 봉우리 수를 일만 이천봉으로 일컫는다. 김택영은 이에 대해 세속에서 그냥 과장해서 부른 것이 보편화된 것이므로 실상에 맞게 일흔 두 봉우리로 해야 한다는 주장을 내세우기도 했다.[25]

6. 시를 폐백 삼아 이건창을 찾아가다

이건창李建昌의 본관은 전주全州, 자는 봉조鳳朝·봉조鳳藻, 호는 영재·명미당明美堂·담녕재澹寧齋·결당거사潔堂居士이다. 황현보다 3살 연상인 이건창은 어려서부터 비범한 문재로 이름이 났다. 그는 15세 때 문과에 급제하여 조선시대 최연소 과거 합격자라는 명성을 얻었고, 22세 때에는 서장관의 자격으로 청나라에 가서 학자들과 교류하며 높은 평가를 받았다. 이듬해에는 충청우도 암행어사로 나가 충청도 관찰사 조병식趙秉式의 비리를 철저히 조사하다가 도리어 모함을 받아 1년 동안 유배를 가기도 했다. 조정의 비리를 실감한 그는 크게 상심을 했고 이후부터 벼슬에 연연하지 않았다.

갑오경장 이후에는 각부의 협판協辦·특진관特進官 등에 제수되었지만 거듭 사직 상소를 올렸다. 이후 고향인 강화로 내려가 저술에 몰두하였고 47세의 나이로 일찍 생을 마감했다. 그의 저술로 『명미당집明美堂集』·『당의통략黨議通略』 등이 전하는데, 특히 『당의통략』은 당파를 벗어나 공정한 시각에서 당쟁의 원인과 전개 과정을 서술한 저서로 높이 평가된다. 그는 김택영이 우리나라 역대 문장가 9인을 가려 뽑은 『여한구가문초麗韓九家文抄』에 마지막 시대 인물로 이름이 올랐다.

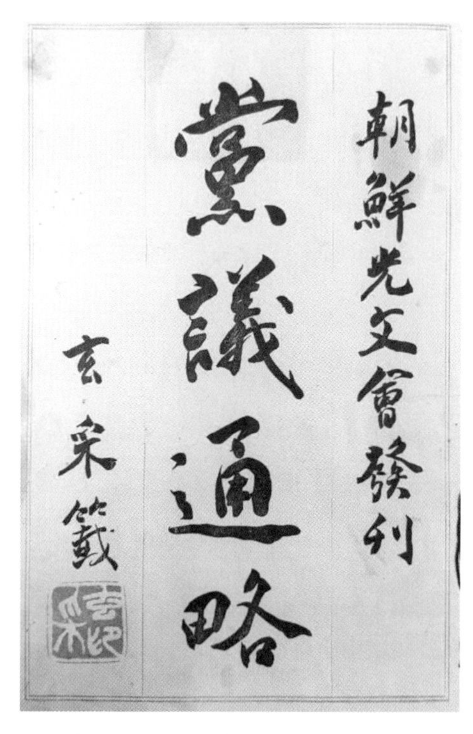

〈그림 7〉 이건창, 『당의통략(黨議通略)』, 조선광문회, 1912
(성균관대학교 존경각 소장)

황현은 1878년 처음 방문한 서울에서 이건창을 만나려고 하였다. 그러나 당시 이건창은 죄를 얻어 문을 닫아걸고 인사를 사양했고, 그해 6월 평안북도 벽동碧潼으로 유배를 가게 되어 두 사람의 만남은 실현되지 못했다. 이건창은 이듬해 2월이 되어서야 유배지에서 풀려났다. 그리고 황현과 이건창의 첫 만남도 이때에야 비로소 이루어질 수 있었다. 이건창이 유배지에서 돌아왔다는 소식을 접한 황현은 매우 기뻐하며 시문을 들고 그의 처소를 찾아갔다.[26]

황현과 이건창의 첫 만남에 대해 재미있는 일화가 전한다.

> 공황현-저자 주이 처음 영재寧齋 이공李公을 방문했을 때 이공의 단소短小한 체구를 보고는 짐짓 주인이 누구냐고 물었다. 이공이 내가 주인이라고 말하자, 공이 아니라고 하므로, 이공이 다시 "아니, 그렇지 않소"라고 말하였다. 그러자 공이 말하기를 "주인은 반드시 팔척장신八尺長身일 터인데, 지금 보매 육척六尺도 다 되지 못하니, 주인이 아닌 게 분명하구려" 하니, 이공이 껄껄 웃었다.[27]

이 글은 황현의 동생인 황원의 기록이다. 여기에서 '공'은 황현을 가리킨다. 황현은 이건창을 처음 만났을 때 그의 단소한 체구를 보고 짐짓 주인이 아닐 것이라고 하면서 장난을 쳤다. 이건창은 자신을 놀리는 듯한 말투에 역정을 내기는커녕, 오히려 호탕하게 웃으며 황현을 맞이했다. 호쾌한 배포를 지닌 이건창과 그런 그를 한 눈에 알아본 황현의 안목을 짐작할 수 있는 일화이다. 이와 같이 황현과 이건창은 첫 만남부터 서로 격의 없이 농담을 주고받을 정도로 마음이 잘 들어맞았다. 이후 두 사람의 교유는 인생의 마지막 순간까지 계속되었고, 사후에는 꿈속에서 만남을 이어가는 깊은 우정을 나누었다.

희양晞陽의 황운경黃雲卿은 그 사람됨이 평안하고도 절개가 굳으며, 그의 독서는 기억을 잘하고 이해가 빨랐으며, 그의 시는 우뚝하면서도 자태가 다양하며, 그의 의론은 기세가 등등하면서도 정도에 어긋나지 않았다. 그의 나이 겨우 27세이지만 옛날에 말하던 재주가 뛰어난 수재들이라도 그를 능가하는 자가 없었다. 처음에 운경은 고향에서 문사를 익혔으나 고루하고 견문이 적은 것이 걱정이었는데, 사람들이 서울이 넓고 학사가 많다고 얘기를 하자, 기쁜 마음으로 앞으로 얻을 것이 있으리라 생각하여 500리 길을 걸어서 북쪽으로 올라왔다. 서울에 이른 뒤에 갈 곳이 없었는데, 때마침 누가 운경에게 나에 관한 말을 해주어 문득 지은 시를 폐백 삼아 나를 찾아왔다.[28]

이 글은 이건창이 대비과大比科를 보기 위해 고향에 내려가는 황현을 전송하면서 써준 것이다. 희양晞陽은 전남 광양의 옛 이름이다. 이건창은 당시 27살의 청년 황현에 대해 사람됨이 침착하고 굳건했으며 독서에 대한 기억력이 강하고 이해력이 빠른 사람으로 평가했다. 또한 황현의 시에 대해 날카롭고 다양하며 의론은 격정적이나 정도를 벗어나지 않았다고 하여, 누구보다 그의 시의 특장에 대해 정확하게 파악하고 있었던 것으로 짐작된다. 이건창은 무재茂才 과시科試에 합격한 출중한 사람이라도 황현보다 낫지 못할 것이라고 하여 그의 뛰어난 문재를 높이 평가했다. 이와 같이 이건창의 눈에 비친 이십 대의 황현은 비범하고 탁월한 재능을 소유한 장래가 촉망되는 전도유망한 청년이었다.

영재가 만년에는 세상으로부터 스스로 폐인이 되었으므로, 은거하여 고결한 지조를 굳게 지키는 공과 더욱 마음이 맞았던 것이다. 그래서 병이 위독했을 때 탄식하여 말하기를 "황매천을 한 번 만나 봤으면 죽어도 여한이 없겠다" 하였다. 영재가 작고했을 때 공이 600리를 달려가서 통곡하였는데, 그 아우 경재耕齋가 부르짖어 울면서 그 말을 전해 주었다.[29]

황원의 증언에 따르면 황현이 평생에 문자로 교유하던 친구 중에 이건창과 김택영을 가장 높게 인정했다고 하였다. 그리고 두 사람 중에서도 마음은 이건창에게 더욱 깊이 쏠렸다고 하였다. 황현과 이건창은 꿈속에서 상봉하는 일이 해마다 항상 수십 번씩 있었는데, 만년에 이르러 조금 줄어들었다고 하였다. 실제로 황현의 문집에는 꿈에서 이건창을 만난 이후에 기록한 시문이 다수 수록되어 있다. 황현의 거처는 구례이고 이건창은 강화에 거처하고 있었으므로, 물리적 거리로 인해 두 사람은 자주 만나기가 어려웠다. 이건창은 임종에 이르렀을 때 다시 한번 황현을 만나볼 것을 간절하게 원했다. 그러나 황현이 이건창의 부고를 들은 것은 그가 세상을 떠난 지 한참 지난 뒤였다.

황현과 이건창은 누가 먼저라고 할 것도 없이 첫 만남부터 서로 의기가 잘 맞았다. 두 사람은 마치 오래된 친구처럼 어울려 시를 짓고 세상일을 논하는 등 오랜 시간을 함께 공유했다. 황현은 이건창의 문장을 가장 아결雅潔한 것으로 평가했으며, 그를 스승으로 둔 덕분에 문장이 발전했다고 항상 말하였다.

무릇 그대는 문장이 으뜸이라

교유하는 이들이 천하의 명사일세.

누군들 하찮은 날 끼워나 주랴마는

보도報桃는 진실로 그대의 배려로세.

그런 이유 때문인가, 손 선생은

날마다 춘추전春秋傳을 공부하였다네.

夫君文章伯 交遊天下選.

散樗誰我數 報桃良爾眷.

所以孫先生 日攻春秋傳.[30]

이 시는 1884년 황현이 이건창의 답장을 받은 뒤에 지은 것이다. 황현은 이건창에게서 시에 대한 안목을 배웠다고 했으나, 그는 이건창의 시보다 문장을 더 높게 평가했다. 황현은 일찍이 조선의 문장으로 김창협金昌協의 순정淳正·박지원朴趾源의 패도霸道·이건창의 아결雅潔을 최고로 꼽았다. 그리고 이건창에 대해 "중국을 잘 배운 점은 전배前輩가 미칠 수 없다. 압록강 동쪽의 풍을 완전히 벗어버리고 우뚝하게 중국에 섰다. 힘은 비록 박약하지만 훌륭하다, 훌륭하다"라고 고평했다.[31] 황현은 이건창의 문장을 으뜸으로 보았다. 최연소의 나이로 과거에 합격한 후 여러 관직을 역임한 이건창의 주변에는 당대 이름난 명사들이 포진해 있었다. 그럼에도 불구하고 한미한 출신인 자신의 편지에 답장을 보내준 이건창에게 고마운 마음을 전한 것이다.

마지막 구절의 손 선생은 중국 북송 시기의 문신이자 학자인 손복孫復을 가리킨다. 그는 특히 『춘추』에 밝았던 것으로 전한다. 일찍이 손복이 집안 형편이 가난하여 학업에 몰두하지 못하는 것을 본 범중엄范仲淹이 그에게 『춘추』를 가르쳐주고 월봉을 받는 학직學職에 보임시켜주면서 공부에 전념할 수 있도록 해주었다. 그 덕분에 손복은 문도를 모아 가르치고 『춘추』를 강의하면서 글을 저술하여 태산학파泰山學派를 이룰 수 있었다. 황현은 손복과 범중엄을 자신과 이건창의 관계에 비유했다. 범중엄을 만난 덕분에 손복이 학문에 정진하여 학파를 이룰 수 있었던 것과 같이, 자신도 이건창을 만났기 때문에 더욱 정진할 수 있었다고 한 것이다.

7. 개성에 있는 김택영을 방문하다

1878년 황현이 강위를 만나기 위해 서울에 올라왔을 때, 마침 김택영은 삼남 지방을 여행하던 중이었다. 지리산 일대를 유람하고 있던 김택영은 강위를 통해 소개받은 구례 천변마을에 있는 왕사천의 집을 찾아갔다. 왕사천은 그를 황현의 종형인 황담黃壜의 집으로 안내하였고, 이때 김택영은 황담이 소장하고 있던 황현의 시를 처음으로 접하게 되었다. 황현은 강위를 만나기 위해 서울로 가고, 또 강위의 소개가 인연이 되어 김택영은 구례에서 황현의 시를 마주할 수 있었다.

김택영은 개성 출신으로 황현보다 5살 연상이다. 김택영은 뛰어난 학자이자 문장가였다. 그는 40대 중반에 편사국 주사·중추원 서기관 등의 관직을 지냈으나, 점점 기울어가는 나라의 형세를 한탄하며 1905년 을사늑약이 체결되기 전에 중국으로 망명을 떠났다. 그는 장강長江 하류에 위치한 남통南通에서 출판사의 업무를 맡아 생계를 유지하면서 국내 문인들의 문집 정리와 역사서 저술에 힘을 쏟았다. 대표적인 저술에는 고려시대부터 당대까지의 뛰어난 문장가 9명의 작품을 모은 『여한구가문초麗韓九家文鈔』와 『한국역대소사韓國歷代小史』·『한사경韓史綮』과 같은 역사서를 비롯하여 『창강고滄江稿』·『소호당집韶濩堂集』 등의 문집이 있다.

황현은 1880년에 금강산 유람을 마친 다음 김택영을 방문하기 위해 개성으로 발걸음을 돌렸다. 김택영은 황현이 천마산으로 떠난다는 소식을 전해 듣고 시를 지어 '용기 내어 명산에 가는 자 내가 보니 황운경이라'라고 하면서 천마산 유람을 격려해주었다.

> 명산으로 씩씩하게 가는 이
> 내 황운경을 보노라.
> 먼 길에 더위를 무릅쓰고
> 서쪽으로 천마성天磨城을 오르네.
>
> 勇往名山者 吾見黃雲卿.
> 長途犯炎熱 西上天磨城.
>
> 산중에 폭포 있으니
> 장관은 당할 것 없네.
> 그대의 한 자루 붓이

푸른 하늘에 번개를 치리라.

山中有瀑布 奇壯不可當.
想君一枝筆 靑天交電光.

전에 내가 유람을 좋아해서
산을 만나면 반드시 기운이 배나 솟구쳤네.
약 복용이 때로 한가해지면
산 정상에서 좋이 만나세.

昔者余好遊 逢山氣必倍.
藥石有時閑 峯頭好相待.[32]

김택영은 1874년에 이미 천마산을 다녀왔다. 천마성天磨城은 지금의 황해북도 개성시 박연리 천마산에 있는 대흥산성大興山城을 가리키며, 천마산성 또는 성거산성聖居山城으로 부르기도 한다. 황현이 천마산 유람을 떠날 즈음에 김택영은 건강이 별로 좋지 않아 약을 복용하고 있었다. 이 때문에 함께 유람을 떠날 수 없었고, 훗날 약을 복용할 필요가 없을 정도로 건강이 좋아지면 산 정상에서 만나자는 약속을 할 수밖에 없었다.

그대 나이 스물 여섯 광양에서 와서
글 지을 땐 기세가 반앙班揚을 무시할 듯.

〈그림 8〉 강세황, 〈송도기행첩(松都紀行帖)〉 중 '박연폭포', 1757, 29.5×39.2cm
출처 : 국립중앙박물관

추금 노인秋琴老人 일어나 찬탄하고

영재 학사寧齋學士 공정히 품평했지.

서울의 객지살이 고생스럽더니

비로봉毗盧峯 바위 위의 서리를 쓸고 있네.

내게 보낸 신작시는 더욱더 기묘하니

읽어보자 단풍 향기를 머금은 듯.

君年廿六來光陽 落筆氣欲無班揚.

秋琴老人起讚歎 寧齋學士平斗量.

京華旅食且酸苦 去掃毗盧石上霜.

新詩投我更奇妙 讀之髣髴聞楓香.[33]

황현이 단발령에서 부친 시를 받고 김택영이 화답한 시이다. 여기에서 추금 노인은 강위를 가리키며, 영재 학사는 이건창을 가리킨다. 이 시에는 황현의 시문을 처음 마주했을 당시 강위·김택영·이건창의 놀라움이 잘 표현되어 있다. 김택영은 광양에서 막 서울에 올라온 시골 청년의 글 짓는 기세가 후한 때의 역사가인 반고班固와 전한 시대 학자인 양웅揚雄을 무시할 정도라고 평가하여, 당시 황현의 범상치 않은 글솜씨를 마주하고 느꼈던 놀라움을 드러냈다. 이어 황현의 문장에 대해 강위는 일어나 찬탄하고 이건창은 공정히 품평했다고 증언하여, 당시 명망 있는 문인들에게 이미 실력을 인정받았음을 나타냈다.

김택영은 황현이 서울에서 지내는 동안 객지살이의 고단함으로 인해 금강산 유람을 떠나 최고봉인 비로봉 위에 쌓인 서리를 밟고 있다고 하였다. 황현이 보낸 신작시를 읽어본 김택영은 마치 금강산의 단풍 향기를 맡는 듯 기묘하다고 평가했다. 단풍 향기가 고스란히 전해질 정도의 생생한 시어詩語로 조탁되었기 때문일까, 아니면 실제로 단풍 향기가 은근히 스며들어서였을까.

문장은 진귀한 보석과 같아서

아무 눈에나 띄는 것 아니라네.

세상 사람들은 양자운揚子雲이

허연 머리에 창 잡는 벼슬로 마친 것만 보았지.

누가 알았으랴 천 년 뒤에

『태현경』이 『주역』과 대등할 줄을.

신숭神崧에 상서로운 새가 있어 깃이 오색을 갖추었다네.

그러나 온 사방에 가을바람만 쓸쓸하여

대나무 열매를 구할 수가 없었지.

높이 날다가 한 번 고개 숙여 쪼았다가

마침내 그물에 잡히고 말았네.

부러워라, 주周나라 언덕의 오동나무여

따스한 봄바람이 왕국에 가득했으니.

文章類珍瑰 不許魚目識.

世見楊子雲 白首終執戟.

誰知千載下 太玄能配易.

神崧有祥禽 毛羽具五色.

四海秋蕭瑟 竹實不可得.

飛飛俛一啄 竟爲羅者獲.

羨彼周岡梧 春風滿王國.[34]

그렇다면 황현은 김택영의 문장에 대해 어떻게 평가했을까. 황현은 문장이란 마치 진귀한 보석과 같아 아무 사람의 눈에나 띄지 않는다고 하면서, 『태현경太玄經』과 같은 뛰어난 저술을 지었던 한나라 때의 학자 양웅揚雄

을 상기했다. 당대에 훌륭한 저술을 지었음에도 남이 알아주지 못해 낮은 관직에 머물러야 했던 양웅의 경우와 같이, 세상의 알아줌을 입지 못한 김택영의 처지를 탄식한 것이다. 이는 훗날 김택영의 저술이 『태현경』과 같이 빛을 보게 될 것이라는 확신이기도 하다.

신숭神崧은 개성에 위치한 송악산을 가리킨다. 송악산에 사는 오색 빛깔의 깃털을 갖춘 상서로운 새는 다름 아닌 김택영이다. 황현은 상서로운 새가 열매를 구하지 못한 것처럼 김택영이 개성에서 가난한 생활을 하다가 주나라 언덕의 오동나무가 있는 중국 남통으로 망명을 떠났다고 하였다. 그리고 김택영이 망명을 떠난 중국은 따스한 봄바람이 가득할 것이라고 하여 벗에 대한 간절한 그리움을 나타냈다.

김택영은 중국에서 황현의 순절 소식을 들었다. 검푸른 바다를 건너 고국에서 날아든 갑작스런 비보에 그는 비통한 마음을 가눌 수 없었다. 김택영은 수십 년 동안 황현과 교유하면서 그의 저술이 지닌 역량과 가치에 대해 누구보다 잘 알고 있었다. 이에 황원에게 편지를 보내어 황현의 시문을 엮어 문집으로 간행해야 함을 힘써 주장했다. 김택영이 황현 문집의 「본전本傳」에서 "매천 시는 문단에서 손꼽을 만하고 (…중략…) 뛰어난 문장에 절개까지 더하니 영원히 남을 것이다"라고 한 것은 황현의 시문에 대한 정확한 평가로 보인다. 또한 김택영은 황현의 인물됨에 대해 "기개가 높고 오만하여 남에게 굽혀 따르지 않았다"라고 평했는데, 황원은 이 표현이 참으로 황현을 잘 형용했다고 하면서 천년 뒤에도 가히 황진사黃進士를 볼 수 있을 것이라고 하였다.[35] 이로써 본다면 옛날 백아伯牙와 종자기鍾子期가 서로 말하지 않아도 상대의 마음을 이해할 수 있었던 것과 같이, 황현과 김택영도 서로에게 지음知音의 존재가 되었다.

8. 과거 시험에서 낙방하다

1883년 5월 13일, 서울의 창경궁 춘당대에서 별시別試가 설행되었다. 이때 별시가 시행된 이유는 대왕대비전의 모림母臨 50주년과 왕대비전 모림 40년, 익종의 존호 추상, 대왕대비전의 존호 가상 등이었다.[36] 황현은 별시 보거과保擧科에 응시하기 위해 다시 행장을 꾸려 서울을 향해 발걸음을 옮겼다.

> 어버이는 단지 아이들 얘기 익히 들으며
> 해질 무렵 알고 가는 한양 길이 멀기만 하네.
> 집안이 더욱 몰락하였음을 스스로 탄식하며
> 아들을 보냄에 수레와 말안장이 이지러졌네.
> 아내를 타이르며 도리를 행하는 상자 주고
> 봄옷을 어머님이 어찌 한 벌로 하리오.
> 한강 북쪽으로 가는 일천 리 길에
> 날씨는 항상 추위가 늦게 오더라.
> 얼굴 보는 날을 기약하지 말지어다
> 그대가 게으름 피울까 두려움이 많기만 하네.
> 기다리지 않아도 오래되면 응당 돌아오고

기다리면 생각하게 되어 어렵게 되리라.

내가 시간이 되어 능히 대면하지 못하고

단지 어머님의 얼굴만 살펴보네.

높은 집에 올라 두 번 절을 하고서

술잔과 반찬을 쟁반에 갖추어 받드네.

멀리서 오랫동안 봉양함이 어긋난 걸 알며

밥이나 한 번 더 지어드려 뵙고자 하네.

天只慣聞兒 闇識京路漫.

自歎家益落 送兒闕輪鞍.

戒婦理行笥 春衣母庸單.

漢北一千里 天候常晩寒.

反面勿刻期 多恐遭汝謾.

不待久當返 待之爲懷難.

我時不能對 而但伺母顔.

再拜上高堂 捧觴具膳盤.

懸知久違養 欲見加一餐.[37]

이 시는 황현이 과거 시험을 보러 서울로 떠날 즈음 가족과 이별을 앞두고 지은 것이다. 앞서 몇 차례 서울에 출입한 경험이 있는 터라 익숙한 여정임에도 불구하고, 연로하신 부모님과 허약한 아내, 어린 자식을 두고 떠나는 길이 더욱 멀게만 느껴진다. 이때 황현은 가정 형편이 넉넉하지 못한 상황이라 수레와 말안장도 온전하지 못했다. 가족을 남겨두고 떠나야 하는 황현은 부모를 봉양하는 일과 집안 살림을 아내에게 맡기며 당부하는 말을 남기는 것으로 작별 인사를 대신했다.

서울에 도착한 황현은 별시에 응시했다. 이때 황현이 초시初試 초장初場에서 대책對策을 지어 올리자, 당시 시관試官의 직책을 맡고 있던 한장석韓章錫이 그의 글을 보고 대단히 놀라서 대책에서 제일第一로 발탁했다. 그러나 황현이 한미한 가문의 시골 출신이라는 것을 알고 제이第二로 바꿔 버렸다. 그리고 이후에 펼쳐진 전정殿庭의 회시會試에서는 모두 낙제하였다.[38] 이는 1883년에 황현이 과거 시험에서 낙방한 일의 전말이다. 곧 출신의 높고 낮음에 따라 과거 시험의 합격자가 뒤바뀌는 상황이 연출된 것이다. 당시 과거의 부정부패는 이미 만연한 상태였고 그 소문도 널리 퍼져 있었다. 황현도 과거의 부패상에 대해 들은지라 어느 정도는 알고 있었으나, 실제로 경험했을 때의 충격은 남아있던 환로에 대한 미련을 끊어내기에 충분했다.

별시 이후 과거의 부패상을 목도하게 된 황현은 잠시도 지체하지 않고 곧장 고향으로 내려왔다. 부모의 기대 속에 시작한 서울 생활을 접고 미련 없이 발걸음을 돌린 황현의 행동은, 부정부패로 득세한 세상의 무리와 어울리지 않겠다는 내면의 의지가 표출된 것이다. 『매천야록』에는 당시 조선 사회에 만연해있던 과거제의 모순과 부정부패에 대한 내용이 다수 기록되어 있는데, 이는 저자 자신이 직접 체험했던 경험과 무관하지 않을 것이다.

저는 동당시東堂試에 응시했다가 고향으로 돌아온 지 이제 열흘이 지났는데,

피곤이 쌓여서인지 잘 회복되지 않습니다. 부친은 바닷가로 바람을 쐬러 떠나서 아직 돌아오지 않으셨고 식솔들도 대부분 건강하지 않습니다. 과시科試에 연달아 실패한 것이 한이 될 뿐만 아니라, 세속의 일이 날로 어지러워지는 것이 실로 눈살을 찌푸리게 합니다. 당초 서울에 올라간 것 자체가 실로 망령된 일임을 잘 알고 있으니, 결국 낭패를 보게 된 것도 달게 받아들여야 할 일입니다. 무슨 여력이 있다고 다시 과거에 응시하겠습니까. 시험관은 안목이 없고 베껴 쓰는 사람들도 손재주가 없으니, 도도한 이 세상에 조조鼂錯나 동중서董仲舒와 같은 재주가 있더라도 백전백패百戰百敗일 것입니다. 더구나 재주와 능력이 형편없는 저 같은 인사야 말해 무엇 하겠습니까. 이번에는 조용히 좌정坐定하고 있어야 할 것입니다.[39]

이 편지는 황현이 과거에 낙방한 뒤 고향에 돌아와서 쓴 것으로, 당시 그의 심경이 전면에 드러난다. 귀향한 지 열흘이 지났는데도 쌓였던 피곤이 회복되지 않으며, 가족들도 대부분 건강이 좋지 않다는 내용으로 시작된 편지는 자신의 내적 심경에 대해 상대방에게 솔직하게 토로하고 있다. 이즈음 황현은 과거에 연달아 실패한 것이 한이 된다고 할 정도로 깊은 좌절감에 빠져 있었으며, 더욱이 과거의 부정부패를 몸소 절감한 까닭에 몸과 마음이 더욱 피폐해진 상태였다. 이 때문에 상대의 권유에도 불구하고 조용히 좌정하고 있으면서 과거에 응시하지 않겠다는 의사를 거듭 피력하였다.

9. 강위 선생이 세상을 떠나다

황현의 문집에서 강위에 대한 시문은 손에 꼽을 수 있을 정도로 분량이 적은 편이다. 강위와 함께 한말사대가에 속하는 이건창·김택영의 경우, 만년에 이르기까지 관련 시문이 꾸준히 지어진 것과 비교하면 더욱 대조된다. 한말사대가에서 가장 연장자인 강위와 함께 공유했던 시간이 적다는 점을 감안하더라도, 황현이 평소 강위에 대한 존경과 추숭의 마음을 표현했던 것에 비하면 유독 그와 관련한 글이 소략하다는 인상을 지울 수가 없다. 이와 같이 많지 않은 분량의 글 가운데, 황현의 세밀하고 곡진한 감정이 가장 잘 드러난 글은 강위의 죽음에 임해서 지은 만시이다.

1884년, 황현에게 감당하기 힘든 슬픔이 찾아왔다. 평소 정신적 지우로 여기며 존경하던 강위가 세상을 떠난 것이다. 향년 65세이다.

> 어릴 때 익히 들어 장대한 분인 줄 알았는데
>
> 내 직접 뵙고 보니 산택의 여윈 신선이었네.
>
> 구태 초탈한 두 눈동자는 만국에 다 통하고
>
> 글을 강론한 한 치 혀는 뭇 선비를 꺾었었지.
>
> 오악五岳을 유람할 적엔 황정반黃精飯을 먹었거니와
>
> 호탕함은 간 곳마다 백옥호白玉壺를 들이켰네.
>
> 깊은 나무엔 꽃 피고 맑은 강엔 달빛 졌어라
>
> 한 번 왔다 가니 이 세상엔 응당 다시 없고 말고.

童時雷耳想魁梧 及我見之山澤癯.

局外雙瞳通萬國 書中寸舌破群儒.

飄颻五岳黃精飯 浩蕩千場白玉壺.

深樹花開江月墮 一番來往世應無.

만사가 구름처럼 흩어져 수습하지 못한 채

육십오 년의 세월로 쓸쓸히 끝을 맺었네.

곤궁한 시름에 붓을 들어 권형책權衡策 써내렸고

거문고 들고 세속 밖에 산과 바다 유람도 했지.

매화 핀 옛 골짜기엔 철적鐵笛 소리 구슬펐고

변새의 눈보라 속에 갖옷이 낡기도 했었네.

관 뚜껑 덮이면 평판이 응당 정해지리니

어찌 시가詩家의 제일류第一流에만 그치고 말쏜가.

萬事如雲散未收 蕭蕭六十五年秋.

窮愁下筆權衡策 汗漫携琴海岳遊.

古洞梅花悲鐵笛 塞垣風雪弊貂裘.

仙棺待蓋論應定 可但詩家第一流.[40]

황현이 강위의 죽음을 애도하며 지은 만시의 첫째 수와 둘째 수이다. 만시는 모두 네 수로 구성되어 있다.

첫째 수에서는 강위의 풍모를 회상하고 그의 업적에 대해 추앙하였다.

황현은 강위를 직접 만나기 이전부터 그의 인간됨과 시문에 대해 전해 듣고 마음속으로 흠모하였다. 강위를 만나기 전에 그가 지은 시문을 읽었을 때에는 기골이 장대한 사람으로 생각했었는데, 실제로 만나보니 산택의 여윈 신선이라고 하여 강위의 용모와 높은 시적 기상을 표현했다. 오악五岳을 유람했다는 것은 강위가 젊은 시절 국내의 명산을 두루 유람하면서 시를 짓고 음주를 즐기며 세월을 보냈던 일을 가리킨다. 백옥호白玉壺를 들이켰다는 말은 가는 곳마다 술병을 들이켰던 강위의 호탕한 행동을 표현한 것이다.

일찍이 김택영은 강위에 대해 "천인·성명·시문의 학문으로부터 군사·재정 등에 이르기까지 궁구하지 않은 것이 없었다. 학문이 이루어지자 뜻하는 대로 멀리 유람하여 전국을 두 번이나 돌았다. 돈 없이 항상 구걸하여 먹었고, 혹 과일 먹고 물마시며 인적이 없는 곳에 노숙하면서 발길이 미친 것이 수만 리나 된다"[41]라고 하였다. 이는 강위가 박학하고 광범위한 학문 세계를 이루었으며, 세상의 정형화된 기준에 얽매이지 않은 초탈한 삶을 영위했음을 표현한 것이다.

둘째 수에서 황현은 강위가 생전에 펼쳤던 많은 일들을 이루지 못한 채 65세의 나이로 생을 마감했음을 기록했다. 시의 함련에서 권형책權衡策은 형평의 정책을 의미하는 것으로, 강위가 판서 정건조鄭健朝의 권유로 지었던 3만여 자의 시무책인 「의삼정구폐책擬三政捄弊策」을 가리킨다. 그러나 그 내용이 너무 무력적인 군사정책에 치중하다는 이유를 들어 정건조가 조정에 올리는 데 난색을 표하자, 강위는 끝내 올리지 않고 불태워버렸다. 이건창은 당세의 일에 전념하여 높게는 하분河汾의 「태평십이책太平十二策」과 같은 글을 저술하고 낮게는 미산眉山의 「권형론책權衡論策」과 같은 글을 쓰는 것이 강위의 뜻이었다고 말한 바 있다.[42] 강위는 현실 개혁에 대한 방안으로 시무책을 짓는가 하면, 거문고를 들고 산하를 두루 유람한 방외인의 삶을 살기도 했다. 이 때문에 황현은 강위에 대해 제일류 시인이라는 명성에 머무르지 않고 훗날 정당한 평판이 이루어질 것이라고 말한 것이다.

노쇠한 용모 칠 척 키에 수염 눈썹은 예스러운데
인간 세상을 놀이 삼아 늙을수록 기이해졌네.
칼 차고 서쪽에 가서는 천하를 작게 여겼고
배 타고 동해를 건널 땐 태양도 더디 여겼지.
문장에 깨달음 있어 끝내는 부처에 귀의했고
경세제민 여의치 않자 만년엔 시에 의탁했네.
죽은 뒤는 처량하나 명정銘旌 한 폭은 중하여라
한 관직은 하찮지만 임금의 알아줌 입었었지.

龍鍾七尺古鬚眉 遊戱人間老更奇.
倚劍西雲天下小 揚帆東海日輪遲.
文章有悟終依佛 經濟違心晩托詩.
身後凄凉丹旐重 一官雖薄聖明知.

죽으면 묻힐 뿐이라 이 노인이 항상 말했거늘
서풍 앞에 내 눈물은 왜 이리 흐르는고.

도깨비불 번쩍인 객사엔 처자가 달려가고
부음 전해진 강호엔 원숭이 학이 슬피 우네.
초상 뵙고 사람들 찬贊 짓는 건 한량 못하려니와
시문 간행은 재주 사모한 세인을 힘입어야지.
육교六橋의 눈 내린 뒤 가없는 달빛 아래
취하여 시 읊던 모습 다시는 못 보겠구나.

此老常言死便埋 西風我淚果何哉.
燐靑逆旅妻兒至 訃滿江湖猿鶴哀.
拜像難容人作贊 刋詩須仗世憐才.
六橋雪後無邊月 不見哦哦被酒來.[43]

셋째 수에서는 강위가 중국과 일본으로 사행을 다녀온 사실을 나타냈다. 함련에서 서쪽에 가서 천하를 작게 여겼다는 말은 강위가 세 차례에 걸쳐 연행사를 따라 중국에 다녀왔으며, 이때 강위의 문장이 중국의 문인들을 능가할 정도로 뛰어났음을 의미한다. 또한 동해를 건넜다는 말은 강위가 1880년 수신사 김홍집의 일행으로 일본에 다녀온 일을 가리킨다. 이때 황현은 부산으로 가서 일본으로 향하는 강위를 직접 전송하고 시를 짓기도 했다. 경련에서는 강위가 품은 경세제민의 뜻을 모두 펼치지 못하고 만년에 시에 의탁한 생활을 영위했음을 나타냈다. 강위는 일찍이 과거 응시를 포기했었는데, 그의 나이 63세에 이르러서야 비로소 미천한 신분의 관직 진출이 허용되어 9품직 선공감 가감역繕工監假監役에 제수되었다. 이 때문에 비록 관직은 하찮으나 임금의 알아줌을 입었다고 표현한 것이다.

마지막 넷째 수에서는 생사의 경계로 고인을 다시 볼 수 없게 된 시인의 슬픔이 극대화되어 나타난다. 평소 죽으면 묻힐 뿐이라고 덤덤하게 말했던 강위와는 달리, 그를 그리워하는 황현의 눈물은 멈추지 않는다. 강위가 세상을 떠나자 거처하던 곳의 원숭이와 학의 울음소리조차 그의 죽음을 슬퍼하는 것처럼 처연하게 들린다. 마지막으로 황현은 강위가 생전에 활동했던 육교시사六橋詩社에서 더 이상 그의 모습을 볼 수 없게 된 것을 통곡했다. 육교시사는 1870년대에 서울에서 결성된 시사로, 청계천 하류에서 여섯 번째 다리인 광교를 중심으로 한 지역에서 결성된 것이다. 이 시사에 참여했던 인물로는 강위를 비롯하여 변진환, 이명선, 백춘배, 성혜영 등이 있다. 기존의 다른 중인시사와는 달리 실천적이며 현실적인 지식과 정보를 나누었던 시사로 평가받는다. 강위는 시사에서 읊은 시를 모아 『육교연음집六橋聯吟集』으로 명칭을 붙였다.

황현이 강위의 죽음을 애도하며 지은 이 시는 마치 한편의 전기傳記를 읽는 것처럼 대상 인물의 일대기가 효과적으로 묘사되어 있다. 곧 이 시는 강위의 일생을 기록하여 후대에 전하는 한편, 생사의 경계에 가로막혀 다시 만나볼 수 없는 시인의 상심이 함께 묻어나는 수작이라 하겠다.

한편 강위가 세상을 떠난 그해에 다시 커다란 사건이 일어났다. 바로 10월에 발생한 갑신정변이다. 1884년 10월 17일, 김옥균을 중심으로 한 문명개화론자들은 우정총국 개국 축하연을 계기로 정변을 단행했다. 이들은 정변이 일어났다고 거짓으로 보고하며 고종과 왕실 가족들을 창덕궁 옆의 경우궁으로 옮기려다가 실패했다. 그리고 일본 공사와 일본 군대의 보호를 요청하는 전갈을 보냈다. 정변이 일어난 지, 이틀 뒤 사대파 관료들은 청나라에게 구원을 요청했다. 청나라 군대는 참모였던 위안스카이袁世凱의 주장에 따라 창덕궁을 공격하여 조선군의 방어진을 무너뜨렸다. 개화파는 고종에게 제물포나 강화도로 천도할 것을 요청했으나 거절당했고, 결국 김옥균·박영효·서광범·서재필 등은 일본 공사를 따라 피신했다. 이때 고종을 수행했던 홍영식·박영교 등은 청군에게 피살되었으며, 남은 개화파 세력들 중에서도 다수가 체포되어 사형을 당했다.

정변 소식에 분개한 서울의 백성들은 일본 공사관을 습격했다. 외세를 끌어들여 국왕을 기만하고 중신을 죽인 정변에 대한 민심의 반응은 적대적이었다. 개화당 정권이 붕괴되자, 고종은 개화당의 개혁 조치를 무효화하고 우정총국도 폐지했다.[44] 마침내 3일 천하로 막을 내린 정변은 훗날 일본 공사관의 화재에 대한 배상금 문제로 한성 조약을 체결하게 하였고, 나아가 청나라의 내정 간섭 심화와 일본과의 알력 다툼 고조로 훗날 청일 전쟁이 발발하는 계기로 작동했다.

10. 생계를 위해 책을 판 왕사각을 위로하다

황현은 어린 시절 구례에 사는 왕석보를 스승으로 삼아 학문을 연마했다. 왕석보는 세 명의 아들을 두었는데, 이들은 모두 황현과 친분이 두터웠다. 그들은 서당에서 함께 글 공부를 익히고 시문을 주고받기도 하면서 서로 깊은 교분을 나누었고, 이들의 교유는 세상을 떠날 때까지 계속되었다.

왕석보의 첫째 아들은 왕사각王師覺으로, 호는 봉주鳳洲이다. 그는 서울에서 머물며 과거를 준비하였으나, 시국이 날로 혼란해지자 고향 구례로 내려와 후학 양성에 전념하였다. 황현은 왕사각에게도 시문을 배웠는데, 황현의 아들도 대를 이어 왕사각의 가르침을 받았다. 한편 왕사각의 아들인 왕수환은 황현과 함께 호양학교 설립을 돕고 그곳에서 근무한 경력이 있다. 또한 황현의 사후에 문집 간행에 필요한 모금을 적극적으로 주선하며 『매천집』 간행을 주도한 인물이기도 하다.

왕석보의 둘째 아들은 왕사천王師天으로, 호는 소금素琴이다. 그는 성격이 자유분방하여 유람하기를 좋아했으며 강위, 김택영 등 명사들과도 교유했다. 왕석보의 셋째 아들은 왕사찬王師瓚으로, 호는 소천小川이다. 그는 시인으로서 뛰어난 자질을 지녔으며, 황현도 그의 문재를 인정하고 공동으로 시집을 묶기도 하였다.

왕사각은 학행學行이 훌륭하고 시문에 뛰어난 자질을 지녔다. 그는 중년의 나이에 서울에 과거를 보러갔다가 어지러운 시국을 목도하고 시험을 단념한 채 고향으로 돌아왔다. 그 후 백운산 자락의 만수동으로 이사했다가 다시 오봉산으로 이사하여 후학을 길렀는데, 황현도 이때 그에게 나아가 가르침을 받았다. 황현은 평소 왕사각의 청빈한 삶의 자세를 중국 진나라 때 문인인 도연명에 비유하기도 했다.

어느 날 왕사각은 곤궁해진 살림 형편으로 인해 책을 팔아서 생계를 이어야 하는 상황에 처했다. 그는 이 일로 인해 깊은 시름과 번민에 빠져 있었는데, 이것을 알게 된 황현은 왕사각의 상심을 위로해주기 위해 시를 지어 보냈다. 1886년의 일이다.

옛날엔 전토 팔아서 책을 사더니

이제는 책을 팔아서 쌀을 사 오네.

거문고 불 때고 학 삶는건 물을 것도 없이

칼 뽑아 땅 찌르며 눈물 머금고 노래하네.

오십 나이로 모소眊氉에 빠진 왕 선생은

흰 머리털 휘날리고 피골이 상접했구려.

송頌이 있어 자연子淵의 문장을 능가할 만하고

책策이 있어 개황開皇의 뜰 아래 바칠 만도 하건만.

사람들은 안목 없고 나는 운명이 기박해

기개는 구름 같으나 집은 씻은 듯 청빈하네.

거년去年에는 나귀 팔고는 산행을 그만두고

멀리 명산을 향해 머리만 조아릴 뿐이러니.

금년今年에는 소를 팔아 봄 농사를 망쳤는지라

처자식은 원망하며 높은 노적 부러워하네.

일절 소유한 거라곤 아무것도 없는데

학까지 놓아 아득한 선경으로 날려 보냈네.

단지 나무 밑에 조그마한 집이 남아있어

썰렁한 대사립이 달을 향해 열려 있는데,

먼지 낀 시루는 안 돌보고 날로 시나 고치고

흥겹게 읊조리며 제자들을 가르치시네.

賣田昔買書 賣書今買米.

燒琴煮鶴不可問 拔劍斫地歌含涕.

五十毰毸王先生 髮颯欲鳴骨播髀.

有頌可奪子淵筆 有策可獻開皇陛.

人無眼我無命 氣如雲屋如洗.

去年賣驢廢山行 遙向名山但拜稽.

今年賣牛破春農 妻謫兒呼羨京坻.

一切諸有空又空 放鶴又向雲波瀰.

祇殘半畝樹下宅 竹戶泠然對月啓.

不顧塵甑日改詩 奮袖哦哦授諸弟.[45]

생계를 위해 책을 팔고 실의에 잠겨있는 왕사각을 위해 황현은 위로의 마음을 담아 시를 지었다. 집안 형편이 좋을 때는 전답을 팔아 책을 샀었는데, 이제는 쌀을 사기 위해 그 책을 팔아야 할 정도로 형편이 곤궁해졌다. 어려운 살림살이로 생계를 꾸리느라 음식조차 풍족하지 못했던 왕사각은 오십 세의 나이에 이미 흰 머리털을 날리고 피골이 상접한 모습이 되었다. 황현은 왕사각의 뛰어난 문장을 한나라 때 문장가로 특히 사부辭賦에 뛰어났던 왕포王褒에 견주었다. 개황開皇은 중국 수隋나라 문제文帝의 연호이다. 수나라 때 왕반王頒이 진무제陳武帝에게 살해당한 부친의 복수를 위해 수문제에게 취진책取陣策을 올리고 군대를 징발하여 진나라를 공격해서 마침내 멸망시켰다. 곧 왕사각의 탁월한 문장과 재능을 그와 동일한 성씨를 지닌 두 사람에 빗대어 나타낸 것이다.

황현은 이와 같이 왕사각이 훌륭한 글 솜씨와 재능을 지녔음에도 불구하고 세상 사람들이 알아보지 못하는 것을 늘 안타깝게 여겼다. 왕사각은 가세가 점점 기울어진 탓에 작년에는 나귀를 팔아 산행을 그만두었고, 금년에는 소를 팔게 되어 봄 농사를 망치게 되었다. 이제 그에게 남은 것은 오직 나무 아래 위치한 조그마한 집 한 채뿐이다. 그러나 왕사각은 그곳에서 날마다 흥겹게 시를 읊조리고 제자들을 가르치며 청빈한 생활을 영위했다.

그대는 듣지 못했나.
강운루絳雲樓 한 번 화재에 우산虞山이 슬퍼했고
전당 안 잡힌 한서漢書도 끝내 잿더미가 된 것을.
또 듣지 못했나.
창곡昌穀은 책 없어도 통하지 못한 게 없었고
칠자七子의 우두머리로 위의가 엄연하였음을.
이 시를 읽고 나면 실소를 금치 못할 터라
부치고 보니 내 무례함 나무랄까 두렵구려.

君不聞.
絳雲一炬虞山嗟 漢書不質終灰底.
又不聞.
昌穀無書無不通 七子冠冕蹌而濟.
此詩讀了堪噴飯 寄去復恐嗔無禮.[46]

황현은 강운루絳雲樓와 창곡昌穀에 관한 고사로 시를 마무리했다. 강운루는 중국 명나라 때 문인인 전겸익錢謙益의 서실이다. 어느 날 강운루에 화재가 발생하여 그곳에 소장되어 있었던 각종 서책 수만 권이 모두 소실되었다. 창곡은 서정경徐禎卿의 호이다. 서정경은 중국 명나라 때 문인으로 어려서부터 매우 총명하여 집에 책이 한 권도 없었으나 통하지 못한 글이 없을 정도로 명성이 자자했던 인물이다.

황현은 강운루의 화재 사건을 예로 들어서, 책이란 언제든지 잿더미로 변해버릴 수 있는 불가변적 속성을 지닌 사물임을 나타냈다. 그리고 서정경의 경우를 통해 훌륭한 시문을 짓기 위해 책이 반드시 필요한 것이 아님을 역설했다. 황현 자신도 문인의 신분이었기에 생계를 위해 어쩔 수 없이 책을 팔아야만 했던 왕사각의 실의와 상심에 대해 누구보다 공감하고 있던 터였다. 이 때문에 왕사각의 고통과 슬픔에 대해 공감하고 상대를 진정으로 위로하는 시를 지을 수 있었다.

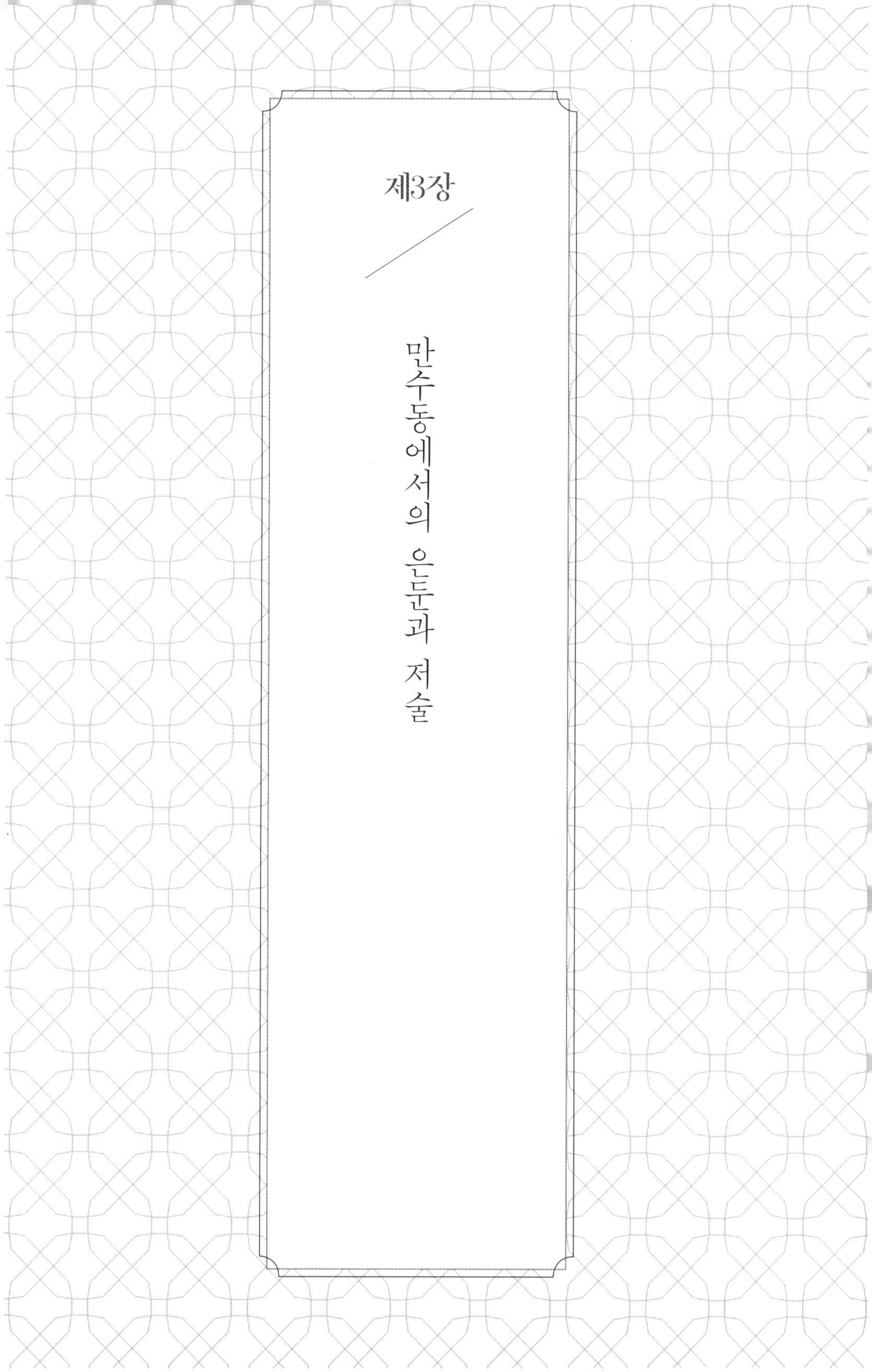

제3장

만수동에서의 은둔과 저술

1. 구례 만수동으로 이사하다

1886년 12월, 황현은 광양의 서석마을을 떠나 구례의 만수동으로 이사를 갔다. 구례는 예로부터 세 가지가 크고 세 가지가 아름다운 땅으로 일컬어졌다. 지리산과 섬진강, 드넓은 들판이 세 가지 큰 것이고, 지리산과 섬진강이 빚어놓은 수려한 자연환경, 기름진 땅으로 인한 천혜의 풍요로움, 그리고 순박하고 인정 넘치는 고장 사람들의 마음씨가 세 가지 아름다운 것이다. 이상의 것들은 분지형 지세를 이루는 구례의 지리적 위치에 기반한 것으로, 구례는 동쪽으로 지리산과 접해 있고 남쪽으로는 백운산을 경계로 하며 서쪽에서 동남쪽으로는 섬진강이 관통해서 흐른다.

황현이 태어나고 자란 광양을 떠나 만수동으로 거처를 옮긴 이유는 무엇일까? 그 이유는 다음 글에서 확인할 수 있다.

> 병술년 겨울 석현石峴에서 구례군 간전면 만수동으로 이사를 했다. 이때는 가세가 기울어져 소유한 농장이 단지 낙안樂安에 5~6섬지기 있었고, 해장海庄은 가격이 떨어져 기반으로 삼기에 부족했다. 무자년 큰 가뭄이 일어나 양식을 빌린 부채를 갚으려고 도장道掌인 이모李某에게 900냥에 팔았다.[1]

이 글은 황원이 기록한 것이다. 이 글에 의하면 황현이 구례로 이사한 이유는 가세가 급격하게 기울어 생활이 곤궁해졌기 때문으로 짐작된다. 그러나 구례로 이사한 이후에도 황현의 집안 형편은 계속해서 어려웠던 것으로 보이는데, 2년 뒤인 1888년에는 양식을 빌린 부채를 갚기 위해 소유한 농장을 팔았기 때문이다.

또한 황현이 구례로 이사를 결심하게 된 데에는 스승인 왕석보 일가의 거처가 그곳에 있다는 점도 작용했다. 왕석보를 비롯한 그의 세 아들과 어릴 때부터 돈독한 사이를 유지했던 황현은 정든 고향을 떠나 만수동의 새로운 환경에서 터전을 잡을 수 있었다.

산중 거처가 속진과 멀어진 걸 잘 알겠도다
솔바람 소리 듣기 좋아 아침까지 누워 듣네.
땅 가득 구름 낀 산은 구절장九折杖 짚고 거닐고
하늘 닿은 밝은 달 아랜 한 퉁소 소리로다.
도부桃符는 써서 스스로 문 위의 벽에 붙이고
버들개지 필 때엔 한가히 다리를 지나가네.
동문들 경비輕肥의 차림을 이미 익히 보았으니
이제부턴 맹세코 어초漁樵를 싫어 아니하련다.

巖居剩覺去塵遙 愛聽松風臥達朝.
滿地雲山九折杖 際天雪月一枝簫.
桃符寫了自粘壁 柳眼開時閒過橋.
同學輕肥看已熟 從今誓不厭漁樵.

따뜻한 방 병풍 아래서 잠 한숨 자고 일어나
창문을 열고 흐르는 겨울 강을 유쾌히 보네.

명절이라 집집마다 아녀자들은 절구질하고

산촌 경제의 밑천은 일만 그루 매화로다.

꿈속에 고인 만나선 기백을 과시했는데

누워 가랑눈 소리 듣고는 시재詩才를 한탄하네.

그대는 송료松醪가 준하다고 말을 말게나

요즘은 곤궁한 시름을 쉬 억누를 수 없구려.

突煖屛低睡一回 開窗快見凍江來.

歲時兒女千家杵 經濟山林萬樹梅.

夢見古人誇魄力 臥聞微雪恨詩才.

卿卿休說松醪勁 此際窮愁未易裁.[2]

이 시는 황현이 만수동으로 이사하고 난 뒤 자신의 심경을 토로한 것이다. 봉성은 구례의 옛 이름이다. 만수동은 백운산 자락에 위치해 있는 까닭에 세상과의 거리는 더욱 멀게 느껴지지만, 오히려 그 덕분에 자연의 소리에 더욱 귀를 기울일 수 있는 장점이 있다. 황현은 그곳에서 지팡이 짚고 산 속을 거닐며 휘영청 달 밝은 밤에는 퉁소 소리에 귀를 기울인다. 경비輕肥의 차림은 살찐 말과 무게가 가벼운 갖옷을 의미하며, 곧 화려한 생활을 의미한다. 황현의 처지와는 거리가 먼 생활이다. 그렇기 때문에 이제부터는 고기 잡고 나무하는 것을 싫어하지 않겠다고 스스로에게 다짐하는 것이다.

새로 옮긴 만수동의 집은 따뜻하고 창문 아래에는 도도하게 겨울 강물

〈그림 1〉 매천샘 옛터
출처 : 이은영

이 흐르는 곳이다. 마침 황현이 이사한 때가 12월이라 명절을 맞이하여 집집마다 절구질하는 소리가 들리고, 집 주위에는 일만 그루 매화나무가 둘러 있다. 송료松醪는 소나무의 솔잎이나 솔뿌리를 넣어 빚은 술을 가리킨다. 송료를 마시면서 가슴 속의 곤궁한 시름을 달래는 시인의 모습이 나타난다.

만수동은 황현에게 중요한 의미를 지닌 공간이다. 황현은 훗날 구례 광의면 월곡리로 이사하기 전까지 만수동에서 약 17년을 보냈으며, 이곳에서 『매천야록』·『오하기문』과 같은 대표적인 저술을 집필했다. 황현은 만수동으로 이사할 때 자신의 가족뿐 아니라 동생인 황원의 일가도 함께 이끌고 갔다. 그는 이곳으로 거처를 옮긴 후, 매화나무를 심고 개울 아래에 옹달샘을 파서 식수를 해결했다. '매천梅泉'이라는 자호도 이때에 지은 것이다.

황현이 아이들을 가르친 것은 만수동으로 이사하기 이전부터였다. 그는 이미 1884년 30세 되던 겨울에 아이들을 가르칠 계획으로 『집련集聯』을 집필한 바 있다. 이 책은 청나라 문인 호응린胡應麟의 『시수詩藪』를 토대로 삼고, 토원兎園・패책敗冊 가운데 쓸 만한 것을 골라 엮은 것이다. 『집련』은 구례에서 종종 발견되는 한시 교과서였다. 황현의 후학 양성은 만수동으로 이주한 뒤에도 계속되었지만, 집이 비좁고 방이 부족하여 배움을 청하러 오는 많은 후학들을 받아들이기에는 부족했다. 황현이 구안실을 짓기로 결심한 이유도 바로 이 때문이었다.

> 구안실苟安室은 간전면 만수동 최상부의 개울 동쪽에 있다. 곧 황매천 선생이 은거할 때, 배우고자 찾아온 후학들을 위하여 지었다. 그리고 다시 그 옆에 1칸의 집을 지어 이름을 '일립정一笠亭'이라 하고, 여름에 더위를 피했다. 선생이 월곡으로 이사한 뒤에 구안실과 일립정이 함께 불에 탔다. 마을 사람 오씨가 다시 집을 짓고 산다.[3]

『속수구례지續修求禮誌』에 소개된 구안실과 일립정에 관한 내용이다. 황현이 만수동에서 지낼 때 후학들을 가르치기 위해 구안실을 지었으며, 그 옆에 일립정을 지어 여름 더위를 피했다고 하였다. 그러나 황현이 월곡리로 이사한 뒤 구안실과 일립정은 모두 불에 타서 소실되었다.

만수동으로 이사한 뒤 황현의 시문은 더욱 원숙한 면모를 지니게 되었고, 역사가로서의 면모는 더욱 철저해진 것으로 보인다. 그의 대표적 저술인 『매천야록』과 『오하기문』도 이곳에서 집필되었다. 이외에도 황현은 만수동에서 거처하면서 약 1천여 수의 시를 짓기도 하였다. 곧 만수동에서 지내는 기간 동안 황현의 사상과 정신은 더욱 빛을 발하여 응축된 결과물로 나타났고, 그의 학문과 문학은 점차 깊이를 더해갔다. 만수동이 '매천 문학의 산실'로 불리는 것도 이러한 이유 때문이다.

2. 성균관 생원시에 합격하다

황현은 15세 무렵부터 본격적으로 과거 시험을 준비했다. 그는 고향을 떠나 남원에 있는 과거 전문 선생을 찾아가 글공부를 하기도 하였다. 이처럼 황현이 과거 급제를 위해 각고의 노력을 기울인 까닭은 부귀와 영달을 얻기 위함이 아니라, 부모의 거듭된 권유와 기대에 부응하기 위해서였다.

1883년 황현은 별시 보거과에 응시했으나 파방罷榜을 당하여 합격자 명단에 이름을 올리지 못했다. 보거과는 우수한 인재를 추천받아 시험을 치르는 별시이고, 파방은 과거 합격이 취소되는 것이다.

덧없이 갈린 희비, 따질 게 뭐 있나.

객사엔 꽃 만발하고 술도 동이에 가득하네.

쥐 잡는 재주 없다고 천리마를 꾸짖으랴.

갈 길 먼 붕새는 오히려 곤鯤을 기약하네.

백설가白雪歌 불러 본들 끝내 누가 화답하리.

습기 자욱한 긴 무지개가 거꾸로 걸히네.

버들 나루 건너올 때가 갑자기 떠오르나니

성곽의 서문西門에서 온 집안이 전송했었지.

悠悠懽戚豈堪論 旅館花深酒滿盆.

捕鼠技窮寧責驥 搏鵬路遠尙期鯤.

歌成白雪終誰和 氣鬱長虹倒自呑.

却憶來時楊柳渡 全家送出郭西門.[4]

과거에서 파방된 직후에 지은 이 시에는 당시 황현의 씁쓸한 심정이 고스란히 담겨 있다. 서울 객사에 만발한 꽃과 동이에 가득한 술로 스스로 위안을 삼으려고 하지만, 고향에서 전송했던 가족들 생각이 떠올라 이내 시인의 마음을 무겁게 한다.

당시 황현이 파방을 당한 것과 관련하여 김택영의 기록을 살펴보면, "태황제太皇帝 20년에 특별히 보거급제시保擧及第試를 설행하였는데 황현이 초시初試 초장初場의 책제에 대책對策을 내니, 시관試官 한장석韓章錫이 그 문장을 보고 크게 놀라 1등으로 뽑았다가 얼마 뒤 시골 사람인 것을 알고는 고쳐서 2등으로 삼았다. 전정殿庭에서 보는 회시會試에서는 파방을 통보받았다"라고 하였다. 김택영의 증언과 같이 황현은 보거과 초시에 응시하여 장원을 했으나 한미한 시골 출신이라는 이유로 낙방하게 된 것이다. 이때의 경험으로 인해 황현은 과거제도의 부정부패를 절감하게 되었고, 이후 과거에 대한 마음을 접고 고향으로 내려왔다.

황현은 평생 벼슬길에 나아가지 않았으며 처사處士로 일관된 삶을 살았다. 그렇지만 처음부터 관직에 전혀 뜻이 없었던 것은 아니었다.

> 도원골 깊은 곳엔 석문石門이 열려 있는데
> 산촌 경제 잘되라고 대래大來를 점치도다.
> 천 그루 감귤은 가을에 곳집 가득 채우고
> 파초 세 잎에 빗소리는 술잔을 울리누나.
> 청운靑雲의 꿈을 끊으니 문장은 진취하건만
> 단약丹藥의 공은 더딘데 세월은 하도 빨라라.
> 나 또한 애당초 세상을 잊은 자 아니기에
> 십 년 동안 나그네로 풍진 속을 분주했네.

> 桃源深處石門開 經濟山林筮大來.
> 橘柚千頭秋滿廩 芭蕉三葉雨鳴盃.
> 靑雲夢斷文章進 丹藥功遲歲月催.
> 我亦初非忘世者 十年爲客走風埃.[5]

황현은 시의 미련에서 '나 또한 세상을 잊은 자 아니기에, 십 년 동안 나그네로 풍진 속을 분주했네'라며 지난 시절을 회상했다. 황현은 과거 준비를 위해 남원으로 가서 유학을 하기도 했으며, 이후 청운의 꿈을 가슴에 품고 1878년에 서울에 들어갔다. 이후 과거에서 여러 번 낙방의 불운을 겪다가 마침내 1888년에 치른 과거에서 급제를 하였다. 시에서 10년간 나그네로 풍진 속을 분주했다고 한 것은 처음 서울에 출입한 이후 과거에 급제하기까지 10년 동안의 기간을 표현한 것으로 보인다.

1888년 2월, 34세가 되던 해에 황현은 다시 과거를 보기 위해 서울에 들어갔다. 부친의 권유를 이기지 못해 향공초시생鄕貢初試生으로 성균회시成均會試 이소二所의 생원시生員試에 응시한 것이다. 그리고 마침내 과거 급제자 명단에 이름을 올릴 수 있었다. 1878년에 서울 출입을 시작한 뒤 꼭 10년 만의 일이었다. 당시 시관試官은 판서를 지낸 정범조鄭範朝였다. 정범조의 족제族弟인 정만조鄭萬朝는 평소 이건창을 통해 황현의 시재詩才에 대해 잘 알고 있었으며 그의 재능을 높게 평가했다. 정만조는 일찍이 정범조에게 "황현이 1등을 차지하지 못하면 이번 시험도 공정한 시험이 되지 못할 것이다"라고 하여 황현의 능력을 높게 평가했다. 곧 황현의 비범한 재능을 꿰뚫어 본 사람들 덕분에, 더 이상 시골 출신이라는 이유로 파방되는 일을 겪지 않을 수 있었다.

> 무자년戊子年 봄에 진사가 되었다. 주시主試인 판서 정범조鄭範朝가 종장終場에서 장원으로 선발한 것이다. 방榜이 발표된 후 곧장 한 마리 나귀만을 타고 귀가하니, 서울 사람들은 과거에 새로 급제한 사람으로 나귀 한 마리만을 타고 귀향한 사람은 황진사黃進士뿐이라고 한다. 당시 나라에는 정령政令이 없고 과거의 폐단이 가지가지였다. 시골의 가난한 선비는 구양수歐陽脩·소식蘇軾의 문재文才가 있더

라도 공로公路로 나갈 기회는 결코 없었고, 서하書下는 세도가에 맡겨져서 사색四色에 분배되고 공주, 옹주, 선현의 후손들이 마치 고슴도치마냥 떼거리로 모여들고 까치처럼 기미를 보아 날아다니니, 식자識者들이 모두 싫어하고 더럽게 여겼다. 선생은 부모의 명령을 어길 수 없었고 끝내는 합격을 하였다. 그런데 늘 우리에게 말하기를 "내가 근세의 진사를 이뤄낸다는 것이 무슨 만년의 공업功業이겠는가?"라고 하며 탄식을 했다.[6]

이 글에는 무자년의 과거시험에서 황현이 장원으로 선발된 사실과 이후 나귀를 타고 곧바로 고향으로 돌아온 정황이 기록되어 있다. 이어서 당시 과거의 폐단이 극심하여 시골의 가난한 선비는 비록 중국 송나라 때 저명한 문인인 구양수·소식과 같은 뛰어난 문재가 있더라도 벼슬길에 나아갈 기회조차 얻을 수 없다고 하여, 황현이 과거 급제 이후 곧장 귀향길에 올랐던 궁금증에 대한 실마리를 제공한다. 아울러 황현의 거듭된 과거 응시는 부모의 명을 차마 어길 수 없었던 어쩔 수 없는 선택이었음을 나타냈다. 진사가 되는 것이 무슨 만년의 공업功業이겠느냐고 한 황현의 자조 섞인 탄식은, 오롯이 자신의 의지와 선택으로 과거 급제를 이룬 것이 아님을 드러낸 것이다.

서생의 두더지 배로 강물 깊음은 깨달았지만
종전에 헛되이 맘 써온 게 도리어 우습구려.
멀리 생각건대 고향에서 문희연聞喜宴 베푼 날엔
부모님의 한 번 웃음이 천금千金과 맞먹으리라.

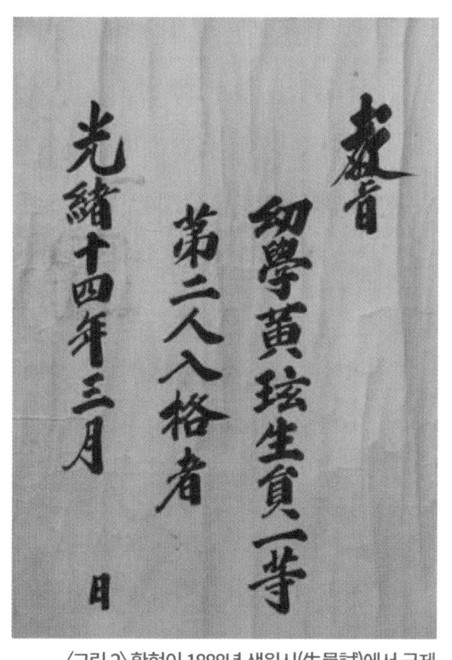
敎旨
幼學黃玹生員一等
第二人入格者
光緖十四年三月 日

〈그림 2〉 황현이 1888년 생원시(生員試)에서 급제(1등 제2인)한 교지(敎旨), 등록문화재 제749-3호
출처 : 문화재청

書生鼴腹覺河深 還笑從前枉費心.

遙想鄕園聞喜日 爺孃一笑抵千金.[7]

황현은 과거에서 장원으로 합격하고 난 뒤의 소회를 시에 담아냈다. 문희연聞喜宴은 중국 당나라 때 진사 급제자를 방방放榜하고, 이들을 수도 장안의 곡강정曲江亭에 모아 놓고 베풀었던 주연을 가리킨다. 이 시에서는 황현의 고향에서 과거 급제자를 위해 베풀었던 잔치를 나타낸다. 부모님의 한 번 웃음은 천금의 값어치가 있다는 마지막 싯구를 통해, 황현이 벼슬길에 뜻을 두지 않았음에도 오랜 시간 과거 합격을 위해 힘을 기울였던 지향점을 찾을 수 있다.

곧 황현은 1883년의 낙방으로 세상의 부조리함을 직접 경험하고 난 뒤 과거에 대한 미련을 두지 않았으나, 부모님의 권유와 기대를 저버릴 수 없어 다시 과거장에 나아갔고 마침내 기쁜 소식을 들려드릴 수 있었다.

3. 과거제의 부정부패를 목도하다

과거의 부정부패를 절감한 황현은 이와 관련된 일화를 『매천야록』에 기록하여 당시 과거 제도 전반에 걸친 부조리한 실상에 대해 고발하였다.

> 정축년1877에 정시 문과를 치러 다섯 명을 뽑았다. 남정익南庭益은 당시 의주 부윤으로 있었는데 돈 10만 민緡을 바쳐 그의 아들 규희奎熙가 으뜸으로 합격하게 되었다. 나머지 네 사람에게도 모두 서하書下를 해주었다. 금릉위 박영효朴泳孝가 임금에게 아뢰기를 "서울에는 쌀이 옥과 같고 도랑에는 굶어 죽은 사람이 연해 있는 형편인데, 팔도의 거자擧子들을 모아놓고서 청탁을 행하는 것은 물론이요, 심지어는 과거를 판다는 소리가 있습니다. 선비들은 입을 모아 불평하고, 원망의 기운이 속에 가득 찼습니다. 전하에게 이런 계획을 올린 사람은 누구입니까?" 하니 임금이 자못 그 일을 후회했다.[8]

이 글은 『매천야록』에 수록된 내용이다. 1877년의 정시 문과에서 다섯 명의 합격자를 뽑았는데, 의주부윤으로 있던 남정익이 돈 10만 민을 바쳐 그의 아들을 으뜸으로 합격하게 했다. 자식의 출세를 위해서라면 부정한 방법도 마다하지 않는 그릇된 부정父情의 행태는 오늘날에도 그 사례를 찾아볼 수 있어 사회의 씁쓸한 단면을 보여준다.

> 순조·헌종 이후로 척족이 대대로 권력을 잡아 온갖 일이 공도公道가 없었는데 과거의 폐해가 특히 심하였다. 이때에 이른바 '통과統科'로 일컬어지던 것이 있었

는데, 여러 사람들의 눈이 있는데도 귀족 자제들을 낯 뜨겁게 선발하였다. 이들은 올해 뽑히지 않았으면 내년에는 떨어지지 않는다 하여 차례대로 손가락 꼽는 일을 당연한 법처럼 여기니, 곧 고려 말 홍분방紅粉榜이 전철인 것이다. 임금이 이때에 속마음과는 달리 먼 데 있는 사람들을 달래고 고무시키고자 하여 공도를 억지로 행하니 초야의 미천한 사람이 왕왕 과거에 합격하기도 하였다. 그러나 문벌에 구애되어 오랫동안 출세를 못하고 방황하며 성내어 불평하게 되니 과거에 붙지 않는 것만 못하였다.[9]

과거제도의 폐해는 척족이 권력을 잡은 이후로 더욱 심해졌다. 위의 글에서는 당시 통과統科라는 제도를 만들어 부잣집 자제들을 돌아가면서 선발했던 병폐에 대해 비판을 가하였다. 통과는 고려 때 횡행했던 홍분방의 조선판이었다. 이를 통해 과거에 합격했던 사람 중에는 민심을 달래기 위한 목적으로 선발된 사람이 간혹 있었으나, 이들은 오랫동안 출세길에서 밀려나 방황하며 시일을 보내게 되니 차라리 과거에 붙지 않는 것만 못하였다.

또한 황현은 한해 걸러 증광시를 치르고 한 달 걸러 응제시를 치렀으며 거듭 식년과를 치렀는데, 이 중 열에 아홉은 돈 냄새가 나는 것이라고 하였다. 이 때문에 서울 인근에서부터 먼 시골에 이르기까지 모든 사람들이 생업에 힘쓰지 않고 바쁘게 과거를 보러 쫓아다니는 것이 마치 미친 것 같았다고 기록하여 당시 과거제의 병폐와 그 실상을 거침없이 고발하였다.[10]

다시 구례로 돌아온 황현은 과거 급제 이전과 변함없이 처사處士의 삶을 이어갔다. 황현은 만수동에서 거처하며 학문 연구에 전념했는데, 간혹 서울에서 지내는 벗들이 편지를 보내왔다. 그 편지 중에는 황현의 영원히 은거하려는 행동에 대해 책망하는 내용이 담겨 있었다. 그때마다 황현은 "자네는 어찌하여 나로 하여금 도깨비 나라 미친 사람 무리 속으로 들어가서 똑같이 도깨비, 미치광이가 되게 하려는가?"라고 답하여 벼슬길에 나아갈 생각이 없음을 단호하게 나타냈다. 당시 문학이 있는 대관大官으로 신기선申箕善·이도재李道宰 같은 명망 있는 사람들이 앞다투어 황현과 가까워지길 바랐으나 그는 모두 거절하고 응하지 않았다.

4. 영남 지방을 두루 유람하다

황현은 스스로 방랑벽이 있다고 말할 정도로 평소 유람을 자주 다녔다. 가깝게는 이웃 마을에서부터 멀게는 서울·개성·강화에 이르기까지 지팡이를 짚고 우리나라 방방곡곡 산천을 누볐다. 그리고 유람의 여정에서 마주치는 수려한 풍광과 사람들의 모습을 시문을 지어 기록했다.

1889년 3월, 황현은 한 달여의 여정으로 영남 지방을 여행하기 위해 집을 나섰다. 황현은 유람을 떠나기 전 미처 정리하지 못한 여러 가지 집안일 때문에 발걸음이 자꾸 머뭇거렸다. 가장이 집을 비운 것을 대비해 한 달 동안의 집안 살림은 아내에게 맡겼고, 얼마 안 되는 논밭도 이미 아우들에게 나눠 주었다. 이때 황현이 영남 지방 유람을 계획한 배경은 분명하지 않다. 다만 지난해에 과거를 보기 위해 서울을 왕복하는 여정에서 누적된 피로감을 해소하고, 아울러 오랫동안 염원했던 과거 급제를 이루게 되어 홀가

분한 마음으로 유람을 계획했던 것으로 보인다.

> 낙동강 건너 동쪽으로 오니 눈이 번쩍 뜨여라
> 험준한 산하 안팎이 비단 조각 잘라놓은 듯하네.
> 넘실대는 광대한 봄 물결에 백구는 출몰하고
> 뜸 안에선 빗소리 들으며 길손이 배회하네.
> 같은 구역 풍기風氣인데도 사투리는 퍽 다르고
> 처음 만난 변방 지경엔 봉수대가 다가오네.
> 아득한 연기 물결에 회고의 정 더하여라
> 옛날 오가야국五伽倻國이 전부 다 황폐해졌구려.

> 洛東東渡眼初開 表裏河山錦片裁.
> 積水漾春鷗浩蕩 短篷聆雨客徘徊.
> 一區風氣鄕音別 首起封疆海燧來.
> 極目烟波更懷古 五伽倻國盡蒿萊.[11]

집 떠난 나그네를 가장 먼저 맞이한 것은 낙동강이다. 오랫동안 산을 마주하여 살다가, 낙동강을 건너 동쪽으로 오자 비단 조각을 잘라놓은 듯한 풍경에 눈이 번쩍 뜨인다. 넘실대는 낙동강 물결에 갈매기가 날아들고, 작은 배 안에서 빗소리 듣는 나그네의 마음은 정처 없이 배회한다. 이어서 귓가에 들리는 낯선 사투리에 비로소 집을 떠나 유람 중이라는 사실이 실감난다. 황현이 유람한 장소는 고대에 오가야국五伽倻國이 번성했던 곳이다.

그러나 지금은 예전의 번성했던 자취를 찾아볼 수 없고 황폐한 터만 그 자리를 지키고 있다.

낙동강을 건넌 황현은 대구에 거처하는 하산夏山 정재동鄭載東을 방문했다. 정재동은 1888년의 과거 시험에서 황현과 함께 급제한 사람이다. 오랜만에 재회한 두 사람은 봄바람 살랑거리는 맑은 밤에 환하게 등불 밝히고 앉아 회포를 풀었다. 정재동과 작별 인사를 나눈 뒤, 황현은 가야산을 향해 발걸음을 옮겼다.

가야산은 산세가 수려하고 경관이 뛰어나며 신라시대 고찰인 해인사海印寺를 비롯하여 최치원崔致遠과 관련된 사적이 남아 있어, 예로부터 시인 묵객들이 자주 찾던 명산이다. 조선시대 문인 이유원李裕元의 저술인 『임하필기林下筆記』에 보면 "가야산은 이제는 폐지된 야로현冶爐縣의 북쪽 30리에 있으니 지금의 합천陜川이다. 이것이 서쪽으로 뻗어나가서 월류봉月留峯이 되었다. 이 산에 해인사가 있는데 신라의 애장왕哀莊王이 창건한 것으로서, 왕은 당나라에 사신을 보내어 팔만대장경을 구입해서 배에 싣고 오게 하여 여기에 장경각藏經閣 120칸을 세우고 수장하였는데 아직까지도 그 판이 마치 새것 같다. 이 산 남쪽에는 홍류동紅流洞이 있고 그 어귀에는 무릉교武陵橋와 서암書巖 및 기각棋閣 등이 있는데 최치원이 숨어 살던 곳이라고 한다"[12]라고 가야산을 소개하였다.

> 짙푸른 봉우리 점점 검어 보이고
> 석양은 소나무 꼭대기에 걸렸는데,
> 말은 꽃 앞의 계곡 물을 어지럽히고

사람은 바위 틈새로 하늘을 엿보네.

절간 들어가는 길은 없는 듯한데

신선은 역시 맘으로 전한 게 있구려.

이미 홍류동에 당도하여

정자에 올라 보니 다시 아득하구나.

甚靑峯轉黝 斜日在松巓.

馬亂花前水 人窺石竇天.

寺疑無徑入 仙亦有心傳.

旣到紅流洞 登亭更杳然.[13]

가야산에서 가장 먼저 나그네를 반긴 것은 산 입구에 위치한 홍류동 계곡이다. 홍류동은 일명 홍류동천紅流洞天이라고도 하는데, 동천洞天은 산과 내로 둘러싸인 경치가 빼어나게 아름답고 좋은 곳을 가리킨다. 홍류동은 가야산 입구에서 해인사까지 이르는 4km 길이의 계곡이다. 가을이 되면 붉게 물든 단풍이 맑은 계곡물에 비춰 흐른다고 해서 붙여진 명칭이다. 홍류동은 수려한 절경으로 인해 예로부터 가야산의 계곡 중에서 가장 명성이 높았으며, 지금도 합천8경 가운데 하나로 손꼽힌다.

홍류동의 아름다운 경관을 감상하던 황현의 눈길을 잡아끈 것은 계곡 주위에 늘어선 제명題名이 새겨진 바위들이다. 괴석 수집이 취미일 정도로 평소 돌에 관심이 많았던 황현은 붉은 제명이 새겨진 홍류동의 바위들이 나날이 많아진다고 하였다. 황현은 이곳에서 바위 골짝의 '외로운 구름[孤

〈그림 3〉 농산정(籠山亭), 경상남도 문화재자료 제172호
출처 : 문화재청

雲'과 같이 신라시대 지식인이었던 최치원의 명성이 변함없음을 상기하였다. 홍류동 바위 골짜기의 외로운 구름은 최치원의 호인 '고운孤雲'에 빗대어 표현한 것이다.[14]

홍류동 계곡을 따라 올라가다보면 농산정籠山亭이 모습을 드러낸다. 농산정은 최치원이 풍류를 즐겼던 것으로 알려진 정자로, 경상남도 문화재로 지정되어 있다. 이곳은 최치원이 신라 말기 정치적 혼란을 보고 가야산으로 들어가 은거한 뒤에 갓과 신발만 남기고 신선이 되어 사라졌다는 전설이 전해 내려온다. 농산정의 건축 연대는 정확하지 않고, 다만 조선시대 때 유림에서 최치원을 추모하여 정자를 세우고 농산정이라고 명명한 것으로

알려져 있다.

농산정의 '농산籠山'은 최치원의 유명한 시 "첩첩 바위를 미친 듯이 내달려 겹겹이 산봉우리 울리니, 지척 간의 사람 소리도 알아듣기 어려워라. 세상의 시비하는 소리 귀에 들릴까 저어해서, 일부러 물을 흘려보내 산을 감싸게 하였다네[狂奔疊石吼重巒, 人語難分咫尺間. 常恐是非聲到耳, 故敎流水盡籠山]"[15]의 마지막 싯구에서 유래한 것이다. 현재의 정자는 1922년에 재건된 것이며, 정자 옆에는 '고운최선생둔적지孤雲崔先生遯跡地'라고 새겨진 비석이 서있다. 황현은 이곳에서 농산정의 판상板上에 새겨진 최치원의 시 「제가야산독서당題伽倻山讀書堂」에 차운한 시를 남기기도 했다.[16]

황현은 해인사를 찾아가 화상和尙 경담鏡潭을 만나 시를 지어주고 산을 내려왔다. 그리고 다음 행선지인 수승대搜勝臺로 발걸음을 옮겼다.

거북이 물 밖에 나와 볕을 쬐는 듯한데
깊은 못 돌아 흐른 물은 한 활 길이로다.
고인을 비췄던 건 단풍과 솔 그림자요
공중에 피어오른 건 구름과 물빛이로다.
다리는 위태해라 나막신 소리 울리고
봉우리는 좋아서 평상을 옮기지 않네.
앉아서 물에 떠가는 꽃 보노라니
봄바람에 바깥세상은 한창 바쁘겠지.

廻疑龜出曝 潭匯一弓長.

照古楓松影 蒸空雲水光.

橋危纔響屐 峯好不移床.

坐看花浮去 春風洞外忙.[17]

수승대는 경남 거창군 위천면 황산마을 앞의 구연동에 위치한 곳이다. 이곳은 본래 삼국시대 때 백제와 신라가 대립할 때 백제에서 신라로 가는 사신을 전별하던 장소이다. 처음에는 돌아오지 못할 것을 근심하는 뜻에서 '수송대愁送臺'로 불렸던 것으로 전한다. 조선시대 중종 때에 신권愼權이 이곳에 은거하면서 구연서당龜淵書堂을 건립하여 제자들을 양성하였다. 그리고 대臺의 모양이 거북과 같다 하여 암구대巖龜臺라 이름하고 경내를 구연동이라 하였다. 그 무렵 이황李滉이 그 근처를 유람하러 갔다가 수송대에 대한 내력을 전해 듣고, 수송대라는 이름이 아름답지 못하다고 하면서 음이 비슷한 수승대로 고칠 것을 권하는 시를 지어 신권에게 보냈다. 신권이 이황의 시를 대의 전면에 새긴 이후부터 수승대로 부르게 되었다.

이후 황현은 경남 거창 강동에 사는 정연갑鄭然甲의 집에서 하룻밤을 묵고, 다음날 두거령杜居嶺을 넘어 압강鴨江을 거슬러 올라가면서 교룡산성蛟龍山城을 눈에 담았다. 교룡산성은 백제시대 때 축조된 것으로 알려진 산성으로, 남원의 교룡산 중턱에 위치하며 천혜의 요새지로 알려져 있다. 압강은 압록진鴨綠津으로, 지금의 보성강과 섬진강이 만나는 곳이다.

황현의 기록에 의하면, "순자강鶉子江은 두 갈래의 근원이 있다. 그 남쪽 근원은 장흥군에서 나와 북쪽으로 꺾여 동쪽으로 흘러가 순천과 곡성을 경유하여 압록 나루[鴨綠津]에 이르는데, 남원에서 온 북쪽 근원의 본류와 여기에서 합쳐진다. 압록 나루의 위로 수백 리 물길은 산과 계곡을 뚫고 시내와 여울을 모으면서 굽이굽이 감돌아 흐르므로 종종 뛰어난 절경이 많다"[18]라고 하였다.

황현의 영남 기행은 상사上舍 방하규房夏圭의 죽음을 애도하는 것으로 끝이 난다. 이때 황현은 만시 네 수를 지어 방하규를 애도했다. 이 시에서 "듣자 하니 진사방에서 서로 만난 이후로는, 뱃사공 시켜 날 나귀 태워오라 했다지[似聞自覿南宮榜, 日勅溪丁引我驢]"[19]라는 내용으로 보건대, 두 사람의 교유는 황현이 서울에 머물렀을 때 이루어졌던 것으로 보인다.

방하규는 1882년 증광시增廣試에 합격하여 진사가 되었다. 황현은 그에 대해 여러 해 동안 과거 시험장에서 땀을 줄줄 흘리며 공명功名 속에 귀밑털이 진작 하얗게 되었으며, 산전을 다 팔았으나 끝내 병을 고치지 못해 죽음을 맞았다고 애통해하였다. 황현은 방하규가 생전에 부친 국화시菊花詩와

〈그림 4〉 교룡산성, 전북기념물 제9호
출처 : 남원시

편지를 떠올리며, 이것이 마지막 편지가 될 줄 알았다면 남들에게 국화시를 완상하도록 두지는 않았을 것이라고 하며 고인을 추모했다.

5. 서재 '구안실'을 완성하다

황현은 1886년에 광양을 떠나 구례의 만수동으로 거처를 옮겼다. 구례는 탄환에 비견될 정도로 규모가 작은 고장이었으나, 황현을 비롯하여 우리나라 문학사에서 중요한 위치를 점하는 문인들이 많이 배출된 곳이다. 황현은 1902년 월곡리로 이사하기 전까지 만수동에서 17년을 지내면서 수많은 시문과 저술을 남겼다. 황현뿐만 아니라 그를 따르는 문도들을 중심으로 하나의 시파詩派를 형성하였는데, 이로 인해 구례는 호남지역뿐만 아니라 서울에서도 주목받는 지역으로 부상했다.

만수동으로 이사한 지 4년째에 접어든 1890년, 황현은 작은 서재를 완성하고 '구안실苟安室'이라는 편액을 붙였다.

> 한가한 땅 가려 모죽으로 엉성하게 얽었는데
>
> 내 집을 사랑하니 의당 편액을 붙여야지.
>
> 마당 지나 마을 가는 길은 막지 않았거니와
>
> 문만 열면 집의 주산은 한눈에 들어오누나.
>
> 형제들은 밥 먹고 나면 서로 따라 모이고
>
> 아이들은 꽃 사이에서 장난치며 노는구나.

짐승이나 새 말고 찾아오는 사람은 없어
사립짝이 있어도 잠긴 채 내버려 두노라.

茅竹蕭條揀地閒 愛吾廬合署堂顔.
貫場不禁村行路 開戶全收宅主山.
兄弟追隨來飯後 兒童遊戱在花間.
除非猿鳥無人到 縱設柴門且莫關.

집이 이루어진 걸 보니 뜻은 한가로워지고
아이들 필묵 장난에 웃음이 절로 나오네.
계곡 깊이 더 들어가면 꽃은 골짝에 연하고
술 깨어 노래하면 달빛은 산에 가득하구려.
옹산甕算은 실패하여 전토 두 이랑뿐이지만
기우杞憂는 오활하여 너른 집 천 칸을 생각하네.
그대여 뿌리 씹어먹는 걸 좋아할 줄 안다면
이게 바로 우리가 물욕의 꿈 깨는 관문일세.

卽看堂成意欲閒 兒曹弄墨爲開顔.
溪深更入花連洞 酒醒高歌月滿山.
甕算蹉跎田二頃 杞憂迂闊厦千間.
請君認取咬根好 此是吾人夢覺關.[20]

〈그림 5〉 구안실 옛터임을 알려주는 표지판
출처 : 이은영

황현은 구안실을 완성하고 난 이후의 소감을 시로 지었다. 구안실의 문을 열면 마을의 주산主山인 백운산이 시야에 들어온다. 구안실 안쪽은 형제들과 아이들이 서로 어울려 정답게 생활하는 공간이다. 구안실의 사립문이 항상 잠겨있는 것은 짐승이나 하늘을 날아다니는 새들 이외에 찾아오는 사람이 없기 때문이다. 이를 통해 뭇사람들의 발걸음이 잘 닿지 않는 산기슭 깊은 곳에 구안실이 위치해 있음을 알 수 있다. 이와 같은 구안실의 지리적 조건으로 인해 황현은 번잡한 세상에서 들려오는 시끄러운 소리에서 벗어나, 후학 양성과 저술 집필에 전념할 수 있었다.

황현은 구안실에서 지내는 생활을 흡족하게 여겼다. 이 때문에 저절로 뜻이 한가로워졌으며, 아이들의 필묵 장난에도 절로 웃음이 배어나오는 것이다. 안정된 주거 생활에 마음도 여유로워진 황현의 일상을 엿볼 수 있다. 구안실에서 나와 조금만 발걸음을 옮기면 골짜기에 만발한 꽃이 가득하고, 밤이 되면 은은한 달빛이 산봉우리에 아득하게 흩어진다. 비록 채소 뿌리를 먹어야 될 정도로 물질적 풍요와는 거리가 먼 생활이지만, 황현은 이러한 청고清苦한 생활마저도 마음으로 받아들여 물욕을 깨우치는 방편으로 삼았다.

황현에게 구안실은 매우 중요한 의미를 지닌 공간이다. 구안실은 단순한 주거 공간의 차원을 넘어, 후학 양성과 학문 연마에 전념할 수 있는 학술 공간으로서의 기능을 제공했다. 황현은 이러한 구안실에 대해 자신의 애정을 담아 기문을 지었다. 기문은 구안실이 완성된 다음 해인 1891년 6월에 지어진 것이다.

> 나는 어린 시절부터 타지로 나가 유학하느라 집에서 지내지 못하기도 했지만, 한편으로 집안이 가난하다 보니 서실을 갖출 능력도 없었다. 만수동에 우거하게 되면서는 외진 곳이라 제자가 되려고 오는 이가 적은데도 그나마 수업할 만한 곳이 없고, 또 자식들이 날로 자라는데도 공부할 장소가 마땅치 않아 걱정이었다. 그러다 지난해 봄에 척박하여 농사지을 수 없는 얼마간의 빈 땅을 골라 집을 한 채 짓게 되었다.[21]

「구안실기苟安室記」의 앞부분으로, 구안실을 짓게 된 경위와 이유에 대해 기록되어 있다. 이 글에서 황현은 제자들을 강학할 수 있고, 아울러 점점 성장하는 자식들이 공부할 만한 장소가 필요해짐에 따라 척박한 땅을 골라 집을 지었다고 하였다. 곧 황현은 만수동으로 이사한 이후에 본격적으로 후학 양성과 학문에 전념하려는 뜻을 품게 되었고, 이러한 의지가 구안실에 반영되어 나타난 것이다.

> 겨우 세 칸의 집을 완성하고는 그걸 둘로 나누어 분가分家한 종을 거처하게 하고 그 동쪽에 남은 방을 책 읽는 서실로 삼았다. 그러다 보니 몹시 좁고 누추하

여 서실이라는 칭호에 거의 걸맞지 않았다. 하지만 안으로 들어가면 겨울에는 구들이 따뜻하고 여름에는 대자리가 시원하며, 창이 매우 밝아 마치 거울을 대하는 것 같았다. 그곳에서 어른과 아이 네댓 명이 머리를 맞대고 낭랑하게 글을 읽으면, 나는 책 한 권을 들고 벽을 따라 돌며 읽거나 목침을 괴고 누워 읽기도 하였다. 그 방이 내 몸에 안성맞춤이었기 때문에 밥을 먹고 일이 없으면 그곳으로 갔고, 가서는 돌아오는 것도 잊곤 하였다. 나는 비좁거나 누추하다는 생각은 거의 잊어버린 채, 충분히 편안하게 지낼 만한 곳으로 여겼다. 그래서 그 방의 이름을 '구안苟安'이라 붙였는데, 그 규모는 비록 구차하기 짝이 없지만 나에게는 편안한 곳이었기 때문이다.[22]

앞부분에 이어지는 내용이다. 구안실의 규모와 그곳에서 지내는 생활 모습, 그리고 '구안苟安'이란 명칭의 의미에 대해 설명하였다. 구안실은 넉넉하지 않은 살림 형편 탓에 담도 치지 않고 울타리도 하지 않았으며, 제대로 된 목재를 사용하지도 못한 채 지은 집이다. 이 때문에 집의 외형적인 모습만 살펴보면 매우 초라한 생김새였다. 그러나 누추한 외형과는 달리, 구안실 내부는 거처하기에 매우 편하고 안락했다. 황현은 구안실에 대해 겨울에는 따뜻하고 여름에는 시원하며 무엇보다 창이 매우 밝아서 글 읽기에 아주 적합하다고 하여, 편안함과 만족감을 드러냈다. 이 때문에 그는 구안실에 가면 돌아오는 것도 잊을 정도로 그곳에서 대부분의 시간을 보냈다. 그 결과, 구안실은 황현의 대표적인 학문 공간으로 자리잡게 되었다.

그렇다면 구안실에서 '구안苟安'은 어떠한 의미를 담고 있을까? 구안은 "군자는 일상생활에서 편안함을 추구하지 않는다[君子居無求安]"[23]와 "이만하면 충분히 갖추었고 이만하면 충분히 훌륭하다[苟完苟美]"[24]라는 구절에서 두 글자를 절취한 것이다. 곧 집의 규모나 외형은 구차하고 보잘것없지만, 그 집의 주인인 황현에게는 충분히 만족하고 편안한 공간이라는 뜻이 내포되어 있다.

황현은 만수동으로 거처를 옮기고 구안실을 완성하고 난 뒤부터 마음으로 자족하는 생활을 영위했다. 중앙 정계에 진출해서 벼슬길에 나아가 관직을 얻는 관료로서의 삶 대신, 자연에 둘러싸여 안빈낙도를 실천하는 삶 속에서 자족감을 느낀 듯하다. 비록 경제적으로 넉넉한 생활은 아니었으나 비교적 안정적인 주거 속에서 후학들을 가르치고 활발하게 저술 활동을 할 수 있었던 이 시기는 황현의 인생에 있어서 가장 평온한 시절이었다.

평소 황현과 가까운 관계였던 이건창과 김윤식金允植도 구안실에 대한 기문을 지었다. 황현과 김윤식의 만남은 1902년 가을에 처음 이루어졌다. 김윤식이 지도에 유배되었을 때 황현이 제자 3~4명과 함께 찾아온 것이다. 이때의 만남에 대해 김윤식은 황현의 이름을 오랫동안 들어왔으나 교유가 없는 것이 한스러웠는데, 문을 두드리는 소리에 맞이하니 옛 지기를 만난 듯 기뻤다고 하여 당시의 소회를 밝힌 바 있다.

황현과 김윤식은 함께 보낸 이틀 동안 손뼉을 치며 고금의 득실과 성현의 출처를 논하기도 하고, 시와 그림을 품평하기도 하였다. 그들의 토론은 촛불이 여러 차례 다 타버릴 정도로 시간가는 줄 모르고 이어졌다. 황현은 헤어질 시간이 되자, "제가 돌아가서 제 집에 누울 텐데 우러러 벽 위의 글을 보는 것으로 촛불 심지 잘라가며 대화하던 일을 대신할까 합니다"라고 하며 김윤식에게 기문을 지어줄 것을 부탁했다.

내김윤식-저자 주가 말했다. "전에 이르기를 '군자는 먹음에 배부름을 구하지 않고 거처함에 편안함을 구하지 않는다'라 하였습니다. 도간陶侃은 아침저녁으로 벽돌을 옮김으로써 고생을 익혔습니다. 사지를 안일하게 하여 심지를 비뚤어지고 나태하게 하는 것은 구차하게 편안함을 구하는 천한 장부가 하는 짓입니다. 지금 그대는 기이하고 빼어난 재주를 지니고 있으나 나이가 미처 쉰이 되지 않았는데 진사에 합격한 것에 안주하여 마음을 함부로 풀어놓고 자연 속에서 만족하며 구차히 자기 몸을 편안히 하면서 남들과 근심을 함께하지 않으니, 고인이 고생을 무릅쓰고 열심히 애쓰던 뜻과 거리가 멀지 않습니까?"

매천이 껄껄 웃으며 말했다. "그대가 말한 것이 바로 제가 옛날 추구하던 세속의 일입니다. 지금 나는 그렇지 않습니다. 부자께서 '부귀를 구할 수 있는 것이라면 비록 채찍 잡는 마부라도 내가 역시 할 것이지만 구해서 될 것이 아니라면 내가 좋아하는 것을 따르겠다'라고 하신 적이 있습니다. 그 좋아하는 것이란 이른바 거친 밥 먹고 물을 마시며 팔뚝을 구부려 베고 자는 것이 아니겠습니까? 내가 반복해 생각해 본 적이 있습니다만 부귀라는 것이 이미 구차하게 도모해서는 안 되는 것이니, 빈천 역시 구차하게 면해서는 안 됩니다. (…중략…)" 노래가 끝나자 나에게 돌이켜 화답하게 했다. 나는 탄식하여 말했다. "안타깝다. 내가 일찍 그대의 말을 듣지 못했구나. 내가 어떻게 하면 수레에 기름칠하고 말을 먹여 따라갈 수 있으랴." 마침내 기문을 지어 보내노라.[25]

김윤식은 황현에게 기이하고 빼어난 재주를 지니고 있는데도 진사 합격에 안주하여 남들과 근심을 함께하지 않는 것에 대해 물어보았다. 황현에게 구례 산자락에서 은거하는 생활을 그만두고 세상으로 나와 빼어난 재주를 펼칠 것을 권면한 것이다. 김윤식의 말에 황현은 호탕하게 웃으면서 그것은 옛날에 추구하던 세속의 일이었으나 지금은 그렇지 않다고 대답했다. 또한 부귀는 이미 구차하게 도모해서는 안 되고, 빈천도 구차하게 면해서는 안 되는 것이라고 하였다.

황현은 오직 자연 속에 몇 칸 초가집을 짓고 책상 위에 몇 권 책을 놓고, 창가에 탁주 한 동이 두고 나무 등걸 화로 끌어안은 채 토원책을 강설하며, 농부와 촌 늙은이와 어울려 농사와 누에치기 등을 함께 얘기하는 것만이 구차하게 얻어도 걱정 없는 것들이라고 하였다. 이상에서 언급한 것은 황현이 이미 구안실에서 실천하고 있는 것들이다. 이어서 황현은 이것으로 일생을 보내면 구차하지만 마음에 매우 편안하다고 하여, 구안실에서 지내는 생활에 대해 만족감을 드러냈다. 황현의 대답을 들은 김윤식은 깊은 탄식을 하며 「구안실기」를 지어주었다.

당시 유배지에서 여러 날을 함께 밤을 지새우며 열띤 토론을 벌이던 두 사람은 훗날 상반된 인생길을 선택했다. 황현은 일제에 강제로 빼앗긴 나라에 의리를 지키기 위해 순절로 생을 마감한 반면, 김윤식은 1907년 일진회의 간청으로 유배지에서 해배된 뒤 한일병합 이후 일제에게 협조한 공로로 작위와 은사금을 받는 등 친일 행위로 점철된 만년을 보냈다. 당시 촛불 심지를 북돋우며 고금의 문장과 시화에 대해 열띤 논평을 펼쳤던 두 사람은, 그들의 인생이 정반대 방향으로 향하게 될 줄은 미처 깨닫지 못했을 것이다.

매천자는 남쪽 지방에서 자라나 약관의 나이에 빼어나다는 명성을 얻었다.

스스로도 그 재능을 자부해 이 세상에 나아가 노닐면서 바람처럼 세차게 탁월한 논변을 쏟아냈다. 현달한 관리도 그의 눈에 차기에 부족했고 대유大儒도 그의 머리를 숙이게 하기에 부족했다. 오로지 고서古書만을 추구하면서 수천 년 전의 사람과 정신적인 교류를 했다. (…중략…) 그가 지은 논의는 식견과 해석이 종종 몹시 절묘하고 매우 명쾌하여서, 화살이 과녁을 뚫듯, 톱으로 썩은 곳을 도려내는 듯하였다. 비록 그가 육경六經의 요지 및 성현의 마음 씀에 대해 어떠한 견해를 가지고 있는지 알 수 없지만, 그의 장점을 총괄해 볼 때 가히 한 시대의 기이한 인재라 일컬을 만하다. (…중략…) 매천자는 그 재능으로 10년 세월을 떠돌고도 겨우 진사 자리 하나 얻어서 돌아왔다. 그는 스스로 만수동 백운거로 달아나 머무르는 방에 '구안苟安'이라는 이름을 붙였다. 이에 나는 조정의 재상들은 책망을 감당하지 않을 수 없고, 우리처럼 구양공歐陽公께서 이른바 '밑천이라곤 없이 팔만 휘두르는 한가한 백성들'은 서글피 탄식하며 도모할 바를 잃지 않을 수 없을 것이다. 나는 진실로 매천자가 이 방에서 구차하게 안주하기를 바라지 않는다. 매천자가 내게 그 방에 다시금 기記를 지어달라고 부탁하기에 내가 느낀 바를 서술함으로써 청에 응했다. 이는 또한 회남소산淮南小山이 남긴 뜻이기도 하다.[26]

이 글은 이건창이 지은 「구안실기」이다. 이건창은 황현의 선조가 대대로 남원에 거주했음을 밝히고 황현에 이르러 광양으로 거주지를 옮긴 뒤, 다시 구례로 이사하여 그곳에 정착한 과정에 대해 기록했다. 또한 구례의 특성에 대해 땅이 부족해 척박하고 백운산은 험준한 바위가 유난히 울퉁불퉁해서 거기서 나는 곡식과 채소로 겨우 자급할 수 있다고 하였다. 다만 구례의 지리적 특성으로 볼 때 영남과 호남의 경계에 있고 큰 길이 이곳을 통해 나있기 때문에 양쪽 지방에 무슨 일이 생기게 되면 요충지가 된다고 하였다. 이는 이건창이 직접 구례를 방문한 적은 없지만 지도를 짚어가며 지리적 위치를 확인하고 황현의 글을 통해 그곳의 형세를 짐작해서 기록한 것이다.

이건창은 황현에 대해 약관의 나이에 이미 명성을 얻었으며, 세상에 나아가 탁월한 논변을 쏟아냈다고 하였다. 그러나 당대 현달한 관리와 대유大儒조차 그를 대적하기에는 부족했고, 황현은 항상 고서를 추구하며 옛 사람들과 정신적인 교류를 나누었다고 했다. 이건창은 황현에 대해 식견과 해석이 몹시 절묘하고 매우 명쾌하다고 하면서, 가히 한 시대의 기이한 인재라고 평가했다. 그러나 뛰어난 재능을 지니고도 진사 자리 하나를 겨우 얻었다고 하여, 황현이 만수동 백운거로 달아나 구안실에 머무르게 된 책임을 세상에 묻고 있다. 곧 인재가 세상에 쓰이지 못하고 은거하게 된 것에 대해 인재를 알아보지 못한 조정의 무능한 관리들을 책망한 것이다.

이건창은 황현이 구안실에서 '구차하게 안주하기를' 바라지 않는다고 단호하게 말했다. 곧 탁월한 식견과 드높은 재주를 겸비한 황현이 구안실에 은거하게 될 것을 염려하며 세상에 나와 뜻을 펼칠 수 있기를 기대했다. 그리고 중국 한漢나라 때 「초은사招隱士」를 지어 은사들이 오래 머물지 않고 일찍 돌아오기를 희망했던 회남소산淮南小山에 자신의 뜻을 기탁하는 것으로 「구안실기」를 마무리했다.

6. 산수에 칩거하여 강학과 독서에 힘쓰다

만수동으로 거처를 옮긴 황현은, 서울에 출입하던 발걸음을 끊고 산수에 둘러싸여 오직 후학 양성에 힘쓰고 독서와 저술에 전념했다.

이 세상의 좋은 땅을 어느 곳에서 찾을꼬
시골 마을 곳곳마다 서당이 설치되었네.
글 열 줄을 배워서 백 번을 반복하여 읽고
조석으로 한 사발 국밥을 게걸스레 먹고,
조세 징수 독촉에 마을은 들끓듯 하건만
붓 들고 종이 펴고 앉아서 공부만 했었지.
어릴 때 즐겨 놀 적엔 좋은 줄도 몰랐더니
지금 와서 생각하니 감개가 무량하구려.
상투를 쪼고 세속에 발을 내디딘 뒤로는
거미줄 고치실 천 겹에 얽힌 듯 복잡했지.
온갖 꾀 다 부렸지만 백에 하나도 못 이루고
산중에서 지피紙被 덮고 자라처럼 웅크려 있네.
늘그막에는 다시 몸 편히 지낼 곳을 찾아
시내 남쪽에 두어 칸 띳집을 조촐하게 짓고,
스승이 되어 일과로 아이들을 가르치니
제생이 취미 좇아 줄을 이뤄 모여들었네.

寰中福地尋何處 閭巷處處書堂設.

十行受書百遍讀 朝夕一盂恣啖歠.

徵租索錢村欲沸 吮毫伸紙座不輟.

童時嬉遊不知好 至今思之心屢折.

自從束髾墮塵網 蛛罥蠶縛千回結.

機關費盡百無成 紙被窮山縮凍鼈.

垂老更覓安身地 溪南數椽茅茨潔.

課兒上學作兒師 諸生逐臭森成列.[27]

이 시는 1897년 황현이 구안실에서 제자들을 가르치며 지내는 소소한 일상을 기록한 것이다. 구안실로 거처를 옮긴 지도 어느덧 10여 년의 세월이 흘렀다. 그 사이 황현은 시내 남쪽에 두어 칸 띳집을 조촐하게 짓고 그곳에서 아이들을 가르치는 것으로 일과를 삼았다. 이후 황현에 대한 소문을 듣고 찾아온 이들이 줄을 이뤄 모여든 까닭에 서당은 차츰 자리를 잡아갔다. 황현은 구안실에서 제자들과 함께 지내면서 시문과 기예에 대해 담론을 펼치기도 하였다. 그러나 만수동에서 한 걸음만 세상 밖으로 나아가면 전혀 다른 세상이 펼쳐진다. 벽해상전과 같은 변화가 이루어지는 바깥세상에 아랑곳하지 않은 채, 황현은 구안실에 들어앉아 등불 아래 무쇠 벼루를 갈고 붓을 들었다. 그의 말과 같이 번잡하고 도깨비 같은 바깥세상과는 담을 쌓은 채 후학 양성과 저술에 몰두하는 생활을 이어갔다.

사실 황현이 후학들의 교육에 대해 관심을 가진 것은 만수동으로 이사하기 이전부터였다. 일례로 황현은 역대 한시에서 모범이 될 만한 연구聯句

〈그림 6〉 황현이 사용하던 벼루와 필가
출처 : 순천대 박물관

만을 뽑아 엮어서 초학자를 위한 학시 교재인 『집련集聯』을 완성했다.[28] 황현이 "나는 갑신년1884 겨울에 아이들을 가르칠 계획으로 이 책을 수집했다"라고 직접 밝힌 바와 같이, 『집련』의 편찬 목적은 순수하게 후학을 가르치기 위한 교육에 있었다. 『집련』의 편찬 작업은 매천이 30세가 되던 1884년 겨울에 시작되었다. 그는 시의 정수인 율시 중에서도 가장 공력을 기울여야 하는 연구聯句를 시 학습의 요체로 보았다. 곧 황현은 후학들의 올바른 교육을 위해 직접 학습서를 편찬해서 가르칠 정도로 높은 열정과 사명감을 지닌 채 교육에 임했다. 그리고 후학 양성을 위한 구체적 실천은 강학 공간인 구안실이 있었기에 실현될 수 있었다.

7. 이기와 함께 구례 화엄사를 찾아가다

황현은 1890년에 달성으로 가는 해학海鶴 이기李沂를 전송하는 시를 지었는데, 이때에 두 사람이 처음 만났던 사실이 기록되어 있다. 이기는 황현보다 7살 연상으로, 황현의 스승인 왕석보의 문하에서 수학했다.

그대 소문 들은 지는 벌써 십 년인데
그대 직접 보기는 금년이 처음일세.
나는 관중管仲의 가난함을 잘 알기에
그대 유표劉表에 의지할 계획 동정하노라.
쓸쓸한 봉성鳳城의 객사에는
울창한 솔과 계수나무가 둘러섰는데,
안타까운 건 새장 속에 갇힌 새가
항상 하늘을 날 기세를 지녔음일세.

聞君已十年 覿君在今歲.
以我知仲貧 恕君依劉計.
蕭蕭鳳城舘 鬱鬱環松桂.
所嗟籠中翮 常蓄摩空勢.[29]

이기는 전북 김제 출신으로 자는 백증伯曾, 호는 해학海鶴이며, 호남의 대학자로 추앙받는 문인이자 애국지사이다. 그는 뛰어난 문재文才를 인정받아 일찍이 황현黃玹·이정직李定稷과 함께 '호남 3절'로 불렸으며, 실학을 연구하여 유형원柳馨遠·정약용丁若鏞 등의 학통을 계승한 인물로 평가받는다. 1894년 동학혁명이 일어났을 때는 이에 적극 가담하였으나 뜻을 이루지 못했다. 1905년 러일전쟁이 끝나고 일본과 러시아가 강화조약을 체결할 때는 일본으로 건너가서 일본 천황과 정계 요인들에게 조선 침략을 규탄하는 서면 항의를 벌이기도 했다. 을사늑약이 체결된 이후에는 장지연張志淵·윤효정尹孝定 등과 함께 대한자강회를 조직해서 민중계몽과 항일운동에 힘을 쏟았다. 1907년에는 동지 10여 명과 함께 자신회自新會를 조직하여 을사오적의 암살을 결행하였으나 실패로 돌아가, 7년의 유배형을 받고 진도에 유배되었다.

이 시에서 황현은 이기의 명성을 들은 지 10년 만에 드디어 만나게 된 기쁨을 나타냈다. 시에서 표현된 '항상 하늘을 날 기세를 지닌 새장 속에 갇힌 새'는 곧 이기를 비유한 것이다. 황현은 그의 가련한 처지에 대해 눈물을 흘리며 안타까운 마음을 드러냈다. 이기는 달성으로 떠나기 위해 새벽안개가 채 걷히기도 전에 일찍 길을 떠났다. 황현은 이 시에서 이기를 직접 마주하게 된 반가운 마음과 이별하는 순간의 한스러운 마음을 동시에 표현하여 상대방에 대한 애정을 드러냈다.

첫 만남 이후로 황현과 이기는 서로 시문을 주고받으며 친분을 이어갔다. 두 사람은 당시 구례군수로 와있던 박항래朴恒來와도 교유가 있었다. 그는 1879년에 무과에 급제하였고 이후 부산첨사釜山僉使를 거쳐 1897년 말에 구례군수求禮郡守로 부임하였다. 이후 1899년 8월에 자성군수慈城郡守에 제수되었다.

하얀 모래 번쩍이는 해 송사하는 뜰 비어있고

기러기 물오리가 일제히 잠자고 버들개지 날리네.

과장이 끝나면 정히 글 모임 필요하였고

선비는 한가로워 이따금씩 군성에 이르렀네.

못 가운데 연잎이 층져있어 푸르게 펼쳐있으며

담장에는 한창 앵도가 좀 붉어 휘늘어져 있네.

토목공사 그대의 칼 솜씨에 힘입어

굶주린 봄에도 쉽게 큰 정자에 북 울렸네.

粉沙閃日訟庭空 鴈鶩齊眠柳絮風.

科廢政須文字會 士閒時到郡城中.

塘心荷葉層敍綠 墻半櫻桃淺嚲紅.

土木賴君遊刃手 荒春容易鼓樓雄.[30]

이 시가 지어진 시기에 대해서는 저술에 따라 1886년[31]과 1898년[32]으로 상이하게 기록되어 있다. 그런데 시제詩題에 언급된 박항래가 구례군수로 있던 기간은 1897년 12월부터 1899년 8월 자성군수로 부임하기 이전까지이다. 또한 앞에서 황현이 이기와 처음 만난 시기를 1890년으로 기록한 것에서 볼 때, 이 시의 창작시기는 1898년으로 보는 것이 타당할 듯하다.

당시 구례군수로 있던 박항래가 백일장을 개최했는데, 그가 먼저 빨리 보기를 원하여 황현과 이기가 함께 가서 머물렀다. 황현은 이따금 군성에 이르러 일행들과 함께 글 모임을 열었다. 시의 후반부에서는 군성의 풍경과 군수의 선정에 대해 기록했다. 이 시 외에도 같은 해 4월 26일에 박항래가 군민들을 모아 기예를 가르쳤는데 황현과 이기·유제양柳濟陽·왕사찬王師瓚으로 하여금 분관해서 시험하여 근체시로 승부를 냈었다는 기록도 보인다.[33] 황현의 문집을 살펴보면 이 시기를 전후하여 이기·박항래·유제양·왕사찬과 함께 어울리면서 지은 시문이 빈번하게 보이는 바, 당시 황현의 행적과 교유관계를 엿볼 수 있다.

1891년 황현은 이기와 함께 구례 화엄사를 찾아갔다. 화엄사는 지리산 자락에 위치한 천년고찰로 544년에 승려 연기조사緣起祖師가 창건한 것으로 전한다. 이 사찰은 임진왜란 때 불에 타서 소실되었으나, 1630년 벽암선사碧巖禪師가 다시 세우기 시작하여 그로부터 7년 뒤인 1636년에 완성되었다.

> 출출 흐르는 시냇물에 봄밤 별빛 부서져라
> 쟁글쟁글 패옥 소리를 다시 들을 만하네.
> 꽃 아래서 스님을 만나니 눈썹 귀밑털은 희고
> 산중에서 새를 보니 새의 깃털은 푸르구나.
> 흥이 무르녹자 술 받으러 자주 읍내에 보내고
> 괴로이 읊어라 뜰엔 신 끄는 소리 오래 들리네.
> 새벽 종소리 울리는 곳에 머리 돌리니
> 별천지가 온통 일찍이 못 보던 곳 같구려.
>
> 蓬蓬流水碎春星 環佩琮琤更可聽.

花下問僧眉鬢白 山中見鳥羽毛靑.
興闌酒札頻投縣 吟苦鞋聲久在庭.
回首五更鐘落處 靈源都似不曾經.[34]

말을 타고 떠난 황현과 이기는 저물녘이 되어서야 화엄사에 도착했다. 이 시는 화엄사 경내의 수려한 정경에 대해 시각적·청각적 이미지를 차용하여 효과적으로 그려냈다. 수련에서 시냇물 소리에 봄밤의 별빛이 부서진다는 시적 표현은 시인의 서정적 감흥이 돋보이는 구절이다. 쟁글쟁글 울리는 패옥 소리는 산사 주위로 흐르는 시냇물 소리를 형용한 것이다. 함련에서 스님의 하얀 수염과 귀밑털, 새의 푸른 깃털은 시각적 대비가 돋보이며 독자들에게 선명한 심상을 전달한다.

경련에서 술자리의 흥취가 무르익어 읍내에 자주 술을 받으러 간다고 하여 모임에 자리한 사람들이 함께 보낸 시간이 오래 경과했음을 짐작케 한다. 마지막 미련에서 산사의 고요한 새벽을 깨뜨리는 종소리에 시인의 관심이 환기된다. 종소리가 울리는 곳을 향해 고개를 돌리니, 일찍이 만나지 못한 별천지가 펼쳐져 있는 듯하다. 시냇물과 신발 끄는 소리, 종소리와 같은 시각적 효과를 입히고 꽃과 산, 흰색과 푸른색의 청각적 이미지를 더한 이 시는, 시인 황현의 서정성과 미적 인식이 돋보이는 수작이다.

구례에서 지내는 동안 서로 의기투합하여 유람을 가고 시문을 교환하는 등 친분이 두터웠던 황현과 이기는 그 이후에도 지속적인 교류를 이어갔다. 이기는 1907년 7월 애국계몽단체인 호남학회를 조직할 때 주도적 역할을 수행했으며 교육부장을 역임했다. 호남학회는 전라도 출신 인사들이 주축이 되어 결성한 학회이다. 호남학회는 기관지로 『호남학보湖南學報』를 발간하였는데, 이때 이기는 고정 필자로 참여했다.

『호남학보』는 신학문·신교육을 통한 국민의식 개혁을 위한 활동을 적극 전개하였으며, 열악한 재정 문제로 인해 1909년 3월 폐간의 수순을 밟게 되었다. 호남학회는 1910년 8월 통감부의 압력으로 인해 해산되었는데, 호남지역 국민들의 계몽운동에 공헌했다는 평가를 받는다.

요사이 『호남학보湖南學報』를 보았습니다. 그 주무와 집필이 모두 노형의 솜씨에서 나온 것이군요. 노년에 들어 사회활동이 마침내 건실해져가니 진실로 경하합니다. 또 논설마다 필봉이 예리하여 평소의 과감한 기질이 조금도 쇠하거나 꺾이지 않고 있으니, 생각하건대 자고 먹는 일상의 안부는 꼭 물어야 할 필요가 없겠습니다. 저는 참으로 형의 말씀대로 천치입니다. 시국에 대해 몽매하여 자세히 아는 바가 없습니다. 그러나 갖가지 학회, 단체, 소학교, 중학교 등 맹목적으로 본떠 만드는 일로 이 백성을 끝까지 구하고 대명大命을 맞아 이어나갈 수 있다고 말할 수 있는지요? 오늘 여러분의 뜻이야 애를 쓰고도 이루지 못할까 두렵습니다.[35]

황현은 『호남학보』를 접한 뒤 이기에게 편지를 보냈다. 황현은 비록 구례 만수동에 거처하고 있었으나, 그의 날카로운 시선은 항상 세상을 향해 있었다. 그는 신문을 정기구독해서 읽고 중요한 신문 기사는 별도로 스크랩해서 보관하는 등, 시시각각 변화하는 국내외 정세에 깊은 관심을 견지하고 있었다. 이 글에서도 이기가 주필로 참여하고 있는 『호남학보』를 읽고, 그의 글 솜씨와 활발한 사회활동에 대해 경하를 표시했다. 시국에 대해 몽매하여 자세히 아는 바가 없다는 황현의 발언은 겸사의 표현일 것이다.

위의 편지에서 보이듯이 당시 이기는 세상일에 적극적으로 행동하지 않는 황현의 태도에 대해 불만을 표시하기도 했다. 이기가 과감한 기질과 행동을 바탕으로 활발한 애국계몽운동을 펼쳤다면, 황현은 후학을 양성하고 시국에 귀 기울여 저술로 기록하는 등 예리한 필봉으로 어지러운 세상에 맞섰다. 황현은 여러 학회와 단체, 학교 설립과 같은 일들이 백성을 구하고 대명大命을 이어나갈 수 있을지에 대해 의문을 표시하고, 나아가 애를 쓰고도 뜻을 이루지 못할 것에 대해 염려하는 마음을 나타냈다. 그러나 훗날 황현 역시 호양학교 설립을 위한 모금에 앞장서는 등 신학문 교육을 위해 노력을 기울인 점에서 볼 때, 후학 교육을 통한 구국운동의 필요성을 절감하고 있었다.

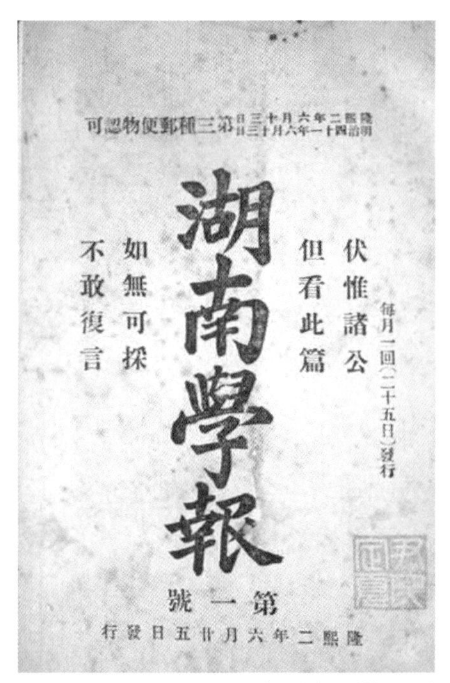

〈그림 7〉 호남학보 표지
출처 : 한국민족문화대백과사전

8. 부친상과 모친상을 연달아 치르다

황현은 대부분의 시간을 구안실에서 지내면서 저술 활동에 전념했다. 그러나 그의 문집을 살펴보면 1892년부터 1894년 사이의 기간은 공백기라 부를 수 있을 정도로 다른 해에 비해 작품 수에서 많은 차이를 보인다. 그 이유는 1892년 6월에 부친상을 당했고, 이듬해인 1893년에 모친마저 세상을 떠났기 때문이다. 황현은 자식으로서의 도리와 마지막 소임을 다하기 위해 붓을 내려놓고 정성을 다해 부모의 상제를 치렀다.

> 부군은 훤칠한 체구에 수염이 성글었고 기개와 풍도가 범상치 않았다. 성격은 엄정하였으나 모습은 온화하였다. 과묵하여 말하기를 좋아하지는 않았으나 말을 하면 정성스럽고 후덕하였다. 비록 화가 났을 때라도 사람을 맞을 때는 반드시 웃음을 머금어 희색이 만면하니, 사람들이 모두 크게 심취하여 가는 곳마다 한목소리로 선한 사람이라고 칭찬하였다. 자신을 위해 쓰는 것은 매우 박하게 하였지만 궁한 사람을 도와주거나 남의 재난을 구원하는 일에는 종종 옛사람과 같은 기풍이 있었다.[36]

황현이 부친 황시묵의 용모와 성품에 대해 기록한 내용이다. 그의 외모는 온화하였으나 성격은 엄정하였으며, 자신보다 타인을 돕는 일에 앞장섰던 인물이었다. 황시묵은 평소 글 짓는 문인을 흠모했던 것으로 전한다. 이 때문에 재물을 아껴 모아 책을 사들이는 데 주로 사용해서 구입한 책이 천 여권이나 되었다. 집안의 재물을 책 구입에 대부분 충당하여 후손의 교육에 대비하는 것은 조부와 일맥상통하는 부분이다. 조부와 부친의 유전자를 물려받은 황현도 책 구입을 게을리하지 않았는데, 구입하지 못한 책이 있으면 먼 거리를 마다하지 않고 가서 빌려서 보았다.

황현의 집안이 처음부터 곤궁했던 것은 아니었다. 황시묵의 젊은 시절에는 그래도 아직 재물이 넉넉한 편이었다. 이후 황시묵이 노년에 접어들어 재산이 남의 수중으로 넘어가게 되면서 집안의 가세가 기울기 시작했다. 비록 집안 형편은 곤궁하였으나 황시묵은 매사에 당당하였으며 슬퍼하거나 탄식하는 일이 없었다.

> 아아, 부군은 가장 낮은 관품官品도 지낸 적이 없고 문학적 재능도 짧았으므로 돌아가신 뒤에 뭐라고 지목하여 일컬을 만한 것이 없다. 하지만 그 순수한 마음과 후덕한 행실은 경박한 세속에서 거의 보기 드문 분이었다. (…중략…) 어찌 꼭 벼슬만이 영광스러운 업적이 될 것이며, 어찌 꼭 한 가지 기예로 이름을 내야 한단 말인가. 밝지 못하고 인하지 못한 죄에 빠질까 두렵기에, 삼가 그중에 큰 것만 대략 위와 같이 기록하는 바이다.[37]

황시묵은 평생 동안 벼슬길에 나아간 적도 없고 글 솜씨도 딱히 내세울 만한 것이 없었다. 그러나 내면의 순수함과 후덕한 행실은 날로 경박해지는 세상에서 홀로 빛날 정도였다. 황현은 부친이 남긴 뛰어난 행적과 유산은 다름 아닌 책 천여 권과 자손들에게 귀감이 된 행실이라고 말했다. 황시묵은 자손들이 출사를 통해 기울어진 집안을 다시 일으켜 세우기를 소망했다. 이 때문에 책을 구입하는데 소용되는 재물을 아끼지 않았고, 황현의 과거 응시를 여러 차례 권유했던 것이다. 황현도 평소 부친의 마음을 잘 헤아리고 있었기에 기대를 저버리지 못하고 거듭 과거에 응시한 끝에 마침내 기쁜 소식을 들려드릴 수 있었다.

1892년 4월, 황시묵이 회갑을 맞았다. 그러나 어려운 가정 형편 탓에 황현은 부친에게 축수시祝壽詩를 지어 올리는 것으로 회갑연을 대신해야만 했다. 황현의 조부 대에 축적된 경제적 기반이 점점 쇠해져서 이즈음에는 회갑연을 열지 못할 정도로 위축되었음을 짐작할 수 있다. 부친의 회갑연을 열지 못하고 축수시로 대신할 수 밖에 없었던 황현은 마음이 매우 무거웠다.

만수산 깊은 곳이라 초여름도 선선한데
보리 바람 홰나무 햇살이 고당高堂에 오르네.
꽃 화려한 지붕 위엔 단사丹砂 기운이 어리고
술 거나한 인간에는 백발白髮이 향기로워라.
처자와 노비까지 건강히 잘 기른 게 기쁘고
인仁에 올라 다행히 노년 강건을 송축드리네.
속상한 가난 십 년을 좋은 음식 못 드려보고
슬하의 몸 색동옷 소매만 부질없이 길구려.

萬壽山深首夏凉 麥風槐日轉高堂.
花明屋上丹砂氣 酒爛人間白髮香.
俯育兼欣臧獲健 躋仁幸頌歲年康.

傷貧十載無甘毳 繞膝斑衣袖漫長.[38]

이 시는 황현이 부친의 회갑을 맞아 지은 것이다. 시에서 단사丹砂는 장생불사약長生不死藥으로 불리는 단약丹藥을 제조하는 재료이니, 단사 기운이 어린다는 표현은 곧 장수를 의미한다. 어렵고 곤궁한 가정 형편 때문에 십 년을 좋은 음식으로 봉양하지도 못했는데, 부모님을 즐겁게 해드리기 위해 입은 색동옷의 긴 소매만 부질없게 느껴진다고 하여 가난으로 인해 자식의 도리를 다하지 못한 서글픈 심사를 나타냈다.

회갑일로부터 두 달이 지난 1892년 6월, 부친인 황시묵이 세상을 떠났다. 그리고 다음 해 1893년 2월, 황현의 모친도 세상을 떠났다. 연달아 찾아온 부모의 소천에 황현은 탈상을 마칠 때까지 붓을 내려놓았다. 이후 황현이 다시 붓을 잡은 것은 부모님의 탈상을 끝마친 1895년에 이르러서이다.

내가 임진년1892 6월에 외간상外艱喪을 당하고 그 명년 2월에 또 내간상內艱喪을 당하고는 인하여 시를 폐하고 짓지 않았으니, 감히 예법을 준행한다는 것이 아니라 대체로 상사喪事와 우환憂患이 가슴을 몹시 두드려대고 인사人事 또한 혼란스러워서 시를 지을 겨를이 없었던 것이다. 그러다가 이때에 이르러 담기禫期를 이미 지내고 오봉산 산중에 우거하면서 서당 친구의 권유를 받았는데, 때는 또 비도匪徒의 소요騷擾까지 겪은 터라 눈에 보이는 것마다 느낌이 있어 서글피 붓을 가져다 쓰는 바이다.

아호莪蒿가 눈에 가득해 한을 다하기 어려워라

동죽桐竹은 넓은 하늘 아래 그대로 남아 있네.

감히 상금祥琴을 방치해 세월을 머물게 할쏜가

게을리 희슬希瑟을 가져다 춘풍春風에 보답하노라.

산골짝의 농부 초부 친구는 참 반가운데

강호의 전쟁 통에 머리는 다 세어 버렸네.

밤이면 촌 등잔 밑에 여기저기 담소하여라

몇 번이나 은혜로운 조서를 산동山東에 내렸던고.

莪蒿滿目恨難窮 桐竹居然廓太空.

敢撤祥琴留日月 倦將希瑟答春風.

眼靑岩壑畊樵侶 髮白江湖戰伐中.

入夜村燈多笑語 幾回恩詔下山東.[39]

이 시는 1895년에 지은 것이다. 시의 서문에서 황현은 연이은 부친상과 모친상으로 인해 시를 폐하고 짓지 않은 이유에 대해 기록했다. 그리고 이제 담기禫期를 지내고 인근에 있는 오봉산에 우거하면서 다시 시를 짓게 된 정황에 대해 나타냈다. 담기는 담제禫祭라고도 하며 3년의 상기喪期를 마친 뒤 상주가 평상으로 되돌아감을 고하는 제례의식이다. 여기에서 언급한 '비도匪徒의 소요騷擾'는 1894년에 발발한 동학농민운동을 지칭한다. 동죽桐竹은 부모님의 상장喪杖을 가리키는데, 부친상에는 상장을 오동나무로 만들어 짚고 모친상에는 상장을 대나무로 만들어 짚었다. 시의 전반부에서는 연달아 부모님을 떠나보낸 슬픔과 회한의 심정을 나타냈다. 후반부에서는 동학농민운동의 여파로 집집마다 밤새 등잔불을 밝힌 채 어지러운 세상에 대한 얘기를 하느라 잠 못 드는 현실을 표현했다.

9. 근대사의 생생한 고발과 증언, 『매천야록』

황현의 대표적인 저술을 언급할 때 가장 먼저 『매천야록』을 손꼽는다. 『매천야록』은 일찍부터 학계와 대중의 주목을 받은 저술로, 이 책을 통해 황현의 곧은 지조와 행적이 세상에 널리 알려지는 계기가 되었다고 해도 과언이 아닐 것이다.

『매천야록』이 세상에 나오기까지는 실로 오랜 시간을 필요로 했다. 황현은 죽음에 임해서 이 책을 다른 사람에게 보이지 말 것을 자손들에게 당부했다. 아마도 책의 내용으로 미루어 볼 때, 그 후손들에게 화가 미칠 것을 염려했기 때문일 것이다. 그리고 그의 유언을 받들어 후손들은 『매천야록』의 존재를 극비에 부친 채 깊숙한 장소에 보관하였다. 황현의 후손들은 책의 중요성에 비추어 볼 때 원본 1책만 가지고는 인멸할 우려가 있다고 생각하여, 부본副本 여러 부를 작성해두었다. 그리고 이 가운데 1부를 당시 상해에 머물고 있던 김택영에게 보내어 책의 교정을 부탁하였다.

『매천야록』의 존재가 처음 세상에 알려지게 된 것은 김택영이 자신의 저술인 『한사경韓史綮』에 『매천야록』을 인용하면서부터이다. 그러나 당시에는 책의 존재만 알려졌을 뿐, 그 구체적인 내용에 대해서는 알려지지 않았었다. 1939년에 국사편찬위원회의 전신인 조선사편수회朝鮮史編修會가 전

〈그림 8〉『매천야록』, 등록문화재 제746호
출처 : 문화재청

라북도 남원읍에 거주하는 박정식朴政植이 소장하고 있던 『매천야록』의 부본을 얻게 되었다. 그러나 이때는 일제 치하였기 때문에 조선사편수회에서는 책을 발간하지 않고 극비에 부쳤다. 그 후 세월이 흘러 해방이 된 뒤에 『매천야록』이 지닌 사료적 가치를 높이 평가하여 『한국사료총서』 제1권으로 간행하였다. 간행 이전에 전라남도 구례에 있는 황현의 차남 황위현黃渭顯을 방문하여 본가에서 소장하고 있던 원본과 김택영이 교정한 부본을 빌려서, 앞서 소장하고 있던 부본과 대조한 이후에 출판하였다.[40] 『매천야록』은 학계와 대중의 비상한 관심 속에서 '한국사료총서' 시리즈의 제1권으로 선정되어 간행된 이후, 지금까지 우리나라 근대사의 이면을 톺아보기 위한 사료로써 그 중요한 가치를 인정받고 있다.

황현이 『매천야록』을 집필한 시기는 언제인가. 『매천야록』의 집필 완료 시점에 대해서는 황현의 순절과 때를 같이 한 것으로 보는 견해에는 별다른 이견이 없다. 그러나 『매천야록』의 집필 시작 시점에 대해서는 대체로 두 가지 견해로 나뉜다.

첫 번째 견해는 1894년 무렵에 『매천야록』 집필에 착수했다는 관점이다. 그 까닭은 『매천야록』의 내용 구성에서 착안한 것이다. 『매천야록』은 6권 7책으로 구성되어 있는데 권수별로 수록된 내용의 해당 연도를 간략하게 제시하면 아래 표와 같다.

〈표 1〉『매천야록』의 구성과 체재

권수	수록 연도
권1 상	1863년~1887년
권1 하	1888년 1월~1893년 12월
권2	1894년 1월~1898년 12월
권3	1899년 1월~1903년 12월
권4	1904년 1월~1905년 10월
권5	1905년 11월~1907년 7월
권6	1907년 8월~1910년 8월

곧 상·하로 구분된 권1의 경우, 1863년부터 1893년까지 30여 년에 걸친 내용이 수록되어 있다. 이후 권2부터 권6의 내용은 편년체로 기록되어 있어 권1과 체제상의 차이점을 보인다. 즉 권1은 황현이 평소 메모해 두었던 내용을 토대로 기록한 것으로 책의 서두에 해당되는 것으로 보고, 권2의 1894년을 집필 시작 시점으로 파악한 것이다.

또한 황원의 "갑오경장甲午更張 이후로는 세상의 변천을 사무치게 느끼어 비로소 서양의 서적을 구입하여 열람하였고, 『문헌통고文獻通考』, 『통전通典』 등의 서적까지 두루 구입하였다"[41]는 증언을 토대로 1894년에 청일전쟁·동학농민운동·갑오경장 등 사건이 연이어 발생하자 역사 서술에 대한 필요성을 절감하고 『매천야록』의 집필을 시작했을 것으로 추정할 수 있다. 곧 역사를 기록, 보존하여 후세의 귀감으로 삼게 하려는 지식인의 사명의식에서 붓을 든 것이라 하겠다.

두 번째 견해는 1907~1908년의 어느 시기부터 『매천야록』을 집필, 정리하기 시작했다는 관점이다. 『매천야록』은 권2의 1894년 이후의 기록부터 편년체로 작성되어 있으나, 일부 조목의 경우에는 해당 일자에 관한 내용뿐만 아니라 미래 시점의 상황까지 언급되어 있기 때문이다. 또한 『매천야록』의 저본으로 파악되는 『오하기문』의 기록이 1907년에서 중단되는 것도 해당 이유의 하나로 제시할 수 있을 것이다.

『매천야록』은 1863년 고종 즉위부터 1910년 경술국치에 이르기까지 총 47년간의 기록이다. 황현의 사후에 추기된 부분은 그의 문인이었던 고용주高墉柱가 기록한 것으로, 순종의 합방 칙유勅諭와 합방을 알리는 조서詔書·합방안·일본 황제의 조서 등이 수록되어 있다. 그리고 본편의 마지막에는 황현의 절명시 네 수가 수록되어 있다.

『매천야록』에 수록된 내용은 국경을 넘나들고 시대를 가로지른다. 고종이 즉위한 1863년부터 1910년까지 근대사의 현장 곳곳에서 발생한 사건들에 대해 저자 특유의 예리한 필봉으로 가감 없이 써내려갔다. 곧 『매천야록』에는 당대 위정자들의 무능과 부정부패, 일제의 만행과 친일파의 행적, 국내외 사건 사고의 동향, 각 지역별 의병 활동에 이르기까지 그 시대를 증언하는 장면들이 생생하게 기록되어 있다.

진사의 본래 정원은 매회 200인을 뽑는 것이었는데, 지금 임금 정묘년1867에 와서 특지特旨로 해액解額 중에서 임금과 나이가 동갑인 사람 몇 사람을 선발하여 방의 끝에 추가했으며, 또 종친으로서 과장에 들어온 자는 촌수가 가깝고 먼 것을 가리지 않고 일률적으로 은전恩典을 베풀었다. 그러다보니 과거 시험의 합격

자가 남발하게 되었다.[42]

『매천야록』에는 다양한 계층의 인물과 역사적 사건에 대한 내용이 기록되어 있는데, 그중에서도 특히 과거제도의 폐해와 관련된 내용이 자주 발견된다. 이는 저자인 황현 자신이 직접 경험하고 목도했던 사실이었으므로 더욱 생생하고 자세한 기록을 남길 수 있었을 것이다. 진사 합격자의 정원은 매회 200인이었다. 그러나 향시에 합격한 사람 중에 임금과 나이가 동갑이거나, 종친으로 과거를 보러 온 사람들을 일률적으로 합격시키다 보니 합격자 정원에 관계없이 과거 합격자을 남발하게 되는 폐해가 생기게 되었다. 이러한 현상에 대해 황현은 당시 조정의 지배층이 사리사욕을 채우기 위해 과거 합격자를 무분별하게 양산하는 등 과거제도의 불공정성과 불합리함을 조장한 사실에 대해 비판했다.

순조와 헌종 이후 척족이 대대로 권력을 장악한 시기와 때를 같이하여 과거제도의 폐해가 매우 심하였다. 고종은 1874년 이후에 과장科場의 공정함이 세자에게 복을 가져다 줄 것이라고 여겨, 매우 부득이한 경우가 아니면 대부분 공정하게 처리하려고 했다. 그러나 권문귀족들은 시권試券을 주고받아 한 축을 이루어 고관考官 앞에 차례대로 번갈아가며 바쳤다. 이런 까닭에 고관이 아무리 공정을 기하려고 해도 부정으로 합격하는 경우가 근절되지 않았다.

특히 경향의 부자들은 고관에게 뇌물을 후하게 바치고서 선발된 자가 적지 않았다.[43] 또한 응제應製의 경우 대과에서 1·2명만 뽑았으나, 1874년 이후에는 대과와 소과에서 모두 뽑게 되었다. 이에 당시 사람들은 응제 소과에 합격한 자를 가리켜 '석 돈 진사'라고 부르며 비웃음의 대상으로 삼았는데, 돈 30푼이면 응제 소과의 종이를 살 수 있을 정도로 합격자 매매의 성행이 만연했음을 짐작할 수 있다.[44]

원자元子가 태어난 후 궁중에서는 한정 없이 기복祈福하는 일을 하여 팔도의 명산에 두루 미쳤으며, 임금 또한 연회를 멋대로 열어 지불하는 돈이 헤아릴 수 없어 양전兩殿이 하루에 천금을 쓰니, 내수사內需司 경비로는 지탱할 수가 없었다. 마침내 공공연히 호조와 선혜청에서 끌어 쓰는데도 재정을 담당한 신하는 한 사람도 반대하는 자가 없었다. 일 년이 지나지 않아 운현雲峴이 십 년 동안 저축해둔 것이 탕진되었다. 벼슬자리를 팔고 과거를 파는 폐정弊政이 이어서 생겨났다.[45]

황현의 비판적 시선은 조정의 부패한 관리들에 머무르지 않고, 궁궐 안의 임금을 비롯한 왕족들의 일거수일투족에까지 미쳤다. 1874년 2월, 왕비 민씨가 훗날 순종이 되는 원자元子를 낳았다. 그해 3월에는 원자의 탄생을 축하하는 증광시를 실시하여 인재를 뽑았으며, 1875년에 왕세자로 책봉되었다.[46] 이때 흥선대원군의 10년 통치가 막을 내리고 임금의 친정親政이 시작되었으며, 왕비 민씨와 그 오빠인 민승호閔升鎬를 중심으로 민씨 세도의 세력이 확장되었다. 원자의 탄생 이후 그의 복을 기원하는 행사가 전국의 명산에서 이루어졌다. 이때 임금이 연회를 멋대로 여는 바람에 지불하는 비용이 이루 다 헤아릴 수 없을 정도였다. 급기야 내수사의 경비로는 지탱할 수가 없어 호조와 선혜청에서 비용을 끌어다 쓰는데도 관련 임무를 맡고 있는 신하 중에 아무도 이를 제지하거나 반대하는 자가 없었다. 결국 1년이 채 지나지 않아 국고는 바닥이 났다.

이후에 벼슬자리를 팔고 사거나 과거 합격을 매도하는 폐정이 생겨난 것은 바닥난 국고를 채우기 위한 것이었음은 어렵지 않게 짐작할 수 있다. 황현은 백성들의 피땀 어린 수고로 이루어진 세금을 걷어 흥청망청 낭비하는 왕족에 대해 비판하고, 아울러 이들의 부정한 행태를 보고도 공정한 목소리를 내지 않는 무능한 조정 관리들을 향해 비난의 목소리를 높였다.

> 임금은 친정親政한 이래 날마다 유흥을 일삼아 매일 밤 연회를 열고 질탕하게 놀아, 광대·무당과 악공들이 어울려 노래하고 연주하느라 궁정 뜰에 등촉이 대낮과 같았다. 새벽에 이르도록 쉬지 않고 놀다가 인시寅時나 묘시卯時, 진시辰時가 되어서야 비로소 휘장을 쳐서 창을 가려 어둡게 하고 잠자리에 들어 곯아떨어졌다. 해가 기울어서야 일어나니 이런 일이 일상사가 되어 세자는 어릴 때부터 익숙히 보아 일상으로 생각했다. 매일 아침 햇살이 창가를 비추면 양전兩殿의 옷을 잡아당기면서, "마마, 주무시러 가십시오." 하였다. 이로 말미암아 주무를 맡은 자들이 해이해졌다. 임금이 친히 임하여 선비를 뽑을 때에도 매번 황혼 무렵에 궁궐에서 나갔다가 잠시 후 어가를 돌려 들어가 버리므로 응시생들이 바쁘게 촛불을 켜고 시권을 써야 했다. 임금은 잔치를 좋아할 뿐 아니라 과거도 유희의 한 가지로 생각하여 어느 달이고 과거를 안 치를 때가 없었고, 어떤 때는 한 달에 두 번 실시하기도 했다.[47]

고종과 민비의 사치와 국세 낭비는 원자가 세자에 책봉된 이후에도 멈추지 않았다. 고종은 날마다 궁중에서 연회를 열고 밤새도록 흥취를 즐겼다. 이로 인해 궁정의 뜰은 연회에 켜진 등촉 때문에 밤에도 마치 대낮과 같이 밝을 정도였다. 밤새도록 연회를 즐기다가 아침 해가 뜰 무렵에야 잠자리에 들고 해가 질 무렵에야 일어났다. 이러한 생활이 일상이 되어버린 세자는 아침이 되면 임금과 왕비에게 취침 인사를 할 정도였다.

그리고 임금이 깨어있는 시간에 과거를 치르기 위해 과거 응시생들은 촛불을 밝히고 밤에 시험을 보는 진풍경이 연출되기도 했다. 정사에 힘쓰기는커녕 향락에 빠져서 백성들의 고혈인 세금 낭비를 일삼고, 나라의 인재를 선발하는 과거조차 유희의 일종으로 생각하여 무분별한 시험을 일삼았다. 이와 같이 황현은 당시 낮과 밤이 뒤바뀔 정도로 연회를 즐기면서 낭비와 사치를 일삼았던 궁궐 내부의 민낯을 적나라하게 기록했다. 이러한 황현의 기록은 당대 집권층에 대한 사회적 고발에 다름 아니다.

사실 이러한 궁궐 내부의 내밀한 사정은 직접 상황을 목도한 자가 아니면 자세한 정황을 알기가 어렵다. 더구나 당시 서울에서 수백 리 떨어진 구례에 거처하고 있던 황현의 경우라면 더욱 그러할 수밖에 없다. 그렇다면 황현은 궁궐 내부의 속사정을 어떻게 상세하게 기록할 수 있었을까.

승지 이최승李最承은 월사月沙 이정귀李廷龜의 후손으로 오래도록 가주서假注書로 궐내에서 당직을 하였다. 그가 나에게 이런 얘기를 들려주었다. 한번은 밤이 깊었는데 노래하며 악기를 연주하는 소리가 들려 액례를 따라 소리를 찾아가 한 전각에 이르고보니 휘황하기가 대낮처럼 밝은데 양전이 편복으로 산만하게 앉아 있는 것이 보였다. 섬돌 아래로는 머리띠를 하고 팔뚝을 드러낸 채 노래하고 북 치는 자들이 수십 명인데 잡된 소리로 노래하는 것이었다. "오는 길 가는 길에 만난 정 즐거워라, 죽으면 죽었지 헤어지기 어렵더라." 음란하고 비속해서 듣는 자들이 모두 얼굴을 가렸으나 명성후는 넓적다리를 치면서, "좋지, 좋아" 하며 칭찬을 하였다.[48]

당시 만연한 궁궐의 향락은 노래하고 북치는 자들을 불러 한밤중에 잡가를 부르는 지경에까지 이르렀다. 이때 잡가의 내용이 매우 음란하고 비속하여 듣는 자들이 모두 얼굴을 가렸으나, 오히려 민비는 노래에 장단을 맞추면서 즐거워했다. 민비의 성품을 단적으로 드러내는 기록으로, 이 또한 궁궐 내부에 있었던 사람이 아니면 알기 어려운 은밀한 내용이다. 황현은 위의 글 첫머리에서 취재원의 관직과 성명을 밝히고, 그것을 알게 된 사정에 대해 설명했다. 곧 해당 내용은 당시 궐내에서 당직을 했었던 승지 이최승의 입을 통해 황현의 귀에까지 들어올 수 있었다.

이를 통해 본다면 황현은 당시 주변의 지인과 신문 기사 등을 통해 다양한 소재의 내용을 수집하고, 현실에 대한 날카로운 비판과 기록 정신을 바탕으로 『매천야록』을 저술한 것이다. 이로 인해 『매천야록』에는 우리나라의 격동적인 역사적 장면이 오롯이 담기게 되었고, 그 결과 '근대사의 보고寶庫'라는 평가를 받게 되었다.

1863년부터 숨 가쁘게 내달려온 황현의 붓은 1910년의 "8월 22일, 합방조약이 체결되었다"라는 기록을 마지막으로 멈추었다. 그리고 『매천야록』은 저자와 운명을 함께함으로써 우리나라 근대사의 생생한 증언으로 남게 되었다. 황현의 마지막 기록 이후에 후술된 내용은 그의 문인인 고용주가 기록한 것이다. 합병안의 조문·순종과 일본 황제의 조서가 기록되어 있고, 마지막에는 황현의 순절을 알리는 내용과 함께 그의 절명시가 수록되어 있다.

황현의 당대 현실에 대한 날카로운 시선은 『매천야록』 곳곳에서 날카롭게 번득인다. 그러나 그의 현실 인식에도 일정한 한계점이 존재한다. 우선 청나라에 대해 의존적이었던 전통적인 화이론에서 벗어나지 못했다는 점이다. 청나라의 내정간섭에 대한 부정적 시각도 찾아보기 어려우며, 갑신정변에 대한 청나라의 태도에 대해 긍정적인 시각으로 서술한 곳도 발견된다.

또한 당시 서양에 대한 미흡한 지식과 정보도 한계점으로 지적할 수 있다. 황현은 병인양요·신미양요와 구미 열강과의 통상 조규 등에 대해 언급하였으나, 대체로 서양에 대해 막연한 불안감과 경계심만 나타낼 뿐 구체적인 국제 정세 파악에는 부족했던 것으로 보인다. 그러나 『매천야록』에서 보이는 이러한 한계점은 저자의 활동 기반이 중앙 정계에서 멀리 떨어져 있다는 점, 그리고 관료 경험이 전무한 재야의 선비라는 저자의 사회적 위치에서 기인한 인식의 부재로 파악해야 할 것이다.

10. 오동나무 아래에서 동학농민운동을 기록하다

『오하기문梧下紀聞』은 『매천야록』과 함께 황현의 대표적인 저술로 꼽힌다. 『오하기문』은 전주대학교 호남학연구소에서 편찬한 『매천전집』에 수록되어 있으며, 별개로 『오하기문』이란 제목으로 출처가 분명치 않은 필

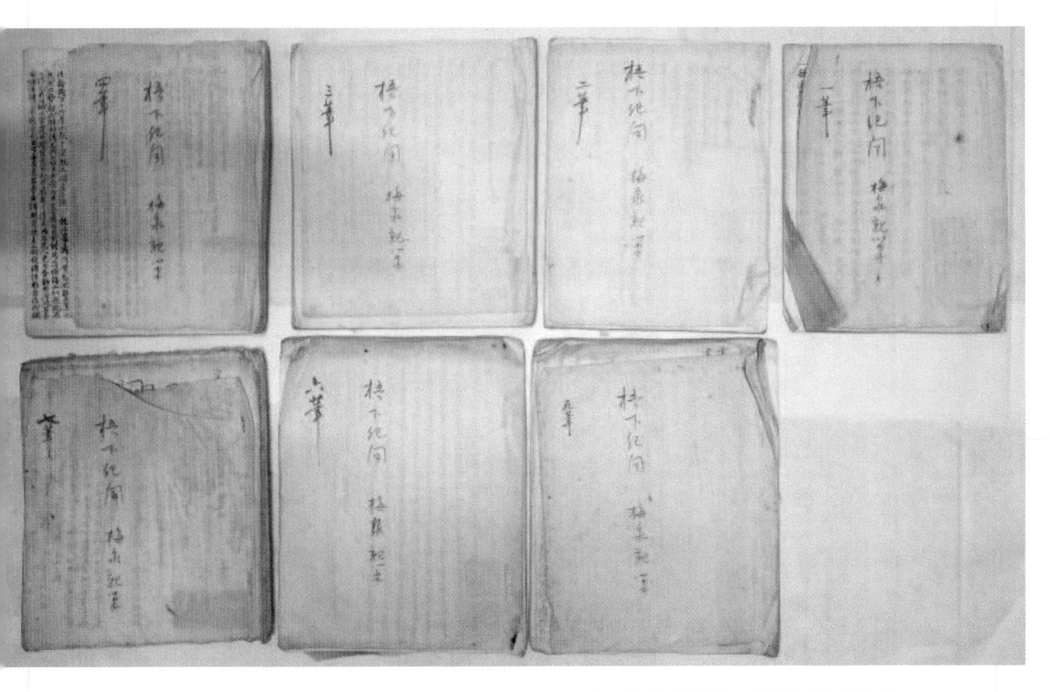

〈그림 9〉『오하기문』, 등록문화재 제747호
출처 : 문화재청

사본이 몇 종 존재한다. 『매천전집』에 수록된 『오하기문』은 1895년부터 1907년까지의 기록이며, 별본의 『오하기문』은 그 이전의 1894년 기사가 중심을 이루고 있다. 『매천야록』과 비교해보면 『오하기문』의 기록은 미정 초고의 상태인데, 『매천전집』의 기사는 대부분 『매천야록』에 수록되어 있다.[49] 이와 같이 『오하기문』의 내용이 다르게 나타나는 이유는 원본이 산실되고 분철된 것을 각기 입수했기 때문인 것으로 짐작된다.

1974년 국사편찬위원회에서 원본을 입수한 것을 토대로 번역된 『동학란東學亂』[50]에는 19세기 중엽의 정치적 사실과 동학농민운동을 다룬 1895년 3월까지의 내용이 수록되어 있다. 한편 국사편찬위원회에 보관된 필름을 복사한 내용과 또 다른 입수본을 합철한 수필首筆·이필二筆·삼필三筆은 『동학란』과 수록연대가 동일하다. 그러나 이필과 삼필에서는 상당히 다른 부분이 수록되어 있다. 이를 통해 본다면 『매천야록』에는 동학농민운동의 가장 기본적인 내용만 수록되어 있고, 『오하기문』에는 동학농민운동을 중심으로 수록하고 있으므로 필요한 부분을 『매천야록』에서 발췌하여 전재한 것으로 보인다.[51]

『오하기문』은 동학농민혁명의 발생 원인과 경과에 대해 기록한 역사적 저술이다.[52] 책명인 '오하기문梧下紀聞'은 황현의 집 마당에 우뚝하게 서 있던 커다란 오동나무 아래에서 들은 바를 기록한다는 의미이다. 1894년 3월부터 시작된 동학농민운동이 몰고 온 충격, 그리고 그 이듬해 일제의 명성황후 시해 사건 등의 충격 속에서 황현은 당대사 서술의 필요성을 절감하고 실행에 옮겼다.

> 아! 화변禍變이 도래한 것이 어찌 우연이랴! 치세와 난세는 시운時運에 달려 있고 혼란과 태평이 서로 이어, 시운과 기화氣化로 바꾸어질 수 없는 숙명이 있는 듯하지만, 또한 사람들이 도모하는 것의 잘잘못이 원인이 되니 대개 오래 쌓인 형세의 결과요, 일조일석에 그렇게 된 것은 아니다.[53]

『오하기문』의 서두에 해당되는 부분이다. 첫 대목에서 언급한 화변禍變은 바로 동학농민운동을 지칭한다. 황현은 곧 동학농민운동을 화변으로 규정짓고, 이는 하루아침에 이루어진 것이 아니라 오랜 시간 동안 쌓인 형세의 결과라고 평가했다. 이어서 정조 이후로 사색당파 가운에 노론이 국명을 장악하여 대대로 왕실과 혼인관계를 맺고 권세를 부리며 패권을 잡은 것처럼 자처했다고 하였다. 황현은 당시 유학에 대해 그 성세가 극도에 다다랐으나 참다운 실학은 침체되고 말라빠진 것으로 보았으며, 유학의 쇠퇴로 인해 천주학을 비롯한 사설邪說이 성행하는 빌미가 되었다고 하였다. 예로부터 당화黨禍의 극단은 반드시 망국에 이르고 말았으니, 망국의 백성들이 곤궁하고 피폐하게 되는 것은 당연한 이치로 파악한 것이다.

황현은 순조 때 수렴청정을 통해 세력이 번성한 장동 김씨壯洞金氏에 대해 나라를 망치게 만든 장본인으로 지목하였다. 수많은 폐정弊政은 모두 장동 김씨가 세도할 때 비롯되었으며, 뇌물이 공공연하게 행해지고 탐학을 부리고 정치를 하지 않으며 백성을 수탈하는 근원이 되었다. 그 결과 구렁텅이에 빠져 아우성치는 백성들이 호소할 데가 없게 되었고, 이런 까닭에 누적된 병폐가 극에 다다라서 저절로 무너지게 된 것이다. 곧 황현은 동학농민운동이 발발한 원인을 장동 김씨로 대표되는 집권층의 폐정에서 찾고 있으며, 오랜 시간에 걸쳐 누적된 병폐가 극도에 이르러 둑이 무너지듯 일시에 터져버린 것으로 진단하였다.

『오하기문』은 수필首筆-이필二筆-삼필三筆로 구성되어 있다.

수필首筆에서는 4색 당파와 노론의 폐단, 그리고 사림士林의 타락에 대해 기록했다. 황현은 이상에서 초래된 결과로 인해 세도정치가 야기되었고 마침내 흥선대원군의 집정을 초래한 것으로 보았다. 그리고 흥선대원군의 개혁정치와 폐단, 민비와의 갈등에 대해 기술하였다. 이후 개항이 이루어지고 척사파와 개화파의 갈등 유발, 이 과정에서 발생한 임오군란과 갑신정변에 대해 논급하였다. 이 가운데 크고 작은 민중 봉기의 발생에 대해 기술하고, 천주교의 유입과 동학東學의 창도에 대해 기록했다. 이러한 내용은 당시 지배층과 사림의 정치적·사회적 비리와 타락을 지적하고, 외세에 의해 국권이 유린되는 전말과 함께 이러한 환경에서 민중 봉기가 유발되었음을 밝힌 것이다. 이상의 내용은 『오하기문』의 서론에 해당되며, 동학농민운동의 발발 원인에 대한 기록이다.

이후 1894년부터는 월별·일자별로 기록되어 있으며, 이전 시기와 비교해볼 때 서술이 보다 구체적이고 체계적으로 이루어져 있다. 황현은 전봉준全琫準이 고부민란 단계에서 종적을 감추었다가 무장현에서 본격적으로 연합전선을 펼친 사실을 기록하고, 이때부터 동학농민운동이 본격화된 것으로 파악했다.

이필二筆에서는 일본의 경복궁 강점과 개화 정권의 등장, 그리고 변법變法의 조항과 관제 개혁 등에 대해 기록했다. 이어 청일전쟁의 과정을 기록하고 농민군의 집강소 활동에 대해 기술했다. 특히 이필에서는 각 지역별로 농민군의 활동상에 대해 자세하게 기록되어 있는 점이 특징이다.

삼필三筆에서는 이필에 이어서 순천·곡성·남원 등지에서 일어난 동학농민운동에 대한 기록이 이어진다. 특히 전봉준의 9월 재봉기에 대한 기록은 그 내용이 매우 풍부하고 상세하게 다루어져 있어 관련 분야 연구에 매우 중요한 사료를 제공한다. 11월에는 김홍집내각의 개편과 반포된 칙령에 대해 기록했다. 이어서 각 지역의 농민군 동정과 전투, 전봉준의 최후 전투와 관군官軍의 추적 등이 기술되어 있고, 이 과정에서 벌어진 농민군 지도자들의 체포 사실이 상세하게 기술되어 있다. 마지막으로 중앙의 대책과 잔여 농민군의 움직임, 그리고 농민군 지도자의 사형과 동학의 2

대 교주인 최시형崔時亨의 사망 사실에 대해 기록했다. 삼필에는 중앙 정계의 갑오개혁과 대책에 관한 내용이 상당한 비중을 차지하고 있다는 점에서 앞의 수필, 이필과 구별된다. 또한 당시 농민군의 동정에 대해 포괄적으로 기록되어 있고, 공주 전투와 황해도·경기도 등 일부 지역의 농민군 동정에 대해서는 소략하게 기록되어 있다.

황현은 『오하기문』을 집필하기 이전부터 관보와 신문을 통해 당시 국내외 정치와 사회적 상황 등에 대해 주시하고 있었다. 『오하기문』에 수록된 중앙의 정책, 곧 의안議案이나 칙령 등의 풍부한 객관적 자료 인용은 당시 저자의 관심 사안을 방증한다. 특히 이필에서 갑오개혁의 변법과 제도개혁의 내용이 기록된 부분은 당대 주요 사료인 『고종실록』·『순종실록』 및 구한말에 발행된 관보와 대조해볼 때, 약간의 누락과 글자 출입을 제외하고 비교적 정확하게 기술되어 있어 사료로써 높은 가치를 지닌다.

『오하기문』에는 동학농민운동에 대한 기록 뿐 아니라, 집필자인 황현의 사평史評이 추기되어 있다. 그의 엄정한 사평은 책의 곳곳에서 드러나는데, 특히 책의 서론에 해당되는 수필에서 두드러진다. 『오하기문』은 미정고未定稿 상태로 일정 부분이 결함으로 지적되기도 하지만, 동학농민운동 관계 기록으로는 가장 통사通史적이면서 중요한 내용들을 담고 있다. 곧 동학농민운동에 대한 통사적 성격을 띠면서 그 정확성과 사가의 비평이 곁들여진 최초의 저술로 규정할 수 있을 것이다.[54]

11. 삿갓 모양 정자를 짓고 '일립정'으로 이름하다

황현은 1886년 만수동으로 거처를 옮긴 뒤 1890년에 구안실을 짓고 그곳에서 대부분의 시간을 지내면서 강학과 저술에 몰두하였다. 이후 1895년에 이르러 구안실 동쪽에 초막 한 칸을 짓고 '일립정一笠亭'이라 이름하였다. 황현은 일립정을 짓게 된 동기에 대해, 평소 거처하는 공간이 좁아서 무더위와 장마 기간 내내 서숙書塾에서 지내는 사람들이 괴로워하기 때문이라고 밝혔다.

십 년의 세월이면 강산도 변하는 법이라
탁 트인 곳이 띳집 오른쪽 부근을 차지했네.
원룡元龍의 큰 와상은 질박한 채 꾸미지 않고
누워서 해와 달을 잡아 창문으로 삼았노라.
촌 목수 집 짓는 기술이 천지의 도에 부합해
위는 일산을 펼친 듯 아래는 말[斗] 모양 같네.
옆으로 발 젖혀 걸고 남쪽 하늘을 바라보니
청풍이 뼛속까지 서늘해라 사람인지 매미인지.
술 거나하면 처마 끝 폭포에 얼굴을 씻고
잠 달게 잘 땐 바위 끝 안개 속에 다리를 뻗네.
늙어 갈수록 대담해 집을 삿갓으로 삼았는데
백운산 천 봉우리가 한눈에 다 들어오누나.
선가仙家에선 식구 많은 걸 허락하지 않나니

친구들과 함께 고상한 모임이나 가져야지.

다시 속객俗客이 내 정자를 보러 올까 두려워

학을 꾸짖어 짐짓 솔문을 막아서게 하노라.

十年山壞川成阜 爽塏近占茅齋右.

元龍大床樸不雕 臥攬日月爲戶牖.

村匠木經合天地 上如張傘下如斗.

簾鉤橫搭朱鳥天 淸風徹骨人皆蟬.

酒酣沃面簷端瀑 睡美伸脚巖際烟.

老去大胆屋爲笠 白雲千峰眼眶入.

仙家不許眷率多 祇從舊雨成雅集.

復恐俗客看亭來 叱鶴故遮松門立.[55]

이 시는 일립정이 완성된 뒤 감회를 나타낸 것이다. 일립정을 세운 1895년은 황현이 광양을 떠나 구례 만수동으로 이사를 온 지 10년째 되는 해이다. 시의 첫 구에서는 10년이면 강산도 변하는 법이라고 하여 만수동에도 10년 만에 변화가 생겼음을 나타냈다. 시에서 '집을 삿갓으로 삼았는데'라는 구절은 일립정이 삿갓 모양이기 때문에 나온 표현이다. 일립정에 앉아 있으면 백운산의 수많은 봉우리가 한눈에 들어온다고 표현하여, 앞이 시원하게 탁 트여 전망이 매우 좋은 곳임을 알 수 있다. 시의 마지막 구에서는 세속의 손님이 정자를 찾아오는 것이 두려워 학을 문지기로 삼아 막아서게 한다고 하였다. 이는 앞 구절의 선가仙家와 맥을 같이 하는 것으로, 시인이 일립정의 공간에 대해 신선이 사는 선계仙界로 설정해서 나타낸 것이다.

서재로 써 오던 나의 구안실
거처한 지 어느새 오 년이 됐네.
낮고 좁은 것이야 뭐가 대수랴.
내 한 몸 돌릴 수 있으면 되지.
처음에 지을 때 생각으로는
이만하면 되었다 여기었는데,
인근에서 나에게 글을 배우러
찾아오는 이들이 연이어졌네.

維苟安室 處已五年.
庳隘何妨 容我折旋.
厥初量度 姑且於焉.
鄉隣逐臭 來者聯翩.[56]

황현은 일립정을 세운 뒤 명銘을 짓고 마음의 경계로 삼았는데, 이 글에는 일립정을 짓게 된 이유와 경위가 자세하게 기록되어 있다. 앞서 황현은 구례 만수동으로 이사한 뒤 서재 구안실을 완성하였다. 구안실은 10자 정도 되는 크기의 서실로 처음에는 좁다고 여기지 않았는데, 그로부터 5년 뒤 글을 배우러 오는 사람이 연이어 찾아오자 좁은 공간 안에 여러 사람이 복작여서 서로 부딪히는 지경에 이르게 되었다. 이 때문에 구안실 동쪽에

빈 땅을 골라 새롭게 정자를 짓고 '일립정'이라 명명하였다. 집의 지붕이 삿갓 모양으로 생겼기 때문에 이렇게 이름 붙인 것이다.

황현은 새로 완성된 일립정에 대해 계곡물이 시원함을 더해주고 숲에서 부는 바람은 살랑거려서 돌아보면 저절로 흐뭇하다고 하여 만족감을 드러냈다. 그리고 이곳에 머무는 사람들과 함께 술잔을 나누거나 바둑을 두고 그림을 감상하고 시를 논한다고 하여, 당시 일립정이 새로운 강학 공간으로 자리 잡았음을 보여준다.

일립정이 완성된 지 5일째 되던 날, 윤종균尹鍾均이 그의 조카를 데리고 황현을 방문했다. 윤종균은 전남 순천 출생으로 호는 유당酉堂이며 남원부 주사를 지냈다. 그는 남원의 막부에 부임할 적에 황현을 직접 방문하여 작별인사를 나누고 떠날 정도로 두 사람은 각별한 사이였다.[57] 황현은 윤종균에 대해 온화하기가 옛 군자와 같아서 겉모습은 거만해 보이나 마음은 매우 진실한 것으로 그의 인물됨을 평가했다. 또한 두 사람은 아침저녁으로 감당나무 아래에서 마주 앉아 시학詩學을 토론한 적이 있는데, 그 모습이 마치 진송晉宋 시대 사람들처럼 풍류가 매우 뛰어났었다고 하였다.[58] 황현을 방문한 윤종균을 비롯해 그곳에 모인 여러 사람들은 기쁜 마음으로 일립정의 완성을 축하하며 함께 시를 지어 기념했다.[59]

12. 전국에 단발령이 선포되다

1895년 8월, 일본공사로 취임한 미우라 고로三浦梧樓가 일본의 자객을 앞세워 경복궁을 습격해 조선의 왕비인 민비를 시해했다. 이른바 '을미사변乙未事變'으로 불리는 사건이다. 일제는 이 사건을 조선 내의 권력투쟁으로 위장하려고 하였으나, 그들의 기만행위는 이내 발각되어 미우라 고로를 비롯한 가담자들이 재판을 받게 되었다. 그러나 일본 정부는 증거불충분의 이유를 들어 이들을 석방시켰다. 을미사변 이후 내각을 주도하게 된 김홍집·김윤식·유길준 등은 태양력을 사용하고 연호를 건양建陽으로 하였다. 또한 소학교를 설치하고 서울에 친위대를 설치하였으며, 지방에는 진위대를 설치하는 개혁안을 추진했다.

1895년 11월, 김홍집 내각은 개혁의 일환으로 단발령을 선포했다. '위생에 이롭고 작업에 편리하다'는 명분이었다. 그러나 불과 3개월 전 일제가 조선의 왕비를 처참하게 살해한 천인공노할 사건으로 울분이 쌓여있던 백성들은 단발령 조치에 강력하게 반발했다. 전국적으로 저항의 분위기가 점차 고조되어갔으며, 전국 각지의 유생과 농민들은 의병을 일으켜 봉기했다.

11월 15일, 임금이 먼저 두발을 깎고 중앙과 지방의 신민에게 명하여 일체 단발하도록 하였다. 두루마기 착용을 선포한 이후 단발하도록 한다는 말이 점차 퍼졌는데, 이해 10월에 와서 일본 공사가 임금에게 빨리 단발하도록 위협하였으나 임금은 인산因山 뒤로 미루었던 것이다. 이때 이르러 유길준과 조희연 등이

왜인들을 인도하여 궁성 주위에 대포를 설치하고 단발을 하지 않는 사람은 모두 죽이겠다고 선언했다. 임금이 탄식하며 정병하鄭秉夏를 돌아보고 "네가 내 머리를 깎아라" 하니, 정병하는 가위를 들고 임금의 두발을 깎았으며 유길준은 태자의 머리를 깎았다. 단발령이 내리자, 곡성이 진동하고 사람마다 분노가 치밀어 억장이 무너졌으며 형세가 금방 변란이라도 일어날 것 같았다.[60]

『매천야록』에 수록된 단발령에 관한 기록이다. 당초 10월에 있었던 일본공사의 단발 위협에 고종은 민비의 인산 이후로 시일을 미루고 있었다. 그러나 유길준·조희연 등이 일본인들을 데리고 궁궐 주위에 대포를 설치하고 단발을 하지 않으면 죽이겠다고 위협을 하자, 고종은 하는 수 없이 정병하를 시켜 두발을 깎게 하였다. 태자의 두발은 유길준이 잘랐다. 11월 15일 단발령이 시행된 당일에 임금과 태자의 두발을 깎아 백성들에게 시범을 보이게 한 것이다. 그러나 단발령 시행을 접한 백성들은 너나 할 것 없이 분노와 함께 강한 거부감을 표출하였다. 황현이 당시 사회적 분위기에 대해 '형세가 금방 변란이라도 일어날 것 같았다'고 한 기록은 험악했던 민심의 정도를 그대로 대변한다.

친일내각 타도와 일본 세력의 축출을 목표로 하는 의병운동은 단발령을 기폭제 삼아 더욱 불길이 거세어졌다. 특히 단발령에 대해서는 "목을 자를 수는 있어도 머리털은 자를 수 없다"는 것이 대다수 백성들의 생각이었다. 당시 머리털은 부모님이 만들어 준 신체의 일부인 까닭에 함부로 자르는 것은 불효로 인식되었던 시기였다. 의병은 정규군이 아니라 자발적으로 의義를 위해 궐기한 것이며, 이때의 의병을 을사늑약 이후에 조직된 의병과 구별하기 위해 '을미의병'으로 부르기도 한다.

당시 의병은 친일내각을 받드는 지방관리, 의병에 대항하는 관군이나 일본군, 그리고 일본인 거류지와 그들의 시설물을 공격의 주된 대상으로 삼았다. 을미의병의 지도층은 대부분 유생들로 구성되었으며, 병사로 직접 싸움을 담당한 의병들은 포수를 비롯해 소작농민이 대부분이었다. 이들 의병은 아관파천俄館播遷 이후에도 계속해서 활동하다가 고종의 선유를 받아들인 뒤 해산하였다.[61]

전국에 선포된 단발령은 황현이 살고 있는 구례에도 전해졌다. 단발령 소식을 접한 뒤 어지러운 마음을 가눌 길 없었던 황현은, 왕사찬을 방문하여 밤늦도록 시국에 대해 토론을 나누었다.

무색참담한 산천과 희미한 태양 아래
깊은 겨울 풍광이 연달아 시름 일으키네.
백발에 음력 양력을 섞어 보는 게 두려워
눈 오는 날에 이 칠실漆室로 내가 찾아왔다오.
조정을 생각하면 두 눈물만 흘릴 뿐이지만
육혼陸渾의 운명은 백 년 전부터 시작되었지.
마음속엔 아무 일도 없는 듯 방관만 하면서
자리 가득 솔바람에 무릎 안고 앉아 조누나.

慘澹溪山薄日邊 窮冬雲物與愁連.
白頭怕見陰陽曆 漆室相尋雨雪天.

北極朝廷雙淚外 陸渾氣數百年前.

傍觀一似胸無事 滿榻松風抱膝眠.[62]

왕사찬은 황현의 스승인 왕석보의 셋째 아들이다. 왕사찬은 황현에게 찬사를 들을 정도로 고체시에 탁월한 재능을 지녔으며, 그 지역 일대에서 황현과 더불어 당대에 시명詩名을 떨쳤던 인물이다. 황현은 왕사찬에 대해 평소 괴벽함을 즐겼고 뛰어난 재주는 경외스러우며, 성품은 단아하고 풍류를 지닌 인물로 평가했다. 그리고 두 사람은 서로 알고 지낸 30여 년 동안 하늘을 날아가는 기러기와 같이 오랜 시간을 함께 했다.[63]

이 시에서 칠실漆室은 매우 어두운 방을 의미하며, 중국 춘추시대 노나라의 읍명邑名이기도 하다. 노나라 목공穆公 때 임금은 늙고 태자는 어려서 나랏일이 매우 위태로운 지경에 이르자, 칠실에 사는 한 소녀가 기둥에 기대어 구슬프게 휘파람을 불면서 나라를 근심하고 백성을 걱정했던 것에서 유래했다. 이 때문에 칠실은 한미한 신분으로 나랏일에 관심 갖는 것을 비유하기도 한다. 여기에서 나랏일에 근심하여 밤늦도록 마주 앉아 이야기를 나누는 시적 대상은 바로 황현과 왕사찬이다. 육혼陸渾은 지금 중국의 감숙성 돈황 일대에 있었던 융족戎族으로, 춘추시대 초楚나라 장왕莊王에 의해 멸망되어 역사에서 사라지게 되었다. 곧 백 년 전부터 시작된 육혼의 운명과 같이, 어찌할 수 없는 나라의 운명에 밤새도록 눈물만 흘리는 시인이다.

13. 진도에 유배된 정만조를 찾아가다

1896년 정만조가 을미사변에 연루되었다는 혐의를 받아 전라도 진도에 위치한 금갑도金甲島에 유배되었다. 『매천야록』에는 을미사변의 경위와 해당 사건의 전말에 대해 상세하게 기록되어 있는데, 이는 정만조가 황현에게 당시의 일에 대해 알려준 것이다. 황현은 을미사변에 대해 정만조에게 들었으며, 이때 정만조는 궁내부의 관리로서 그 일에 참여하여 직접 눈으로 보았던 것이라고 기록하였다.[64] 곧 『매천야록』에는 황현에게 정보를 제공한 다수의 취재원이 있었는데, 정만조도 그들 중에 한 명이었다.

황현과 정만조의 인연은 황현이 과거 시험을 보기 위해 서울에 머무르던 시기로 거슬러 올라간다. 두 사람은 시사인 남사南社에서 함께 활동을 하면서 교분을 쌓았다. 정만조는 1896년부터 1907년까지 진도에 유배되어 있던 중 1906년에 『용등시화榕燈詩話』를 저술하였는데, 여기에는 남사에서 함께 활동했던 동인들에 관한 내용이 수록되어 있다.

어느 날 하정荷亭 여규형呂圭亨이 찾아와서 시 한 연을 외워 들려주었다.

"'땔감을 주워 승려는 물을 건너고, 열매를 물고 참새는 바람을 타네[拾薪僧渡水, 銜果雀翔風]' 이 시는 누구 작품 같은가?"

내정만조-저자 주가 "옛사람입니까, 지금 사람입니까?"라고 묻자, 하정이 "옛사람이면 누구 같고, 지금 사람이면 누구 같나?"라고 되물었다. 내가 "옛사람이라면 꼭 집어 말할 수 없으나 지금 사람이라면 운경雲卿같군요"라고 답하였다. 그랬더니 하정이 소매에서 작은 시권을 하나 꺼냈다. 바로 운경이 지은 금강산 시권이었는데, 이 시가 들어 있었다. 이 시는 운경이 젊을 때 지은 작품이므로 쉽게 맞추었다. 나중에 영재寧齋 이건창李建昌이 전라도 보성으로 귀양 갔을 때, 어떤 사람이 다음 연을 외워 들려주었다.

"수양버들 늘어진 백사장 한 굽이에, 소매 스치며 들국화 정정하구나.[兩行楊柳一灣沙, 拂袖亭亭野菊花]"

그러자 영재가 "이건 운경의 시로군"이라 했다. 이때 운경의 시는 점점 완숙하고 전아한 쪽으로 변해서 한두 시구로는 맞추기 어려웠다. 그래도 영재는 여전히 알아차렸다.[65]

이 글은 『용등시화』에 수록된 것으로, 황현이 남사에서 활동하던 시절 시사 동인들과의 관계를 유추할 수 있어 흥미롭다. 우선 황현과 이건창과의 관계이다. 이건창은 시적 변모에도 불구하고 황현의 시를 단박에 알아맞힐 정도로 그의 문학적 특징을 분명하게 파악하고 있었다.

다음은 남사의 일원이었던 정만조와 황현의 관계이다. 일찍이 황현의 시적 재능을 알아보았던 정만조는 족형인 판서 정범조에게 그의 뛰어난 학적 면모에 대해 말해주었고, 이 해에 황현은 드디어 과거 급제자 명단에 이름을 올렸다. 황현의 시에 대해 시간이 지날수록 점점 완숙하고 전아하게 변모했다고 한 정만조의 증언은, 두 사람이 시문을 매개로 교유한 시간이 적지 않음을 알 수 있게 한다. 이 글에서 여규형이 소지하고 있던 금강산 시권은 황현이 1880년 금강산을 유람하면서 지은 시를 엮은 것이다. 당시 남사에서 활동하던 동인들에게 황현의 시가 널리 읽혀졌던 정황을 짐작할 수 있다.

머나먼 곳에 또 이런 별천지 산수가 있어

다시 옛 절 길을 따라서 적소를 찾아왔네.

섬 풍속에 잘 적응한다는 말은 들었거니와

초췌한 낯에 서울 말씨 변함은 듣기 놀랍네.

모기가 낮에도 득실댐은 마을이 습해서인데

경악도 가을이라 억세어 바다가 흐려지누나.

일부 온돈한 시의 정취가 예스럽기도 해라

나는 그대 백두음白頭吟 짓지 않음을 존경한다네.

天涯有此別溪岑 鵬舍還從古寺尋.

見說浮沉安島俗 驚聞憔悴變京音.

蚊蟲晝健村多濕 鯨鰐秋驕海忽陰.

一部溫敦詩意古 敬君不賦白頭吟.[66]

정만조는 강위의 제자로, 문장과 서예에 능통했다. 황현이 정만조를 만나게 된 것은 서울에 들어갔을 때 이건창의 소개를 받아서였다. 유배지인 진도에서 만난 정만조의 모습은 예전과 다르게, 얼굴은 초췌해지고 서울 말씨도 변하여 그 달라진 모습에 황현도 놀랄 정도였다. 마지막 구절의 백두음白頭吟은 중국 한漢나라 때 사마상여司馬相如의 부인 탁문군卓文君이 지은 가사이다. 사마상여가 일찍이 무릉茂陵의 처녀를 첩으로 들이려고 하자, 탁문군이 이 노래를 짓고 서로 헤어질 것을 결심했던 것에서 유래했다. 여기에서 백두음을 짓지 않았다는 것은 곧 친구 간의 교의交誼를 단절하지 않았음을 의미한다.

황현은 정만조와 헤어지고 집으로 돌아오는 길에서 시를 지어 이별의 아픔을 노래했다. 오랜 벗과 이별의 시간이 닥쳐오자 눈물이 자꾸 흐르지만 유배지에 홀로 남아 있는 정만조를 위해 황현은 억지로 즐거운 표정을 지어보였다. 그러나 흐르는 눈물은 감출 수 있어도 선뜻 떠나지 못하고 자꾸만 머뭇거리게 되는 발걸음을 숨기기는 어렵다. 결국 훗날을 기약할 수 없는 이별에 깊은 탄식만 내쉬는 황현이다.

황현은 자신과 친분이 있는 인물이 유배형을 당하면 먼 길도 마다하지 않고 적소謫所를 찾아가서 상대를 위로했다. 일찍이 박문호가 황현에 대해 "친구 간의 교정交情은 더욱 돈독하여 귀양 간 친구는 반드시 가서 만나보고, 죽은 친구에게는 반드시 가서 곡하여 천 리千里를 멀게 여기지 않았다"[67]라고 한 것은 결코 헛된 말이 아니다. 또한 김택영도 "평소 자기가 좋아하던 이가 유배되었거나 죽었을 경우에는 천 리 길이라도 도보로 달려가서 위문하는 일이 많았다. 옛글을 읽다가도 충신忠臣·지사志士가 원통하게 곤액을 당한 사건을 만나면 눈물을 줄줄 흘리지 않은 적이 없었다"라고 하였다. 모두 내면의 깊은 정감에서 발현된 황현의 인간관계에 대한 기록으로, 날카로운 눈빛 너머에 자리한 인간적인 면모를 확인할 수 있다.

정만조는 진도에 유배된 지 12년이 지난 1907년 11월 고종이 강제 퇴위된 이후에 해배되었다. 그는 1896년부터 1907년까지 금갑도의 유배 생활을 일기체로 기록하고 『은파유필恩波濡筆』이라 이름 붙였다. 이 책은 당시 조선시대 진도의 민속과 풍속을 살필 수 있는 저술이다. 유배지에서 해배된 이후 정만조는 친일의 노선을 걸었다. 이토 히로부미伊藤博文 후원금으로 설립된 대동학회大東學會의 평의원과 간사 활동을 비롯하여, 조선총독부 취조국 위원 촉탁·조선총독부 참사관실 위원 촉탁으로 조선도서의 해제와 편찬사무를 맡았다. 1913년에는 조선총독부 직속기구인 경학원의 기관지 『경학원잡지』의 편찬고문으로 임명되었다. 그리고 1925년에 경성제국대학 법문학부 강사로 임명되었고, 같은 해 7월에는 경학원 부제학을 거쳐 1929년 5월 경학원 대제학에 올라 사망할 때까지 종사했다.

이상의 친일 행적으로 인해 정만조는 현재 친일 반민족 행위자 명단에 그 이름이 올라 있다. 스러져가는 왕조와 운명을 함께 하여 순절의 길을 선택한 황현과 친일 반민족 행위자로 역사에 이름을 남긴 정만조. 두 사람이 교유할 당시에는 훗날 이토록 상반된 길을 걷게 되리라고는 미처 예상하지 못했을 것이다.

14. 이정직에게 축수시를 지어 부치다

황현은 일찍이 우리나라 남쪽 지역에서 영우嶺右의 성혜영과 호우湖右의 이정직李定稷의 시를 으뜸으로 꼽았다. 이정직은 전북 김제 출신으로, 실학에 깊은 조예가 있었고 시문과 글씨, 그림에 모두 능했던 인물이다. 황현은 40세에 자신보다 14세 연상인 이정직을 처음으로 만나 교유한 이후 만년에 이르도록 두터운 친분을 유지했다.

두 사람은 종종 문학에 대해 첨예한 논쟁을 벌이기도 했다. 이정직은 고문가로서 고문의 모범을 보여주는 문장을 많이 남겼고, 고문이론에 관한 구체적 입론을 체계화하였다. 이에 반해 황현은 의고적 작품에 대한 문제점을 지적하고, 나다운[爲我] 문장을 써야 한다고 주장했다. 황현의 반의고적 성향은 중국 명나라 때 문인 원굉도袁宏道의 글을 기문奇文으로 평가하고, 그의 척독 100여 편을 필사하여 소장하고 있던 점에서도 확인할 수 있다. 알려진 바와 같이 원굉도는 복고주의를 극력 배격하였으며 문학의 창조성을 강조했던 문인이다. 또한 황현은 김택영이 편찬한 『연암속집燕巖續集』의 발문에서 연암燕巖 박지원朴趾源의 글이 지극한 경지에 이른 것으로 높게 평가하기도 했다.

나는 얕은 산 같아 올라 조망하기 쉽고요
한 길쯤 되는 깊이에 바위 동굴도 없는데,
그대는 넓고 깊은 천 이랑 바다 물결 같아
온갖 물이 절로 와서 굳이 끌어올 것 없구려.
인재의 서로 다른 것이 끝내 이러한 거라
서까래를 갖고 동량이 되자 한들 어렵고말고.
백위白葦 황모黃茅가 그득한 이 호남 지방에서는
후배들이 선생을 문단의 어른으로 의지하여,
선생이 흥이 나서 나의 집에 오시는 날엔
곳곳에서 단술 마련해 맞고 보내고 하지요.
게다가 만년의 풍류는 해학까지 잘하는데
약속 있어 거듭 왔지만 늘 만나지 못했다가,
산중의 꽃이 다 지자 비로소 찾아와서는

새 죽순 파란 부들 곁에서 풍광을 완상할 제,

옆에서 보니 귀밑털 희어진 건 살피지 않고

스스로 아직도 두뇌가 동홍冬烘하다고 말하네.

노련한 기개 엄숙하여 가을 하늘 가득해라

과거장에 용기 뽐내면 장원도 할 만하고말고.

고성방가로 천고를 홀로 오르내리면서

경과 사를 종횡으로 섞어 모두 정통하였네.

我如淺山易登眺 尋丈窈窕無嵒洞.

君如汪濊千頃波 衆流自歸不須控.

人才不同竟乃爾 難把椽桷慕梁棟.

白葦黃茅湖以南 後輩藉爲文苑重.

吾家先生乘興至 設醴處處紛迎送.

遲暮風流更善謔 有約重來頻不中.

巖花落盡始敲門 新筍綠蒲風光弄.

旁觀不省鬢毛改 自言尙帶頭腦烘.

老氣稜稜却橫秋 賈勇文場甲可衷.

浩歌千古獨往來 經經緯史互錯綜.[68]

이 시는 1897년 황현이 이정직의 고시를 받고 차운한 것이다. 황현과 이정직은 이 해에 활발한 교유를 펼쳤다. 황현의 문집에서 1897년에 지어진 시문을 살펴보면 이정직과 함께 이웃 마을을 찾아가고, 서로의 집을 방문하여 시를 짓고, 그림을 그려주기도 하는 등 당시 두 사람의 교유양상이 잘 나타난다.

시에서 황현은 자신을 한 길쯤 되는 바위 동굴도 없는 얕은 산에 비유하고, 이정직을 온갖 물이 절로 모여드는 넓고 깊은 천 이랑 바다 물결에 비유했다. 이정직의 시문과 학문의 깊이를 이렇게 나타낸 것이다. 백위白葦와 황모黃茅는 흰 갈대꽃과 누런 띠풀이라는 뜻으로, 하찮은 학문이나 문장 따위를 비유한다. 곧 호남지역의 수많은 후배 문인들이 이정직을 문단의 어른으로 삼아 의지하고 있다고 하였다. 이 때문에 이정직이 황현을 방문할 때마다 사람들이 단술을 준비해서 맞이하는 것이다.

동홍冬烘은 중국 당唐나라 때 정훈鄭薰이 안표顔標를 안진경顔眞卿의 후손으로 잘못 알고 장원으로 뽑은 것에서 유래한 말로, 사고방식이나 생각이 진부하고 견식이 천루淺陋한 사람을 나타낸다. 이정직이 스스로에 대해 동홍하다고 하였으나, 황현의 눈에 비친 그의 모습은 그렇지 않다. 노련한 기개는 가을 하늘에 가득하니 지금 과거장에 나아가도 장원을 할 만하다고 하여, 이정직의 학식과 재주가 여전히 건재함을 나타냈다.

1900년 이정직의 회갑을 맞이하여, 황현은 축수의 의미로 시 10수[69]를 지어 올렸다. 황현은 호남이 예로부터 인재가 많이 나는 지역이었는데, 타향에서 건너온 인재들도 많아서 더욱 빛을 발하게 되었다고 하였다. 택당澤堂 이식李植과 반계磻溪 유형원柳馨遠이 여기에 해당되는데, 황현은 이러한 인재들의 반열에 이정직을 포함시켰다. 이정직은 어린 시절 부친을 따라 김포에서 호남으로 왔다가 전북 김제에서 거주했다. 이로 인해 세상에서는 이정직·이기·황현 세 사람을 '호남삼걸湖南三傑'로 일컬었다.

황현은 이정직에 대해 시·그림·글씨에 모두 뛰어난 재주를 지닌 '삼절三絶'로 평했다. 그중에서도 특히 글씨가 매우 뛰어났는데, 중국 송나라 때 글씨 잘 쓰기로 유명했던 서화가인 미불米芾에 견줄 정도라고 하였다. 이정직은 나이가 들면서부터 안진경의 서첩인 쟁좌첩爭座帖을 쓰는 데에 전심했던 것으로 전한다. 이정직은 가정 형편이 어려워 전주성 서쪽 바깥에 약방을 차리고 생계를 유지하려고 했다. 그런데 약방에는 정작 약을 사겠다는 사람은 오지 않고, 그의 그림을 사겠다는 사람들만 줄을 이었다. 이는 당시 이정직의 그림에 대한 높은 명성이 널리 퍼져 있었음을 시사한다.

반평생을 부지런히 정신으로 사귀며
손을 맞잡고 함께 울고 웃었네.
고맙게도 나이와 덕을 겸손하게 낮추어
나를 찾아 외진 곳을 꺼리지 않았네.
산속 바위 골짝 백운동 구석으로
덜커덩덜커덩 수레를 몰고 왔으니,
마치 사마휘司馬徽가
방공龐公의 집을 자기 집처럼 찾아간 것과 같았지.
두 마음이 거문고 하나로 서로 통하니
누가 종자기이고 또 누가 백아인가.

半世勞神交 交臂相歡嗟.
多謝降年德 不憚窮幽遐.

嵌岩白雲隩 轆轆驅征車.

有如司馬徽 慣到龐公家.

兩心同一琴 誰期復誰牙.[70]

이 시는 축수시 10수 가운데 제7수로, 나이차를 뛰어넘은 황현과 이정직의 진정한 교유에 대해 나타냈다. 두 사람은 각자 상대방에 대한 소문만 10여 년을 듣다가, 1895년 마침내 이정직이 황현을 방문하면서 만남이 이루어질 수 있었다. 이로부터 두 사람은 마음으로 사귀며 희노애락을 함께 하는 가까운 사이가 되었다. 이정직은 황현보다 14년 연상인데도, 몸소 외진 곳에 있는 황현의 거처를 찾아올 정도로 교분이 두터웠다.

황현은 백운동 구석으로 자신을 찾아온 이정직에 대해 후한 때의 은사인 방덕공龐德公을 방문한 사마휘司馬徽에 견주었다. 방덕공이 형주자사로 있던 유표劉表의 간곡한 요청을 거절하고 녹문산에 들어가 은거생활을 했는데, 사마휘가 방문했을 때에 마침 방덕공이 선친의 묘소에 가고 집에 없었다. 이에 사마휘가 마치 집주인처럼 방덕공의 처자들을 지휘하여 다른 손님들을 맞았다는 고사가 전한다. 또한 황현은 자신과 이정직을 춘추전국시대 초나라 사람인 백아伯牙와 종자기鍾子期에 비유하기도 했다. 종자기는 백아의 거문고 소리만 듣고도 마음을 알아차릴 정도로, 두 사람은 서로의 마음을 알아주는 매우 절친한 친구 사이였다. 황현이 이정직에 대해 자신의 지음知音으로 평가했음을 알 수 있다.

두류산 큰 골짜기에는

예로부터 선인仙人이 많았으니,

옥보고의 거문고 줄이 끊어지지 않았고

최고운의 필적은 항상 새로웠다.

동쪽 개울 서쪽 개울 복사꽃이

천년 세월에 무심히 피고 지는데,

세속 인간이 스스로를 헤아리지 않고

더러 이곳에 와서 나루를 묻는다.

속세의 몰골은 벗기가 쉽지 않으니

묵적도 곧바로 수레를 돌렸지.

모르겠노라 신선의 명부 안에도

또한 재주 있고 뛰어난 사람을 귀히 여길까.

頭流大洞天 從古多仙人.

玉寶絃未斷 孤雲筆常新.

東澗與西澗 桃花空千春.

俗子不自量 往往來問津.

塵骨未易蛻 墨突旋回輪.

不知仙籍內 亦貴才俊民.[71]

이 시는 축수시 10수 가운데 가장 마지막인 제10수이다. 두류산은 지리산의 별호이다. 지리산에는 예로부터 신선이 많았는데, 신라 진평왕 때 옥보고라는 승려가 현금玄琴을 메고 지리산 운상원雲上院에 들어가 선인仙人이

되어 50여 년 동안 금琴으로 마음을 수양했다는 고사가 전한다. 또 지리산 쌍계사 입구 암석에는 '쌍계雙磎'와 '석문石門'으로 새겨진 신라시대 지식인 최치원의 필적이 남아 있다. 신선의 명부에 재주 있고 뛰어난 사람을 귀하게 여긴다면, 호사자들이 이정직을 지리산 근처에 정착시켜 집을 사 주고 가까이에 살면서 밤낮 없이 흠뻑 취하여 살고 싶어할 것이라고 하였다. 곧 옛 신선들이 그랬던 것처럼 이정직과 함께 속세를 잊고 살고 싶다는 뜻을 내비친 것이다. 황현의 기록에 의하면 이정직은 지리산 근처에 집을 짓고 살 생각이 있었는데도 그렇게 하지 못했다. 이 시에는 황현이 이정직과 함께 가까운 곳에 살면서 흠뻑 취하여 번잡한 속세를 잊고 살아가길 원하는 간절한 소망이 담겨 있다.

15. 구안실에서의 평온한 일상

황현은 만수동으로 거처를 옮긴 뒤, 서실인 구안실과 일립정을 잇달아 완성하고 자신의 학적 공간을 구축했다. 구안실에서 생활하는 시간이 점차 흐르는 동안 황현은 그곳의 주위 환경에 적응하고 주변 이웃들과도 친분을 더해갔다.

> 산중살이에 가장 천륜의 즐거운 일 있으니
>
> 자제들이 시 지으면 내게 와서 평가를 받네.
>
> 내가 글을 배우던 기억이 바로 어제 같거니

연소자가 선생이라 부른 말 듣기 부끄럽구나.

봄 동산 접붙인 과수는 장마 지나 살아났고

새벽 남새밭 채소는 뜯어 이슬 젖은 채 삶네.

조세와 요역 가벼워 아무 일 없이 지내니

혼란한 세상에 이런 태평 얻기 어렵고말고.

山居最有天倫樂 子弟詩成就我評.

憶受字書如昨日 愧聞年少喚先生.

春園接果經霖活 晨圃挑蔬帶露烹.

稅薄徭輕無一事 風塵難得此昇平.[72]

황현의 나이 43세에 접어든 1897년에 지은 시이다. 구안실의 일상을 노래한 시로, 모두 24수 가운데 제3수이다. 그는 구안실의 생활 가운데 가장 큰 즐거움으로 제자를 가르치는 것을 꼽았다. 서툴게 지은 시를 스승에게 보여주고 평가받는 제자들의 모습에서, 황현은 자신이 글을 배우던 어린 시절을 떠올리며 과거를 반추했다. 스승에게 글을 배우던 때가 바로 어제 일 같은데 지금은 자신이 스승의 자리에 있으니, 한편으론 부끄러운 마음이 들기도 하고 한편으론 순식간에 지나간 유년시절이 아쉽기만 하다.

황현은 제자들을 가르치는 시간 이외에는 직접 농사를 지어 생활을 영위했다. 봄에 접붙인 과수가 장마를 지나 살아나고, 새벽에 뜯은 싱싱한 채소를 삶아 밥상에 올린다. 이처럼 자연의 강인한 생명력과 무한한 생동감은 인간의 생활에 활력을 더해준다. 시의 마지막에서 황현은 구안실에서

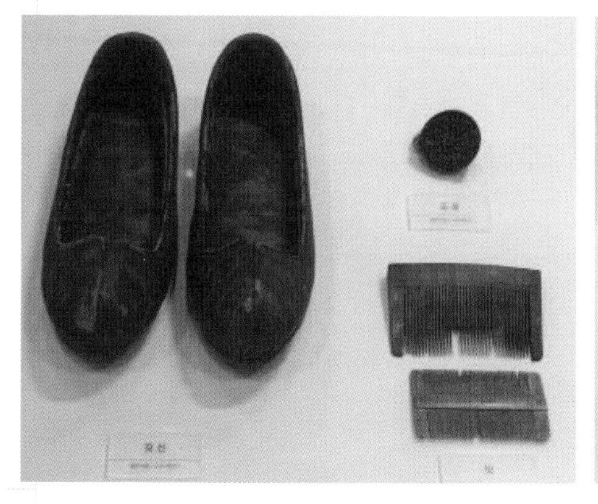

〈그림 10〉 황현의 갖신과 빗
출처 : 순천대 박물관

〈그림 11〉 황현의 안경과 안경곽
출처 : 순천대 박물관

지내는 생활에 대해 '혼란한 세상 속의 태평'으로 자평했다. 그의 말대로 구안실 바깥 세상에서는 아관파천 이후 1897년 2월 경운궁으로 환어한 고종이 대한제국大韓帝國을 선포하는 등, 국내 정세는 그야말로 숨 가쁘게 급변하고 있었다.

황현은 구안실에서 지내는 동안 소용돌이치듯 혼잡한 바깥 세상과 격리되어 평온한 생활을 보냈다. 이러한 생활은 1898년의 시에서도 엿볼 수 있다.

> 숲속의 꽃 속속 피어 붉은빛 다하지 않아라
>
> 봄 풍광이 난산亂山 가운데 가장 오래가누나.
>
> 좋은 새는 울다가 비스듬히 들창을 꿰 가고
>
> 아지랑이는 몽땅 날려 거꾸로 허공을 오르네.
>
> 어찌 명성 얻고자 물 북쪽에 살겠냐마는

담장 동쪽에서 난세 피하긴 무방하구나.

연래엔 점차로 이웃 사람들과 다정해져서

나무꾼 쟁기질꾼과 한자리 앉길 허락하네.

續續林花未罄紅 春光最久亂山中.

啼殘好鳥斜穿牖 颺盡遊絲倒上空.

豈爲得名居水北 不妨避世在墻東.

年來漸款村鄰意 樵擔泥犁許座同.

일홀一笏의 푸른 산 물가에 우뚝 솟아 있는데

강 하늘 저물녘 비가 새 그림을 말아 가네.

꽃 몇 개가 지지 않아 봄은 아직 남아 있고

수많은 죽순 일제히 나와 땅은 보이질 않네.

개미는 이사하느라 섬돌 틈을 돌아가고

꿩은 날아 지붕 위를 지나며 부르짖누나.

글 베끼려니 책상 놓을 곳 얻은 게 기뻐라

오동의 반 이랑 맑은 그늘을 맘대로 쓰노라.

一笏山靑水際孤 江天暮雨捲新圖.

數花未落春猶在 萬笋齊抽地欲無.

蟻徙却循階縫返 雉流能過屋頭呼.

鈔書喜得安床處 取次淸陰半畝梧.[73]

이 시는 모두 13수로 구성되어 있으며, 인용한 부분은 제1수와 제3수이다. 구안실에서 거처하는 일상의 단면을 생동감 있는 필치로 소상하게 담아냈다. 춥고 길었던 산 속의 겨울이 지나가면 봄의 기운이 만물을 따스하게 감싸 안는다. 새들의 날갯짓은 더욱 활발하고, 봄의 전령인 아지랑이는 허공을 향해 거꾸로 오르는 것만 같다. 계절이 지나고 시간이 흐르면서 황현은 제법 마을 사람들과도 다정해져서 나무꾼, 쟁기질꾼과도 한자리에 앉는 것을 꺼리지 않게 되었다.

봄을 보내지 않으려는 듯 꽃 몇 송이가 남아 있고, 봄이 되어 돋아난 죽순은 빽빽해서 땅이 보이질 않을 정도다. 섬돌 사이를 재빠르게 지나가는 개미의 행렬을 보고 이사를 간다고 한 시적 표현이 정겹게 다가온다. 주위 경물을 바라보는 시인의 시선은 세밀한 부분도 놓치지 않고 관찰하여 한 폭의 수채화를 완성시켰다. 오동나무의 맑은 그늘은 오로지 시인의 차지이다. 이 시를 통해 오동나무 그늘 아래 책상을 펴놓고 글을 쓰는 여유로운 봄날 황현의 일상을 엿볼 수 있다.

구안실에서의 평안한 일상은 월곡리로 이사가기 전까지 계속되었다. 다음은 구안실에서의 생활을 노래한 시로 1901년에 지은 것이다.

> 맑은 밤에 어울려서 꽃 아래에서 노래하니
> 둥근 달이 어느새 떠서 강산이 환하구나.
> 서늘한 이슬방울이 삼과 보리에 송글송글
> 바람이 연못 스치니 물결이 찰랑찰랑.
> 자네들은 품은 생각을 기술하여 꺼내 놓게

좋은 시절은 머리 돌리면 그냥 훌쩍 지나가네.

굽은 난간 서쪽 언덕에 천 가닥 버들가지

갑절로 너울대니 그림자 더욱 좋구나.

淸夜相携花下謌 圓蟾已復現山河.

凉添麻麥垂垂露 風掠池塘灩灩波.

諸子論懷宜有述 良辰回首易輕過.

曲欄西畔千絲柳 一倍婆娑影更多.[74]

이 시는 구안실의 밤 풍경을 노래한 것으로, 시인의 서정적 감흥이 극대화되어 표현된 작품이다. 맑은 밤을 환하게 해주는 둥근 달이 비추는 꽃 아래에서 노래를 불러본다. 때마침 바람이 불어와서 연못을 스치자 물결이 찰랑찰랑 소리를 낸다. 서쪽 언덕에는 천 가닥의 버들가지가 달빛 아래 너울대는데 그림자도 더욱 좋다. 이 시에는 자연 속에서 누릴 수 있는 아름다운 정취가 한껏 드러나 있다. 그야말로 '시 속에 그림[詩中畵]'이 있는 경지이다. 강산을 환하게 비추는 둥근 달, 송글송글 맺힌 이슬방울, 물결을 찰랑거리는 바람, 너울대는 천 가닥 버들가지. 황현은 이러한 시각적 청각적 이미지를 지닌 시어를 효과적으로 배치하여 독자들에게 아름다운 구안실의 밤 풍경을 생생하게 전달하고 있다.

16. 길 위에서 이건창의 부음을 듣고 통곡하다

1898년 6월 18일, 이건창이 세상과 작별을 고했다. 그는 죽기 전에 마지막으로 황현을 만나보길 원했으나 끝내 이루지 못한 채 두 눈을 감았다. 이즈음 황현은 구례군수로 와있던 박항래의 초청으로 천은사를 방문하고, 경남 함양과 전북 장수 일대를 유람하던 중이었다. 황현은 길 위에서 이건창의 부고를 전해 들었다. 갑작스런 소식에 처음에는 의심이 생길 정도로 믿기지 않았다. 그러나 이내 정신을 차리고 통곡을 하니 기운은 끊어질 듯하고 흐르는 눈물은 주체할 수 없을 정도였다. 이때 김택영은 1898년 4월에 계실繼室 전씨全氏의 상을 당해서 이건창의 부음을 황현에게 전해줄 경황이 없었다. 이러한 사정으로 인해 황현은 이건창의 부고 소식을 뒤늦게 전해 듣게 되었다.

영재학사寧齋學士 별세했다는 소식을 문득 듣고

뜨거운 눈물만 실상도 없이 옷깃에 떨어지네.

인물이 흔치 않으니 이런 분이 다시 있을까

해와 별처럼 고결하여 영원히 우러르리.

사관이 죽음을 기록하니 명산은 예스럽고

나그네가 초혼招魂을 하니 강물은 길이 흐르네.

홍옥紅玉 같은 그 모습이 아직도 생생한데

육 년 전 귀양지에서의 이별이 마지막이었구나.

〈그림 12〉 이건창 생가 복원 전 전경
출처 : 이건창의 고손자 이용걸

〈그림 13〉 이건창 생가 복원 후 전경
출처 : 이은영

寧齋學士忽云亡 熱淚無從落我裳.

人物眇然誰復有 日星高潔永相望.

史家記卒名山古 遠客招魂江水長.

尙記容顔似紅玉 六年一別瘴烟鄕.[75]

이건창이 머물던 곳은 강화이고 황현이 머물던 곳은 구례이다. 두 사람 사이에 놓인 물리적 거리를 따져보면 대략 800리에 달한다.[76] 멀리 떨어진 곳에 살고 있던 두 사람은 자주 만나고 싶어도 형편상 어려웠다. 이건창이 세상을 떠나기 전 두 사람이 마지막으로 얼굴을 마주한 것은 6년 전으로 거슬러 올라간다.

이건창은 1893년 4월 호서湖西 · 호남湖南의 동학군을 토벌할 것과 아울러 진면陳勉을 청하는 상소를 올렸는데, 이 일로 인해 그해 8월 전라도 보성으로 유배를 갔다. 이때 황현은 이건창의 유배지를 직접 방문했었는데, 이것이 두 사람의 마지막 만남이 되고 말았다. 이건창은 보성의 유배지에서 지내다가 이듬해 봄에 해배되었다. 그러나 이건창의 유배생활은 여기에서 끝나지 않았다. 1896년 5월에 다시 전라도 고군산도에 유배되었다가 한 달이 지나 해배되어 풀려나는 등, 유배와 해배를 거듭하는 인생을 살다가 마침내 세상을 떠났다.

전 참판 이건창이 졸했다. 그는 성품이 청렴 개결하여 악을 증오하였으며 시류에 영합하지 않았기에 벼슬길이 순탄치 않아 과거 급제한 지 30년이 되어서야 비로소 가선대부嘉善大夫의 품계에 올랐다. 갑오년1894 6월에 통곡하고 고향으로 돌아가 다시는 서울에 올라가지 않았다. 이때에 이르러 중풍으로 강화도의 시골집에서 죽었는데, 나이가 47세였다. 이 소식을 들은 이들은 모두 애도를 표하였다. 이건창은 문장이 고아하여 홍석주와 어깨를 견줄 만하였다.[77]

『매천야록』에 실려 있는 이건창에 관한 기록이다. 황현은 이건창이 청렴 개결한 성품을 지녔으며 시류에 영합하지 않아서 벼슬길이 순탄치 않았다고 평했다. 이건창은 1894년 6월, 막내동생 이건면李建冕이 세상을 떠나자 강화로 돌아간 뒤 다시 서울에 출입하지 않았다. 그는 강화로 귀향한 이후에도 여러 차례 관직에 제수되었으나 모두 사양하였다. 황현은 이건창이 중풍에 걸려 47세에 세상을 떠났으며, 그의 부고를 들은 사람은 모두 슬픔에 잠겼다고 기록했다. 마지막으로 이건창의 문장에 대해 홍석주와 어깨를 견줄 정도로 고아한 것으로 평가하여, 이건창이 지닌 뛰어난 문장가로서의 면모를 나타냈다. 또한 황현은 그의 문장에 대해 매우 오묘하여 명청明淸 문인들과 다투었으니 일백 년 이래로 문단의 맹주라고 평했다.

황현이 뒤늦게 이건창의 부고 소식을 들었을 때는 이미 장례 기간이 지났을 때였다. 이에 황현은 시를 지어 지음의 죽음을 애도했다. 이 시에는 절친한 벗을 떠나보낸 애달픈 심정이 절절하게 녹아 있어 읽는 사람으로 하여금 시인의 끝 모를 상심을 느끼게 한다.

한 줄기 마니산 자락의 바닷가 마을에
석문石門의 명문가에 훌륭한 후손이 있었네.
왕관곡王官谷의 처사처럼 의관이 깨끗했고

원우元祐 때의 완인完人처럼 필묵筆墨이 존엄했네.

지주砥柱 같은 지조가 하늘을 찌르니 하백河伯이 두려워했고

규성奎星이 땅에 떨어지니 태양도 흐릿했네.

나는 쇠퇴한 세상에 난 것이 조금도 유감없네

훌륭한 그대와 나란히 십 년 술을 마셨으니.

一抹摩尼海上村 石門名閥有賢孫.

王官處士簪紳潔 元祐完人筆墨尊.

砥柱衝天河伯畏 奎星落地太陽昏.

此生衰世差無恨 葭玉聯翩十載樽.[78]

이건창의 선조는 1755년의 나주벽서사건羅州壁書事件 이후로 강화도에 세거했다. 석문石門은 이건창의 선조인 이경직李景稷을 가리키며, 그에게 이건창과 같은 훌륭한 후손이 있다고 하였다. 황현은 이건창에 대해 왕관곡에서 은거한 사공도처럼 의관이 깨끗했고, 원우 완인元祐完人처럼 존엄한 필묵을 갖추었으며, 황하의 지주砥柱와 같은 굳센 지조를 지닌 인물로 기록했다. 이와 같이 뛰어난 재능과 성품을 지닌 훌륭한 인물이 세상을 등졌기 때문에 태양도 그 빛을 잃고 흐릿하다고 한 것이다.

황현은 이건창과 10년을 함께할 수 있었기에 쇠퇴한 세상에 나온 것이 조금의 유감도 없다고 하였다. 황현이 살았던 세상은 국내외에서 역사적으로 중요한 사건이 연달아 일어나던 혼란과 격동의 시기였다. 그러나 만약 이때 태어나지 않았더라면 이건창을 만나 교유하는 일도 없었을 것이

다. 곧 황현에게 있어 이건창이 차지하는 비중은 시대적 아픔과 고통을 상쇄할 정도의 의미를 지닌다.

> 도산道山의 소식을 만인이 전하는구나
> 진췌殄瘁하는 마음 다 같으니 누가 저리 시켰을까.
> 명직冥職에 이미 안복顔卜의 자리를 비워 두었으니
> 유림儒林이 사진년巳辰年에 유독 액을 당하는구나.
> 스승이자 벗이었기에 뜨거운 눈물 흐르니
> 천고토록 달처럼 하늘에서 내려다보시리라.
> 가을 등불 아래 절규하니 미쳐서 숨 멎을 듯
> 칼 뽑아 거문고 줄을 남김없이 잘라버렸네.

> 道山消息萬人傳 殄瘁情同孰使然.
> 冥職已虛顔卜位 儒林偏厄巳辰年.
> 平生熱淚師兼友 千古英靈月在天.
> 大叫秋燈狂欲絶 抽刀割盡匣中絃.[79]

도산道山은 사람이 죽으면 간다는 선계仙界이다. 시에서 도산의 소식은 곧 이건창의 부고를 가리킨다. 이건창의 별세 소식을 접한 모든 사람들은 몸과 마음이 모두 초췌해지도록 몹시 애통해했다. 황현에게 있어 이건창은 스승이자 벗과 같은 존재였다. 이 때문에 이건창의 부고 소식을 접한 황현은 밤새도록 절규하고 미쳐서 숨이 멎을 듯할 정도였다. 마지막 구절의 거묻고 줄을 잘라버렸다는 내용은 춘추시대 초나라 사람인 백아와 종자기의 고사에서 비유한 것이다. 백아가 자신을 알아준 친구 종자기가 죽자 연주하던 거문고를 부수고 줄을 끊어버린 뒤 다시는 연주하지 않았다. 황현은 백아와 종자기에 자신과 이건창의 관계를 빗대어 표현하고, 지음知音을 잃어버린 비통한 심정을 드러냈다.

이건창이 세상을 떠난 이듬해 3월, 황현은 제자들과 함께 강화도를 향해 조문길에 올랐다. 황현과 그 일행은 구례를 출발하여 남원과 계룡산을 지나 서울을 거쳐 김포의 객점에서 하룻밤을 묵은 뒤 강화도로 향했다. 이때는 황현이 서울 출입을 끊고 구례로 내려간 이후 10여 년만의 상경이었다. 오랜만에 서울을 둘러보고 그곳 사람들과 만난 황현은 당시의 소회와 심사를 시문에 담아냈다.

> 십 년 만에 다시 한양성에 올라왔더니
> 오직 남산만이 예전처럼 푸르구나.
> 길 양쪽 유리 안엔 서양 등불 들어 있고
> 공중을 가로지른 쇠줄에 전차는 경적 울리네.
> 물 건너 바다 건너 온 세상이 모두 신식이고
> 우리 임금은 황제 칭호를 처음으로 가지셨네.
> 우습다 기杞 땅 사람은 어리석음이 배에 가득
> 저 하늘이 어찌 갑자기 무너질 수 있으리오.
>
> 十年重到漢陽城 惟有南山認舊靑.

夾道琉璃洋燭上 橫空鐵索電車鳴.

梯航萬里皆新禮 屋纛千秋始大名.

却笑杞人痴滿腹 彼天安有驀然傾.[80]

황현이 10년 만에 다시 찾은 서울의 모습은 푸르른 남산을 제외하고 모든 것이 낯설고 새로웠다. 길 양쪽에는 가로등이 빛나고, 공중에 매달린 쇠줄을 타고 전차가 요란하게 경적 소리를 내며 오간다. 기억에 남아 있던 10년 전 서울과는 매우 다른 모습에서 황현은 상전벽해의 심정을 느꼈다. 서울의 모든 것이 신문물로 가득하고, 임금 또한 처음 황제 칭호를 사용했다. 아관파천으로 러시아 공사관에 있던 고종은 약 1년여 만인 1897년에 경운궁으로 환궁했다. 그리고 그해 10월, 국호를 '대한제국'으로 하고 연호를 '광무'로 고친 다음 원구단圜丘壇에서 황제로 즉위했다. 이후 1899년에 대한국국제大韓國國制를 반포했다.

시의 마지막에 기杞나라 사람의 어리석음은 『열자列子』「천서天瑞」에 "옛날 기杞나라에 하늘이 무너질까 걱정이 되어 잠도 못 자고 음식도 먹지 못하는 자가 있었다"라는 내용이 나온다. 여기에서 '기우杞憂'라는 말이 나왔는데, 곧 쓸데없는 걱정을 많이 하는 사람을 비유할 때 사용된다. 시에서 말하는 기 땅 사람은 다름 아닌 나라를 걱정하는 황현을 가리킨다. 서울 각지에 신문물이 가득하고 변화한 모습을 목도한 황현은 하늘이 갑자기 무너질 리 없으니, 나라에 대한 걱정은 기우라고 판단한 것이다. 그러나 이로부터 10여 년이 지난 뒤, 정말로 하늘이 무너지는 일이 닥칠 것이라고는 미처 예견하지 못했다.

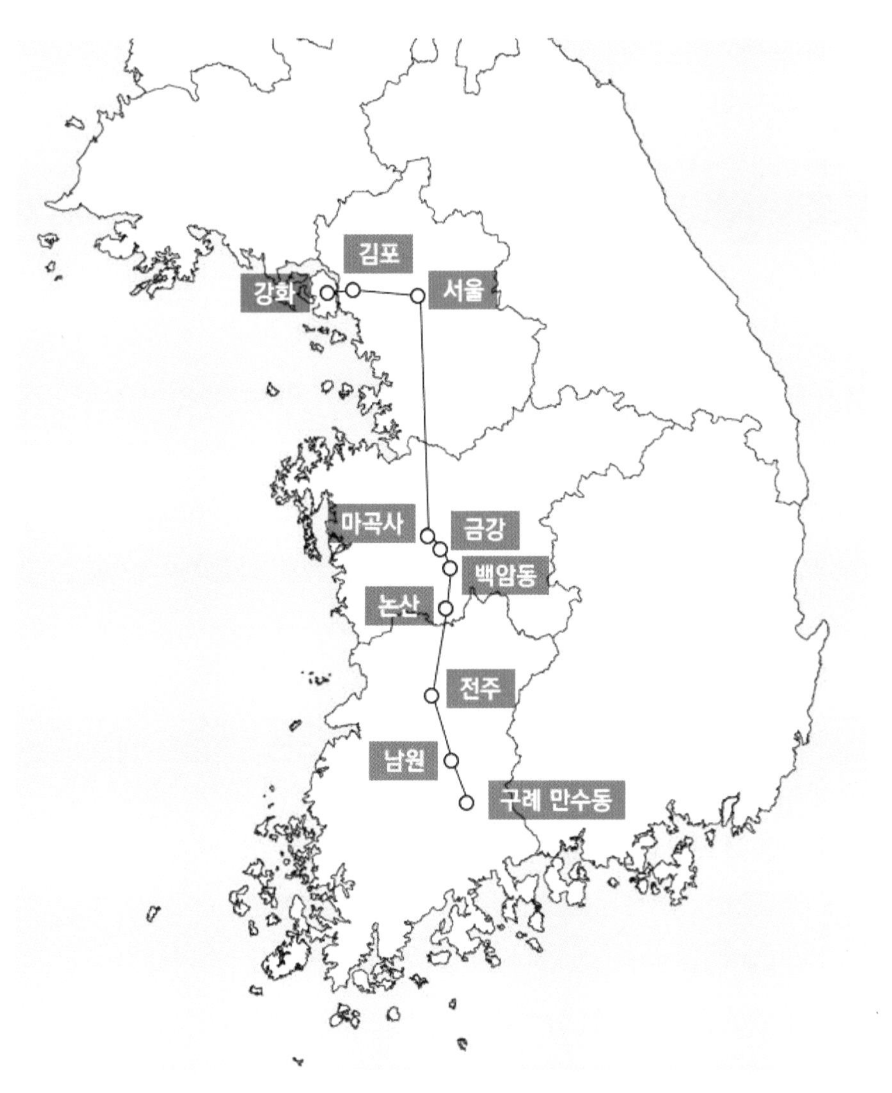

〈그림 14〉 1899년 구례에서 강화까지 황현이 걸어간 길
출처 : 김진균

황현은 기나긴 여정 끝에 강화도 사곡에 도착한 뒤, 이건창의 소상小喪에 참석하여 그의 가족들을 위로했다. 그리고 이건창의 영궤에 곡을 한 뒤 그곳에서 5일 동안 머물렀다. 사곡에는 이건창의 동생인 이건승과 사촌동생인 이건방이 머물러 있었는데, 그들과 함께 옛 이야기를 나누며 진심을 담아 위로했다.

서풍에 가뭄이 들어 먼지 자욱한데
멀리 온 나그네가 바닷가에서 서성이네.
늙은이 눈물은 무단히 방초芳艸에 떨어지고
깊은 우정은 종시終是 친구 집을 못 떠나네.
명망 높은 경대부라 자손들이 훌륭하고
좋은 터에 산이 깊으니 수목 풍경 아름답네.
문득 그리워라 종남산終南山 석 자 내린 눈 속에서
추위 참고 그대와 함께 매화 보던 그 시절이.

白風吹旱漲雲沙 遠客徘徊海一涯.
老淚無端芳艸地 深情終是故人家.
名卿身後兒孫碩 福地山深水木華.
却憶終南三尺雪 忍寒相與看梅花.[81]

이 시는 황현이 1899년 강화도 사곡에 머물러 있을 때 지은 것이다. 시에서 말한 바닷가에서 서성이는 멀리서 온 나그네는 바로 황현 자신이다.

먼 길을 걸어 벗의 집을 찾아왔으나 그의 부재에 나그네의 눈물은 멈추지 않는다. 그리고 벗과의 깊고 오랜 우정에 쉽사리 그의 집을 떠나지 못하고 있는 것이다. 황현은 이건창의 훌륭한 가문과 자손들, 그리고 산 깊고 수목 풍경이 아름다운 곳에 집터가 있음을 말했다. 벗의 고향집 주위에 있는 것들은 모두 벗을 떠올리게 만든다. 황현은 서울 남산의 쌓인 눈 속에서 추위를 참아가며 이건창과 함께 매화 보던 시절을 떠올리며 한없는 그리움에 젖어들었다.

아아! 너무나도 가슴 아프고 아아! 너무나도 애통하여라. (…중략…) 나에게 따끔하게 충고할 때엔 자신의 속마음을 다해서 하고, 다시금 나에 대해 칭찬할 적엔 입이 다 마르도록 극찬하였네. 공에 대해 잘 알지 못하였다면 어찌 내가 그것을 취하였으랴. 그 기운과 정신을 교류하면서 물과 우유 섞이듯 하나 되었네. 공과 나 중간에 십여 년 동안 남쪽과 북쪽에서 서로 바빠서, 잠시 보고 헤어지곤 하였지만은 언제나 마음으론 생각하였지. (…중략…) 나라와 종묘사직 걱정하다가 하염없이 눈물을 쏟곤 하였네. 벽동과 보성으로 귀양 가는 등 가지가지 풍상을 모두 겪었네. 아무리 겁화의 불길 거세도 보배는 끝끝내 태울 수 없지. 관직은 혹처럼 여기면서도 관두거나 버리진 아니했지만, 이름난 고을이나 높은 자리는 여러 소인들에게 던져 주었지. 거룻배를 타고서 바다 건너니 그건 죄가 아니라 영광이었네. 바닷가에 사는 부녀자들이 경성 같은 공을 다시 우러렀어라. 내 그때 안타까워 배회하면서 궁벽한 산속에서 가슴을 쳤네. 공을 찾아가려고 작정했는데 유배가 풀렸다는 소식 들었지. 돌아가 보내주신 편지를 보니 서로 멀리 있어도 한맘이었네. 공께서 내 마음 적으셨는데 글자마다 옥 같은 말씀이었지.

어찌 생각했으랴, 그때 그 글이 내게 보낸 마지막 편지일 줄을.[82]

황현이 지은 이건창의 제문이다. 황현의 문집인 『매천집』에는 문체별로 산문이 실려 있는데, 『매천속집』에 수록된 1편을 제외하면 제문祭文은 총 5편이 수록되어 있다. 그중 한 편이 이건창의 제문이다. 이건창은 황현을 충고할 때에는 진심을 다해서 하고, 칭찬할 때에는 입이 마르도록 하였다. 이에 황현은 이건창과 함께 기운과 정신을 교류한 것이 마치 물이 우유가 섞이듯 합치되었다고 하였다. 그리고 두 사람이 비록 각각 북쪽과 남쪽에 떨어져서 자주 보지는 못했으나, 항상 마음으로 상대를 생각했다고 하여 각별한 사이임을 나타냈다.

황현은 이건창의 자질과 문재文才, 용모와 절개에 대해 역사에서 뛰어난 인물을 들어 비유했다. 이건창의 자질은 중국 전한前漢 때의 문인 가의賈誼와 동중서董仲舒에 비유했다. 가의賈誼는 어릴 때부터 재주가 뛰어나 최연소 박사博士가 된 인물이다. 이건창은 조선시대 최연소로 문과에 급제하였으니 그 재주를 견줄 만하다. 이건창의 문재는 중국 송나라 때의 시인이자 문장가인 소식蘇軾과 황정견黃庭堅에 비유했다. 그리고 이건창의 용모는 노산魯山에 비유하고, 풍도와 절개는 원례元禮에 비유했다. 노산은 중국 당나라 때 노산령魯山令을 지낸 원덕수元德秀를 가리킨다. 원례는 중국 후한後漢 때의 고사高士인 이응李膺의 자이다. 당시 선비들이 그의 인물됨을 평가하여 '천하의 모범 이원례[天下模楷李元禮]'라고 칭할 정도였고, 풍도와 기개가 있어서 선비 중에 그의 인정과 대접을 받은 자가 있으면 용문龍門에 올랐다고 일컬을 정도였다. 이와 같이 여러 부문에 걸쳐 역사상 가장 뛰어난 인물에 빗대어 표현함으로써 이건창의 전인적인 면모를 드러냈다.

이건창은 15세의 나이로 문과에 합격하여, 조선시대 최연소 과거 합격자라는 명성을 얻었다. 그리고 이내 당대 최고의 문장가로 일컬어졌다. 이건창이 어린 나이에 등과했던 사실은 『매천야록』에서도 기록을 찾을 수 있다.

> 병인양요 후에 강화도에 과거를 실시하도록 명했다. 운현이 시관에게 당부하기를 "이건창이 정권呈券을 하면 꼭 뽑아야 할 터이요, 그가 없으면 그만두어라" 하였다. 당시 이건창은 나이 15세로 그의 조부가 그때 막 순절하였기 때문에 슬픔에 잠겨 응시하지 않으려 했는데, 여러 사람이 강권하므로 응시하여 드디어 합격하였다. 장성한 후로도 그 일을 항상 스스로 후회하였다.[83]

병인양요 이후 실시된 과거에서 이건창이 합격한 사실에 대해 기록했다. 이때 이건창은 조부인 이시원이 순절한 지 얼마 지나지 않았으므로 시험에 응시하지 않으려고 하였다. 평소 조부에 대한 사랑이 깊었던 이건창은 그의 죽음으로 인해 깊이를 모를 슬픔에 빠져 있었다. 그러나 주위 사람들의 강권으로 과거에 응시하게 되었고, 마침내 합격자 명단에 이름을 올리게 된 것이다.

황현은 이건창이 나라를 걱정하고 충언을 아끼지 않았기 때문에 여러 차례 유배와 해배를 거듭하는 풍상을 모두 겪었다고 했다. 이건창은 비상한 글재주와 실력을 겸비한 인물이었으나, 높은 지위와 영달을 추구하지 않았다. 특히 갑오경장 이후로는 여러 차례 관직에 제수되어도 모두 거절하였다. 황현은 이건창이 현달할 수 있는 여러 조건을 갖춘 훌륭한 인재였음에도 불구하고, 끝내 47세의 나이에 일찍 세상을 마감해야 했던 운명에 통곡의 눈물을 흘렸다.

17. 「언사소」를 지어 시무책을 제시하다

19세기도 종말을 향해 치닫던 1899년, 황현은 한편의 상소문을 지었다.[84] 바로 「언사소言事疏」이다. 이 글에는 '남을 대신하여 짓다[代人]'라는 부제가 달려있는데, 그 대상이 누구인지는 불분명하다. 상소문이란 것이 으레 임금에게 올리던 형식의 글이라는 점을 상기한다면, 당시 황현과 가까운 거리에 있으면서 관직에 있던 인물일 것으로 추정할 수 있다. 황현은 「언사소」에서 재야 지식인의 날카로운 시선으로 바라본 당대 시국의 문제점을 진단하고, 이를 극복하기 위한 해결방안으로 9가지 구체적인 항목을 제시하였다.

삼가 엎드려 살펴보건대, 갑오년 이래로 시국이 날로 변화하고 온갖 법도가 경장更張되면서 찬연히 중흥하여 만세까지 뻗어나갈 터전이 세워지고 있습니다. 보고 들을 때마다 대단하다고 여기지 않는 것은 아닙니다만, 그 실상을 고찰해 보면 화난禍難과 위망危亡의 조짐이 도리어 경장 이전보다 더 심한 측면이 있습니다. 이는 어째서 그렇겠습니까? 한갓 개화開化의 지엽枝葉만 탐하고 그 근본根本을 추구하지 않기 때문입니다. 천하의 일에는 작든 크든 모두 근본이 있고 지엽이 있으니, 어찌 유독 개화에만 그것이 없겠습니까. 개화라는 것은 별다른 게 아니라 문물이 바뀌고 사람이 교화되는 것[開物化民]을 말하는데, 문물이 바뀌고 사람이 교화되는 데에 근본이 없이 이루어질 수 있겠습니까. 훌륭한 이를 가까이하고 간사한 사람을 멀리하며 백성을 사랑하고 재정을 절약하며 상벌을 엄격하게 집행하는 따위가 바로 이른바 근본이며, 군대를 훈련시키고 기계를 활용하며 통상通商을 잘하는 따위가 바로 이른바 지엽입니다.[85]

황현은 그 나름의 냉철한 시선으로 당대 사회에 대한 진단을 내리면서 상소문의 첫머리를 열었다. 그는 1894년 7월에 갑오개혁이 일어난 이후 시국이 날로 변화하고 온갖 법도의 터전이 세워지고 있으나 이전보다 오히려 화난과 위망의 조짐이 격화되고 있다고 평가했다. 황현은 개화를 추구하면서 근본을 바로 세우지 않는 데에서 그 이유를 찾고 있다. 그는 개화에 대해 '문물이 바뀌고 사람이 교화되는 것[開物化民]'으로 정의를 내리면서, 문물이 바뀌고 사람이 교화되는 데에 근본이 없이 이루어지는 것은 불가능하다고 단언했다.

서양 사람들의 법이 비록 중국과 차이가 있기는 하지만, 지금 저들의 이른바 만국사萬國史를 살펴보면, 그들의 흥성 또한 근본을 바로 세운 데에서 비롯되었습니다. 실로 그 근본이 없으면 아무리 강해도 반드시 피폐해지는 법이니, 이는 흥망의 자취를 통해 종종 상고할 수 있습니다. 이런 관점에서 살펴보면 개화라는 말은 비록 처음 접하는 말이지만 사실 중국의 치도治道와 별 차이가 없는 것입니다. 나라를 다스리는 방도로 볼 때, 밖으로 강한 이웃 나라가 없고 안으로 난신

적자亂臣賊子가 없어 평화스럽고 안정된 국면에 놓여 있더라도, 백배 더 정신을 가다듬고 분발하지 않으면 쇠퇴하는 형세를 만회할 길이 없습니다. 더구나 오늘날에 와서는 다시 해이해지고 안일에 젖어, 단지 바깥으로만 눈을 돌려 서양 기술을 빌리고 서양 기계를 구입하고 있습니다. 그리하여 그것으로 전등을 켜고 기차를 타면서 득의양양하게 천하에 호령하기를, "나 역시 나라를 중흥시킨 천자天子이다"라고 말한다면, 거듭 외국 사람들의 웃음거리가 되지 않겠습니까. 그들이 만약 비웃는 데에서 그치지 않고 승냥이와 이리같이 잔인한 침략의 야욕을 드러낸다면, 비록 쇠퇴한 오늘날의 국면이나마 영구히 보존하려 한들 가능하겠습니까.[86]

황현이 살았던 때는 서세동점의 상황이 점점 격화되던 시기였다. 황현은 서양이 세력을 떨칠 수 있었던 것도 근본을 바로 세운 데에서 비롯된 것으로 파악했다. 그런데도 지금은 정신이 해이해지고 안일에 무젖어서, 단지 서양 기술을 빌리고 서양 기계를 구입하여 전등을 켜고 기차를 타면서도 득의양양하는 현실을 비판하였다. 이어서 서양인들이 잔인한 침략의 야욕을 드러낸다면, 쇠퇴한 나라조차 지킬 수 없게 될 것이라는 경고의 목소리를 높였다.

황현은 이와 같은 현실을 타개할 방책으로 다음 9가지 항목을 제시하였다.

첫째, 언로言路를 열어 나라의 명맥命脈을 소통시키는 일.

둘째, 법령을 신뢰할 수 있게 하여 사람들의 마음을 안정시키는 일.

셋째, 형벌을 엄격하게 적용하여 법의 기강을 진작시키는 일.

넷째, 절검節儉을 숭상하여 재원財源을 넉넉하게 하는 일.

다섯째, 외척外戚을 내침으로써 공분公憤을 풀어 주는 일.

여섯째, 인재를 보증하여 천거하는 제도를 엄격하게 하여 능력과 덕을 갖춘 인재를 등용하는 일.

일곱째, 관직 재임 기간을 길게 하여 다스림의 성과를 책임지우는 일.

여덟째, 군제軍制를 바꾸어 화란禍亂의 싹을 없애는 일.

아홉째, 토지대장을 조사하여 나라의 재정을 넉넉하게 하는 일.[87]

황현은 시무책時務策 9개 조목을 제안하고 척족의 세도정치, 매관매직, 인사제도의 문란, 부당한 토지세제 등 그동안 쌓인 적폐에 대해 조목조목 지적하고 비판하면서 이에 대한 시정을 촉구하였다.

첫째, 언로言路를 열어 나라의 명맥命脈을 소통시키는 것이다. 황현은 한 나라에 있어서 언로는 사람이 호흡을 하는 것과 같다고 하면서 그 중요성에 대해 설파하였다. 이를 위해 국사를 말하는 사람들의 의견 중에서 채택할 만한 것은 채택하고, 꼭 맞는 의견이 아니더라도 온화한 비답으로 면려하여 과감하게 말하는 기풍이 진작될 수 있도록 해야 한다고 주장했다.

둘째, 법령을 신뢰할 수 있게 하여 사람들의 마음을 안정시키는 것이다. 인간관계는 법령이 있어서 질서가 유지되므로, 법령은 임금이 세상을 다스리는 도구이며 하루도 불신을 받아서는 안 된다고 주장하였다.

셋째, 형벌을 엄격하게 적용하여 법의 기강을 진작시키는 것이다. 느슨해졌을 때에는 엄격하게 하여 조이고, 너무 엄격해졌을 때에는 관대하게 하여 숨통을 틔워 주는 법이니 관대함과 엄격함으로 서로 보완해야 한다고 하였다.

넷째, 절검節儉을 숭상하여 재원財源을 넉넉하게 하는 것이다. 우리나라는 당당한 제국帝國의 부세賦稅지만 경상비經常費가 부족하여 외국에서 빚을 끌어다 쓰는 지경에 이른 사실을 지적하면서, 이렇게 된 것은 다름이 아니라 수입은 한계가 있는데 지출에 절제가 없었기 때문이라고 진단하였다. 그러면서 최근 경복궁과 창덕궁이 장엄하고 화려한데도 굳이 궁궐을 수리하여 새롭게 조성하는 역사役事를 행한 사실을 비난하였다.

다섯째, 외척外戚을 내침으로써 공분公憤을 풀어주는 것이다. 한 나라의 군주인 임금이라면 반드시 신상필벌信賞必罰을 분명하게 하여 백성이 절로 심복心服하게 해야 한다. 곧 공이 있을 때 상을 주고 죄를 지었을 때 벌을 주어야만 나라가 제대로 다스려질 수 있는 것으로 보았다. 그리고 외척인 민씨閔氏 일족에 대해, 20여 년 동안 번갈아 권력을 승계하면서 갈수록 더욱 기이한 계책을 내놓고 임금의 뜻에 영합하여 멋대로 악행을 저질러서 나라가 거의 망할 지경에 이르게 된 것이라고 강도 높은 비판을 하였다.

여섯째, 인재를 보증하여 천거하는 제도를 엄격하게 하여 능력과 덕을 갖춘 인재를 등용하는 것이다. 임금의 직분은 하루에 온갖 정사를 다 주재하니 모든 부서의 업무를 한 사람의 총명으로 관리할 수는 없으므로, 반드시 뛰어난 인재를 두루 초빙하여 임금의 직분을 돕게 한 연후에야 모든 일이 제대로 거행되는 공적을 이룰 수 있다고 주장하였다.

일곱째, 관직의 재임기간을 길게 하여 다스림의 성과를 책임지게 하는 것이다. 황현은 세 번 고과考課하여 내치거나 승진시켰던 요순堯舜의 정사와

'창倉'이나 '고庫'와 같은 씨氏를 내린 문경文景의 치세를 그 사례로 제시하면서, 관직을 위해 적합한 사람을 잘 선택하고 재임기간을 길게 하여 결과를 책임지우는 것이 최상책이라고 하였다. 아무리 관직에 적임자를 앉히더라도 재임기간이 길지 않으면 자신이 지닌 포부를 펼쳐 끝내 성과를 거두는 것을 기대할 수 없기 때문이다.

여덟째, 군제軍制를 바꾸어 화란禍亂의 싹을 제거하는 것이다. 황현은 병농兵農이 나누어진 것이 이미 오래되었으니 군사를 양성하고 조련하는 일은 실로 오늘날 천하에서 공통적으로 행하는 가장 시급한 일이라고 주장했다. 그리고 군사의 양성과 조련은 숫자를 채우거나 대단하게 보이기 위한 것이 아니라, 폭동과 혼란을 막는 데에 실제로 사용하기 위한 것이라고 하였다.

아홉째, 토지대장을 조사하여 나라의 재정을 넉넉하게 하는 것이다. 황현은 나라를 부유하게 하는 방도의 근원으로 먼저 토지의 경우를 들었다. 우리나라의 토지제도는 20년마다 한 번 양안量案을 고쳐서 부세 징수의 근간으로 삼았는데, 태평 시대가 오래 지속되면서 온갖 제도가 무너져 영조 이후로 폐해져서 행하지 않은 것이 이미 100여 년이 지났다고 하였다. 그런데 국력을 기른 결과 인구가 날로 증가하여 오늘날에는 개간되지 않은 토지가 거의 없는데도 전결田結이 날로 새어나가는 것은 관리들이 부당하게 취하여 자신의 주머니만 살찌우고 있기 때문이라고 비판했다. 그러므로 지금 은결이 있는 곳까지 아울러 조세 대장에 올린다면 한해 세입이 비등하게 될 것으로 진단한 것이다.

황현은 당시 나라의 형세에 대해 병이 축적되어 거의 죽어가는 사람에 비유한 바 있다. 오장육부에 덩어리가 생기고 수족이 마비되어 입은 벌리지도 못하고 눈은 멍하게 뜬 채 침상에 누워 있으면서 목구멍으로 실낱같은 숨만 쉬고 있는 형편이니, 유부兪跗와 편작扁鵲의 솜씨가 아니면 결코 기사회생시킬 수가 없다고 판단했다. 유부는 황제黃帝 때의 명의名醫이고, 편작은 전국 시대의 명의이다. 그러나 유부와 편작과 같은 명의들도 다른 사람이 모두 아는 약재를 선별하여 증상에 따라 적절하게 투약할 따름이나, 병에 걸린 원인을 제대로 알아 처방하기 때문에 즉시 효과를 거둘 수 있는 것이라고 하였다.

황현은 위에서 제시한 9가지 조목에 대해 이 시대의 공론公論이라고 주장했다. 또한 이 시대의 공론일 뿐만 아니라 예로부터 지금까지 누차 시험했었던 말들이라고 하였다. 이어서 그는 나라를 다스리는 일은 실로 다른 방도가 있는 것이 아니라 단지 일의 선후를 놓치지 않는 것일 뿐이라고 강조하였다. 그리고 외세에 잘 대응하고자 하는 자는 반드시 먼저 내정內政을 잘 다스려야 한다고 하였다. 요컨대 내정을 견고하게 하지 못하고 관심이 밖으로만 향한다면, 비록 진秦나라처럼 강하고 수隋나라처럼 부유하여 방자하게 눈을 부릅뜨고 포효하더라도 중도에서 결국 거꾸러지고 말 것이니, 하물며 동방의 작은 나라에 미약한 국세를 지닌 우리나라의 경우에는 더 말할 필요가 없다는 주장이다.

황현은 임금의 올바른 취사선택을 간청하면서 「언사소」를 마무리했다. 이상의 내용을 통해 본다면 「언사소」는 다른 사람을 대신해서 지은 것이기는 하나, 글 속에 내포된 의미와 함축된 속뜻은 바로 황현의 냉철한 현실판단과 비판적 견해에서 비롯된 것이다.

18. 세밑에 그리운 사람을 그리워하다

황현은 1900년 선달을 맞아 잊지 못할 사람을 그리워하며 회인시懷人詩를 지었다. 시의 대상이 된 인물은 모두 20명이다. 김택영을 필두로 하여 이건초李建初·여규형呂圭亨·정만조·이건승·홍건洪楗·이원긍李源兢·백낙륜白樂倫·이성렬李聖烈·박문호·오한응吳翰應·성혜영·이정직·이기·유제양·왕사찬·윤종균·윤병수尹秉綬·송태회宋泰會·경월대사擎月大師 혜근惠勤에 이르기까지 대상 인물에 대한 소개와 일화 등을 아울러 기록하고 있어 황현과 가깝게 교유했던 인물의 면면을 살필 수 있다.

황현이 회인시를 지은 대상 가운데 김택영·여규형·정만조·이건승·오한응·윤병수는 모두 남사南社 동인이다. 또한 황현은 1889년 3월 영남지방을 여행할 때 청도군수 정기우鄭基雨와 봉화군수 서병수徐丙壽를 방문할 계획을 세우기도 했는데, 두 사람 모두 남사 동인이라는 친분이 있기 때문이다.

남사는 한양의 남쪽 지역, 곧 남산의 서북쪽 자각봉 산자락을 무대로 하여 문예활동을 한 시사詩社이다. 1860년대 중후반부터 남산 북쪽 회현방을 중심으로 일군의 문인이 집단적으로 거주하면서 시사가 결성되었다. 당시 남사에 참여했던 동인의 숫자는 대략 30여 명 내외로 추산된다. 시사는 비록 1910년 한일병합 이후로 반일과 친일의 두 세력으로 양분되었으나, 그 역량과 인맥은 훗날 정인보鄭寅普와 같은 문인에게 이어져 일제강점기 말기까지 영향력을 면면히 유지했다.[88]

저잣거리에서도 물들지 않았고

산림에 있어도 고결함만 찾지 않았네.

유희游戲도 못하는 것이 없었으나

세상의 협소함이 늘 큰 근심이었네.

사람을 만나면 술값을 떠넘기고

옛사람을 업신여기매 문장이 유창했지.

키는 작은데 재주는 어찌 그리 좋은가.

지은 글이 많아서 무릎 높이를 넘었네.

홀로 남명南明의 사책을 끌어안고

계산桂山의 달을 보며 길이 휘파람 불었지.

어찌 유독 올해에만 몸이 얼었으랴.

평생 이불이 쇳덩이처럼 차가웠네.

상상해 보면 원안袁安의 대문 앞에

눈을 쓸어준 이가 아무도 없었던가 보네.

城市不爲汚 山林不爲潔.

游戲無不可 世迮堪愁絶.

逢人責酒錢 侮古筆有舌.

身短才何長 著書高過膝.

獨抱南明史 長嘯桂山月.

豈獨今歲凍 一生衾如鐵.

想見袁安門 無人爲掃雪.[89]

이건초를 그리워하며 지은 회인시이다. 이건초의 자는 태린泰隣, 호는 단농丹農이며, 부친은 규장각제학에 추서된 이상수李象秀이다. 황현과 이건초의 교유는 과거 입시를 위해 황현이 서울에 출입하던 시기에 이루어졌다. 1882년 황현은 이건초·박문호·신정희와 함께 음주를 즐기기도 하고,[90] 청주로 돌아가는 이건초를 전송하며 시를 지어주기도 하였다.[91] 또한 이건초는 이기와도 친분이 있었는데, 이건초가 세상을 떠났을 때 이기는 그의 문장과 경제책을 애석해하며 죽음을 애도했다.[92]

위 시에서 황현은 이건초에 대해 못하는 유희가 없었고 옛 사람을 업신여길 정도로 문장이 매우 유창했다고 말했다. 이건초가 호방한 성격과 높은 문장 실력을 겸비한 인물임을 알 수 있다. 또한 그는 재주가 뛰어나 무릎 높이를 넘을 정도로 지은 글이 많다고 하였다.

마지막 구의 원안袁安은 중국 한나라 때 사람이다. 어느 날 큰 눈이 한 길 넘게 내려 낙양 영洛陽令이 순찰을 나가서 보니, 민가의 사람들이 모두 눈을 치우고 나와서 식량을 구걸하고 있는데 원안의 집 문 앞에만 사람의 자취가 없었다. 이에 원안이 얼어 죽었을 것으로 생각하고 눈을 치우고 방에 들어가 보니 원안이 뻣뻣하게 누워 있었다. 사람들이 원안에게 밖으로 나오지 않은 이유를 물어보니, 원안이 "큰 눈이 내려 사람들이 모두 주리고 있는데 남들에게 먹을 것을 요구하는 것은 옳지 않다"라고 말했다는 고사가 전한다. 여기에서 '원안와설袁安臥雪', 또는 '원안고와袁安高臥'라는 사자성어가 유래했다.

이 시에서는 큰 눈이 와도 남들에게 구걸하지 않는 원안을 이건초에 비유해서 나타낸 것이다. 당시 이건초는 주위의 도움도 받지 못한 채 곤궁하게 지내면서 절조를 지키며 살았는데, 황현은 이러한 고결한 인품을 높이 평가한 것이다.

문 안에는 한 쌍의 백학白鶴이 있고
문밖에는 버들이 두 줄로 늘어섰네.
성곽을 둘러 시냇물은 하얀 깁과 같고
신발 자국은 맑은 모래에 깊이 남았네.
응당 오고 가는 사람이 있어
날마다 연못 속 연꽃을 바라보리.
묻노니 사람들아 어찌하여
하찮은 고뇌로 백발을 재촉하는가.
꽃이 있는 동산을 늘 찾아다니며
친구 없이는 술을 마시지 않았지.
당시唐詩를 작은 공책에 베껴 적어서
항상 그것을 손에서 놓지 않았네.
벽을 아름다운 산수 그림으로 채워 놓고
누워 감상하며 여생을 마치리라.
나는 매양 그것을 볼 때마다 놀랍거늘
묻노라, 옛날에도 이런 사람이 있었던가.

門內雙白鶴 門外兩行柳.
抱郭溪如練 屐痕明沙厚.

應有往來人 日看塘心藕.

借問人何如 惱閒催皓首.

常尋有花園 不飮無客酒.

唐詩寫小本 一篇長在手.

滿壁佳山水 臥游終吾壽.

我每見之驚 問否於古有.[93]

이 시의 대상인 유제양은 전남 구례에 있는 99칸 전통 한옥인 운조루雲鳥樓의 5대 주인이다. 자는 낙중洛中, 아호는 난사蘭榭, 호는 쌍봉雙峯 · 이산二山이다. 1870년에는 왕사각 등 10여 인과 함께 일기회一器會라는 시회詩會를 결성하고, 1900년에는 왕사찬 · 황현 등과 함께 남호아집南湖雅集이라는 시회를 결성하여 왕성한 활동을 하기도 하였다.

황현은 세밑에 유제양을 그리워하는 심정을 담아 회인시를 지었다. 시에서는 유제양이 두루 유람을 다니면서 다양한 인사들과 교유한 사실이 기록되어 있다. 그리고 유제양에 대해 당시唐詩를 적은 작은 공책을 갖고 다니면서 손에서 놓지 않았다고 하여 시문에 일가견이 있었음을 드러냈다. 실제로 유제양은 황현 · 왕사찬과 평생 시우詩友 관계를 맺기도 하였다.

1898년 6월, 당시 구례군수로 있던 박항래가 천은사로 황현을 초청했다. 이때 황현은 건강이 좋지 않아 병든 몸을 이끌고 수레를 타고 갔었는데, 이기 · 왕사찬과 함께 유제양도 천은사를 찾아가서 함께 모여 시회를 열었다. 유제양은 황현뿐만 아니라 왕사각 형제를 비롯하여 김택영과도 시를 주고 받을 정도로 친분이 있었다. 이를 통해 본다면 유제양은 구례지

〈그림 15〉 구례 운조루 고택, 국가민속문화재 제8호
출처 : 문화재청

역을 중심으로 당대 명성이 높았던 호남의 문인으로, 다양한 문인들과 함께 폭넓은 교유관계를 형성한 것을 알 수 있다.

19. 성혜영을 만나기 위해 하동을 방문하다

성혜영은 경남 하동 출신으로 자는 채오彩悟, 호는 남파南坡·차란次蘭이다. 1876년 성혜영이 황현이 머물고 있는 석현정사를 찾아오면서 두 사람의 교유가 시작되었다. 당시 황현은 22살의 청년이었으며, 성혜영은 그보다 10년 연상이었다. 황현과의 첫 만남에서 성혜영은 서울에서 강위에게 시를 배운 사실과 강위가 지은 시를 들려주었다. 아울러 이상적과 김정희 등 여러 명가들의 시에 대해 말해주기도 하였다. 이때 두 사람은 함께 숙박하며 연달아 시를 수창했다고 하여, 첫 만남부터 서로 마음이 맞았음을 짐작

할 수 있다.[94]

당시 성혜영은 서울에서 육교시사에 참여해서 활동하고 있었는데, 당시 시단의 동향과 함께 시사를 주도하던 강위를 비롯한 이름난 문사들의 시를 황현에게 들려준 것이다. 이후 두 사람은 서울을 방문했을 때에 강위의 집에서 함께 글을 읽기도 하는 등 친분을 이어갔다.

1895년 만수동에서 지내던 황현은 우연히 그곳을 지나던 하동지역 사람을 만나게 되었다. 마침 성혜영의 소식이 궁금했던 황현은 안부를 묻는 시를 지어 인편에 부쳤다.

우리 남파南坡 노인을 요즘 못 보았으니
가을바람 이는 때 어떻게 지내는고.
고상한 지조는 천하에 드물거니와
백발노인은 영남에 유독 많구려.
방초芳草에 베푼 은혜를 어찌 잊으랴만
벽라薜蘿 속에 갇혀 있음에 어이하랴.
강 너머서 초조히 꿈을 이루려 할 제
성월星月이 어부의 도롱이를 비추누나.

不見吾老坡 秋風意若何.
青雲天下少 白髮嶺南多.
豈忘貽芳草 其如鎖薜蘿.
隔江悄引夢 星月動漁蓑.[95]

황현은 성혜영에 대해 천하에 드문 고상한 지조를 지닌 인물로 평가했다. 다섯째 구에서는 자신에게 베푼 은혜를 잊지 못할 것이라고 하면서 고마운 마음을 표현했다. 여섯째 구의 벽라薜蘿는 벽려薜荔 넝쿨과 여라女蘿 넝쿨을 합칭한 말이다. 옛날에 은자隱者들이 흔히 이것으로 옷을 지어 입었던 데서 온 것으로, 전하여 은자나 고사高士의 처소를 가리키는데 사용된다. 여기에서는 성혜영이 머물고 있는 곳을 가리키는 의미로 사용되었는데, 고상한 지조를 지닌 성혜영이 벽라에 갇혀서 지내는 상황에 대해 안타까운 심경을 드러냈다.

영남에 한 선비가 있으니
자는 차란次蘭이고 이름은 혜영蕙永이다.
초목 화훼가 저무는 해를 슬퍼하니
초楚나라 강물엔 가을 향이 은은했지.
사해四海에 이름 있는 강고환姜古歡이
천추千秋에 훌륭한 제자를 얻었구나.
두 글자 정情과 한恨으로
오묘함을 깨달아 진제眞諦를 전하였고,
최상승最上乘에 참여하여
두루 통하여 날마다 천 수의 게송 읊조렸네.
스승이 세상을 떠난 뒤에
홀로 인간 세상으로 돌아왔는데,
부재符載처럼 산을 사들이지 못하였고

나은羅隱처럼 애당초 급제하지 못하였다.
술집을 삼십 년간 드나들었더니
너덜너덜 담비 갖옷이 다 떨어졌지.
돌아가 또한 편안한 마음으로
바닷가 집에서 사립을 닫아걸었네.

嶺南有一士 字蘭名曰蕙.
物芳悲歲晚 楚水秋香細.
四海姜古歡 千秋得高弟.
二字情與恨 妙悟傳眞諦.
參之最上乘 圓通日千偈.
自從哭師後 獨向人間世.
符載未買山 羅隱初下第.
酒肆三十春 歷落貂裘弊.
歸歟且安適 海上柴門閉.[96]

황현이 1900년 세밑에 성혜영을 그리워하며 지은 회인시이다. 고환古歡은 강위의 호이다. 황현은 명성 높은 강위가 훌륭한 제자[高弟]를 얻었는데, 그가 바로 성혜영이라고 하였다. 그리고 스승이 세상을 떠난 뒤에 홀로 속세로 돌아왔으나, 당나라 때 사람인 부재符載처럼 산을 사지도 못했고 시인인 나은羅隱처럼 과거에도 급제하지 못한 신세가 되었다. 이후 생활 형편은 더욱 곤궁해졌고, 마침내 고향으로 돌아가 바닷가 근처에 자리한 곳에 거처를 정했다. 이때 성혜영이 지팡이를 세워두고 오곡을 가꾼 것은 농사일을 즐긴 것이 아니라, 자신의 우울한 심사를 달래기 위한 것이었다. 시의 마지막에서 황현은 자신도 고대의 장저長沮와 걸닉桀溺의 경우와 같이, 성혜영과 함께 세상을 피해 은둔해서 살고 싶은 바람을 나타냈다.

1901년 황현은 성혜영을 만나기 위해 사평 나루를 건너 하동으로 발걸음을 옮겼다.

갈대꽃은 끝없이 펼쳐 있는데
가을빛이 하동 고을에 가득하네.
멀리 비 개니 외론 섬이 생겨나고
잔물결은 한낮의 바람에 일어나네.
인적 드물어 배만 홀로 떠 있고
외진 길이라 가게는 빈 곳이 많네.
귀가 좀 늦춘다고 무슨 상관이랴.
강가의 단풍은 아직 붉지 않았거늘.

蘆花望不斷 秋色滿河東.
遠霽生孤嶼 微瀾上午風.
人間舟自泛 路僻店多空.
任汝歸家晩 江楓尙未紅.[97]

시의 내용으로 보아 황현이 성혜영을 방문한 때는 갈대꽃이 드넓게 펼쳐져 있는 가을이다. 이때 황현은 전남 구례 만수동에서 출발하여 경남 하동군에 있던 사평 나루를 건너갔다. 반가운 벗을 만나러 가는 여정에 황현의 시야에는 가을빛으로 물든 하동 마을이 들어온다. 인적이 드물어 홀로 물 위에 떠 있는 배와 빈 가게가 많이 보이는 외진 길을 지나간다. 이와 같이 쓸쓸하고 외로운 정경은 성혜영의 처지를 경물에 빗대어 나타낸 것이다. 이 시에는 귀가하는 것이 늦어지더라도 오랜만에 만난 벗과 함께 단풍이 붉게 물들 때까지 느긋하게 회포를 풀겠다는 시인의 진솔한 마음이 담겨 있다.

내가 남파를 보지 못한 지가 오래되었는데, 따져 보니 그의 나이가 이제 바야흐로 63세이다. 처음에 내가 남파와 전후로 서울에 유학을 가서 남산과 한강에서 술을 마시며 시를 짓고 논하는 연회를 즐겼으니, 한때의 흥취를 최고로 누렸다고 할 만하다. 그런데 잠깐 사이에 30년의 세월이 흘러 멋스럽고 고아하던 그때의 인사 중에 생존해 있는 이가 거의 없다. (…중략…) 아아! 내가 남파와 서울에서 머물 때 우리가 대아大兒 공문거孔文擧와 소아小兒 양덕조楊德祖 같은 인물로 꼽았던 사람 중에 영재寧齋와 창강滄江보다 앞서는 사람이 없었는데, 영재는 유명幽明을 달리하여 어느새 무덤의 풀이 묵었고, 창강은 가족이 모두 중국으로 떠나서 다시 볼 수 없으니 영재와 다를 바가 없다. 이제 비바람 속에 술 한 병 들고 다시 만나 글을 논할 수 있는 사람은 오직 우리 남파 밖에 없다. 누군가를 사랑한다면 그가 오래 살기를 바라는 마음이야 어찌 끝이 있겠는가.[98]

황현은 성혜영의 63세 생일을 맞아 축수하는 글을 지었다. 황현은 과거 시험을 치르기 위해 서울에 머무르던 시절, 성혜영을 비롯한 여러 문인들과 함께 남산과 한강 등지에서 연회를 즐겼다. 황현은 그 시절에 대해 한때의 흥취를 최고로 누린 것으로 회상했다. 그러나 세상에 영원한 것은 존재하지 않으니, 30여 년의 세월이 흐른 지금 당시 함께 노닐던 인사 중에 살아있는 자가 거의 없다고 하면서 쓸쓸한 심경을 드러냈다. 얼마 남지 않은 인사 중에 성혜영이 포함되어 있음은 물론이다.

황현은 성혜영의 시에 대해 방옹放翁과 후촌後村에 견줄 수 있는 것으로 보았다. 방옹은 중국 남송 때의 저명한 시인인 육유陸游의 호이고, 후촌은 중국 남송 때의 시인인 유극장劉克莊을 가리킨다. 또한 자신이 지은 시를 예물로 삼아 고관들을 두루 찾아가 교제하다가 강호에 은거하여 피리 불며 사는 즐거움을 누린 점에 있어서는 철애鐵崖의 재림으로 볼 수 있을 정도라고 높이 평가했다. 철애는 중국 원말 명초 때의 시인인 양유정楊維楨의 호이다. 황현이 언급한 이 세 사람은 모두 나라가 멸망할 무렵이나 왕조가 교체되는 시기의 인물들이므로 상란喪亂을 겪었다고 할 수 있다.

황현은 성혜영과 함께 서울에서 지낼 무렵, 당대 최고의 인물로 이건창과 김택영을 꼽았던 적이 있다. 그러나 이건창은 이미 세상을 떠난 지 오래되었고, 김택영은 가족이 모두 중국으로 떠나서 다시 만나볼 기약조차 할 수 없다. 그러니 이제 비바람 속에 술 한 병 들고 다시 만나 글을 논할 수 있는 사람이라고는 오직 성혜영만 남아 있을 뿐이다. 젊은 시절 함께 꿈을 나누고 시문을 논했던 성혜영이 오래 살기를 바라는 마음은 끝이 없다고 한 표현에서 황현의 절절한 그리움이 묻어난다.

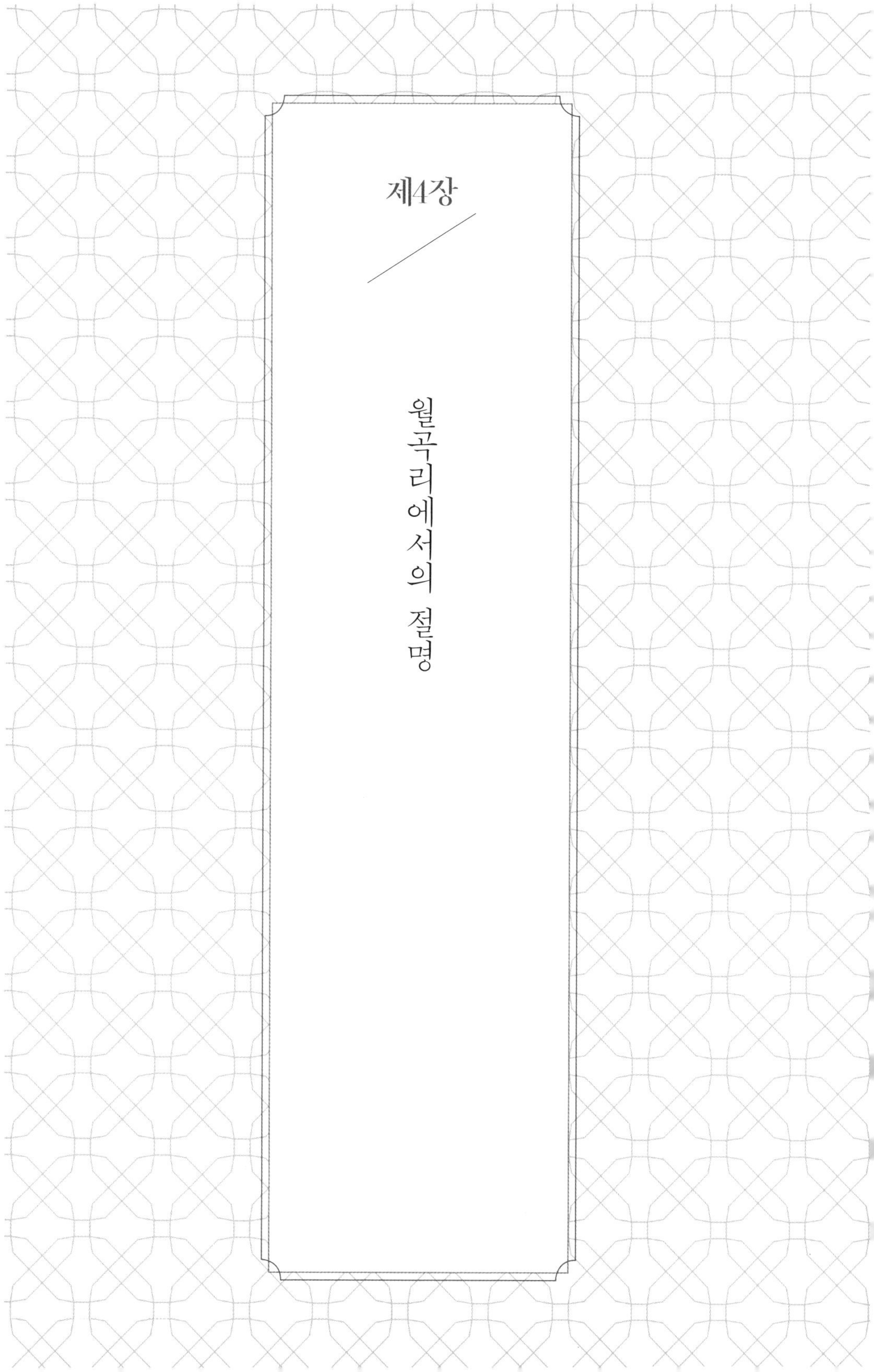

제4장

월곡리에서의 절명

1. 구례 월곡리로 이사하다

1902년 11월 29일, 황현은 만수동의 생활을 정리하고, 전남 구례군 광의면 월곡리로 거처를 옮겼다. 월곡리는 만수동 북쪽에 위치한 마을로, 지리산 아래에 커다란 평야가 자리한 곳이다.

고인들 말씀 참으로 지당하니
인생은 그저 나그네살이일 뿐.
어느 곳인들 눈 진창이 아니리오
나는 기러기를 우연히 만났을 뿐이네.
저기 울창한 간전艮田의 산은
숲속 골짜기가 자못 깊다 하겠네.
열일곱 해 동안 깃들어 살면서
그저 형비衡泌를 지켰을 뿐이라네.
그러다 갑자기 그곳을 떠나
남악南岳의 터에 전답을 구입했네.
어찌 도피를 생각한 것이겠나
새것을 좋아해서 그런 것일 따름이네.

古人誠達論 人生如寄耳.
何處非雪泥 飛鴻偶相値.
鬱鬱艮田山 林壑頗云邃.

棲棲十七年 聊且守衡泌.

翩然便辭去 買田南岳趾.

何曾計趨避 故厭新則喜.[1]

황현이 광양을 떠나 구례 만수동으로 이사한 때가 1886년이었으니, 17년 만에 다시 거처를 옮긴 것이다. 새로 이사를 온 월곡리는 천은사 입구에 자리한 마을로, 지리산 자락을 끼고 사방이 툭 트인 평야지대여서 답답하지 않고 개방된 느낌을 자아낸다. 황현은 만수동에서 보낸 17년에 대해 형비衡泌를 지킨 것으로 자평했다. 형衡은 나무를 가로질러 만든 보잘것없는 문을 의미하고 비泌는 샘물을 나타내는데, 형비는 곧 안분자족安分自足하는 은자의 거처를 가리킨다. 황현은 만수동에서 거처하는 동안 강학 공간으로 구안실과 일립정을 구축하여 후학을 양성하고 독서와 저술 집필에 매진하면서 스스로 만족한 삶을 영위했다.

그렇다면 만수동의 안분자족했던 생활에서 벗어나 다시 새로운 곳으로 거처를 옮긴 이유는 무엇일까? 황현은 월곡리로 이사한 이유에 대해 단지 새것을 좋아한 것일 뿐 도피를 생각한 것은 아니라고 하였다. 그리고 험난한 바위에 둘러쌓여 주거 공간이 협소했던 만수동에 비해, 숫돌처럼 평평하고 지세가 넓은 월곡리에 만족감을 드러냈다.

황현은 월곡리로 이사한 뒤 자신의 거처에 '대월헌待月軒'으로 당호를 붙였다. 이곳 대월헌은 황현이 마지막 숨을 거둘 때까지 거처했던 공간으로, 정면 4칸, 측면 2칸으로 구성된 건물이다.

〈그림 1〉 대월헌 편액
출처 : 이은영

〈그림 2〉 대월헌 전경
출처 : 이은영

월곡리로 이사한 다음 해인 1903년 황현에게 첫 손자가 태어났다.

양주羊酒 차려 온 동네에 잔치하니
산색山色조차 즐겁게 문 앞으로 다가오네.
더디게 웅비熊羆의 꿈 해를 넘기더니
곧바로 정월 보름달이 휘영청 밝네.

羊酒傾村作賀筵 喜歡山色華門前.
遲遲跨歲熊羆夢 直到元宵月滿天.

매일 아침 붉은 채붕彩繃 몸소 빨자니
무럭무럭 우물의 김에 서설瑞雪이 녹네.
온갖 근심 쓸어버리고 한바탕 웃나니
춘풍春風이 모두 우리 집안에 들어왔네.

連朝手浣彩繃紅 井氣蒸蒸瑞雪融.
掃却千憂成一笑 春風盡入我家中.

높은 벼슬 바라랴, 가난을 원망하랴.
낙토에서 소요하며 천성을 보존할 뿐.
천 권의 책 간곡하게 전해 주려 하노니
대대로 사람들은 식자인識字人으로 칭하리라.

不慕高官不厭貧 逍遙樂國葆天眞.

丁寧付與書千卷 世世人稱識字人.

명장名場에 머리 돌려 취한 꿈이 길었더니

백발 되어 운산雲山에서 약초를 캐네.

세월은 도도히 흘러, 할아비가 되었거늘

여전히 어리석기는 옛날과 비슷하네.

回首名場醉夢遲 雲山采藥鬢成絲.

流年滾到爲人祖 一例痴憨似舊時.[2]

황현은 1871년 해주 오씨의 따님과 혼인하여 2남 1녀를 두었다. 장남의 이름은 암현巖顯, 차남은 위현渭顯이고, 따님은 안병란安秉蘭에게 출가하였다. 처음으로 할아버지가 된 황현은 손자를 안게 된 기쁨을 나누기 위해 양고기와 술을 차려 동네 잔치를 열었다. 시에서 웅비熊羆의 꿈이란 사내아이가 태어날 꿈을 꾸는 것을 말한다. 『시경詩經』「사간斯干」에, "대인이 점을 치니, 곰 꿈은 남자를 낳을 상서이고, 뱀 꿈은 여자를 낳을 상서이다[大人占之 維熊維羆 男子之祥 維虺維蛇 女子之祥]"라는 내용이 보인다.

황현은 손자가 태어나자 집안의 온갖 근심이 사라지고 한바탕 웃음소리가 이어져 춘풍이 모두 집안에 들어온 것 같다고 하였다. 황현의 마음에도 오랜만에 따뜻한 봄바람이 불어온 것이다. 그리고 황현이 그의 조부와 부친에게 받았던 것과 같이, 그 또한 천 권의 책을 손자에게 간곡하게 전해주어 사람들이 '식자인識字人'으로 칭하기를 소망하였다. 마지막 수에서는 인생의 덧없는 무상함에 대해 나타냈다. 황현도 젊은 시절에는 벼슬살이와 공명을 꿈꾸며 과거 시험장에 수차례 나아가기도 했지만, 지금은 어느덧 약초 캐는 백발 노인의 모습만 남게 되었다. 이 시에는 처음 손자를 안게 된 기쁜 마음과 함께 새삼 깨달은 세월의 무상함이 중첩되어 나타난다.

같은 해 9월, 집안에 다시 경사가 찾아왔다. 황현의 동생인 황원이 아들을 얻은 것이다.[3] 황현은 동생이 연달아 딸만 셋을 낳았다가 마침내 아들을 얻게 되었다고 하여 기쁨을 감추지 않았다. 형이 손자를 보니 아우인 황원도 아들을 얻었다고 하면서 올해 집안에 좋은 일이 많은 것에 대해 자축하였다.

2. 우리집 부자는 괴석 수집이 취미라네

황현의 오랜 취미는 바둑이다. 이 때문에 그의 시문에는 손님을 맞거나 제자들과 함께 바둑을 두는 장면들이 심심치 않게 등장한다. 황현의 바둑 실력은 상당히 수준급이었을 것으로 짐작되는데, 서울에서 신헌을 상대로 연전연승을 거둔 일화는 유명하다.

황현의 또 다른 취미는 바로 괴석怪石 수집이다. 괴석은 기이한 모양으로 생긴 돌을 가리키며 기석奇石이라고도 부른다. 황현이 처음 괴석을 수집하기 시작한 것은 20대 초반 무렵이었다. 황현은 1908년에 지은 글에서 30년 동안 괴석들을 모은 까닭에 책상머리엔 작은 명산이 셀 수조차 없을 정도라고 고백하였다.[4] 30년 동안 계속된 괴석 수집이 '취趣'의 수준을 넘어 '벽癖'의 지경에까지 이르렀음을 알 수 있다.

앞선 시대에도 괴석을 좋아해서 수집에 열중했던 문사의 예는 종종 있었다. 특히 시서화에 모두 능해서 삼절三絶로 불렸던 조선 후기 문인 자하紫霞 신위申緯의 돌 사랑은 널리 알려져 있다. 신위가 곡산부사로 지내던 시절, 공무를 핑계로 외출했다가 며칠 동안 정성껏 모은 괴석을 수레 가장 앞에 싣고 돌아온 일화는 유명하다. 그는 1812년 중국에 사신으로 갔을 때에도 돌을 싣고 귀국했을 정도로 괴석을 좋아하는 마음이 매우 깊었다.

〈그림 3〉 이정직(李定稷), 〈석국도(石菊圖)〉
(국립전주박물관소장)
출처 : e뮤지엄

이와 같이 신위를 비롯하여 이 시기 문인들은 괴석 수집에 열광했다. 특히 18세기 무렵에는 정동유鄭東愈·강세진姜世晉 등 괴석 수집에 대한 벽癖을 고백하는 이들이 점점 등장했으며 이들은 조선 후기 괴석 수집 열풍을 이끌었다. 수많은 문인들이 괴석을 사랑했던 이유는 다양하다. 괴석은 부귀의 상징으로 여겨져서 벌열가의 정원과 서재를 장식했지만, 가난한 문인의 경우에는 괴석을 옆에 두고 자신의 불우不遇를 투영하기도 하였다.[5]

황현과 친분이 있었던 이정직도 괴석을 사랑한 문인 중의 한 명이다. 그의 괴석에 대한 애정은 자신의 호를 '석정石亭' 또는 '연석燕石'으로 지은 것에서도 충분히 짐작할 수 있다. 또한 이정직은 괴석을 소재로 한 그림을 즐겨 그렸는데, 그가 그린 여러 폭의 괴석도怪石圖가 전한다.

> 큰 것은 주발, 작은 것은 주먹만 하고
>
> 그보다 더 작은 건 탄환만 하네.
>
> 가을 산은 담묵화처럼 상투를 드러내고
>
> 고목은 백사장 물굽이에 뿌리를 씻기네.
>
> 작지만 다 갖추어 빼닮은 데다
>
> 또 영롱하게 늙은이 얼굴을 비추네.
>
> 사려고 들면 값을 따지기 어려운데
>
> 어떻게 내 책상에 우뚝이 놓여 있나.
>
> 늙은이의 반생은 달리 좋을 게 없다 보니
>
> 한 번 괴석怪石을 만난 뒤론 보배처럼 생각했네.
>
> 힘 모자라 배에다 실어 나르지 못하고
>
> 그중 작은 것 골라서 행낭에 담았네.
>
> 집에 돌아와 다른 생계 묻지도 않고
>
> 새것 꺼내 옛것과 비교하며 살펴보네.
>
> 마침내 선반 위에 첩첩이 쌓아

대하면서 빙그레 눈웃음 먼저 짓네.

어린 아들도 곁에서 익히 보았던 터라

가르치지 않아도 아비 행동 따라 하네.

제 말로는 문 앞 시내에 목욕하러 갔다가

더듬어서 괴기한 모양 많이 찾았다네.

하루에도 서너 번 비틀대며 안고 와선

큰 소리로 아비 불러 이웃 아이를 놀래네.

제가 구한 돌이 더 나은 것도 많으니

제발 다신 논다고 나무라지 마세요.

우스워라, 너의 안목 완전하진 않겠지만

이미 대의大意를 알아 자못 으스대는구나.

우리 집 부자는 모두 돌을 좋아하니

천추에 보기 드문 비범한 사람들일세.

大如盌小如拳 尤其小者如彈丸.

秋山露髻淡墨圖 老木嚙根沙水灣.

具體而微無不肖 又復玲瓏照衰顔.

如可買者不論金 何以峙吾几案間.

老夫半生無他好 一遇怪石懐如寶.

力貧未辦聯舟載 爲置行囊揀厥小.

還家不問他有無 出新較舊獨自考.

遂致纍纍龕在槃 對之嘻然眼笑早.

稚子在傍習見之 不敎不學隨父爲.

自言浴向門前溪 摸撈多得瑰奇姿.

踉蹡拾歸日三四 大聲喚爺驚隣兒.

兒今得石孰爺多 願爺勿復嗔游嬉.

笑矣汝眼未必眞 已識大意頗嶙峋.

我家父子俱嗜石 千秋寥廓非凡民.[6]

황현뿐만 아니라 그의 아들도 괴석을 무척 좋아하여 수집에 열중했다. 주발처럼 큰 모양의 돌부터 탄환처럼 작은 크기의 돌에 이르기까지 다양한 크기와 모양을 한 괴석이 황현의 서재 한 켠을 장식하고 있었다. 황현은 한번 괴석을 만난 뒤로부터 보배처럼 생각하고 아끼게 되었음을 고백했다. 그리고 괴석을 찾게 되면 행낭에 담아 집으로 가져오는데, 집에 돌아오면 다른 일들은 아랑곳하지 않고 먼저 괴석들을 비교한다고 하였다. 집안의 어떤 일보다 괴석이 우선순위에 놓여있음을 살필 수 있다. 이렇게 해서 수십 년 동안 모아둔 괴석들이 선반 위를 차지하고 있으니, 황현은 그것을 바라만 보아도 저절로 웃음이 지어진다고 하였다.

어려서부터 황현의 괴석 수집을 곁에서 지켜본 때문인지 그의 아들도 부친을 따라서 괴석을 좋아했다. 황현의 아들은 곧잘 집 근처에 있는 시냇가에서 괴석을 찾아내어 비틀거리며 집으로 가져오곤 했는데, 그 일을 하루에도 서너 번 반복해서 했다. 황현은 이처럼 부자가 모두 돌을 좋아하니 세상에 보기 드문 비범한 사람들이라고 하면서 괴석 수집에 대한 깊은 애정을 드러냈다.

황현이 괴석을 좋아했던 이유는 무엇일까. 일찍이 문인들은 완물상지玩物喪志라고 일컬으며 사물에 지나치게 경도되는 것을 경계한 바 있다. 그러나 조선 후기에 접어들면서 애호품을 소장하고 아끼는 취와 벽의 성향을 지닌 문인들이 대두되었으며 유행으로 이어졌다. 이때 각 문인들의 성향에 따라 취와 벽의 대상물은 매우 다양했다. 그렇다면 돌이 지닌 의미는 무엇인가. 돌은 흙과 모래 같은 것들이 오랜 시간에 걸쳐 적층되어 생겨난 것이다. 산의 뼈와 같이 단단한 기본으로 인식됐던 돌은 대표적으로 부동의 자세로 움직임이 없기에 굳은 의지를 상징하며, 주변 상황의 변화에도 굴하지 않는 정신적인 의미를 내포하고 있다.[7]

〈그림 4〉 정학교(丁學敎), 〈괴석도(怪石圖)〉
(국립중앙박물관 소장)
출처 : e뮤지엄

고려시대 문인 이곡李穀도 일찍이 견고하여 변하지 않고 천지와 시종을 함께하는 돌의 속성을 찬미한 바 있다. 그는 "천지가 영기靈氣를 비축하여 만물이 나오기 시작하는데, 그중에서 오직 사람이 가장 뛰어나고, 이적夷狄과 금수가 그 다음을 차지한다. 저 높은 산과 깊은 바다 역시 만물 중에 큰 것으로서, 곤충과 초목 등

크고 작은 동물과 식물이 모두 그 안에 들어 있다. 하지만 이것들은 분분하게 영축盈縮·대사代謝를 거듭하고, 착잡하게 영고榮枯·계칩啓蟄을 반복하니 변하지 않을 수가 없는 것들이다. 그런데 가령 본말을 추구할 수 없고 거세巨細를 췌탁揣度할 수 없으며, 한서寒暑도 그 바탕을 바꿀 수 없고 고금古今도 그 쓰임을 고갈시킬 수 없는 것이 있다고 한다면, 그것은 오직 돌이라는 물건 하나밖에는 없을 것이다"라고 하여 만물 가운데 유일하게 돌이 지니는 불변의 속성을 나타냈다.[8]

돌은 부동과 불변의 속성을 지닌 사물이다. 이러한 돌의 속성을 인간에 비유하면, 어떠한 경우에도 쉽사리 흔들리지 않는 지조와 변치 않는 절개일 것이다. 황현은 오랜 시간 동안 다양한 형태와 크기의 괴석을 수집하면서 돌이 지닌 부동과 불변의 속성에 매료되었다. 돌로 대변되는 상징적 이미지와 내포된 속성이 바로 자신이 추구하던 내적 신념과 맞닿아 있기 때문일 것이다.

3. 을사늑약 체결 소식에 울분을 터트리다

1904년 2월 8일, 일본은 인천 앞바다에서 러시아 함정을 기습함으로써 러일전쟁을 도발했다. 그리고 병력 2천 명을 서울로 진주시켜 앞서 있었던 고종의 전시 국외 중립 선언을 무력화시킨 후 한일의정서 체결을 강요했다. 일본은 이에 반대하는 고종의 측근 세력을 추방한 뒤, 2월 23일에 대한제국 정부와 한일의정서를 체결했다. 이때 일본은 대한제국 황실의 안

전 및 독립과 영토 보전을 보증한다고 했으나, 대한제국 정부에 시정 개선을 요구하고 전쟁 수행에 필요한 편의를 제공받으며 군사 전략상 필요한 지점을 임의로 수용할 수 있도록 하여 보호국화하는데 한 걸음 다가섰다.

일본 정부가 대한제국을 보호국화하겠다는 방침은 1905년 5월 말 대한해협 전투에서 러시아에 대승을 거두고 난 뒤, 7월 29일 미국과의 가쓰라-테프트 각서, 8월 12일 영국과의 제2차 영일동맹, 9월 5일 포츠머스 러일 강화조약 등에서 대한제국에 대한 '지도·보호·감리'의 권리를 승인받고 10월 이후부터 추진되었다. 그리고 1905년 11월 17일 일본은 군사적 위협과 협박을 통해 '을사늑약'을 강압적으로 체결했다.[9]

1905년 일제의 강압에 의해 을사늑약이 체결되었다. 일제의 조선 식민지화가 본격화된 것이다. 일본은 대한제국을 보호한다는 명분을 내세웠으나 실제로는 식민지가 되는 조약이었으므로 전국적으로 거센 반발이 일어난 것은 당연했다.

유란헌幽蘭軒 불탄 일도 기이하거니와
만세정萬歲亭 꺾이자 우주가 슬퍼했네.
천추千秋의 망국사亡國史를 손꼽아 보아도
마음에 흡족한 이 그 몇이나 되겠는가.

幽蘭軒燬亦奇哉 萬歲亭摧宇宙哀.
屈指千秋亡國史 幾人能得快心來.

묘당廟堂에서 먹 갈며 날마다 맹약하더니
하룻밤에 하늘 무너지니 종묘가 놀랐다네.
저 제산齊山의 늙은 송백松栢을 보라.
유민들 소리 죽여 노래하고 곡하였네.

廟堂磨墨日尋盟 一夜天崩七廟驚.
瞻彼齊山松栢老 遺民歌哭不成聲.

열수洌水도 소리 죽이고 백악白岳도 찡그리는데
시끄러운 세상 여전히 벼슬아치들 무리지어 있네.
역대의 간신전姦臣傳을 한 번 보게나.
순국한 매국노는 원래 없었나니.

洌水呑聲白岳嚬 紅塵依舊簇簪紳.
請看歷代姦臣傳 賣國元無死國人.[10]

황현은 을사늑약이 체결되었다는 비통한 소식을 접하고 가슴 속의 울분을 참을 수가 없어 붓을 들었다. 시제는 「변고를 듣다[聞變]」이다. 여기에서 '변고變'는 대한제국이 일본의 압박에 의해 자주적인 외교권 박탈과 통감부 설치 등을 주요 내용으로 하는 조약을 체결한 일체의 것을 가리킨다. 시는 모두 세 수로 구성되어 있다.

첫째 수는 앞선 시기에 있었던 망국의 역사에 대해 나타냈다. 유란헌은 중국 금金나라의 9대 황제였던 애종哀宗이 목을 매어 자결한 곳이며, 만세정은 한나라 무제武帝가 숭산嵩山 위에 지은 정자이다. 곧 유란헌과 만세정은 각각 금나라와 한나라를 대표하는 상징적인 공간으로, 불에 타고 꺾여 무너진 두 나라의 역사를 상징적으로 나타낸다. 황현은 을사늑약 체결 소식을 듣고 난 뒤 '망국사亡國史'를 떠올렸는데, 을사늑약이 끝내 망국의 길로 인도하게 될 것임을 직감했던 것이다.

둘째 수에서는 을사늑약 체결로 인해 온 나라가 놀라고 백성들이 울분에 빠진 현실을 나타냈다. 시인은 전국시대 말기 제나라 임금 전건田建이 제후와 연합하여 진나라를 치면 천하를 통일할 수 있다는 빈객들의 말을 듣지 않고, 진나라의 꼬임에 빠져 들어갔다가 공共 땅의 송백松柏 사이에 갇혀서 결국엔 굶어죽었다는 고사를 떠올렸다. 여기에서 진나라의 꼬임에 빠져서 결국 운명을 다하게 된 제나라는 바로 지금의 대한제국이다. 곧 일제의 갖은 수단과 협박에 넘어가 조약을 체결하여 망국의 상황으로 치닫게 된 현실에 대한 깊은 슬픔과 울분이 드러난다.

마지막 수에서는 을사늑약을 체결한 관원들에 대해 비난의 목소리를 드높였다. 열수는 지금의 한강이고, 백악은 경복궁 뒤쪽에 위치한 북악산이다. 열수와 백악마저 찡그리게 할 정도로 국권을 상실한 어지러운 세상에서 관원들은 여전히 목숨을 부지한 채 잘 살고 있다. 특히 마지막 구에서 순국한 매국노를 찾아볼 수 없다고 하여 국권 피탈의 주범인 관원들에 대해 강도 높은 비판을 했다. 이 시에는 매국 행위를 서슴치 않고 자행한 관원들에 대한 분노와 함께 속절없이 무너져버린 무능한 조정에 대한 통분, 그리고 소리 죽여 슬프게 곡하는 백성들의 가슴 아픈 현실이 고스란히 드러나 있다.

황현은 을사늑약이 체결되는 과정, 그리고 을사오적乙巳五賊으로 지칭되는 관원들의 매국 행위에 대해 『매천야록』에 자세하게 밝혀놓았다.

> 10월 21일, 밤에 일본인들이 대궐을 침범하여 새 조약을 강제로 체결하고, 참정 한규설韓圭卨을 면직, 유배 보냈다. 이토 히로부미伊藤博文가 도착하자 서울 성안의 민심이 흉흉하여 변란이 일어날까 우려되었다. 내부대신 이지용李址鎔, 외부대신 박제순朴齊純, 군부대신 이근택李根澤, 학부대신 이완용李完用, 농부대신 권중현權重顯 등이 혹은 두려워 입을 다물고 관망했거나 몰래 서로 결탁한 것이라고 도성 사람들이 지목하였다. (…중략…) 이토 히로부미는 하야시 곤스케林權助·하세가와 요시미치長谷川好道 등과 함께 곧바로 임금 앞으로 가서 5개 조의 새 조약을 꺼내 임금에게 도장을 찍도록 하였다. 임금이 응하지 않자 구완희具完喜가 겁을 주어 "이러면 벽력이 떨어집니다" 하자, 임금은 벌벌 떨면서 결단을 내리지 못하였다. 이때 이지용 등이 함께 입시해 있었는데, 참정 한규설이 분개하여 말하기를, "나라가 망할지언정 이 조약을 허용할 수 없다"고 하였다. 이토 히로부미가 만단으로 위협하고 달래자, 임금은 "이는 외부의 일이니 대신에게 물어야 할 것이다" 하였다. 박제순이 주사主事를 불러 외부의 도장을 가져오도록 하여, 도장이 들어오자 곧 날인을 하였다. 대개 임금은 끝내 도장을 찍지 않았고 한규설 또한 날인하지 않았으며, 날인한 자는 오직 외부대신 이하 각부 대신들뿐이었다.[11]

일본인들이 새 조약을 강제로 체결하였다. 당시 참정으로 있던 한규설은 조약이 강제로 맺어진 것을 보고 분개하며 조약을 허용할 수 없다고 부르짖었으나, 이토 히로부미가 왕명이라 속이고는 유배를 보냈다. 이때 앞장서서 조약 체결을 막아야 하는 위치에 있었음에도 불구하고, 오히려 체결에 찬성한 5명의 대신들을 지목하여 사람들은 을사오적乙巳五賊이라고 부르며 비난했다. 이들은 임금도 날인하지 않고 참정대신 한규설도 날인하지 않은 조약서에 대신 날인함으로써, 나라와 백성을 저버리고 일제의 앞잡이가 되는 길을 선택했다.

을사늑약이 체결된 이후, 『황성신문皇城新聞』이 폐간되는 사건이 발생했다. 『황성신문』은 1898년 9월에 대한제국에서 발행된 일간 신문으로, 국한문을 사용하여 지식인 독자층이 많았던 신문이다. 앞서 일제가 사장으로 있던 장지연張志淵을 협박하여 매번 신문을 간행할 때에는 반드시 먼저 일본 공관을 경유하여 허가를 받은 후에 반포하도록 강제하였다. 그러나 장지연은 을사늑약 체결 소식에 격분하여, 강제로 조약을 맺은 시말에 대해 기록한 신문을 인쇄하여 곧바로 배포하였다. 이 사실을 알게 된 이토 히로부미는 분노하며 장지연을 잡아 가두고 신문사 폐쇄를 명령했다.

『매천야록』에 기록된 내용은 당시 『황성신문』에 게재된 기사에서 인용한 것이다. 황현은 『황성신문』이 창간되었을 때부터 신문을 열람했던 것으로 파악된다. 『매천야록』에는 『황성신문』이 창간되자 시정을 공격하고 인물을 비판하는데 거리끼는 바가 없어서 사방에서 다투어 서로 사보려고 한 것으로 기록되어 있다.[12]

황현은 을사늑약 체결 이후 음식을 먹지 않고 여러 날을 통곡하면서 지냈다. 그리고 당시 을사늑약에 반대하며 자결하거나 순국한 애국지사를 애도하는 「오애시五哀詩」를 지었다. 「오애시」는 당초 「팔애시八哀詩」였는데,

모두 여덟 사람의 지사를 애도하여 지은 것이다. 「팔애시」의 대상은 민영환閔泳煥·홍만식洪萬植·조병세趙秉世·최익현崔益鉉·이건창李建昌·이상설李相卨·조동윤趙東潤·김봉학金奉鶴이다. 그러나 훗날 김택영이 『매천집』 간행을 맡았을 때, 이상설·조동윤·김봉학을 제외하고 「오애시」로 제목을 변경한 이후로 그대로 통용되어 왔다.

「오애시」의 대상은 보국 민영환·판서 홍만식·정승 조병세·판서 최익현·참판 이건창이다. 이 가운데 민영환·홍만식·조병세 세 사람은 을사늑약 체결 직후 일제에 항거하여 자결한 인물이고, 최익현은 일제에 저항한 인물이며 이건창은 늑약 이전에 이미 작고한 인물이다. 황현은 「오애시」의 자서自序에, "을사년 10월의 변고 때에 조 정승 이하 3인이 자결하였으므로, 내가 그 소식을 듣고 감동하여 사모한 나머지 고인의 「팔애시」를 모방하여 애도의 시를 지으면서 여기에 최면암을 언급한 것은 그에게도 바라는 뜻이 있어서이고, 이영재를 언급한 것은 지금 인물들이 너무 보잘것없어 그를 추모한 것이다"[13]라고 하여 대상 인물의 선정 이유에 대해 밝혀놓았다.

공께서 대원臺垣에 처하셨을 때는
명망이 그다지 높지는 않았더니,
한 번 황각黃閣에 오른 뒤로는
강직하게 충언을 모두 토로하였네.
대전에 올라서는 늠름한 풍채였고
잘못을 바로잡을 땐 서리와 새매였지만,

어찌할거나, 한 명의 송나라 설거주薛居州인걸.

임금이 하루 세 번 낮에 접견함은 점차 뜸해졌네.

양강楊江의 굽이에서 소요하면서

양쪽 귀밑머리 기우杞憂로 희어졌나니.

흥인문興仁門 안으로 다시 들어왔을 때는

중서성 벼슬에 연연해서가 아니라네.

늙은 신하가 달리 무엇을 바라리오.

위기일발의 종사宗社 부지하고자 한 것이네.

가슴 치며 한 자의 상소를 올렸지만

마음만 괴로울 뿐 한 치의 칼도 없었네.

마침내 아편을 삼키고

호연하게 운명을 순리로 받아들였네.

대를 이은 충익공忠翼公 조태채趙泰采의 후손이니

저승에서 뵙더라도 부끄럽지 않겠네.

인생에서 중요한 건 말년에 절조 지키는 것이니

이룩한 것 참으로 지키기 어렵다네.

높다란 소나무 본래 우뚝하니

관솔 향기 천년토록 전하겠네.

維公處臺垣 名論未甚峻.

一自登黃閣 棘棘剞腸腎.

上殿凜風采 矯厲霜天隼.

其奈一薛宋 稍疏三晝晉.

婆娑楊江曲 杞憂雪兩鬢.

重入興仁門 非眷中書印.

老臣何所求 宗社一髮僅.

搥胸有尺疏 嚙指無寸刃.

方匕鴉片烟 浩然命受順.

奕世忠翼後 無愧泉臺覲.

人生重晩節 樹立諒難愼.

長松故磊砢 脂香可千閏.[14]

「오애시」 가운데 조병세에 대한 애도시이다. 조병세는 1859년 문과에 급제한 이후 『철종실록』의 편찬에 참여했던 인물로, 대사헌·이조판서·좌의정 등 요직을 두루 역임한 관료이다. 그는 동학농민운동·청일전쟁·갑오개혁 등 일련의 국내외 사건으로 나라가 혼란해지고 일제의 침략이 가시화되자 관직에서 물러났다. 이후 고향인 경기도 가평에서 은거하다가 뒤에 다시 중추원 의장과 의정부 의정을 역임하고 특진관에 임명되었다. 1896년에는 폐정개혁을 위하여 시무時務 19조를 지어 상소하기도 하였다.

조병세는 1905년 을사늑약이 체결되었다는 소식을 듣자 울분을 참지 못한 채 노구를 이끌고 다시 서울에 올라왔다. 그리고 백관과 함께 입궐하여 정청庭請의 소두疏頭로서 조약의 무효화, 을사오적의 처형 등을 주청하다가 일본 헌병에 의해 강제로 고향으로 옮겨졌다. 그는 고향으로 가던 도중에 가마 안에서 음독을 시도하였으며, 결국 조카 조민희趙民熙의 집에 당도

하여 숨을 거두었다.

황현은 일제에 항거하기 위해 대신大臣의 신분으로 선택한 조병세의 순절이 중요한 의미를 지니는 것으로 보았다. 망국을 향해 치닫는 혼란스러운 상황에서 고위관직에 있는 인물의 순절은 백성에게 지도자의 책임 있는 행동으로 투사되어 경종을 울리는 계기가 된다. 조병세는 일제에 저항하여 조정에서 강직하게 충언을 토로하고 상소를 지어 올리는 등 위기에 처한 종사를 구하기 위해 동분서주하였지만, 끝내 받아들여지지 않자 운명을 받아들여 자결의 길을 선택했다.

황현은 말년에 절조를 지키는 것이야말로 인생에서 중요한 가치로 판단했는데, 조병세의 순절이 이를 실천한 경우로 보았다. 이를 통해 보면 황현은 절조와 의리를 지키는 삶에 대해 최상의 가치를 부여하고 있으며, 훗날 망국의 시점에서 선택한 자결이 이미 오래전에 결심했던 것임을 짐작할 수 있다.

4. 김택영이 중국으로 망명하다

을사늑약 이후 일제의 탄압이 나날이 극심해지고 망국의 그림자가 드리워지자, 일군의 사람들은 나라를 되찾기 위한 하나의 방편으로 망명을 선택했다. 1905년 을사늑약이 임박한 것을 직감한 김택영은 중국 상해를 향해 망명길에 올랐다. 상해로 떠나기 전, 김택영은 황현에게 편지를 보내어 함께 망명을 떠날 것을 권유했다.

전 참서관參書官 김택영이 바다를 건너 청국으로 들어갔다. 그는 자가 우림于霖, 호는 창강滄江이고, 본관은 진양晉陽이다. 고려조부터 대대로 개성에서 살았는데 젊어서 문사文詞로 이름이 높았다. 신묘년1891에 진사시에 합격하고, 갑오년1894 정부에서 주사主事로 불러 마지못해 벼슬살이를 했으나, 그가 좋아하는 바가 아니었다. 당시의 의론 역시 오활한 그를 사무가 번거로운 자리에 두는 것을 옳지 않다 하여 학부學部에 보좌원輔佐員 자리를 특별히 설치하고 편찬의 임무를 맡도록 하였다. 그런데 그는 박봉에 의지하여 구차하게 끼니를 이어가며 늙은 나이에 자식도 없이 서울에서 셋방을 살고 있어 도무지 마음이 즐겁지 않았다. 이해 봄에 그의 벗 황현에게 보낸 편지에 쓰기를, "세상 돌아가는 것을 가히 알 수 있군요. 늙은 몸으로 섬놈들의 종노릇하기보다 차라리 강소江蘇·절강浙江 지역의 교민이 되어 여생을 마치고자 합니다. 그대는 나와 함께 떠날 수 있겠습니까?" 하였다.[15]

『매천야록』에 수록된 내용으로, 김택영이 망명을 결심하게 된 정황에 대한 기록이다. 황현은 김택영에 대해, 벼슬살이를 좋아하지 않았고 학부에서 편찬의 일을 하며 서울에서 사는 일을 마음속으로 달가워하지 않았다고 하였다. 그리고는 봄에 자신에게 편지를 보내어 상해로 망명을 떠날 계획을 말하면서, 자신과 함께 떠나기를 바랐다고 하였다. 황현은 김택영의 편지를 받고서 가족들 몰래 여비를 마련하는 등 그와 함께 망명을 떠날 준비를 하고 있었다. 그러나 당시 집안 사정으로 인해 황현의 망명 계획은 끝내 실현되지 못했고, 김택영은 원래 계획대로 가족을 이끌고 상해로 향하는 배에 올랐다.

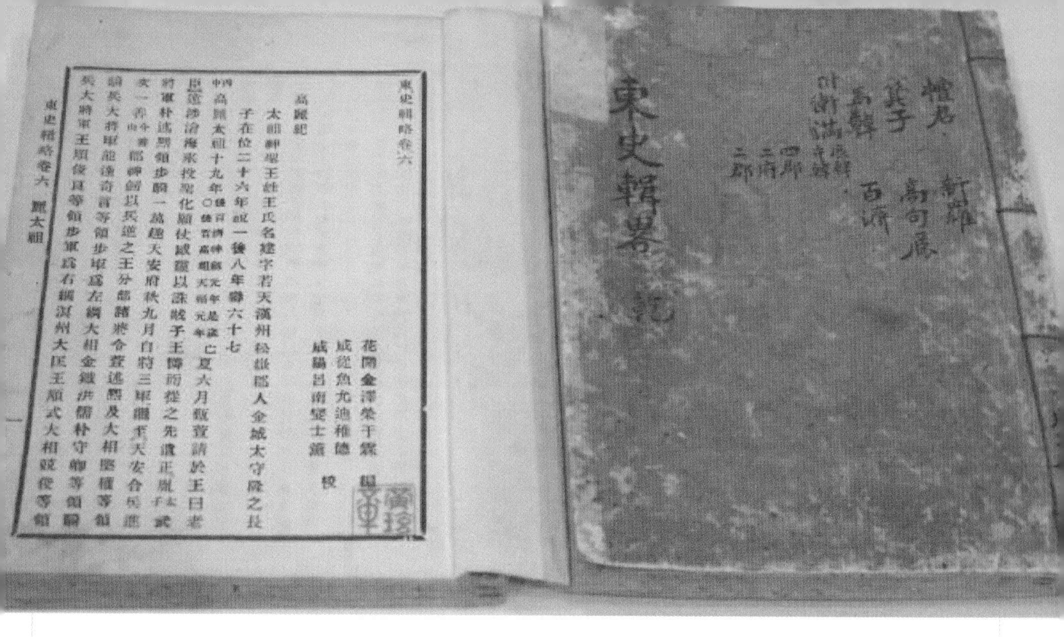

〈그림 5〉 황현이 소장했던 김택영의 『동사집략(東史輯畧)』
출처 : 순천대 박물관

이에 앞서 상해 사람 장건張謇이 오장경吳長慶을 따라 우리나라에 왔을 때 김택영이 장건과 잘 알게 되었는데, 그 후에도 자주 서로 소식이 오갔다. 장건은 과거에 올라 주현의 장으로 있었기 때문에, 김택영은 장건에게 기대하고 떠났던 것이다. 장건은 마침 남통주南通州의 각관榷關으로 부임하게 되어 김택영을 데리고 가서 한림묵관翰林墨館에 근무하도록 하였다. 그는 떠날 때, 처와 딸 두 식구를 대동하고 갔는데 남통주에 이르러 아들 하나를 얻어 이름을 광호光虎라 했으며, 아명은 희랑喜郎이다. 정미년1907 여름 황현에게 보낸 편지에서 이러한 사실을 말하였다.[16]

김택영이 중국 상해로 망명할 수 있었던 데에는 장건張謇의 도움이 주효했다. 장건은 중국 강소성 남통 사람으로, 1882년 임오군란 때 당시 청나라 한림원 수찬 자격으로 오장경의 군사에 참여하여 서울에 왔다. 난이 평

〈그림 6〉 중국 강소성 남통에 위치한 '김창강고거(金滄江故居)'의 현대 모습

정된 이후 장건은 조선의 어진 사람들을 찾아 정교政敎를 자문하고 풍속을 물었는데, 이때 참판 김윤식에게 '창강 김택영이 시에 공교하다'는 말을 듣고 김윤식의 집에서 김택영을 만나게 되었다.

두 사람의 첫 만남 이후 20여 년의 세월이 흘러 김택영은 장건에게 편지를 보내어 그를 찾아갈 뜻을 밝혔다. 얼마 후 김택영은 처자 두 사람을 거느리고, 얼마 안 되는 보따리를 들고 장건을 방문했다. 이때 장건은 마침 남통주南通州의 각관榷關으로 부임하게 되었는데 김택영을 데리고 가서 남통에 있던 출판사인 한묵림인서국에 근무하도록 했다. 김택영은 장건의 주선으로 한묵림인서국에 근무하면서 『연암집』·『매천집』을 비롯한 우리나라 문인들의 문집을 다수 간행하였다.

봄이 저물 즈음에 창강이 정월에 보낸 편지를 받았는데, "새해가 오니 자못 만 리 밖에 대한 그리움이 생깁니다. 만약 하늘의 영험함을 빌어 소주蘇州와 절강浙江의 사이에서 노년을 마칠 수 있다면, 그래도 섬나라 아이들의 노예가 되는 것보다는 낫지 않겠습니까. 노형께서 이 소식을 들으신다면 또한 의당 선선히 거행하려 하실 것입니다. 다만 우리들은 모두 병약한 사람들이라 이런 것을 준비하는 일이 어찌 쉽기만 하겠습니까" 하였다. 나는 편지를 잡고 탄식하면서 마침내 집안사람들에게 고하지 않고 몰래 여비를 마련하여 가을이 오면 북쪽으로 올라가 보려고 하였다.

그러다가 6월 초에 갑자기 종가의 종질이 죽었는데, 종질은 본래 혈혈단신으로 가까운 친족이 없었으므로 그 자식과 과수가 나에게 생활을 의지할 수밖에 없었다. 그로 인해 떠나려던 계획은 절로 취소되었다. (…중략…) 얼마 지나지 않아 10월의 변고가 일어나 거의 하루도 보장할 수 없게 되었으니, 기미를 아는 것이 참으로 신령스러운 자가 아니랴. 나로 볼 것 같으면 참으로 이른바 "지렁이와 황곡黃鵠의 차이"라고 할 것이다. 하루는 눈이 내려 수북하게 문을 덮는지라, 장가長歌 한 편을 엮어서 향을 사른 뒤 서쪽을 향해 읽음으로써 만 리 밖 정운停雲의 그리움을 나타냈다.[17]

김택영은 1905년 봄에 망명을 결심하고 황현에게 편지를 보내어 그 사실을 알렸다. 황현은 김택영과 뜻을 함께 하기로 결심하고, 가족들 몰래 여비를 마련하였다. 그런데 이때 황현과 가깝게 지내던 종질이 세상을 떠나게 되자 그의 가족을 돌봐야 하는 상황이 발생했다. 이 때문에 황현은 망명 계획을 접을 수밖에 없었다. 자신의 안위를 챙기는 것보다 일가친척을 돌

보아야 한다는 책임감이 더 앞섰던 것이다. 예기치 못한 상황으로 부득이 하게 망명을 떠나지 못하게 된 황현은 자조 섞인 한숨을 내쉬며 운명으로 받아들일 수밖에 없었다.

황현은 당초 김택영이 망명 계획을 실행할 것이라고는 미처 생각하지 못했다. 그런데 서울에서 평소 김택영과 왕래하던 사람에게서 이미 그가 상해로 떠났다는 소식을 듣게 되었다. 김택영의 망명 소식을 전해 들은 황현은 그가 떠난 뒤에 을사늑약이 체결되었으니 기미를 아는 것이 신령스러울 정도라고 탄복을 금치 못했다. 김택영은 9월 6일 한양에서 가족을 이끌고 인천으로 출발해서, 9일에 출발하는 배를 타고 중국 상해로 건너갔다. 그리고 10월 3일 밤 상해 소동문小東門에서 화륜선을 타고 양자강으로 들어간 뒤 4일이 되어 남통에 도착했다.

어려서부터 중국을 꿈꾸었는데
백발에 항아리 속 초파리 신세일세.
이따금 서책 속에 또렷하게 남아있는
오吳·초楚·진秦나라 언덕을 누워서 상상했네.
흥이 일면 고니를 따라 가보려 해도
구름 낀 바다 아득하여 실행하지 못했네.
창강은 몸은 늙었어도 재주는 늙지 않았으니
필력의 근원 끝없이 넓어 강물처럼 용솟음치네.
해진 선관蟬冠에 작은 나귀를 타고
십년 세월 쓸쓸히 서국書局에서 봉직했네.

한강물은 들끓고 남산은 무너지니

온 천하가 흙먼지 속에 좌임함이 아프네.

묘당의 벼슬아치들 모두 코뚜레 꿰어져서

끌채에 연달아 묶여 채찍질에도 움직이지 않네.

그대는 안목을 갖추어 기미에 밝아

죽어서도 땅이 없고 살아도 소용없자,

홀연히 잘 드는 칼로 오송강吳淞江을 잘랐으니

옷도 못 가누는 몸으로 큰 용기를 과시했네.

少小我作中州夢 白頭坐在醯雞甕.

有時歷歷黃卷中 臥想吳楚與秦隴.

興來欲隨黃鵠擧 雲海茫茫不可控.

滄江身老才未老 筆源浩蕩江濤湧.

帽蟬塌垂驢如狗 十年齒冷書局俸.

漢水波沸南山崩 普天雺霾左袵慟.

廟堂肉食盡穿鼻 縶縛轅下鞭不動.

惟君有眼炳先幾 死也無地生無用.

忽劈吳淞快剪刀 軆不勝衣誇大勇.[18]

황현이 김택영의 망명 소식을 듣고 지은 시이다. 김택영을 향한 애틋한 그리움이 시 전편에 흐른다. 황현은 시의 첫 구절에서 드넓은 중국 땅을 밟아보지 못하고 국내에 머물러 있는 자신의 신세를 항아리 속의 초파리에 비유하였다. 김택영과 함께 망명할 뜻을 세웠으나, 집안일로 인해 좌절된 답답한 심경을 드러낸 것이다. 황현은 일찍이 고금의 역대 저술을 익히면서 그 속에 담긴 역사적 공간을 상상하고 직접 찾아갈 순간을 고대했었는데, 이제 망명이 좌절되어 실행할 수 없게 된 것이다. 황현은 김택영이 예순이 다 된 나이로 처자를 이끌고 용기를 내어 훌쩍 떠났다고 하면서, 그의 몸은 늙었지만 재주는 여전하다고 하여 부러운 마음을 숨기지 않았다.

시에서 '한강물은 들끓고 남산은 무너지니, 온 천하가 흙먼지 속에 좌임함이 아프네'라는 구절은 을사늑약이 체결되어 망국의 길을 걷게 되었음을 나타낸 것이다. 좌임左衽은 오랑캐로 전락하는 것을 의미한다. 『논어論語』「헌문憲問」에 "관중管仲이 없었다면 우리는 머리를 풀고 옷깃을 왼쪽으로 하였을 것이다"라는 구절이 있는데, 주희朱熹의 주에 "머리를 풀고 옷깃을 왼쪽으로 하는 것은 오랑캐의 풍속이다"라고 한 것에서 기인한다. 황현은 시의 마지막에서 중국에는 영준한 인재가 많겠지만 김택영이 붓을 놀려 시문을 지으면 우리나라의 봉황 같은 문장 솜씨를 보게 될 것이라고 하여 은근한 자부심을 드러냈다.

한말사대가의 일원으로 함께 세상을 누비던 강위와 이건창은 오래 전에 고인이 되었다. 그리고 마지막으로 황현의 곁에 머물던 김택영마저 바다 건너 머나먼 이국 땅으로 망명을 떠났다. 평소 의지하던 벗들이 모두 곁에서 떠나고, 일제의 손아귀에 넘어가려는 운명의 목전에서 온 나라가 울부짖던 이때, 황현이 할 수 있는 일은 과연 무엇이었을까.

5. 「제병화십절」을 짓고 '효효병'을 만들다

「제병화십절題屛畵十絶」은 지조와 절개를 지킨 중국의 지사 10인을 시적 대상으로 하여, 병풍 그림에 제한 시이다. 황현은 이 병풍에 '효효병嘐嘐屛'이라 이름 붙인 뒤, 항상 곁에 세워두고 마음을 다스렸다.

> 제가 병풍을 하나 만들려고 하고 있는데, 이는 꼭 송평숙宋平叔에게 그림을 받아 병풍으로 만들려는 것입니다. 하지만 묵은 병이 심하고 여러 가지 일이 겹치다 보니, 실로 직접 그림을 청하러 갈 수가 없습니다. 그래서 지난번에 찬무贊武가 대신 가 주기로 약속을 했는데, 지금 들으니 이 친구가 집안에 일이 생겼을 뿐만 아니라 또 신학교新學校에 입학하게 되었다고 합니다. 지난번에 약속한 것은 이미 소용이 없게 되었으므로 이에 부득이 형에게 한 번 가주시기를 청하지 않을 수 없습니다. 의향이 어떠신지 모르겠습니다.[19]

황현이 평소 교분이 깊었던 이덕일李德一에게 쓴 편지로, 병풍 제작과 관련된 일화를 엿볼 수 있다. 편지의 내용을 살펴보면, 병이 심하여 거동이 불편한 자신을 대신하여 병풍으로 만들 그림을 부탁하는 발걸음을 해달라는 것이다. 황현은 당초 이 일을 해주기로 약속했던 사람에게 부득이한 사정이 생겨 약속을 지키지 못하게 된 자초지종을 설명하고, 이덕일에게 그 일을 대신 해줄 것을 간곡하게 부탁하였다.

황현이 병풍 제작에 필요한 그림을 부탁한 사람은 송태회宋泰會이다. 그는 전남 동복 출생으로, 자는 평숙平叔, 호는 염재念齋·염생恬生이다. 송태회는 당시 그림과 글씨에 모두 뛰어났던 인물이다. 송태회와 황현은 같은 해에 진사시에 합격했는데, 이것을 인연으로 교분을 맺은 듯하다. 『대한매일신보』 기자로 재직하기도 했던 송태회는 고창에 오산고보吾山高普를 설립하여 민족사상 고취에 앞장서기도 하였다.

「제병화십절」의 대상 인물은 한나라 때 문신 매복梅福과 학자 관녕管寧, 진나라 문장가 장한張翰과 시인 도잠陶潛, 당나라 시인 사공도司空圖와 양진梁震, 송나라 문신 가현옹家鉉翁과 문인 사고謝翶, 명말 청초 문신 고염무顧炎武, 청나라 문인 위희魏禧이다. 한나라부터 청나라에 이르기까지 충절과 절개의 삶을 살았던 인물 10인을 선정하고, 그들의 행적과 특징을 압축적으로 묘사하고 형상화하였다. 그리고 대상 인물이 지닌 특징적 면모를 네 글자로 압축하여 시제詩題로 제시하여, 각 대상이 지닌 상징적 이미지를 부각시켰다.

황현이 지사로 꼽은 10인은 그들의 행적 유형에 따라 세 가지 경우로 살펴볼 수 있다. 첫 번째는 은거를 통한 절조의 삶이다. 여기에 해당되는 인물은 장한·도잠·양진·사고이다. 두 번째는 신분의 전환과 절사이다. 망국에 처해 신분을 전환시키거나 절사의 지절 정신이 드러난 것으로, 매복·가현옹·사공도의 경우가 여기에 해당된다. 세 번째는 학문과 교육에의 염원이다. 난세에 처하여 꿋꿋하게 자신의 지조를 지키며 내일을 기약했던 것으로, 어려움 속에서도 희망의 끈을 놓지 않았던 인물을 노래한 것이다. 관녕·고염무·위희의 경우가 여기에 해당된다. 이들의 삶의 행적과 특징을 통해 위기의 순간을 학문과 교육으로 대처했던 지식인의 삶에 대한 의미를 찾을 수 있다.[20]

옥사산에서 약초를 캐다

포탁抱柝으로 세월 보낸 것 슬프게 노래하니

묻노라, 명산의 약초는 캐서 무엇 하려는가.

창포菖蒲에는 수명 연장 효과가 있으니

유종劉宗이 재기함을 보려 함인가.

玉笥採藥

抱柝悲歌歲月遲 名山採藥問何爲.

菖蒲定有延年力 要見劉宗再起時.[21]

한나라 때 고신인 매복을 노래한 시이다. 매복은 외척인 왕王씨가 정권을 장악하고 황태후의 조카인 왕망王莽이 신도후에 봉해지는 등 조정이 부패하고 백성의 원성이 각지로부터 일어나자, 일개 현위의 말단 관직임에도 불구하고 여러 차례 상소를 올려 조정의 그릇된 정사와 왕씨의 전횡을 알렸던 인물이다. 이후 조정으로부터 미관말직의 관리가 함부로 정사를 논한다는 죄로 죽임을 당할까 우려하여 관직을 버리고 남창성南昌城 남쪽 근교 지역에 숨어 살면서 호수에서 낚시질하며 살았다. 마침내 왕망이 제위를 찬탈하고 황제가 되어 신新을 건국하자 매복은 왕망의 추적을 피하여 집을 떠나 지금의 강서성江西省 영수현永修縣 해혼海昏으로 도피했다가 오문吳門에서 세상을 떠났다. 이러한 매복의 드높은 절개와 기질은 후대에 전해져서 지금까지 그 행적을 기리고 제사를 지낸다.

황현은 매복이 명산에서 약초를 캐는 것에 대해, 약초를 먹고 장수하여 유씨劉氏 성을 가진 한나라의 종통이 다시 재기하는 것을 보기 위함이라고 하였다. 곧 한미한 관직에 종사했음에도 불구하고 목숨이 다할 때까지 쇠망한 나라에 대해 절개를 굳게 지킨 매복의 고결함을 높이 평가했다.

취미결사

쇠줄 늘어진 만 길 봉우리
역당易堂의 제자들 무지개 기상일세.
비로소 알겠네, 빙숙冰叔의 중후한 필력
절의節義에 무젖어서 단련된 것이란걸.

翠微結社

鐵索懸懸萬丈峯 易堂諸子氣如虹.
始知冰叔千鈞筆 煉自沉酣節義中.[22]

위희는 명말 청초 때의 저명한 문장가이다. 강서江西 영도寧都 사람으로 자는 빙숙冰叔이다. 그는 명나라 말기 제생諸生 출신으로 명나라가 망한 이후 벼슬에 뜻을 접고 취미봉翠微峰 작정勺庭에서 은거하여 '작정선생勺庭先生'이라고도 부른다. 또한 왕완汪琬, 후방역侯方域과 함께 '명말청초산문삼대가明末淸初散文三大家'로 일컬어진다. 그리고 형인 위상魏祥와 아우인 위예魏禮와 더불어 '삼위三魏'로 칭하기도 한다. 또한 위희는 그 형제들, 팽사망彭士望·임시익林時益·이등교李騰蛟·구유병邱維屛·팽임彭任·증찬曾燦 등과 함께 '역당구자易堂九子'로도 일컬어진다.

위희의 문장은 강한 민족의식을 표현하여 지조 있는 인사들에게 널리 칭송받았다. 청나라 강희제 때 박학홍유博學鴻儒에 천거되었으나 사양하고 나아가지 않았으며, 역당易堂을 지어 은거하면서 제자들을 지도하였다. 황현은 명나라에 대한 절개를 지키기 위해 새 왕조의 부름에 나아가지 않고 후학 양성에 전념했던 그의 행적을 높게 평가하여 10인에 포함시켰다.

> 황현의 시는 대단히 맑고 회오리바람처럼 강경한 풍격이 본조의 문단 가운데서 골라 보자면 의당 몇 손가락 안에 꼽힌다. 그중에는 고금인古今人의 순절한 일을 읊은 시가 매우 많은데, 이것들은 모두 충정을 남김없이 토로하여 비통함을 극도로 표출하고야 말았으니, 천성이 절의를 더없이 좋아한 이가 아니고서야 어찌 그렇게 할 수 있겠는가. 비단옷 위에 양갖옷[羔裘]을 덧입으면 아무리 삼척동자라도 그 아름다움을 모를 자가 없다. 황현 같은 문장에다 훌륭한 절의를 더하였으니, 그 명성이 백세토록 전해질 것을 어찌 의심할 여지가 있겠는가.[23]

김택영은 일찍이 황현의 시가 지닌 맑고 강경한 품격은 본조의 문단에서 손가락에 꼽힌다고 하여 고평한 바 있다. 이어서 고금인古今人의 순절을 읊은 시가 많은데, 이것들은 모두 충정을 남김없이 토로하여 비통함을 극도로 표출한 것이라고 하였다. 중국의 지사 10인을 읊은 「제병화십절」도 여기에 해당된다. 김택영은 이러한 황현의 시적 성향에 대해 천성이 절의를 더없이 좋아한 이가 아니면 할 수 없다고 하여, 그의 천성에서 비롯된 절의가 시 창작에 영향을 미친 것으로 보았다. 그리고 뛰어난 문장에 훌륭한 절의가 더해졌으니, 황현의 명성은 오랜 세월 전해질 것이라고 단언하였다.

6. 최익현을 곡하는 소리가 온 나라에 울리다

1906년 11월, 일제에 저항하여 의병운동을 펼치다가 대마도에 유배되었던 최익현崔益鉉이 세상을 떠났다. 그의 자는 찬겸贊謙, 호는 면암勉菴, 본관은 경주이다. 최익현은 흥선대원군의 실정을 상소하여 대원군 실각의 결정적 계기를 만들었으며, 일본과의 통상 조약 체결과 단발령에 극력 반대하였다. 이후 경기도 관찰사 등에 임명되었으나 모두 사퇴하여 나아가지 않고 향리에 머무르면서 후학을 양성했다. 그리고 을사늑약이 강제로 체결되자 불법 조약의 폐기를 주장하면서 「창의토적소倡義討賊疏」를 올리고 항일의병운동을 전개하였다. 당시 최익현은 74세의 고령으로 태인과 순창에서 의병을 이끌고 관군과 일본군에 대항하여 싸웠으나 패전하였다. 그리고 1906년 7월 일제에 의해 체포되어 대마도에 유배된 뒤 단식을 거듭하다가 4개월 뒤 생을 마감했다.

황현은 최익현이 대마도에 유배되었다는 소식을 듣고 시를 지었다.

> 종신宗臣이 담소하며 하늘의 법도 세웠는데
>
> 웅어熊魚를 계산하니 저울에 눈금이 있네.
>
> 일고一鼓의 의로운 함성 경초勁草가 가엾고
>
> 남관南冠의 행색에서 표평漂萍의 신세 서럽네.
>
> 슬픈 노래는 다행히 장동창張同敞과 함께함이요
>
> 장쾌한 일은 맥술정麥述丁을 만나지 않은 걸세.
>
> 외로운 배 바다에 뜬 그림을 그려서

천년 뒤에 단청丹靑에 채우려 하네.

宗臣談笑植天經 算定熊魚秤有星.

一鼓義聲憐勁草 南冠行色感漂萍.

悲歌幸伴張同敞 快事難逢麥述丁.

擬寫孤帆浮海影 千秋在後補丹靑.[24]

시에서 2구의 웅어熊魚는 취하고 버릴 바를 선택할 때, 주로 의리를 택하는 것을 가리킨다. 『맹자孟子』「고자告子」에 "생선도 내가 먹고 싶어 하는 바이며 곰 발바닥도 내가 먹고 싶어 하는 것이지만, 이 두 가지를 겸하여 얻을 수 없다면 곰 발바닥을 취하겠다. 삶도 내가 원하는 바이며 의리도 내가 원하는 것이지만, 이 두 가지를 겸하여 얻을 수 없다면 삶을 버리고 의리를 취하겠다"라는 구절에서 유래한다. 여기서는 취하고 버릴 것에 대한 판단을 잘하여 평생 의리를 지키는 쪽을 선택했던 최익현의 삶의 태도를 의미한다.

4구의 남관南冠은 초나라의 관을 의미하며, 포로가 되어 다른 나라의 감옥에 갇혀 있는 사람을 뜻한다. 표평漂萍은 물 위를 이리저리 떠다니는 부평초라는 뜻으로, 한곳에 안정되게 있지 못하고 타향에서 떠도는 신세를 형용한 말이다. 모두 일제에 체포되어 대마도로 유배된 최익현을 비유한 시어이다.

5구의 장동창張同敞은 중국 명나라 때 충신으로 군무를 총괄하며 전투가 있을 때면 항상 여러 장수들보다 앞장서서 싸웠고, 적군에 붙잡혀 항복을

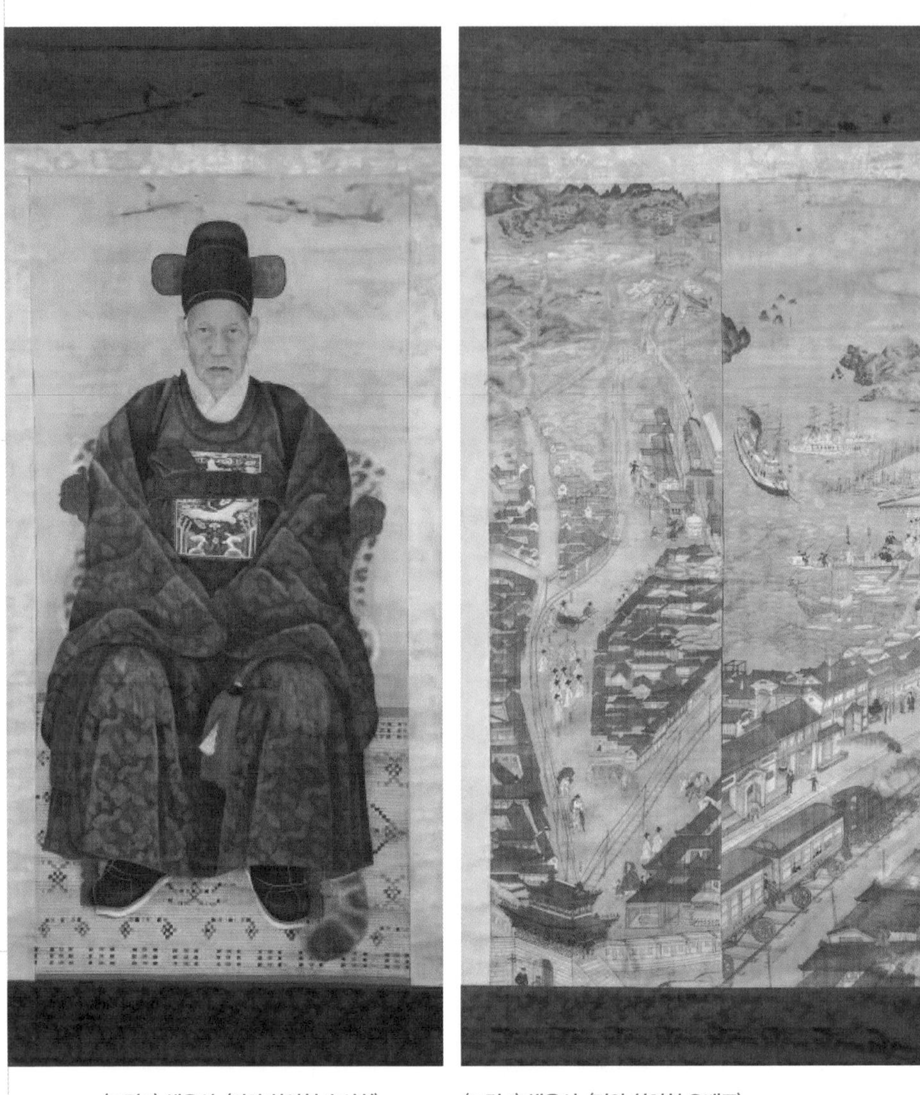

〈그림 7〉 채용신, 〈면암 최익현 초상화〉
출처 : 백제문화체험박물관

〈그림 8〉 채용신, 〈면암 최익현 유배도〉
출처 : 백제문화체험박물관

권유받았으나 따르지 않고 의관을 정제한 채 칼날을 받은 인물이다. 시의 원문에는 '장동창'에 대해 '임병찬林炳瓚'을 가리킨다는 내용이 부기되어 있다.

임병찬은 한말 의병장으로, 최익현의 휘하에서 함께 의병활동을 전개했던 인물이다. 그는 1905년 을사늑약이 체결된 후 스승인 최익현과 함께 의병을 모집하여 200여 명을 인솔하고 담양으로 가던 도중 순창에서 일본군과 싸우다 체포되었다. 1906년 최익현과 함께 대마도에 유배되었다가 2년 만에 돌아왔다. 1912년 9월에는 고종의 밀조密詔로 독립의군부 전라남도 순무대장이 되어 항일구국투쟁을 전개하였다. 1914년 일본 경찰에 체포되어 다시 거문도에 유배되었으며, 1916년 단식 끝에 순국하였다. 황현은 노구의 몸으로 의병 활동을 펼친 최익현의 곁에 임병찬과 같이 뛰어난 인물이 있어 다행이라고 평한 것이다.

『매천야록』에는 최익현에 관한 내용이 다수 기록되어 있다. 『매천야록』에는 당대 활동했던 각계각층의 여러 인물에 관한 기사가 수록되어 있으나, 최익현의 경우에는 그의 개인사에서부터 의병 활동에 관련된 부분에 이르기까지 매우 자세하게 기록되어 있는 점이 특징이다. 이는 최익현에 대한 저자의 높은 관심이 반영된 것으로 보이는데, 황현은 을사늑약에 저항하여 순국한 애국지사를 애도하며 지은 「오애시五哀詩」의 대상에 최익현을 포함시켰다. 고령의 나이에도 불구하고 나라를 지키기 위해 의병활동을 펼치면서 일제에 대한 저항을 멈추지 않았던 최익현의 굳센 의기는 황현에게 존경의 마음을 불러일으키기에 충분했다.

최익현은 집이 매우 가난하였는데 노부모를 봉양하는 데에 효성을 다하였다. 매번 추운 날이면 아버지의 방에 반드시 손수 불을 때며, "불 땔 사람이 없는 것은 아니지만 온도를 맞추기가 어렵기 때문이다"라고 말하였다. 몸소 농사를 짓고 나무를 하였으며, 채마밭 가꾸는 일까지 직접 하였다. 서울에 일이 있을 때마다 도보로 왕래하였다. 만년에 이를 은퇴하려고 하면 할수록 지위가 더욱 높아져서 한때 큰 명망을 짊어졌다.[25]

일본인들이 최익현을 축출하여 포천으로 돌아가게 했다. 저들은 최익현이 누차 소를 올리며 그만두지 않자, 치안에 방해되지 않는 것이 없다 하여 그를 사령부에 강제로 끌고 갔다. 최익현은 큰 소리로 하야시 곤스케林權助와 하세가와 요시미치長谷川는 어디에 있느냐고 부르며 꾸짖기를 그치지 않았다. 며칠 있다가 일본인들은 그를 떠메어 포천의 옛집으로 돌려보내고 병참으로 하여금 그를 구금하게 하였다.[26]

『매천야록』에 수록된 최익현에 관한 내용이다. 첫 번째 글은 최익현의 생애를 짤막하게 요약한 부분이다. 지극한 효성으로 부모님을 봉양한 일에서부터 몸소 농사를 짓고 집안일을 살핀 일, 그리고 일이 있을 때마다 서울을 왕래하였으며 만년에는 명망이 더욱 높아졌다고 하였다. 두 번째 글은 일제의 만행에 굴하지 않고 지속적으로 항거하는 최익현의 항일정신에 대해 기록한 것이다. 『매천야록』에 의하면 일본인들조차 최익현을 매우 존경하고 어려워하여 함부로 대하지 못했던 것으로 기록되어 있다. 이 때문에 그의 가세家世 · 사우師友 · 평소 언행 등을 발췌하여 한 권의 책으로 만들어서, 『최익현약사崔益鉉略史』라고 칭하며 서로 돌려가며 읽기도 하였다.

『매천야록』에는 위의 내용에 이어서 최익현이 일본인에게 구속될 때의 상황이 상세하게 기록되어 있다. 황현은 이에 대해 구례의 상인인 강씨가 서울에 가서 그의 집을 방문했을 때 목격하고 돌아와서 말해준 것이라고 하였다. 관보와 신문을 비롯하여 다양한 신분과 사회적 계층의 개인 취재원을 통한 자료 수집을 통해 『매천야록』에는 근대사의 역사적 현장이 풍부하게 담길 수 있었다.

최익현의 생애 마지막 모습에 대해서는 『매천야록』에 자세하다. 최익현은 의병활동을 하던 중 임병찬과 함께 일본군에 붙잡혀 1906년 7월 대마도에 수감되었다. 그는 대마도에 당도하여 그 땅의 곡식으로 만든 음식을 모두 물리치고 입에 대지도 않았다. 또한 일제는 최익현에게 단발을 강요하였는데 끝내 거부하고 단식으로 저항했다. 그는 이미 연로한데다가 먹는 것이 점차 줄어들자 병이 더욱 깊어져서 결국 1906년 11월 17일 세상을 떠났다. 대마도에 유배된 지 4개월 만이었다.

대마도에서 출발한 최익현의 상구喪柩가 부산에 당도하자, 그곳의 상민들은 파시罷市하고 자신의 친척이 죽은 것처럼 슬프게 곡을 하였다. 또한 남녀노소가 뱃전을 붙들고 몸을 가누지 못하며 통곡하니 그 소리가 바다를 진동시킬 정도였다. 상여를 따라 미친 듯이 곡을 하는 자들이 천만을 헤아렸으며, 산승·기생·거지와 같은 부류들까지도 제물을 들고 와서 북적거려 저자를 이룰 정도였다. 최익현의 영전에 들어온 만사와 뇌문도 서너 바리나 되어 말에 싣고 가야 했다.

이때 상여가 종일토록 가도 10리를 넘지 못했는데, 입으로 전하는 부고가 나는 듯이 전해져서 사람들이 더욱 몰려들어 동래를 출발하던 날에는 상거喪車가 거의 움직일 수 없을 지경이었다. 거리마다 곡성이 일어나 온 나라에 퍼졌으며 사대부로부터 어린아이들, 병사들에 이르기까지 모두 눈물을 흘리며 조문하기를 "최면암이 돌아가셨다"고 하였다. 황현은 개국 이래 죽은 이에 대한 애도가 이처럼 대단한 적이 없었을 정도라고 하여, 최익현에 대한 백성들의 높은 존경심을 나타냈다.

의병의 북소리 그치자 핏비[血雨]가 영롱한데
외로운 신하는 담소하며 운명을 결정짓네.
부심하며 만 리 밖에서 남관南冠을 매시니
삼 년을 손꼽으며 적석赤舃이 돌아오길 기다렸네.
바다 밖 세월은 찾아오는 기러기도 적고
하늘가 소식은 지는 별이 차네.
초혼招魂하려 높은 곳에 올라 바라보지 말라.
대마도 푸른 산 지겹도록 보았다네.

義鼓聲摧血雨斑 孤臣判命笑談間.
腐心萬里南冠縶 屈指三霜赤舃還.
海外光陰來雁少 天涯消息落星寒.
招魂且莫登高望 厭見靑蒼馬島山.

어룡魚龍도 오열하고 귀신鬼神도 시름터라

붉은 명정 펄럭이며 바다 위에 떠왔네.

거리마다 곡하는 소리 삼백 고을에 이어지고

외로운 배 한 척에 국화國華가 가득 실렸네.

단력丹力을 되돌리려 주먹 불끈 쥐었으랴.

장혈藏血이 놀랍게도 벽옥이 되는 때라네.

술 다한 서대西臺에는 찬 해가 저무는데

사참군謝參軍도 백발이 머리에 가득하네.

魚龍嗚咽鬼神愁 獵獵紅旌海上浮.

巷哭相連三百郡 國華滿載一孤舟.

握拳豈待還丹力 藏血翻驚化碧秋.

酒盡西臺寒日暮 謝參軍亦雪盈頭.[27]

최익현의 순국 소식을 접한 황현은 만시輓詩를 지어 그의 죽음을 애도했다. 위의 시는 만시 여섯 수 가운데 둘째 수와 여섯째 수이다. 당대 수많은 인사들이 최익현을 애도하는 만시를 지었는데, 이 중 황현이 지은 만시가 단연 으뜸으로 손꼽힌다. 황현은 역대 고금의 고사를 종횡으로 활용하여 최익현이 이항로李恒老의 문인으로 조정에서 활약한 일에서부터 의병활동을 하다가 대마도에 유배된 일, 고령의 나이에도 형벌에 굴하지 않고 끝내 세상을 떠난 일, 나라에 대한 충성이 죽어서도 사라지지 않은 일, 그의 상여가 부산에 도착하자 곡하는 소리가 거리마다 가득 메웠던 일에 이르기까지 최익현의 나라에 대한 충정과 일제에 대한 저항 정신에 대해 기록했다.

마지막 여섯째 수에서는 최익현의 상여를 실은 배가 바다에 떠서 도착하자 백성들의 곡하는 소리가 삼백 고을에 이어졌음을 나타냈다. 장혈藏血이 벽옥이 되는 것은 충성이 지극하여 죽어서도 사라지지 않음을 뜻한다. 『장자莊子』 「외물外物」에 "장홍萇弘이 충성을 다했는데도 참소를 받고 추방을 당해 촉 땅으로 돌아와 스스로 죽었는데, 촉 땅의 사람들이 감동하여 그 피를 보관하였는데 3년이 지나서 벽옥으로 변해 있었다"는 고사가 전한다.

시의 마지막 구절에서 해 저무는 서대西臺에서 술 마시는 백발이 머리에 가득한 사람은 아마도 시인 자신일 것이다. 여기에서 서대는 존경하는 이의 죽음을 애도하는 곳을 말하고, 사참군謝參軍은 중국 남송 때 정치가인 문천상文天祥이 원나라에 대항하는 군대를 일으켰을 때 그의 막하에서 자사참군諮事參軍을 지냈던 사고謝翺를 가리킨다. 곧 술을 마시며 애통하게 최익현을 추모하고 있는 자신도 이미 머리에 백발이 가득하다는 회한의 심사가 드러난다.

세상을 떠나는 마지막 순간까지 오직 나라의 안위를 근심하고 헌신했던 최익현의 충정과, 그의 최후에 대해 곡진하게 표현한 황현의 만시는 읽는 사람의 가슴을 뜨겁게 울린다. 그러나 애국지사들의 순국이 잇따르고 백성들의 통곡 소리가 전국에 울려퍼지는 순간에도, 망국의 시계는 긴박하게 돌아가고 있었다.

7. 『대한매일신보』를 정기 구독하다

황현은 일생의 대부분을 구례 일대에서 지냈으나, 그의 예리한 시선은 늘 세상을 향해 있었다. 관직에 나아가지 않고 후학 양성과 저술에 진력하는 한편, 항상 국내외 정세와 동향에 대해 관심을 견지하고 있었다. 이러한 당대 시사와 역사에 대한 높은 관심은 바로 『매천야록』과 『오하기문』을 저술할 수 있었던 원동력으로 작용했다.

황현이 주요 시사에 대한 정보를 수집하고 격동하는 정세의 흐름을 파악할 수 있었던 원천은 바로 신문이다. 황현은 경저京邸에서 지방의 각 고을로 보내던 연락문서인 저보邸報를 통해 시사에 항상 귀 기울이고 있었으며, 관보 이외에도 사설 신문을 빌리거나 구독하여 열람했다. 황현의 사후에 제문을 지어 올렸던 이준규李駿圭는 "매일 매일의 신문과 먼 서양의 역사 책들을 구하기도 하고 사기도 하여 자나 깨나 눈 속에 두었도다"[28]라고 말한 바 있다. 이 발언은 당시 황현의 관심사가 어디에 쏠려 있었는지를 극명하게 보여준다. 곧 황현은 비록 몸은 궁벽한 시골에 있었으나, 신문을 통해 국내외 동향을 파악하고 새로운 정보를 습득하였으며 서양의 역사책을 통해 신학문을 수용하였다.

> 내가 일찍이 여러 사람에게서 신문을 빌려 본 것이 이미 10년은 될 것입니다. 그런데 하루아침에 구독한다고 어찌 형에게 아끼려는 생각을 가지리오. 다만 내어주고 받아들임과 관리하는 것이 자못 마음이 쓰이는데 세상에 남의 책을 빌려 보는 사람의 마음가짐이 나처럼 세밀하고 자상한 사람은 보지 못했을 것입

니다. 형은 모름지기 잘 알아서 빌려준 자로 하여금 눈썹을 찡그리지 않도록 하여 주시오. 또 그쪽 세 마을 사람들도 차차 새로운 세계를 알게 될 것입니다. 집마다 수십 전을 낸다면 충분히 신문을 손쉽게 볼 수 있을 것인데, 이것도 못하면서 맨손으로 용을 잡을 듯이 면面 학교를 확장한다고 말하십니까? (…중략…) 신보申報 열 장을 부치니 돌려보내라고 독촉할 때까지 기다리지 마시오.[29]

이 편지는 황현이 왕수환에게 신문을 빌려주면서 보낸 것이다. 황현은 왕수환보다 10년 연상이지만 그를 인형仁兄으로 호칭하였다. 황현은 10여 년간 주위 사람들에게서 신문을 빌려서 보다가 마침내 정기구독을 하게 되었다. 그리고 왕수환에게 자신이 구독한 신문을 빌려주면서 빌려준 사람이 눈썹을 찡그리지 않도록 조심해서 볼 것을 신신당부하였다. 아울러 돌려줄 것을 독촉할 때까지 기다리지 말고, 빨리 보고 되돌려줄 것을 부탁하는 것도 잊지 않았다.

당시 황현은 신문을 통해 국내외 사정에 대한 정보를 얻을 수 있었고, 이 때문에 신문을 귀중한 물건 대하듯이 취급하였다. 이와 같이 신문을 소중하게 여기는 태도는 그가 책을 대하는 태도와 유사하다. 황현은 서책을 지나치게 좋아하는 습관이 있어서 심지어는 전답을 팔아 구입하기도 했으며, 항상 모든 책을 다 읽지 못한 것을 한스럽게 여겼다. 그래서 좋은 책이 있다는 말만 들으면 수백 리 길이라도 반드시 가서 빌려왔으며, 책이 혹 해진 곳이 있으면 보수해서 돌려주곤 하였다.[30]

황현이 왕수환에게 빌려준 신보는 1904년에 창간되었던 일간 신문인 『대한매일신보』를 가리킨다. 『대한매일신보』는 영국인 베델Ernest Thomas

Bethell을 발행인으로 하여 1904년 7월 18일 서울 전동에서 창간된 신문이다. 한글과 영문으로 창간되었으며, 뒤에 국한문판도 발행되었다. 1910년 8월 28일 종간되기까지 일제의 침략에 맞서 독립을 위해 제 목소리를 냈던 신문이다. 그러나 1910년 8월 29일 경술국치가 일어난 지 단 하루 만에 총독부의 일본어판 기관지인 『경성일보』에서 『대한매일신보』를 인수한 뒤, 제호에서 '대한'을 빼고 『경성일보』의 자매지로 재출범하여 1910년 8월 30일 자부터 『매일신보』로 발행되었다.

황현이 신문 구독을 시작한 일자는 분명하게 기록되어 있지 않으나, 신보가 창간된 1904년 이후일 것이다. 그렇다면 그로부터 10년 전인 1894년 무렵 이후부터 주위 사람들에게 신문을 빌려보았을 것으로 추정된다. 『매천야록』을 저술하기 시작한 시기를 이 무렵으로 추정해보면, 신문에 게재된 국내외 다양한 내용들이 『매천야록』에 수록되었을 것이다. 이와 같이 관보와 신문을 통해 당시 급변하는 정세를 인지하고 있었던 황현은 일제의 언론 탄압으로 인해 사실을 보도할 수 없었던 정황에 대해서도 파악하고 있었다.

전하는 소문을 들으면 북쪽에는 큰 소요가 있고 또 청성青城의 변變이 있다고 합니다만, 각 신문들은 검열을 받고 구속을 당하는 상황이라 사실을 보도할 수 없다고 합니다. 지금 온 세상이 귀가 멀고 눈이 멀어 마치 개벽이 되는 와중의 혼돈 상황과 같으니, 가슴을 치며 미친 듯이 울부짖을 뿐입니다.[31]

황현이 이건방李建芳에게 부친 편지의 일부분이다. 이건방은 이건창의 종

光武十一年 木曜日 西曆一千九百七年五月廿三日

第一卷 第一號

大韓每日申報

대한매일신보

社說 사셜

국문신보발간

〈그림 9〉『대한매일신보(大韓每日申報)』 제1권 제1호
출처 : 국립한글박물관

제從弟로 황현의 사후에 제문을 지어 올리기도 하는 등 두 사람은 평소에 친분이 있었다. 황현은 당시 일제의 검열과 구속 아래에서 신문들이 보도의 기능을 담당할 수 없는 현실에 대해 답답함을 호소하였다. 신문을 통해 당시 국내외 정세와 동향에 대한 정보를 파악하고 있었던 황현에게는 세상을 향해 열린 통로가 차단된 듯한 답답함을 느낄 수밖에 없었다. 그는 이러한 상황에 대해 온 세상이 귀가 멀고 눈이 먼 혼돈의 상황으로 판단하고 가슴 깊이 울부짖으며 한탄하였다.

편지의 마지막에는 1910년 음력 7월 28일로 작성일이 기록되어 있다. 이후 황현은 동년 음력 8월 7일 합방령 반포를 목도한 뒤, 절명絶命의 길을 선택했다. 곧 이건방에게 편지를 쓴 지 10일 뒤의 일이었으니, 당시의 탄식과 울부짖음이 끝내 절명으로 이어진 것이다.

8. 호양학교를 설립하여 신학문 교육에 앞장서다

1905년 을사늑약이 체결된 이후 대한제국의 외교권이 박탈되고 일제 통감부가 설치되는 등 일제의 식민 통치가 본격화되었다. 또한 1907년에는 고종이 강제로 폐위되고 대한제국 군대가 해산되는 등 민족의 자주성 회복에 먹구름이 더욱 짙어졌다. 이와 같은 상황에 위기감을 느낀 지식인들은 교육을 통한 국권회복 실현에 의지를 더했다.

당시 국권회복운동은 장기간 실력을 배양하여 빼앗긴 국권을 회복시켜야 한다는 교육구국운동과, 국권을 빼앗긴 이상 승패를 초월하여 결전하여 국권 회복을 하자는 의병운동으로 집약되었다. 교육구국운동은 교육의 성쇠가 국가성패의 원인이라는 인식에서 교육을 통하여 실력을 양성하고, 나아가 국권회복을 달성하자는 운동이다. 이 시기 교육구국운동을 주도한 대표적인 단체는 1896년에 설립된 독립협회와 만민공동회를 계승한 개화파 계통의 합법단체인 대한자강회와 비밀결사 단체인 신민회가 있었다.

당시 교육구국 사상가들은 국권회복을 위해 자강지술을 고취하고, 실력을 배양하는 것이 선결과제라고 생각했다. 이들은 실력배양을 위해 민족 산업의 육성과 신교육을 위한 각종 단체를 조직하여 학교설립 등 광범위한 교육구국운동을 전개하였다. 교육구국운동을 전개한 신민회 간부들은 전국에 소학교와 중학교를 설립하여 중등교육을 시켜 국권회복의 민족 간부와 교사를 양성하고자 하였다. 1907년부터 1909년 4월에 이르기까지 민간인들에게 설립 기금을 갹출하여 세운 학교 수가 무려 3,000여 개에 달했다는 통계에서 볼 때, 국권회복을 위한 교육구국운동이 당시 얼마나 절실했는지를 짐작할 수 있다.[32]

전주에 양영학교養英學校가 설립되어 황현의 문인인 고용주高墉柱가 경학 선생으로 가게 되었다. 이에 고용주가 황현에게 편지를 보내어 양영학교의 기문記文을 지어줄 것을 부탁하였다.

아아, 천하에 중화中華와 이적夷狄의 구분이 없어졌는데 어찌 왕도王道와 패도霸道가 있겠는가. (…중략…) 그러나 나라는 그대로 망하게 둘 수 없고 백성은 이대로 죽게 할 수 없다. 오직 분발하고 전력을 다하여 힘껏 그들과 대적하여 약육강식은 면하게 해야 한다. 그래야 비로소 천하를 향해 "우리도 사람이다"라고 외칠 수 있으리라. 그렇게 되려면 방법은 무엇일까? 저들의 부강함을 본받아야 한다. 그리고 부강해지려면 저들의 학문을 배워야 한다. 이것이 근래에 신학교가 세워진다는 소리가 곳곳에서 들리는 이유이다.[33]

황현은 예전에 오랑캐로 취급되던 나라들이 점점 중국을 압도하여 앞서고 있으니 이제는 오랑캐가 없어졌다고 하였다. 또한 천하에 중화와 이적이 구분이 없어졌으니, 왕도와 패도가 없어진 것으로 당시의 형세를 파악하였다. 그러나 나라와 백성을 죽게 할 수는 없으니, 힘껏 그들에 대적하여 약육강식을 면해야 한다고 하였다. 그렇게 되기 위한 방법으로 저들의 부강함을 본받아야 하고, 부강해지기 위해서는 저들의 학문을 배워야 한다고 주장하였다. 바로 이것이 근래에 신학교를 설립하는 목적이었다.

황현은 일찍이 제자들에게 "내 나이 너보다 많으나 서양의 후생하고 나라를 이롭게 하는 방법을 배워 쇠한 우리나라의 시국을 구하는데 한 도움을 주지 못한 것이 유감이다"라고 말한 바 있다. 또한 만년에 들어서는 제자들이 시문의 강론을 청해 오면 "너희들은 그릇된 학문을 하지 말고 신학문에 눈뜨라"고 말하면서 가르치기를 한사코 거절했다고 한다. 이와 같은 황현의 발언은 급변하는 세계 정세에 올바르게 대처하기 위한 방편으로 신학문을 배울 것을 거듭 강조한 것이다.

또한 황현은 서양 제국들의 기술과 기물을 본받고 받아들여 우리의 어설픈 기술에서 크게 한 번 벗어남으로써, 옛날 성인들의 이용후생利用厚生의 본의에 부합되도록 노력해야 한다고 주장했다. 여기에서 '이용후생의 본

〈그림 10〉 2006년에 복원된 호양학교의 모습
출처 : 독립기념관

의'라 함은 곧 실학實學의 실천정신에 다름 아니다. 일찍이 조선후기 대표적 실학자인 정약용의 천재성과 박학다식함을 인정하고, 그의 저서를 우리나라에서 '광전절후曠前絶後'한 작품이라고 평가했었던 황현은 국권을 회복하기 위한 방법의 하나로 실학에 주목했다. 이상에서 언급된 황현의 발언은 주체적 · 국민주의적인 개혁, 개방의 길을 모색한 것이며, 동시에 지식인으로서의 자각과 함께 근대성을 드러낸 것이라 하겠다.[34]

신학교 설립을 통한 교육구국운동의 필요성을 주장했던 황현은 마침내 1907년과 1908년에 걸쳐 의연금을 모금하여 호양학교壺陽學校를 설립했다. 호양학교는 1908년 8월, 전남 구례군 광의면 지천리 하동에 설립되었다.

가만히 생각해 보면, 호양학교를 세우는 데 든 노고는 실로 백척간두에 서서 한걸음 앞으로 나아가는 것과 같은 형세였다고 하겠습니다. 귀신의 장난 같은 외부의 방해를 일소하느라 이미 팔난삼재八難三災의 갖은 고난을 겪었고, 학교를 경영하는 데 힘을 다 쏟았지만 온갖 상처와 구멍을 메우기가 어렵습니다. 결국

> 은 밀가루 없이 수제비를 빚는 격이 되어 어떠한 묘수도 쓸 수가 없게 되었습니다. (…중략…) 비록 그렇기는 하지만 오늘날의 이 신학문에 대한 발심發心은 전적으로 온 국민을 위해 의견을 낸 것이니, 공효를 누리고 혜택을 받고자 하는 것은 진실로 우리 모두의 간절한 마음입니다.[35]

황현은 호양학교 설립을 위해 의연금 모집을 호소하는 글을 지어 배포했다. 그는 학교를 세우기까지 수많은 어려움이 있었다고 하면서, 훌륭한 후손들의 육성을 위해 고을 사람들에게 의연금 갹출을 종용하였다. 황현은

〈그림 11〉 황현이 작성한 「사립 호양학교 모연소」
출처 : 독립기념관

〈그림 12〉 호양학교 동종
출처 : 독립기념관

이러한 신학문에 대한 발심은 오로지 온 국민을 위한 것이라고 하여 학교 설립을 통한 교육이 결국 구국운동에 직결되는 것임을 알리기 위해 노력하였다.

호양학교의 설립 시기는 1907년에 발기·착공하여 1908년 8월에 개교한 것으로 알려져 있으나, 실상은 1908년에 정식으로 개교하기 이전인 1907년 말엽부터 운영되었던 것으로 보인다. 호양학교의 발기인들은 주로 지천리의 유지나 황현의 문인들인 박태현朴泰鉉·권석호權錫祜·왕재소王在沼·권봉수權鳳洙·왕수환王粹煥 등이었는데, 이들은 호양학교의 교사로 활동하기도 했다. 이중 왕수환은 호양학교의 초대 교장을 맡았다. 호양학교의 설립과 운영을 위한 재원은 주로 지천리 주민들의 출연에 의지했는데, 박태현·권석호·이성의李聖儀·이용식李容植의 조모祖母·이기태李起太·고사별高士別 등을 비롯한 다수의 주민들이 전답과 동산, 가옥과 현금을 희사하는 등 적극적으로 참여하였다.

〈그림 13〉 호양학교 복원 기념비
출처 : 독립기념관

현재 호양학교의 구체적인 교육 내용

은 남아있지 않으나, 신학문 교육과 민족의식 교육을 주된 목적으로 하고 있었던 설립 취지에 합당한 내용으로 구성되었을 것이다. 호양학교는 호남에서 창평의 고정주高鼎柱 선생이 설립한 창평의숙과 쌍벽을 이루는 신문화학교의 효시로 간주된다. 설립 이후에는 10여 년간 다수의 신학문에 눈뜬 애국적인 인재들을 양성, 배출하였다. 당시 의연금 720원으로 설립된 호양학교는 1910년 황현이 순절한 이후 일제의 감시와 탄압, 재정난으로 많은 어려움을 겪으면서도 명맥을 유지하였으나, 1920년 3월 공립 광의초등학교의 개교와 동시에 폐교되었다.[36]

9. 서울에서 김택영과의 재회가 무산되다

1909년 봄, 황현에게 한통의 편지가 도착했다. 편지는 김택영이 부친 것으로, 중국에서 잠시 귀국한 사이에 만나볼 것을 청하는 내용이었다. 김택영이 망명길에 오른 것이 1905년이었으므로, 거의 4년여 만에 고국의 땅을 밟게 된 것이다. 김택영이 망명을 떠난 이후 두 사람은 바다 건너 편지를 통해 소식을 주고받으며 상대에 대한 그리움을 간직하고 있었다. 그러나 황현은 그해 가을 무렵이 되어서야 서울에 들어갈 수 있었고, 이때 이미 김택영은 상해로 출발한 뒤였다. 4년 만의 재회를 바라면서 먼 길을 달려왔던 황현에게 김택영을 만나지 못한 상심은 이루 말할 수 없을 정도였다.

창강을 못 만난 것 크게 한탄하노니

조각배로 용이 날듯 하룻밤 새 떠나갔네.

삼천리 길 검푸른 바다에 집을 띄우고

금초산金焦山 제일봉을 안산案山으로 삼았으리.

나는 이미 용기 없어 우역禹域을 잊었거니와

그대는 응당 눈물 쏟으며 기봉箕封을 바라보리.

하늘 끝 오송로吳淞路를 끝없이 바라보니

낙엽에 찬 구름이 만 겹이나 끼었구나.

太息滄江不可從 扁舟一夜躡飛龍.

浮家溟渤三千里 對案金焦第一峯.

我已灰心忘禹域 君應彈淚向箕封.

天涯目斷吳淞路 落葉寒雲萬萬重.[37]

이때 김택영의 일시적인 귀국은 저술에 필요한 사료를 수집하기 위함이었다. 그는 평소 우리나라 역사에 대해 저술할 뜻을 품고 있었는데, 중국에는 마땅한 사료가 없었으므로 잠시 귀국하여 사료들을 수집할 계획을 세운 것이다. 김택영은 2월 22일 중국 남통을 출발하여 오랜만에 고국 땅을 밟았다. 그 후 여러 날이 지난 6월 5일 새벽에 인천으로 가서 머리를 깎고 중국인 복장을 한 뒤 저물녘에 출발하는 화륜선에 올라 연대煙台를 거쳐 남통으로 돌아갔다.

김택영은 귀국하자마자 황현에게 편지를 보내어 자신의 귀국 사실을 알리고 만날 것을 청하였다. 그러나 결국 황현을 만나보지 못한 채 돌아간 김택영은 훗날 다시 편지를 보내어 우리나라의 편년사를 집필 중이라는 소식을 알려주었다. 그리고 황현은 그해 제야에 장편시를 지어 이국 땅에 머물러 있는 김택영을 추억했다.[38]

남산에 한 번 올라 황제 도성 굽어보니
보이는 경물마다 처량한 마음일세.
큰길의 얽힌 바큇자국엔 가을 먼지만 쌓이고
등 희미한 대궐에는 낮이 더디 흐르네.
피폐皮幣로 맹약했던 그들이 스스로 그르치니
동타銅駝는 무사한데 판국이 도리어 어긋났네.
옛날부터 망한 나라 붕어처럼 많았으니
분명하게 망한다면 슬퍼할 건 못되리라.

一上終南俯帝畿 望中雲物轉凄微.
九街輪織秋塵漲 雙闕煤昏晝漏稀.
皮幣有盟人自誤 銅駝無恙局還非.
古來亡國多如鯽 亡得分明不足悲.[39]

이 시는 황현이 오랜만에 서울의 모습을 마주한 감회를 읊은 것이다. 서울에 들어간 황현은 그곳에서 망국의 분위기를 절감했다. 남산에 올라가 내려다본 도성의 모습은 보이는 경물마다 처량한 마음을 불러일으켰다. 실제로 경물은 황현이 처음 서울에서 보았던 그대로일 뿐이다. 다만 망국의 상황에 이르러 시인의 서글픈 심사가 경물에 투영되어 처량한 마음이 생겨난 것이다. 피폐皮幣는 폐백幣帛으로 바치는 피혁으로 세력이 강한 나라에 바치는 공물이다. 곧 나라를 지키고 자신들의 세력을 유지하기 위해 외세인 청나라와 일본을 끌어들였으나, 그것이 도리어 일을 그르쳐서 나라가 망하는 지경에까지 이르게 된 것을 비난한 것이다.

구례에서 출발하여 수백 리를 걸어 김택영을 만나기 위해 서울에 갔으나 만나지 못한 황현은 강화도로 발걸음을 옮겼다. 강화도에는 오랜 벗인 이건창의 묘소가 있고 그의 가족들이 여전히 거처하고 있었다.

사람살이 스스로 헤아리기 어렵나니
내가 또 사곡沙谷에 이를 줄이야.
산천은 한결같이 옛날 모습 그대론데
풍물은 모습이 제법 많이 바뀌었네.
사방에는 천 그루 소나무가 둘렀고
민둥민둥 벗은 곳은 산기슭뿐이네.
기운 문은 흩어진 주춧돌과 마주했고
어두운 오솔길은 교목喬木 그늘에 어둑하네.
바라봐도 사람은 집에 없는 듯
해진 창만 고가에 휑하니 달렸네.
지팡이 짚고 선 채 다가가지 못하고
계단의 푸른 이끼만 문대고 있었네.
人生難自料 我又到沙谷.

溪山一依舊 風物頗殊矚.

四圍千章松 濯濯惟岡麓.

門頹峙散礎 徑暗翳喬木.

望之疑無人 破窻谺老屋.

搘笻未遽前 撥開堦苔綠.[40]

황현이 강화도 사곡을 다시 찾은 것은 30년 만이다. 여기에서 30년은 황현이 이건창을 처음 만났던 1879년 이후를 나타낸다. 황현은 처음 서울에 왔을 때에 이건창을 만나려고 하였으나 이루지 못하였다. 이후 두 사람의 첫 만남은 이건창이 1878년 유배된 벽동에서 풀려난 다음 해인 1879년에 이루어졌다. 오랜 시간 뒤에 다시 찾은 사곡의 산천은 옛날 모습 그대로이나, 풍물은 제법 많이 바뀌어서 오랜만에 찾은 방문객을 놀라게 한다. 오래된 집에 해진 창문, 계단에 핀 푸르스름한 이끼에는 지난 세월의 흔적이 고스란히 아로새겨져 있다.

황현을 발견하고 버선발로 달려와 반갑게 맞이한 사람은 이건창의 동생인 이건승이다. 이건승의 자는 보경保卿, 호는 경재이며, 1891년 증광시에 진사로 입격하였다. 그는 을사늑약 이후 계명의숙啓明義塾을 설립하여 계몽운동을 펼치다가 1910년 8월 경술국치를 당하자 그해 12월 만주 회인현으로 망명을 떠났다. 이후 다시는 고국 땅을 밟지 못했다. 이건승은 만주에서 이상설과 함께 독립운동을 전개하였으나, 추위와 풍토병에서 기인한 건강 악화로 1924년에 쓸쓸하게 생을 마감했다.

황현과 이건승은 이건창이 세상을 떠난 이후에도 편지를 주고받으면서 상대의 안부를 묻곤 하였다. 황현이 1900년 세밑을 맞아 회인시를 지었는데, 시의 대상인 20인에는 이건승도 포함되어 있다. 이 시에 따르면 황현과 이건승은 1899년에 한 차례 만남이 있었다.[41] 그때 이건승은 황현에게 고향에 돌아온 뒤로 매일 낚시질만 하는 자신의 일상에 대해 말해주었다. 황현은 그의 낚시질이 생선을 먹기 위함이 아니라, 오로지 곤궁한 근심을 떨쳐내기 위한 것이라는 것을 잘 알고 있었다. 이후에도 두 사람의 교유는 면면히 이어져 이건승은 황현에게 편지를 보내 자신의 근황과 소식을 알리기도 하고, 황현은 이건승의 거처인 시유당始有堂에 글을 지어주기도 하였다.[42]

오랜만에 만난 이건승의 얼굴에는 주름의 흔적이 아로새겨 있고, 풍성했던 머리카락은 흘러간 세월과 함께 사라져버렸다. 그러나 비록 겉모습은 변했어도 상대를 생각하는 마음은 예전과 변함없이 그대로이다. 이건승은 좋은 술과 생선회 안주를 마련하여 황현을 극진하게 대접했다. 이건승의 진심 어린 대접을 받은 황현은 마음껏 먹고 마시면서 즐거운 시간을 보냈다. 이후에 황현과 이건승은 함께 서울로 가서 정만조의 집을 방문하여 시를 수창하는 등 오랜만에 회포를 풀었다.[43]

강화도를 방문한 황현은 오랜 친구의 묘소를 찾아갔다.

> 애통해라, 떠난 지 어언 일기一紀라
> 가을 산엔 이미 봉분이 낮아졌네.
> 고도古道를 행하느라 자신조차 잊었으나
> 사문斯文에 대해서는 미련이 남았었지.

갠 하늘엔 기러기 까마득히 날고 있고
먼 포구엔 구름이 아스라이 피어나네.
홀로 누운 것 슬퍼할 리 없으리니
생시에도 이미 이군삭거離群索居 하였던걸.

一紀云亡慟 秋山已短墳.
輕身行古道 遺戀在斯文.
杳杳晴空雁 茫茫極浦雲.
無庸悲獨臥 在日已離羣.[44]

이건창이 세상을 등진 때가 1898년이니, 황현이 이건창의 묘소를 찾은 1909년은 그가 세상을 떠난 지 12년째 되는 해이다. 세월의 풍파에 시달려 낮아진 무덤의 봉분은 이건창의 사후에 오랜 시간이 경과했음을 보여주는 것이다. 황현은 불의와 타협하지 않고 고결한 삶을 영위했던 이건창의 생전 모습을 떠올리며 깊은 상념에 젖어들었다.

10. '세상의 최고 인재' 이기가 세상을 떠나다

1909년 7월, 이기가 세상을 떠났다. 이기의 호는 해학海鶴, 자는 백증伯曾, 본관은 고성이다. 그는 일찍이 시재詩才로 이름을 떨쳤으나, 과거에 수차례 낙방한 뒤로는 실학자들의 저술을 연구하는 일에 몰두하였다. 1906년 장지연 등과 함께 대한자강회를 조직하여 계몽활동을 하고, 을사오적의 처단을 위해 자신회自新會를 조직하고 실행에 옮기다가 체포되어 전라도 진도에 유배되었다. 1년 뒤에 해배되어 서울로 돌아와 호남학회의 간부로 지내면서 여러 편의 계몽적 성격의 글들을 발표했다. 1909년에는 단군교를 창립하는 데 일조했으며, 그해 7월 서울의 여사旅舍에서 생을 마감했다.

이기는 황현·이정직과 함께 '호남삼걸湖南三傑'로 불리울 만큼 뛰어난 문장가였다. 특히 황현과 이기는 왕석보의 문하에서 함께 학문을 연마한 사이였는데, 이후 이기가 황현이 살고 있는 구례로 이사를 오면서 더욱 친분이 두터워졌다. 황현과 이기는 당대 호남에서 명성을 떨친 시인이자 문장가였다. 두 사람은 문예의 화려한 수식과 기교를 중시하기보다는, 실생활에 도움이 되는 실용적 학문에 힘을 기울인 학자라는 점에서 공통분모를 지닌다.

황현은 한때 세상에서 가장 가깝게 지냈던 벗을 떠나보낸 상심을 담아 만시를 지었다. 만시는 모두 다섯 수이며, 아래에 넷째 수와 다섯째 수를 연달아 보인다.

> 당나라의 두목杜牧이요, 한나라의 진등陳登이라
> 고금을 돌아봄에 한층 더 한스럽네.
> 인재 없는 이때에 그대가 또 떠났거늘
> 세상에선 부질없이 그 문장만 기리누나.
> 뼈는 썩어도 의범儀範은 늘 남을 텐데
> 돌아온 혼은 꿈에는 안 보이네.

종석산鍾石山 남쪽 대숲 속에 거처하는

승려가 오히려 초서 등잔을 가리키네.

唐時杜牧漢陳登 今古商量恨一層.

人物眇然君又逝 文章餘事世空稱.

懸知骨朽儀常現 縱有魂歸夢莫憑.

鍾石山南深竹裏 居僧猶指草書燈.

밤새도록 부엉이 소리 찬 여관에 깊은데

지는 달이 창 너머로 관 위를 비추네.

벼슬은 한미해도 명정銘旌 치장 호사롭고

박한 염습은 그런대로 과혁裹革의 뜻에 부합하네.

경외京外의 푸른 산 선영이 가까운데

그림 속 흰머리가 먼지에 덮여 희미하네.

하늘 근처 날벼락에 사람 자주 놀라는데

누가 멀리 구천으로 소식을 전해줄까.

終夜鵂鶹冷館深 隙窗殘月照棺衾.

官寒尙侈題旌字 殮薄粗酬裹革心.

京外山靑先隴近 畫中頭白暗塵侵.

近天霹靂驚人屢 誰向重泉遠寄音.[45]

이기는 어려서부터 총명하고 호방하였으나 집안 형편이 곤궁하여 7세 무렵에 2년여 간 서당에 다닌 것을 제외하면, 줄곧 독학으로 사서삼경四書三經과 제자백서諸子百書를 통달했다. 그는 집안의 생활고를 해결하기 위해 1876년 진안으로 이주하였다가, 다시 홀로 서울에 올라와서 구직활동을 하기도 했다. 이후 김제와 대구 등지를 옮겨 다니다가 1893년경 구례로 거처를 옮긴 뒤로 가족들은 계속 그곳에 머물렀다. 이기는 1907년 2월, 을사오적을 응징하려는 계획이 실패한 직후 일제에 체포되어 7년 형을 언도받고 진도에 유배되었다가 그해 겨울에 풀려났다.

황현과 이기는 시국의 현안을 논의하며 밤새 토론을 벌이는 일이 종종 있었다. 1907년 무렵 이기는 황현에게 신학문 교육에 더욱 힘써줄 것을 부탁했다. 이때 황현은 53세의 적지 않은 나이를 핑계로 사양하였으나, 이기는 국권 상실이 염려되는 비상시기라는 점을 강조하며 거듭해서 그를 설득했다. 황현이 1908년에 사립 호양학교를 설립하여 후학을 위해 신학문 교육에 적극적으로 나선 것도 이와 무관하지 않을 것이다. 황현은 이기에 대해 "20년 동안 추종하면서 친구 이기에게서 많은 가르침을 받았다"라고 하여, 이기와 교유하면서 적지않은 영향을 주고받았음을 나타냈다.[46]

1910년 음력 2월, 황현은 제문을 지어 이기의 영전에 바쳤다. 이 글은 이기의 일생을 압축하여 효과적으로 묘사함으로써 한 편의 전기傳記를 읽는 듯한 느낌을 자아낸다.

그대 우뚝하고 빼어난 자질이여! 진실로 군계일학 따를 자가 없었어라. 웅건하고 호방하며 헌걸찬 의기에다, 아름답고 남다르며 박식했던 글 솜씨. 앉아서 담론하고 바로 행하는 학문과 임금 존중 백성 보호 일관됐던 그 소신. 어떤 이는 그댈 일러 왕맹王猛·마주馬周 같다 하고, 어떤 이는 그댈 일러 번천樊川·용천龍川 같다 하네. 나더러 지금 세상 최고 인재 꼽으라면, 서슴없이 난 그대를 첫손에 꼽으리라.[47]

「곡이해학문哭李海鶴文」에서 황현이 이기에 대해 평가한 부분이다. 황현은 이기의 우뚝하고 빼어난 자질은 군계일학으로 따를 자가 없었다고 하였다. 이기는 웅건하고 호방한 의기와 아름답고 박식한 글 솜씨까지 보유한 인재였다. 그는 뛰어난 재능을 지녔을 뿐만 아니라, 임금을 존중하고 백성을 보호하는 데 일관된 소신을 지녔고 무엇보다 그것을 학문으로 실천할 줄 아는 인물이었다.

세상에서는 이기를 왕맹王猛과 마주馬周에 비유했다. 왕맹은 오호십육국五胡十六國시대 때 전진前秦의 승상을 지낸 인물이다. 젊은 시절 동진東晉의 대장으로 있던 환온桓溫을 찾아가 알현하는 자리에서 여유롭게 이를 잡으면서 유창하게 천하를 담론했을 정도로 기백이 출중했던 것으로 전한다. 마주는 당唐나라 때 문신으로, 어려서 고아가 되어 가난하게 살았지만 학문을 좋아하여 『시경』과 『춘추』에 대한 조예가 깊었고, 벼슬이 중서시랑中書侍郎에 이르렀던 인물이다.

황현은 이기를 번천樊川과 용천龍川에 비유했다. 번천은 당나라 때 시인인 두목杜牧의 호이다. 두목은 이상은李商隱과 더불어 이두李杜로 병칭되기도 하고, 시작詩作이 두보杜甫와 비슷하여 소두小杜로도 불린다. 용천은 송나라 때 학자인 진량陳亮의 호이다. 그는 사공학파事功學派로서 공리주의적 입장에서

주자학의 관념성과 비현실성을 비판하였고 주희朱熹와 왕패王覇 논쟁을 벌이기도 하였다.

이상에서 언급한 네 명의 인물은 각각 호방한 의기·박학한 학식·뛰어난 시문·실천하는 학문과 소신을 지녔던 고금의 훌륭한 인재들로, 이기가 지녔던 재주와 자질을 네 명에 빗대어 표현한 것이다. 이와 같이 이기는 다양한 방면에서 걸쳐 뛰어난 재능을 겸비했던 인재였기에 황현은 주저하지 않고 지금 세상에서 최고의 인재로 칭한 것이다.

그러나 황현은 이기가 성대한 내적 자질을 지니고도 가난 때문에 사방으로 호구지책을 찾아서 떠돌아야 했던 현실을 안타까워했다. 황현은 이기에 대해 송곳 꽂을 땅 한 뙈기 남긴 것이 없었다고 하여 그의 곤궁한 형편을 나타냈다. 또한 이기가 자신의 의기를 펼치기 위해 노력했으나, 평소에 품은 뜻을 이루지는 못했다고 하였다. 결국 이기는 나라가 기울고 병든 상황을 통곡하다가 세상을 떠났다.

황현은 이기가 세상을 서둘러 떠난 이유를 혼탁한 세상에서 찾았다. 이기가 어지러운 세상에 싫증이 나서 차라리 눈을 감은 채 깨어나지 않는 것으로 보았다. 제문의 마지막에서 황현은 이기에 대해 서로 따르면서 함께 한 20여 년 동안 삼밭의 쑥대처럼 의지가 되었다고 하였다. 비록 황현과 이기는 서로 출처관이 달라 행로가 나뉘었으나, 두 사람의 의기는 동일한 것이었다.

11. 안중근 의사가 이토 히로부미를 저격하다

1909년 10월 26일, 안중근安重根 의사가 하얼빈역에서 조선 침략의 원흉인 이토 히로부미를 저격하는 사건이 발생했다. 이 소식은 국내에도 빠른 속도로 전파되었으며 국내는 물론 해외에서도 비상한 관심을 모았다. 황현도 당시 격동하는 국내외 상황에 대해 항상 주시하고 있었고, 안중근 의사와 관련된 소식에도 귀를 기울였다. 특히 황현은 당시 신문에 게재되었던 안중근 의사와 관련된 기사를 꼼꼼하게 스크랩하여 보관하고 있을 정도로, 이토 히로부미 저격 사건과 관련하여 시시각각 전달되는 새로운 소식에 촉각을 곤두세웠다.

황현은 하얼빈에서 날아든 소식을 듣고 난 뒤, 당시의 심경을 시로 지었다.

> 서쪽으로 와 한 번 번개를 쳐 삼한三韓이 들썩이고
>
> 만 리 길 서릿바람에 철환이 떨어졌네.
>
> 혼불을 스스로 살라 임금님의 눈 밝아졌고
>
> 교룡의 피비린내 문득 넘쳐 바다 물결이 붉구나.
>
> 떠도는 유민流民이 이렇게 용기 있게 목숨을 버렸고
>
> 남긴 흔적은 그와 같이 선행한 후 어렵겠네.
>
> 밤에 첨성대에 올라 북극성을 바라보노니
>
> 백두白頭에 빼어난 기질 웅건하게 서려 있도다.

西來一電聳三韓 萬里霜風落鐵丸.

鬼火自焚天眼炯 蛟腥忽漲海波丹.

流民有此損生勇 殘局其如善後難.

夜上星臺瞻北極 白頭秀氣尙雄蟠.[48]

당시 안중근 의사는 대한의군참모중장으로 항일전을 전개하고 있었는데, 강제로 을사늑약을 체결하는 등 대한제국의 주권 침탈에 온갖 횡포를 부렸던 조선 침략의 원흉인 이토 히로부미를 하얼빈역에서 총으로 사살한 것이다. 황현은 안중근 의사의 행동에 대해 용기 있게 목숨을 버린 것이라고 하여 그의 절의를 칭송했다. 이어서 하늘의 북극성에 백두의 빼어난 기질이 웅건하게 서려있다고 하여 황해도에서 출생한 안중근 의사를 비유해서 나타냈다.

평안도 장사가 두 눈을 부릅뜨고

나라 원수 통쾌하게 죽이기를 양 죽이듯 하였다오.

죽기 전에 이 좋은 소식을 듣게 되어

국화 옆에서 미친 듯 노래하고 춤춘다오.

平安壯士目雙張 快殺邦讎似殺羊.

未死得聞消息好 狂歌亂舞菊花傍.

블라디보스톡항 하늘에 소리개가 맴돌더니

하얼빈역 앞에서 붉은 벼락 터트렸네.

수많은 육대주의 호걸들이

추풍에 일시에 수저를 떨어뜨렸으리라.

海蔘港裏鶻摩空 哈爾濱頭霹火紅.

多少六洲豪健客 一時匙箸落秋風.

예로부터 어느 땐들 망하지 않은 나라 있으랴만

한결같이 어린애 같이 한심한 신하가 금성탕지를 무너뜨렸지.

하늘을 떠받치는 이 솜씨를 얻도록 해서

망한 이때 도리어 의거의 빛을 발하게 하는구나.

從古何嘗國不亡 纖兒一例壞金湯.

但令得此撑天手 却是亡時也有光.[49]

이때 바다 건너 중국 남통에 머물러 있던 김택영도 안중근 의사의 이토 히로부미 저격 사건을 듣고 시를 지었다. 그 역시 평안도 장사 안중근이 나라의 원수를 통쾌하게 죽였다고 하였다. 이어서 죽기 전에 좋은 소식을 듣게 되어 노래하고 춤춘다고 하여, 당시 느꼈던 통쾌한 감정을 가감 없이 드러냈다. 조선의 청년이 일본인 초대통감을 저격한 사건은 당시 일제의 온갖 만행과 횡포에 억눌려 있던 백성들에게 잠시나마 통쾌한 마음이 들게 했다. 김택영은 또 안중근 의사에 대한 전기를 지어 그의 충절과 의기를 후

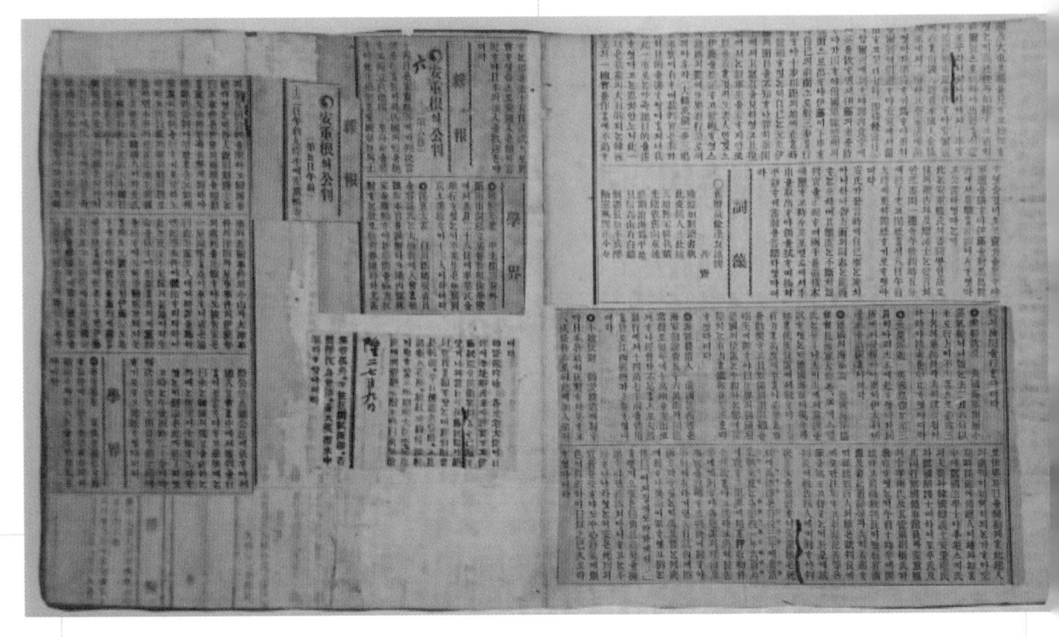

〈그림 14〉 안중근 공판 기사 신문 스크랩, 『수택존언(手澤存焉)』 수록
출처 : 황현 후손 소장[50]

세에 남기기도 했다.

황현은 당시 신문에 수록된 안중근 의사와 관련된 기사를 스크랩하여 보관할 정도로, 동 사건에 대한 관심이 높았다. 『매천야록』에는 안중근 의사의 이토 히로부미 저격 사건에 대한 경위를 비롯하여 안중근의 거사에 연루된 사람들, 이토 히로부미 사후의 국내외 반응, 안중근 의사의 재판 판결과 사형 집행에 이르기까지 일련의 사건들이 시간 순서대로 기록되어 있다.

> 3월 26일, 안중근이 여순旅順 감옥에서 죽임을 당했다. 국내외 사람들 누구나 다 그를 장히 여기며 죽음을 안타까워하였다. 당초에 안중근이 이토 히로부미伊藤博文의 15개 대죄를 들었는데 다음과 같다.

1. 명성황후를 시해한 것

2. 광무 9년1905 11월, 을사5조약을 강제 체결한 것

3. 융희 원년1907 7월, 정미7조약을 강제 체결한 것

4. 태황제를 폐위한 것

5. 군대를 해산한 것

6. 양민을 살육한 것

7. 이권을 약탈한 것

8. 한국 교과서를 금지한 것

9. 신문 구독을 금지한 것

10. 일본 은행권을 유통한 것

11. 동양의 평화를 교린한 것

12. 일본천하를 기만한 것

13. 교과서를 금지하고 폐기한 것

14. 일본 효명천황을 시해한 것

15. (누락)[51]

안중근 의사의 동생인 안정근安定根과 안공근安恭根이 서울에 있는 변호사회에 서신을 보내어 한국인 변호사 한 명을 파견하여 도와줄 것을 요청했다. 그러나 서울에 있는 변호사들은 서로 돌아보며 나서는 사람이 없었는데, 그때 평양 변호사인 안병찬安秉瓚이 자청하여 나섰다. 안중근의 모친이 변호사를 방문하기 위해 평양에 도착하였는데, 말씨와 표정이 의연하여 열장부烈丈夫와 같았다. 사람들이 모두 "그 어머니에 그 아들이다"라고 말하였

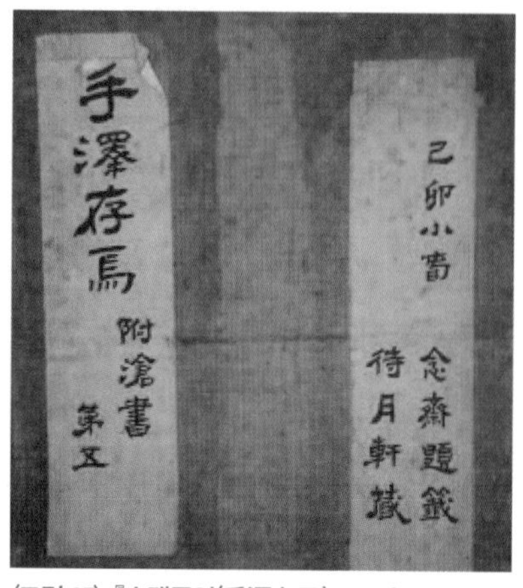

〈그림 15〉『수택존언(手澤存焉)』 표지
출처 : 황현 후손 소장[52]

다. 일본군이 관동 도독부로 들어가 여순구에 재판장을 설치하고 안중근 사건을 공판하였다. 이 재판에서 안중근은 사형, 우덕순禹德淳은 3년, 조도선曺道先과 유동하는 징역 1년 6개월이 판결되었다. 결국 안중근 의사의 사형집행일은 1910년 3월 26일로 결정되었는데, 그는 이 사실을 듣고도 얼굴빛이나 밥 먹고 잠자는 것이 평소와 다름없이 의연하였다.

12. 서울 천연당사진관에서 사진을 촬영하다

1909년 황현은 서울에 위치한 천연당사진관天然堂寫眞館을 방문하여 사진을 촬영했다. 당시 그의 나이 55세로, 자결하기 한 해 전의 일이다.

천연당사진관은 1907년 8월 당대 유명한 서화가 김규진金圭鎭이 일본에서 사진술을 배우고 돌아와 박주진과 함께 서울 석정동石井洞, 서울시 중구 소공동의 자신의 집 행랑 뜰에 개업한 사진관이다. 여성사진사를 두어 여성의 사진을 전담하게 하고 사진교육생을 모집하는 등, 사진의 대중화에 기여했다는 평가를 받고 있다. 당시 황현이 사진관을 찾게 된 경위는 분명하지 않다. 다만 1909년 중국에서 잠시 귀국한 김택영을 만나기 위해 서울에 갔을 때 방문했던 것으로 보인다. 그는 자신의 초상 사진을 촬영한 직후 짤막한 자찬自贊을 남겼다.

일찍이 세상과도 어울리지 못하고
비분강개 토하는 지사도 못 되었네.
책 읽기 즐겼으나 문단에도 못 끼고
먼 유람 좋아해도 발해를 못 건넌 채,
그저 옛사람들만 들먹이고 있나니
묻노라, 한평생 무슨 회한[壘塊] 지녔는가.

曾不和光混塵 亦非悲歌慷慨.
嗜讀書而不能齒文苑 嗜遠游而不能涉渤海,
但嘐嘐然古之人古之人 問汝一生胸中有何壘塊.[53]

이 글은 황현이 자신이 걸어온 인생을 되돌아보고 회한에 젖어 써내려간 한 폭의 자화상이다. 한평생 세상과 영합하지 못한 탓에 벼슬길에 나아가지도 못했고, 부조리한 세상과 외세에 맞서 투쟁하는 지사도 되지 못했다. 독서를 즐기고 저술에 힘썼으나 중앙 문단에 끼지 못했고, 유람을 좋아했으나 바다 건너 중국으로 망명을 떠나지도 못했다. 그저 지금은 옛날의 지조와 절개를 지킨 사람들만 떠올리고 있으니, 가슴 속의 품은 회한을 스스로에게 반문하는 것이다. 점점 망국의 길로 치닫는 가혹한 현실 앞에서 고뇌에 빠진 지식인의 초상이다.

약관의 나이에 서울 나들이했는데

문장은 육사룡陸士龍보다 웅장하고,

세상 어지러워 집으로 돌아오니

기미는 사공도司空圖와 같네.

아! 삼천리 강토를 둘러보니

긴긴 밤 아득하네.

60년 금서琴書를 신 벗어버리듯 하니

외로운 등만 반짝이네.

맑게 하려 해도 맑게 할 수 없고 흐리게 하려 해도 흐리게 할 수 없으니

천 이랑의 물결같은 도량이오.

게으른 사람 뜻을 세우고 욕심 많은 사람 청렴해지니

백세 청풍의 이름난 행동이더라.

고국이 망해가자

의리는 웅어熊魚를 분별하였고,

신령스런 상像 엄숙하고 맑으니

기운은 효경梟獍을 삼킬 듯하네.

弱冠入洛 文詞雄於士龍,

叔世還山 氣味同於表聖.

環顧三千里疆域 長夜漫漫.

屣脫六十年琴書 孤燈耿耿.

澄不淸撓不濁 波千頃之範圍.

懦夫立頑夫廉 風百世之名行.

故國殄瘁 義判熊魚.

神像肅淸 氣呑梟獍.[54]

〈그림 16〉 매천 황현 사진, 보물 제1494호
출처 : 문화재청

황현과 평소 친분이 두터웠던 윤종균이 그의 사진을 보고난 뒤 지은 글이다. 젊은 시절 서울에 들어갔을 때 황현의 문장은 진나라 때 문장가인 육운陸雲보다 웅장했으며, 벼슬할 생각을 접고 낙향한 것은 당나라 때 지사인 사공도司空圖와 같다고 하였다. 또한 황현의 도량은 천 이랑의 물결과 같아 한없이 드넓으니 맑게 할 수도 없고 흐리게 할 수도 없다고 하였다. 그리고 망국의 현실 앞에 웅장熊掌과 물고기를 판단하는 의리를 지녔으며, 그의 기운은 효경梟獍과 같은 악인을 삼킬 만하다고도 하였다. 윤종균은 황현에 대해 탁월한 문재와 넓은 도량, 강직한 행동과 굳건한 기상을 지닌 인물로 표현하였다. 곧 사진 속에서 안경 너머 날카로운 눈매로 카메라를 꿰뚫어 보는 듯한 황현의 초상은 바로 그의 실제 모습이 그대로 투사된 것이다.

황현의 초상화는 화가 채용신蔡龍臣이 1911년 5월에 그린 것이다. 채용신은 한국회화사상 초상화를 가장 많이 그린 화가로 손꼽히는데, 무관 출신이면서도 전문 직업화가 이상으로 뛰어난 예술성을 발휘한 화가이다.[55] 그는 1899년에 고종의 어진을 그리는 등 고종의 총애를 받았지만, 을사늑약 체결 다음해인 1906년에 관직에서 물러났다. 이후에는 유사儒士들의 초상화 제작에 전념하는 생활을 보냈다.

채용신의 작품 목록에는 최익현의 초상화도 포함되어 있는데, 두 사람은 생전에 두터운 교분을 나누었던 것으로 알려져 있다. 채용신은 전북 금마에서 부친상을 치르느라 3년간 칩거하였으며, 탈상 이후에 계속하여 전라도의 덕망 있는 선비들과 사귀면서 그들의 초상화를 그린 것으로 보인다. 채용신은 1910년에 항일의사抗日義士인 김직술金直述·김영상金永相의 초상과 함께 〈송정십현도松亭十賢圖〉와 〈칠광도七狂圖〉 등을 그려 독립 정신을 고취하기도 하였다.[56]

채용신은 만년에 초상화를 그릴 때 대부분 사진을 이용해서 그렸다. 황현의 초상화도 역시 실제 모습을 보고 그린 것이 아니라, 예전에 찍어두었던 사진을 보고서 그린 것이다. 화폭 뒤에는 '신해년 오월 상순, 금마[57]에 있는 종2품 정산군수 채용신이 초상을 임모하다[辛酉五月上澣金馬從二品行定山郡守蔡龍臣臨眞]'라는 내용의 관지款識가 있다. 채용신이 황현의 초상화를 그리게 된 경위는 자세하지 않다. 다만 채용신이 호남의 금마에 거주하며 당대 유사들과 가깝게 지냈고 1910년을 전후하여 항일 의사의 초상화를 비롯한 독립 정신을 고취시키는 작품 활동을 한 것에서 미루어볼 때, 황현의 순절 소식을 접한 이후 그의 절개와 의리를 기리기 위해서 초상화를 그렸을 것으로 추정된다.

그러나 지척의 거리에서 황현과 오랜 시간을 지냈던 동생 황원은 채용신이 그린 초상화를 별로 탐탁하게 생각하지 않았다. 그는 황현의 초상화에 대해 "사진을 보고 그린 것이기 때문에 갑자기 부잣집 노인 같이 되었으니, 가장 닮지 않은 것은 늘어진 볼입니다"[58]라고 하여 황현의 실제 모습

〈그림 17〉 매천 황현 초상화, 보물 제1494호, 전남 순천시, 72.8×120.7cm
출처 : 문화재청[59]

과 다르게 제작된 것에 불만의 목소리를 냈다. 사진 속 황현은 갓을 쓰고 두루마기를 입은 채 의자에 앉아 책을 앞에 펼쳐두고 손에 부채를 쥔 모습인데, 초상화 속의 황현은 정자관程子冠을 쓰고 유복儒服을 입은 채 화문석 자리 위에 앉아 양손에 책과 부채를 쥔 모습으로 변모되었다.

물론 인물의 실사가 가감 없이 투사되어 나타나는 사진보다 사진 속의 인물을 화폭에 옮기는 작업은 일정한 한계를 지닐 수밖에 없다. 그럼에도 초상화 속의 황현은 사진에서 보이던 날카롭고 꼿꼿한 선비의 이미지와는 다소 거리감이 있다. 황원은 실제와 상반된 화폭 속 황현의 모습에서 이질감을 느꼈던 것이다.

황현의 화상에 대한 찬贊은 김택영과 왕수환이 각각 맡아서 지었다.

용모는 범용했으나 기개는 우뚝하였고
시력은 흐리었으나 마음은 환히 밝았네.
문사를 숭상하여 끝내는 윤곡尹穀과 한 무리가 되었도다.
어찌 풍만한 몸집 윤택한 살결에 얼굴이 붉고 번지르르한 자에게 부끄러울쏜가.
세상의 도덕으로 겉치레하는 자의 이마에 땀을 흘리게 할 만하다.

其貌寢而其氣也抗
其眎矇而其中也朗.
其尙文詞而其終也與尹穀爲黨
豈惟平脅曼膚顔如渥丹者之愧也.
可以泚世之粉飾道德者之顙.[59]

이 한 조각의 화상은 단청이 퇴색할 때가 있겠지만

그의 문장은 묻힐 때가 없으리라.

문장은 혹 묻힐 때가 있을지라도

그의 충렬忠烈의 기개는 활활 타올라 하늘을 찌르지 않을 때가 없으리라.

此一片之相有時而退彩

其文章無時而湮.

文章有時而或湮

而其忠烈之氣無時不焰焰而干靑旻乎.[60]

앞의 글은 김택영이 지은 것이고, 뒤의 글은 왕수환이 지은 것이다. 윤곡尹穀은 중국 남송시대 사람으로 원나라 병사가 성에 급격히 쳐들어오자, 국은을 입은 선비로 의리상 적에게 굽힐 수 없다고 하면서 순절한 인물이다. 외세의 침략에 저항하여 의리를 지키기 위해 순절한 윤곡의 마지막은 흡사 황현의 마지막과 유사하다. 이 때문에 김택영은 황현이 윤곡과 한 무리가 되었다고 표현한 것이다. 김택영은 비록 용모는 번지르르하게 잘 꾸몄으나 속마음은 잔악한 자들과 도덕으로 겉치레하는 무리들이 황현의 초상을 한 번 본다면, 그의 강직한 절개 앞에서 의당 이마에 땀을 흘릴 것이라고 하였다.

왕수환은 세월이 흘러 초상화의 단청이 퇴색될지언정 황현의 문장은 변함없이 영원할 것이라고 하였다. 혹시라도 황현의 문장이 묻히게 되더라도 그의 충렬의 기개는 하늘을 찌르지 않을 때가 없을 것이라고 하여, 황현이 지닌 의리와 절개를 높게 평가하였다.

13. 1910년 8월, 한일병합 소식을 듣고 「절명시」를 짓다

1876년 강화도조약을 시작으로 갑신정변-갑오경장-을미사변-을사늑약으로 이어진 일련의 사건들은 경술국치로 치달아 마침내 국권 상실의 종막을 맞게 되었다. 1910년 8월 22일, 대한제국의 총리대신 이완용과 일본 통감 데라우치 마사타케의 이름으로 이른바 한일병합 조약이 조인되었다. 그리고 8월 29일 동 조약의 내용을 포고하였다. 1897년 10월 수립된 대한제국은 13년 만에 소멸하여 다시 '조선'으로 불리게 되었고, '조선'은 일제의 식민지가 되는 순간이었다. 1910년 9월 10일음력 8월 7일 전국의 군아에서 합방령을 민간에 반포하였고, 이는 구례에 있는 황현에게도 전해졌다.

황현이 망국의 종언을 고하는 양국조서를 접한 뒤 자결을 결심하고 실행에 옮기기까지의 급박했던 상황에 대해서는, 황원이 남긴 생생한 기록을 통해 확인할 수 있다.

경술년1910 7월 25일에 한국이 망하고, 8월 3일에 황제皇帝의 양국조서讓國詔書가 본군本郡에 이르자, 공이 그 조서를 절반도 못 읽어서 기가 막혀 중지하고 조서가 적힌 종이를 기둥 위에 묶어 매달아 놓았다. 내가 밖에서 돌아와 그 조서를 가져다 읽고 있자, 공이 말하기를 "나는 차마 들을 수 없으니, 너는 다른 데로 가서 읽어라" 하므로 내가 몹시 부끄러워 읽던 것을 중지하였다. 그리고 공에게 묻기를 "오늘날에 인망人望이 있어 순절해야 할 사람이 누구입니까?" 하고, 또 말하기를 "아무 공[某公]은 오늘날 죽지 않고 있으니, 평소 기대했던 바와 사뭇 어긋납니다" 하자, 공이 빙그레 웃으며 말하기를 "자신은 죽지 못하면서 남이 죽지 않는 것을 책망해서야 되겠느냐. 종사宗社가 망한 날에는 사람마다 죽어야 하는 것이지, 유독 인망이 있는 사람뿐이겠느냐" 하였다.[61]

이 글에서 국망의 일자로 기록된 음력 1910년 7월 25일은 양력으로 1910년 8월 29일이다. 음력 8월 3일, 양국조서를 확인한 황현은 차마 절반도 읽지 못하고 중간에 그만두었다. 마침내 눈앞에 현실로 닥쳐온 망국의 상황에 기가 막히고 믿기지 않았다. 황원이 조서를 가져다가 소리내어 읽자, 황현은 차마 들을 수 없다고 하며 다른 데로 가서 읽으라고 하였다. 장구한 역사를 간직한 나라의 선비로써 일제의 손아귀에 나라를 빼앗긴 사실을 인정하고 싶지도 않고 인정할 수도 없었을 것이다. 황원이 국망에 이르러 인망 있는 자의 순절에 대해 묻자, 황현은 인망이 있는 사람만 순절해야 할 이유는 없다고 단언하고 자신은 죽지 못하면서 남의 행동을 책망해서도 안 된다고 하였다. 타인의 책임을 묻기 전에 먼저 자신의 소임을 다해야 한다는 책임의식에서 나온 발언이다.

한일병합의 조서를 확인하고 이틀이 지난 8월 5일, 황현은 마침 집에 있던 손님과 함께 밤늦게까지 바둑을 두다가 『황성신문』을 받아서 열람하였다. 이후 손님을 물리치고 나니 시간은 이미 자정을 넘어가고 있었다. 이윽고 사경四更이 되자, 황현은 방문을 닫고 앉아 「절명시絶命詩」를 짓고 이어서 자제들에게 남기는 유서를 작성했다.

또 자제子弟들에게 글을 남겨 "나는 죽어야 할 의리는 없다. 다만 국가에서 선

漢城新聞

本皇城新聞을漢城新聞으로改題홈

朝鮮總督府官報(號外照譯)

〈그림 18 · 19〉 한일병합 조약 기사가 수록된 『한성신문(漢城新聞)』, 1910.8.30, 1~2면
출처 : 국립중앙도서관

宣言書發表

宮相首相密談

緊急勅發表

浦鹽韓人不穩

雜報

勅使出發

大赦擧行

號外再錄

日韓合倂公表

日韓兩國의合倂은本日에正式으로日韓兩國에서發表홈

大皇帝陛下詔勅

大皇帝陛下勅諭

日韓合倂條約

日皇陛下詔書

韓皇室待遇詔

皇族待遇詔勅

大赦免租詔勅

國號改稱朝鮮

朝鮮總督府官制

2단에 '일한합병공표(日韓合倂公表)'·'대황제폐하조칙(大皇帝陛下詔勅)',
3단에 '일한합병조약(日韓合倂條約)', 6단에 '국호개칭조선(國號改稱朝鮮)' 기사가 실려 있다.

비를 길러온 지 500년이 되었는데, 나라가 망한 날을 당해 한 사람도 국난國難에 죽는 자가 없다면 어찌 통탄스러운 일이 아니겠느냐. 내가 위로는 하늘로부터 타고난 양심을 저버리지 않고, 아래로는 평소에 읽은 글을 저버리지 않고 영원히 잠들어 버린다면 참으로 통쾌함을 깨달을 것이니, 너희들은 너무 슬퍼하지 말거라" 하였다.[62]

염습斂襲에는 난복襴袱을 사용하고 치상治喪은 검소하게 치러서, 내가 부모상을 당했을 때 가난함을 몹시 상심했던 뜻을 기억해 달라. 여기저기 상자 속에 흩어져 있는 나의 시문詩文은 세밀히 찾아서 책을 만들되, 시의 경우는 연도를 밝히고 문의 경우는 문류門類를 나눈 다음에 식견 있는 사람에게 총괄하여 정리하도록 부탁하거라. 서책은 바로 내 정력精力이 담긴 것이니 잘 수호하거라. 오늘의 일을 사전에 의당 너희들에게 말했어야 하지만 너희들이 이 일을 그르칠까 싶어서 그만두었다. 여러 친구들에게도 두루 영결永訣하지 못한 까닭은 자못 감정을 억제하기 위한 것이다. 아연鴉煙 1전錢 2, 3푼分만 가지면 내 일을 마칠 수 있지 않겠느냐. 만일 일을 마치지 못한다면 또 어찌해야겠느냐. 동쪽 방앗간 밑에 있는 논 서 마지기는 계방季方에게 떼어 주거라.[63]

황현은 유서를 통해 일찍이 벼슬길에 나아간 적도 없고 나라의 녹봉을 받은 일도 없으니, 망국의 때를 당하여 자신이 죽어야 할 의리는 없다고 밝혔다. 그러나 500년 간 선비를 길러온 나라에서 한 사람도 죽지 않는다면 통탄할 일이라고 하여 자결을 결심하게 된 이유를 말했다. 곧 황현의 자결은 나라에 대한 의리를 지키고자 함이 아니라, 선비로서 지닌 소명의식에서 비롯된 것이다. 그리고 황현은 자제들에게 남긴 유서에서 자신의 상제를 검소하게 치를 것을 당부했다. 이어서 자신이 평소에 지은 시문을 세밀하게 찾아서 책을 만들고, 서책을 잘 지켜달라는 당부의 말을 남겼다. 마지막으로 자결에 대해 미리 말하지 못한 이유를 적고, 막냇동생인 황원에게 논 3마지기를 남긴다고 하였다. 유서 하단에는 "융희 4년 음력 8월 6일 새벽 등불 밑에서 매천이 마지막으로 쓰다"라고 적었다. 유서 작성을 모두 끝마친 황현은 사삼소주沙蔘燒酒 한 병에 아편을 타서 마셨다.

이른 아침이 되어서야 황현의 큰 아들인 암현이 부친의 자결을 알게 되었고, 곧바로 황원에게 달려가 사실을 알렸다. 황원이 가서 살펴보니, 황현은 북쪽 벽 아래 누워 있으면서 시선을 피하고 큰 소리로 불러도 응답하지 않았다. 이에 황원이 황현을 붙들어 일으키려고 했다. 황현은 그의 손을 뿌리치며 "네가 어찌하여 이런 짓을 하느냐? 내 정신은 평상시와 같고 조금도 아픈 데가 없다. 만일 약효가 없으면 장차 어찌하겠느냐?"라고 단호하게 말하였다. 황원이 어떻게 해서든 그를 살리기 위해 아이 오줌과 생강즙을 준비해서 올렸으나, 황현은 그릇을 밀쳐내어 엎어버렸다. 황원은 마침내 그의 굳은 의지를 꺾을 수 없음을 알아차리고 소리내어 울면서 마지막 유언에 대해 물었다.

공이 말하기를 "네 나이도 40을 넘어서 조금은 깨달아 아는 것이 있을 터인데, 어찌하여 이토록 나를 가엾게 여기느냐. 세상일이 이렇게 되면 선비는 의당 죽어야 하는 것이다. 만일 오늘 죽지 않으면 앞으로 반드시 날마다 듣고 보는 것들이 모두 마음에 거슬림을 견디지 못해 바싹 말라서 극도로 쇠약해질 것이니,

그렇게 말라 쇠약해져서 죽는 것이 어찌 빨리 죽어 편안함만 하겠느냐" 하였다. 또 집안일에 대하여 묻자, 공이 말하기를 "나는 집안일을 잊은 지 오래이다. 몇 가지 소소한 일들은 내가 이미 써 놓은 것이 있으니 그것을 가져다 보거라" 하고, 인하여 웃으며 말하기를 "약을 마실 때 세 번을 입에 대었다 떼었다 했으니, 내가 참 어리석었나 보다. 김손金孫이 염려가 되니, 이웃집으로 데려다 두거라" 하였다. (…중략…) 내가 공을 붙들어 앉히고 말하기를 "형님의 시문을 총괄하여 정리하는 일을 이경재李耕齋에게 부탁하면 되겠습니까?" 하니, 공이 한참 동안 깊이 생각하다가 말하기를 "김창강金滄江의 의견을 들어서 하려면 멀어서 방도가 없겠구나" 하였다. 그 후 오시午時부터 정신이 점차 혼미해져서 7일 새벽닭이 두 머리째 울 때에 이르러 운명하였다.[64]

이 글은 황원이 황현의 임종 순간에 주고받은 대화를 기록한 것이다. 나라가 망한 때에 선비는 의당 죽음으로 맞서야 한다는 발언은 황현이 마지막 순간까지 선비로서의 소명의식을 견지하고 있음을 보여주는 것이다. 또한 오늘 죽지 않으면 앞으로 일제의 만행을 보고 들을 때마다 쇠약해질 것이니, 차라리 빨리 죽어 편안해지는 것이 낫다고 하였다. 황현은 그때 옆에 있는 부인을 밖으로 내보낸 뒤, 황원에게 훗날 자신의 곁에 합장해 줄 것을 부탁했다. 황원이 그의 시문 정리에 대해 묻자, 황현은 김택영의 의견을 듣는 것이 좋겠으나 망명을 떠나 먼 거리에 있으니 다른 방도가 없다며 체념하였다. 두 사람의 대화는 여기에서 중단된다. 그 후 황현은 정오를 전후하여 정신이 점차 혼미해지더니, 다음날 7일 새벽닭이 울 때에 세상과 영영 작별하였다.

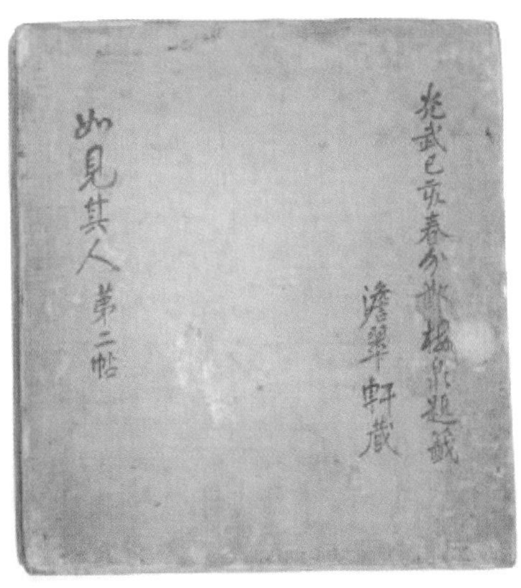

〈그림 20〉 황현의 유묵 자료첩(11책), 등록문화재 제749-2호
출처 : 문화재청

황현은 그 자신의 표현대로 벼슬길에 나아간 적이 없으니, 나라의 녹봉을 받은 것도 없다. 다만 나라에 대한 의리를 지키고 선비로서의 책임을 다하기 위해 스스로 목숨을 내놓은 것이다. 그는 아편을 마실 때 입에 대었다 떼기를 세 번이나 반복했다고 하면서 자신의 어리석음을 책망하기도 하였다. 인간의 본성을 뿌리치고 선비로서의 마지막 책임을 다하기 위해 신념을 굽히지 않았던 올곧은 지식인의 표상이다.

> 난리 속에 어느덧 백발의 나이 되었네
>
> 목숨 버리려다 그러지 못한 것이 몇 번이던가.
>
> 오늘은 참으로 어쩔 수 없게 되었으니
>
> 바람 앞의 촛불만 밝게 하늘을 비추네.

亂離滾到白頭年 幾合捐生却未然.
今日眞成無可奈 輝輝風燭照蒼天.

요사스런 징조가 자욱하여 황제의 별 옮겨 가니
침침한 궁궐에는 시간이 더디 흐르네.
조칙詔勅은 이제부터 다시는 없으리니
종이 한 장 채우는 데 천 줄기 눈물이라.

妖氛晻翳帝星移 九闕沉沉晝漏遲.
詔勅從今無復有 琳琅一紙淚千絲.

새와 짐승 슬피 울고 강산도 찡그리니
무궁화 세상 이미 망해 버렸다네.
가을 등불 아래 책 덮고 회고해 보니
인간 세상 글 아는 사람 노릇 참으로 어렵구나.

鳥獸哀鳴海岳嚬 槿花世界已沉淪.
秋燈掩卷懷千古 難作人間識字人.

일찍이 짧은 서까래만큼도 지탱한 공 없었으니
인仁을 이루려는 것일 뿐 충忠은 아니라네.
끝내 윤곡尹穀을 따르는 데 그쳤으니

당시 진동陳東처럼 못한 것이 부끄럽구나.

曾無支廈半椽功 只是成仁不是忠.

止竟僅能追尹穀 當時愧不躡陳東.[65]

황현의 마지막 작품으로 알려진 「절명시絶命詩」이다. 모두 네 수로 구성되어 있다. 첫째 수에서는 더 일찍 죽지 못한 것에 대한 후회와 함께, 이제더는 죽음을 미룰 수 없을 정도로 어쩔 수 없는 상황이 도래했음을 밝혔다. 둘째 수에서는 낮에도 궁궐이 어두침침하다고 하여 나라가 망한 사실을 밝히고, 그러한 상황에 이르자 흐르는 눈물이 멈추지 않음을 말하였다. 셋째 수는 「절명시」 가운데 대중에게 가장 널리 알려진 부분이다. 망국의 상황에 이르니 마치 금수와 산하도 찡그리는 듯 느껴진다. 실제 금수와 산하는 나라와 아무 상관이 없는 자연의 경물인데, 나라를 잃은 시인의 불우한 심사가 투영되어 그렇게 느껴지는 것이다. 그리고 나라가 망한 국난의 상황에서 글 아는 사람, 즉 지식인으로서의 노릇이 참으로 어려움을 탄식하였다.

넷째 수에서는 쇠망해가는 나라를 위해 짧은 서까래 정도의 조그만 힘도 보태지 못했으니, 자신의 죽음은 지식인으로서의 도리를 지키려는 것일 뿐이지 나라에 대한 충성은 아니라고 밝혔다. 마지막에서는 중국 북송北宋시대 태학생太學生인 진동陳東처럼 간신배와 역적을 몰아내기 위해 강력한 소리를 내지 못한 것을 후회하며 절필絶筆하였다.

황현은 '절명絶命'에 대해 망국의 시대에 처한 지식인의 책무로 보았다.

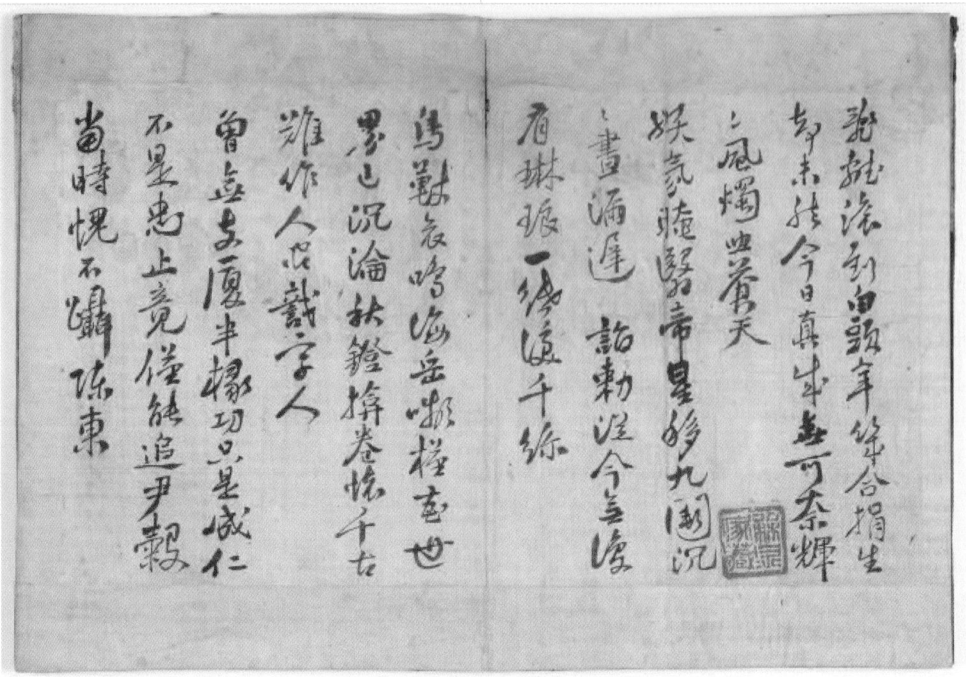

〈그림 21〉 황현의 절명시 친필, 등록문화재 제748호
출처 : 문화재청

그가 강조했던 '글 아는 사람識字人의 노릇'은 무엇일까. 이 질문은 현재를 살아가는 우리에게도 여전히 묵직한 메시지를 던진다.

일각에서는 황현의 자결에 대해 적극적 형태의 근대적 저항에서 벗어난 것으로 보는 시선이 존재한다. 그러나 나라를 위해 헌신한 순국의 형태는 한 가지가 아니라 다양한 양상을 지닌다. 일찍이 구한말 의병장으로 활동했던 유인석柳麟錫은 나라가 위기에 직면했을 때의 대응 방법으로 '처변삼사處變三事'를 제시한 바 있다. 처변삼사란, 첫째는 의병을 일으켜 역당逆黨을 깨끗이 쓸어내는 것[擧義掃淸]이고, 둘째는 떠나가서 옛 제도를 지키는 것[去之守舊], 셋째는 스스로 목숨을 끊어 뜻을 이루는 것[自靖遂志]이다.[66]

유인석은 국내외에 기지를 만들어 의병 활동을 전개하였는데, 만주에서 항일전을 펴면서 국권 회복을 위해 진력하다가 서거하였다. 곧 유인석의 경우는 '의병을 일으켜 역당을 깨끗이 쓸어내는 것[擧義掃淸]'을 몸소 보여준 것이고, 중국으로 망명을 떠난 김택영은 '떠나가서 옛 제도를 지키는 것[去之守舊]'을 행동으로 보여준 것이다. 그리고 황현은 '스스로 목숨을 끊어 뜻을 이루는 것[自靖遂志]'을 몸소 실천한 경우라고 하겠다. 위의 경우는 비록 순국의 형태는 각기 다르지만, 개인의 안위 대신 나라와 백성을 위해 헌신했다는 점에서는 동일한 것이다.

1910년 10월 20일, 황현의 유해는 전남 구례군 유산 간좌艮坐의 언덕에 장사 지냈으며, 그의 유언에 따라 『세설신어世說新語』 1부를 함께 묻어주었다. 이후 33년이 지난 1942년 3월 15일 전남 광양시 봉강면 문덕봉 아래 계산으로 장지를 옮겼다.

〈그림 22〉 매천 황현 묘소
출처 : 이은영

14. 황현의 절명을 애도하는 사람들

황현의 순절 소식은 검푸른 바다를 건너 김택영에게도 전해졌다. 김택영은 부음을 듣고 애통한 마음을 감추지 못한 채 서둘러 만시挽詩를 지어 편지와 함께 황원에게 부쳤다. 1910년 9월 7일의 일이다.

> 7월 初에 돌아가신 백씨 매천의 6월 8일 자 편지를 답하면서 조목조목 수천 마디의 말을 적었고, 아울러 그대들 선친의 묘지명을 함께 보냈으나 아득히 답서를 받지 못했는데 오늘 갑자기 부고가 올 줄을 어찌 생각이나 했겠습니까? 애통하고 애통합니다. 그러나 매천의 몸은 죽었지만 순국한 큰 절개는 천추에 남아 있고, 그 문장도 또 마땅히 같이 보존될 것입니다. 통곡한 나머지 노래라도 계속 부르고 싶습니다.
>
> 만시挽詩를 보내오니 영전에 붙여 놓으시고, 장차 마땅히 전傳을 지어 보내겠습니다. 『한사경韓史綮』의 초고 중에 본래 매천을 영재에 대한 졸기 끝에 붙여 두었는데, 이젠 마땅히 하나의 작은 전을 지어 별도로 경술년 8월 아래에 싣겠습니다. 매천 시문은 살아계실 때 마땅히 고치고 교정했어야 할 것인데 어찌 번거롭게 교정하겠습니까마는, 우리나라에서 『매천집』을 교정할 만한 사람은 오직 호산壺山 박문호朴文鎬 한 사람뿐이고 그 외는 모르겠습니다.[67]

김택영은 앞서 7월 초에 황현이 6월 8일에 부친 편지를 받고 답장을 보냈었다. 그러나 그 편지는 황현의 생전에 부친 마지막 편지가 되고 말았다. 황현은 6월에 보낸 편지에서 역사를 편수하느라 답장이 늦어진 김택영에게 서운한 마음을 표시하고, 조금 더 상세하게 그의 일상을 알려달라고 부탁하였다.[68] 그리고 그해 환갑을 맞은 김택영을 위해 축수祝壽의 글을 지어 편지와 함께 보냈다. 황현의 편지를 받은 김택영은 그의 바람대로 상세하게 답장을 적고, 아울러 선친의 묘지명도 동봉해서 보냈다.

김택영은 황현의 답장 대신 부고가 도착할 줄 몰랐다고 하며 애통한 마음을 표현했다. 김택영은 황원에게 황현에 대한 전傳을 지어 『한사경』에 포함시킬 것임을 밝혔다. 또한 황현의 시문을 정리·보존해야 함을 말하고, 그의 문집을 교정할 만한 적임자로 서울에서 교유했던 박문호를 추천했다. 그러나 박문호가 교정을 사양할 경우에 대비해서 다시 연락을 달라는 당부의 말도 잊지 않았다.

맥수가麥秀歌 마치고 독약을 마시니
첫 새벽 비바람에 산도깨비 운다.
누가 알았으랴 마음속에 정한 뜻
이미 효효嘐嘐한 십절시 지을 때 있을 줄을.

麥秀歌終引酖巵 五更風雨泣山魑.
誰知素定胸中義 已在嘐嘐十咏時.

문단에 누가 다시 이 같은 참재주 있으랴.
구슬 같은 달빛이 없어지고 북두성 자루 꺾였네.
아는가 모르는가 지음知音하던 이내몸 홀로 남아

푸른 단풍 강가에서 혼이 오나 바라보는 것을.

詞垣誰復是眞才 璧月無光斗柄摧.

知否賞音人獨在 青楓江畔望魂來.

모가처사茅家處士의 자년子年에 슬픔

일찍 당형천唐荊川에게 글 지어주기를 빌었었지.

오늘 글은 지었지만 그대는 보이지 않고

가을바람이 연산硯山 이끼를 불어 죽게 하도다.

茅家處士鼠年哀 曾乞荊川染筆來.

今日文成君不見 秋風吹死硯山苔.

편지마다 노정을 자주 묻기에

조각배로 오송강吳淞江에 조만간 오리라 했는데,

가련하구나, 나를 찾아 회남淮南에 오려던 뜻이

문득 서산西山에 백이伯夷·숙제叔齊를 따라갔네.

問路頻煩折簡中 扁舟早晚到吳淞.

可憐從我淮南意 却向西山二子從.[69]

김택영은 비통한 심정으로 만시를 지어 황현의 영전에 바쳤다. 그는 황현의 순절에 대해 갑자기 정한 것이 아니라, 그가 이미 「제병화십절」을 지어 병풍 '효효병'을 만들 때부터 마음에 품었다고 하였다. 10명의 지사들에 대한 시를 짓고 병풍으로 만들어 곁에 두고 보면서 황현 또한 그들처럼 의리를 위해 목숨을 바치기로 결심한 것으로 파악하였다. 둘째 수에서는 시문에 특별한 재주를 지닌 황현의 죽음을 마치 달빛이 사라지고 북두자루가 꺾인 것에 비유했다. 그리고 황현과 자신의 관계를 지음으로 표현하여, 거문고 소리만 듣고도 서로의 마음을 알았던 백아와 종자기의 경우에 비유했다. 그런데 지음인 황현이 세상을 떠난 지금, 자신만 홀로 남아 그의 혼령을 기다리며 강가를 서성이고 있을 뿐이다.

황현은 일찍이 김택영과 함께 망명할 뜻을 품었으나, 집안 사정으로 인해 실행에 옮기지 못한 채 국내에 머물러야 했다. 평소에도 김택영을 그리워하던 황현은 편지를 보내어 김택영의 거처가 있는 회남을 찾아가는 여정에 대해 물어보곤 했다. 그러나 황현은 회남을 방문하려던 뜻을 끝내 이루지 못한 채 수양산에 들어가 절개를 지키다 죽은 백이·숙제와 같은 운명을 선택한 것이다.

이 시에는 황현을 향한 김택영의 한없는 그리움과 슬픔이 절절하게 드리워져 있다. 예기치 못한 벗의 부음을 받고 세상에 홀로 남겨진 시인은 그의 혼령이 찾아오기를 하염없이 기다린다. 김택영은 황현의 망명에 대한 간절한 바람을 누구보다 잘 알고 있었다. 그렇기 때문에 자유의 몸이 된 지금 그의 혼령이나마 찾아오기를 바라는 것이다. 벗의 부탁을 받고 정성껏 글을 지었으나 정작 글을 부탁한 벗의 모습은 다시 볼 수가 없다. 벗의 죽음으로 인한 부재에서 오는 시인의 깊은 상심이 드러난다. 이와 같이 진정성이 담긴 시는 시대를 초월하여 수많은 독자의 가슴을 울린다.

황현의 순절 소식은 전국에 널리 퍼졌고, 수많은 애국지사들은 애끓는 애도시를 영전에 바치며 통곡을 멈추지 못했다. 황현의 순절에 대한 소식은 「절명시」와 함께 『경남일보』의 주필인 장지연에 의해 1910년 10월 11일 자 '사조詞藻'란에 '매천선생절필 4장, 전진사 황현梅泉先生絶筆 四章, 前進士 黃玹'이란 제목으로 게재되었다.[70]

장지연은 「절명시」 뒤에 쓴 사설에서 "유시遺詩를 세 번 반복해 읊조리니 나도 모르게 눈물이 옷깃에 가득합니다. 아! 선생께서는 '깨끗한 몸으로 영원히 가셨다'고 말할 수 있겠습니다"라고 하며 통분의 심정을 덧붙였다. 이 일로 인해 일제 총독부는 『경남일보』에 정간을 명하여 신문이 10일간 발행되지 못하도록 탄압을 가했다. 『경남일보』는 1909년 10월 15일 진주에서 창간된 우리나라 최초의 지역 신문으로, 지역 유지들의 주식 모금으로 설립되었다. 서재필이 1896년 4월 『독립신문』을 창간한 이후에 해를 거듭하면서 여러 신문이 새로 나타나기도 하고 사라지기도 하였으나, 지방에서 발행된 신문은 하나도 없었다. 『경남일보』는 강제합병 후에도 당

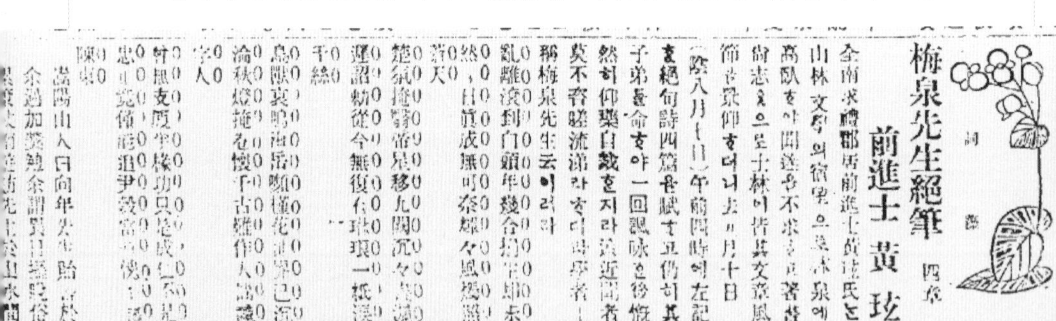
詞藻

梅泉先生絶筆 四章

前進士 黃玹

〈그림 23〉『경남일보』 1910년 10월 11일 '詞藻'란에 실린 절명시
출처 : 국립중앙도서관

(一) 第一百四十八號 火曜 慶南日報 第三種郵便物認可

明治四十三年十月十一日

隆熙庚戌九月九日 己酉

官報 附錄

○勅令

勅令第三百七十一號（拔）

朝鮮總督府工業傳習所官制

第一條 朝鮮總督府工業傳習所는朝鮮總督의管理에屬ᄒ야工業에關ᄒ는技術을傳習ᄒ는所로홈이라

第二條 工業傳習所에左의職員을置홈이라

所長 奏任
技師 專任二人 奏任
書記 技手 專任二十人 判任

勅令第三百七十二號

臨時建築과及土木의事務를掌理ᄒ기爲ᄒ야朝鮮總督府에左의職員을置홈이라

技師 專任七人 奏任
技手 專任九十人 判任

前項職員외에係員은臨時建築과及土木費에서支出홈이라

勅令第三百七十四號

朝鮮總督은必要로認ᄒ는時는朝鮮總督府와及其所屬官署에各俸給預算定額內로朝鮮人의奏任官이나又는判任官을增置홈을得홈이라

前項境遇에는朝鮮總督은奏任官에對ᄒ야는豫히其官名과及人員을具ᄒ야勅裁를請홈이可홈이라

勅令第三百七十六號

朝鮮總督府警務總長과及道長官은其發ᄒ는命令에三月以下의懲役이나禁錮나拘留나百圓以下의罰金이나又는科料의罰則을附홈을得홈이라

朝鮮總督府警務部長은其發ᄒ는命令에拘留나又는科料의罰則을附홈을得홈이라

勅令第四百五號

統監府外及所屬官署에[illegible]朝鮮[illegible]

鐵道管理局職員의服制는當時間朝鮮總督府와及其의所屬官署職員의服制로ᄒ고此를襲用홈이라

勅令第三百八十二號

朝鮮人의朝鮮總督府道長官과道參與官과及郡守는文官任用令과及高等官官等俸給令第四條의規定에拘치아니ᄒ고學識聲望이有ᄒ는者中에서文官高等試驗委員의詮衡을經ᄒ야特히任用홈을得홈이라

勅令第三百八十三號

朝鮮總督에는年額一萬五千圓、政務總監에는七千圓、外事局長에는二千圓以內의交際手當을給홈이라

勅令第三百八十六號

朝鮮總督府武官과及專屬副官에는在勤俸을支給ᄒ고其年額은將官二千五百圓以內佐官二千圓以內尉官一千圓以內로홈이라

勅令第三百八十七號

朝鮮總督府와及其所屬官署의判任文官과通譯生과看守와及女監取締로朝鮮語通譯事務를擔掌ᄒ는者에는別表에依ᄒ야特別手當을支給홈을得홈이라

手當의支給에關ᄒ는規程은朝鮮總督이定홈이라

（別表）

判任文官 一級十圓 二級八圓 三級六圓 四級四圓

通譯生、看守、女監取締 一級七圓 二級五圓 三級三圓 四級二圓

勅令第三百八十八號

交通이至難한地에在勤ᄒ는朝鮮總督府遞信技手와航路標識看守는月額金十圓以內의手當을給與홈을得홈其場所와及給與細則은朝鮮總督이定홈이라

○勅令第三百九十四號

朝鮮總督府와及所屬官署職員特別任用令

第一條 本令을施行ᄒ는際에現히統監府參與官의職에在ᄒ는者는本令을施行ᄒ는際를限ᄒ야朝鮮總督府와及其所屬官署의勅任文官에任用홈을得홈이라

第二條 本令을施行ᄒ는際에現히朝鮮에서奏任文官이나又는奏任官待遇의職에在ᄒ는者는本令을施行ᄒ는際를限ᄒ야文官高等試驗委員의詮衡을經ᄒ야朝鮮總督府와及其所屬官署의奏任文官에任用홈을得홈이라

第三條 本令을施行ᄒ는際에現히朝鮮에서判任文官이나又는判任官待遇의職에在ᄒ는者는本令을施行ᄒ는際를限ᄒ야文官普通試驗委員의詮衡을經ᄒ야朝鮮總督府와及其所屬官署의判任文官에任用홈을得홈이라

第四條 朝鮮總督府外事局에勤務ᄒ는職員이外交官이나領事官이나又는外務省高等官에轉任ᄒ는境遇에서는朝鮮總督府의在職을在外公館의在職이라看做홈이라

勅令第三百九十九號

朝鮮總督府裁判所書記長과及裁判所書記特別任用令

第一條 朝鮮總督府裁判所書記長은現에裁判所書記長의職에在ᄒ는者나又는五年以上裁判所書記나統監府裁判所書記나又는朝鮮總督府裁判所書記의職에在ᄒ야現히判任官三級俸以上의俸給을受ᄒ는者中에서文官高等試驗委員의詮衡을經ᄒ야任用홈을得홈이라

前項의在職年數는裁判所와統監府裁判所와及朝鮮總督府裁判所에在職ᄒ期間을通算홈이라

第二條 朝鮮總督府裁判所書記는現히裁判所書記의職에在ᄒ는者中에서任用홈을得홈이라

外報

葡國의革命亂

倫敦電을據ᄒ즉去七日葡萄牙國駐箚英國公使로부터英國政府에達ᄒ電報를據ᄒ즉[illegible]日里斯本市에서는今三日夜부터非常히騷亂을惹起ᄒ야一部의守備兵은스사로共和黨이라揚言ᄒ고終日激戰ᄒ얏는ᄃᆡ革命黨은遂히熱誠ᄒ衆民의歡呼聲裏에

共和國設立을布告

ᄒ야此와同時에彼等은目下假政府를組織中이라고信한다ᄒ얏다더라

▲官兵倒戈 同電을又據ᄒ즉在里斯本의루ー다ー通信員報에曰去七日돈게도에서集合ᄒ官兵은革命黨에投入ᄒ얏ᄂᆞᆫᄃᆡ共和國의設立을歡迎ᄒ는衆民의喝采로써萬歲를三唱ᄒ얏다더라

▲葡皇去國 同電을又據ᄒ즉葡萄牙皇帝의所在地는判明치못ᄒ나政府는皇帝에對ᄒ야宮城을去ᄒ라고勸告ᄒ얏다더라

▲葡亂의影響 同電을又據ᄒ즉今回葡萄牙國에發生ᄒ革命亂은同國內의事變에만止ᄒ고別로歐羅巴의國際關係에는變局을生ᄒ과如ᄒ事는無ᄒ나但西班牙는此로由ᄒ야內政에影響을被ᄒ얏다더라

▲葡帝避亂說 同電을據ᄒ즉葡萄牙皇帝는里斯本市의西北十餘哩ᄒ도리에서避亂ᄒ다云ᄒ고又伯剌西國軍艦에서避難ᄒ다는說이有ᄒ다더라

▲葡路斷絶 同電을又據ᄒ즉里斯本方面으로通ᄒ鐵道는四十哩를距ᄒ다링에서破壞되얏는ᄃᆡ里斯本의下町人은殺害를被ᄒ얏고又市街에서는火災가起ᄒ야死傷者ㅣ數百名에達ᄒ얏다더라

▲英艦派遣 同電을又據ᄒ즉英國政府난目下今葡國의內亂에對ᄒ야干涉을試ᄒ意向이無ᄒ나有事과如ᄒ나既히超洋艦二隻을里斯本으로發向케ᄒ얏다더라

○朝鮮人土地禁借件 奉天電을據ᄒ즉奉天交涉使韓國均氏는各府州縣官에對ᄒ야今後朝鮮人에게土地賃借와及耕作에雇傭케홈을禁止ᄒ事로命令을發ᄒ얏ᄂᆞᆫᄃᆡ北京政府는이ᄌᆞ滿洲의朝鮮人處置方針을未決ᄒ얏슴으로總督은苦心研究中이라더라

上海電을據ᄒ즉去一日九龍廣東鐵道中英國人의計劃에屬ᄒ區域內의開通式을擧行ᄒ얏는ᄃᆡ香港太守代理사ㅡ、후란氏가由를千等ᄒ얏고總支配人당도、以下淸國政府及廣東總督代表者等이多數出席ᄒ야一讀[illegible]ᄒ얏다더라

○無線電奏功 倫敦電을據ᄒ즉無線電信發明者마루ᄀ니ㅡ氏는南英蘭의丁國에서愛蘭에서發ᄒ通信을直接無線電信으로受領ᄒ얏다더라

○英國의淸國防備 同電을據ᄒ즉英國의軍務省에서는北淸에駐屯ᄒ陸海軍에再命ᄒ되何時라도淸國을[illegible]

備를整頓ᄒ[illegible]使가淸國의[illegible]手段을攻究ᄒ[illegible]히報告홈으로써日下華盛頓官憲은該國의形勢에甚大ᄒ注意를拂ᄒ다더라

梅泉先生絶筆 四首

前進士 黃玹

全南求禮郡居前進士黃玹氏는山林文學의宿望으로[illegible]

[illegible]

〈그림 24〉『경남일보』, 1910.10.11, 1면
출처 : 국립중앙도서관

분간 명맥을 이어가다가 1914년 말엽에 끝내 폐간되었다.

1914년 음력 선달 25일, 만해 한용운은 시를 지어 황현의 순절을 추모했다.

> 의義로써 조용히 길이 보국報國했는데
>
> 죽고 나니 만고에 겁화劫花만 새로워라.
>
> 못다한 황천의 한恨 남기지 마소
>
> 괴로웠던 충성忠誠 사람들로부터 위로받으리.

> 就義從容永報國 一瞑萬古劫花新.
>
> 莫留不盡泉台恨 大慰苦忠自有人.[71]

한용운은 황현의 순절에 대해 의로써 보국한 것이라고 하였다. 이어서 그의 나라에 대한 충성은 사람들에게 위로받을 것이라고 하여 황현의 순절을 추모했다. 한용운은 선암사에 머무르는 동안 황현의 시에 차운한 시를 남기기도 했다.

황현이 순절했다는 소식이 세상에 알려지자, 생전에 교유가 있었던 인물을 비롯하여 평소 그의 강직한 인품과 의리를 흠모했던 사람들은 만시와 제문을 지어 영전에 바치며 고인을 추모했다. 순천부사를 지냈던 백낙륜白樂倫은 황현을 그리워하는 시를 남겼고,[72] 전북 김제 출신인 이근문李根汶도 황현의 죽음을 애도하는 시를 지었다.[73] 전주 사람 이준규李駿圭는 장편의 제문을 지어 바쳤고,[74] 최익현과 함께 의병활동을 펼쳤던 의병장 임병

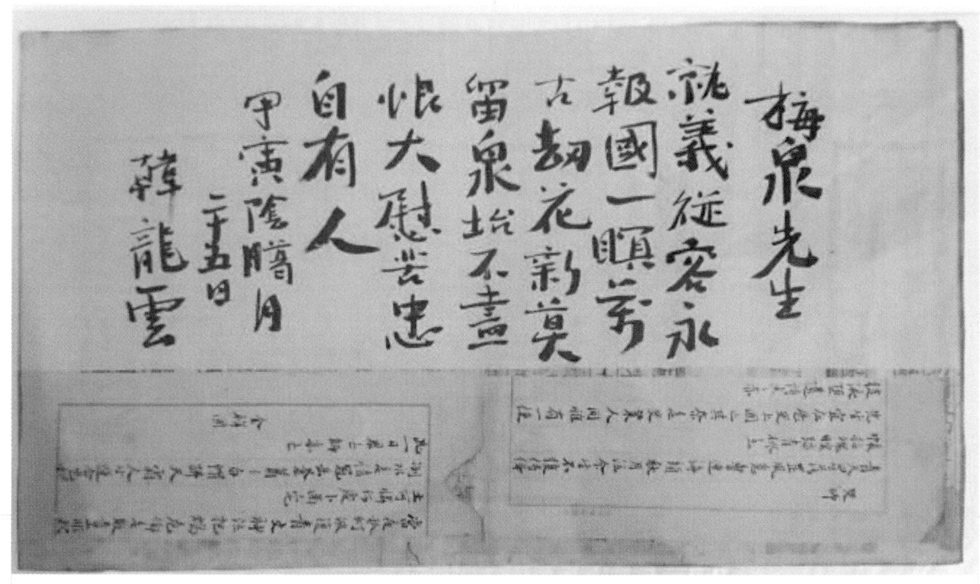

〈그림 25〉 만해 한용운의 친필 시 '매천 선생'
출처 : 황현 후손 소장[76]

찬林炳瓚도 제문을 지어 보냈다.[75]

황현의 사후 33년이 지난 1942년 3월 15일에 광양 봉강면 문덕봉 아래 계산으로 유해를 옮겨 다시 장사지냈는데, 이때에는 황현의 문인인 김상국金祥國이 묘지명을 지어 바쳤다.[77] 이외에도 황현의 순절을 애도하고 기리는 만시와 제문들이 전국 각지에서 밀려들었다. 평소 사람을 대할 때 의리를 중요하게 여기고, 지위고하에 상관없이 인정으로 대했던 황현의 곧은 인품이 그의 주변에 사람들을 모여들게 한 것이다. 나라에 대한 의리를 지키고자 자신의 목숨을 기꺼이 내놓았던 황현의 강직한 성품은 주위 사람들을 감화시켰다. 황현은 비록 홀로 먼 길을 떠났지만, 그의 순절을 기억하고 추모하는 수많은 사람들이 존재하는 한 강직하고 고결한 선비 정신은 빛을 잃지 않을 것이다.

〈그림 26〉 매천사(梅泉祠), 전라남도 문화재자료 제37호
출처 : 문화재청[78]

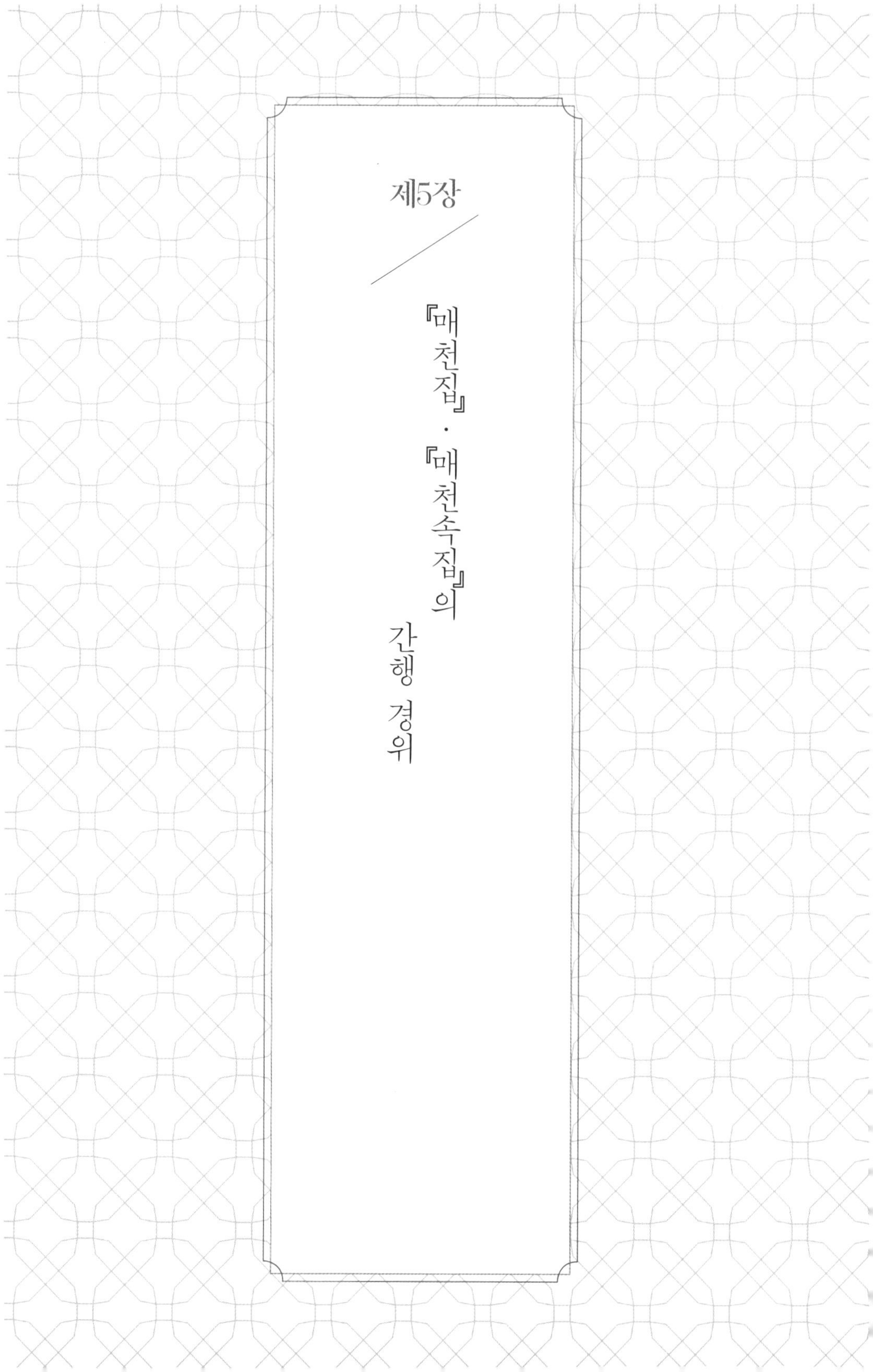

제5장

『매천집』·『매천속집』의 간행 경위

1. 『매천집』 간행 경위

황현이 세상을 떠난 이후에 그가 남긴 시문을 엮어 1911년에 『매천집』 7권 3책이 간행되었다. 이어서 1913년에는 『매천속집』이 2권 1책으로 간행되었다. 『매천집』과 『매천속집』이 간행된 때는 아직 일제 치하에 있던 때인데, 어떻게 문집 간행이 가능했던 것일까. 더구나 황현의 절명시가 『경남일보』에 실린 이후에는 그의 순절이 여러 사람의 입에 오르내리며 전국적으로 커다란 반향을 불러일으켰고, 자연스레 일제의 따가운 감시를 받았다. 이러한 상황에서 『매천집』과 『매천속집』이 연달아 간행될 수 있었던 것은, 국내외에 거주하는 황현 관련 인사들의 첩보전을 방불케 하는 주도면밀한 계획과 행동이 있었기에 가능했다.

황현이 순절한 다음 해인 1911년에 접어들어, 그의 후배와 문인을 중심으로 『매천집』 간행에 대한 논의가 시작되었다. 당시 논의에 참석했던 권봉수가 남긴 기록을 살펴보면 신해년1911 정월 21일에 매천선생 문집 발간 일로 북의동 고용주의 집에서 회의를 했다는 내용이 남아 있다.[1] 그러나 문집 간행을 위해서는 먼저 해결해야 할 문제가 있었다. 첫째는 문집 간행에 필요한 자금이 부족하다는 것이고, 둘째는 조선총독부의 출간 허가를 얻기 어렵다는 것이었다. 이 때문에 비록 문집 간행을 성취하려는 뜻은 하나로 모았으나, 현실의 장벽에 가로막힌 채 다만 훗날을 기다리고 있는 형편이었다.

고용주가 왕수환에게 보낸 1911년 2월 21일 자 편지에는 『매천집』 간행에 대해 2~3년을 기다려 좋은 바람이 불어올 때 하는 것이 어떻겠느냐고 적혀 있다. 또 황현의 제자인 김상국이 왕수환에게 보낸 1911년 2월 12일자 편지에도 『매천집』을 출판하려면 반드시 조선총독부의 승인을 얻어야 하고, 또 승인하더라도 선생의 큰 절의는 한 글자도 삽입할 수 없을 것이므로 천천히 기회를 기다려 완벽을 도모하는 것이 좋겠다고 하였다. 김상국은 황현의 문하에서 오랜 시간 지내면서 스승의 뛰어난 시문과 훌륭한 절의에 대해 잘 알고 있었기에 문집 간행의 성취를 간절하게 바라고 있었다.

김상국은 『매천집』 간행을 위해 여러 가지 방법을 모색하였다. 우선 광문회光文會 회원과 꾀하여 모임에 가입한 뒤 문집 간행에 대한 논의를 제기하였으나, 광문회의 목적인 고서古書 간행과 맞지 않고 또 승인을 얻기가 곤란하다는 이유로 여러 차례 사절당했다. 광문회는 최남선崔南善 등이 고문헌의 보존과 반포, 고문화의 선양을 목적으로 1910년 설립한 단체인 조선광문회朝鮮光文會이다. 조선광문회를 통한 문집 간행이 어려워지자, 김상국은 『매천집』을 국문으로 번역하고 작문 교과서로 삼으려는 방편을 시도했다. 그러나 조선총독부에서 일본어가 아니면 신간新刊을 허가하지 않는다는 말을 듣고는 크게 통분하며 계획을 접을 수밖에 없었다.

이와 같이 『매천집』을 간행하기 위해 황현의 문인과 후배를 중심으로 활발한 논의와 다양한 시도가 있었으나, 현실의 장벽에 부딪쳐 답보 상태가 지속되었다. 그러던 중 반가운 소식이 서쪽 바다 너머에서 날아왔다. 김택영이 『매천집』 간행을 위해 발 벗고 나선 것이다.

우리 벗 황매천이 순절한 다음해 매천 아우 계방季方이 매천 유고遺稿를 보내어 가려 뽑아 주기를 청하므로 내가 이미 선택을 마치고 한 편지로 매천의 문인과 후배에게 보내서 말하기를, "이런 시詩가 있는데 간행하지 않아도 되겠는가. 원컨대 우리 고국 모든 부형과 더불어 도모하십시오"라고 하였더니, 후배 왕수환王粹煥·박창현朴暢鉉과 제자 권봉수權鳳洙 세 분이 말하기를 "이는 본래 우리의 뜻이다"라고 하며 일어나 호소하였다. 이에 그 본고향 호남으로부터 영남에까지 따라 응하여 간행한 일이 이루어졌다.[2]

이 글은 1912년 11월 김택영이 『매천집』 동간록同刊錄에 붙인 서문으로, 문집 간행 경위에 대해 기록되어 있다. 황현의 후배인 왕수환·박창현과 제자인 권봉수를 중심으로 문집 간행에 대한 논의가 진작부터 있었으나, 국내의 여러 사정으로 진행하지 못하고 있었는데 김택영이 문집 간행을 촉구하여 이루어지게 되었다고 하였다. 이에 황현의 고향인 호남지역 문사를 비롯하여 영남지역 인사들까지 문집 간행에 동참하게 되었다. 당시 황현의 시문에 대한 명성과 그의 절의에 대해 알고 있는 사람이라면 지위 고하를 막론하고 문집 간행의 필요성을 공감하고 있었다.

매천 선생의 유집遺集은 마땅히 간행하여야 하겠으므로 나는 지위가 낮고 덕이 박한 것을 잊어버리고 감히 적은 물건을 먼저 내놓습니다. 약한 새의 힘으로는 바다를 메울 수 없으나, 개미로 하여금 보배로운 구슬을 꿸 수 있듯이 다행히 이 뜻을 체득하여 여러분들과 같이 하고자 합니다. 그 간행의 다소는 재력의 많고 적음에 따라 정하여지므로 당장 그 수를 말할 필요는 없습니다. 삼가 고국의 유민 여러 부형에게 부칩니다.[3]

문집 간행을 위해서는 인쇄비와 운송비 등 적지 않은 자금을 필요로 했다. 김택영은 1911년 6월 22일 『매천집』 간행을 위한 비용으로 오환伍圜을 먼저 내놓으며 국내 인사들의 동참을 부탁하는 내용을 적은 편지를 부쳤다. 국내에서 의연금을 모집하는 역할은 왕수환·박창현·권봉수가 중심이 되어 맡았다. 그들은 1911년 8월부터 평소 황현과 친분이 있었던 인사들에게 편지를 보내어 문집 간행 의지를 밝히고 동참해줄 것을 간곡하게 부탁하고, 의연금 모집 발문發文과 모간기募刊記를 동봉하여 송부했다. 그들은 황현의 문인이었던 고용주·김상국을 비롯하여 친분이 두터웠던 박문호·백겸산·송기면·송태회, 그리고 이정직의 아들인 이규홍, 이기의 아들인 이락조에게도 모연문募捐文을 보내어 문집 간행에 관한 정황을 알렸다. 이외에도 장지연·곽종석·정만조 등에게도 모연문을 보내어 문집 간행 소식을 알리고, 아울러 주위 사람에게도 널리 알려달라는 당부의 말도 덧붙였다.

문집의 인쇄를 비롯하여 출판과 관련된 제반 사항은 중국 남통의 한묵림인서국에서 근무하는 김택영이 도맡아서 진행했다. 한묵림인서국은 남통의 첫 번째 학교인 통주사범학교가 설립되면서 1903년에 만들어진 출판사이다. 이 출판사는 시설이나 규모, 운영에 있어 근대 출판사의 면모를 갖추고 있었다.[4] 김택영이 한묵림인서국에서 간행한 도서는 자신의 시문집이 14종, 저편서가 16종이고, 간행을 맡은 도서는 17종에 이른다.[5]

김택영은 국내의 문집 간행 주력 인사인 왕수환·박창현·권봉수를 비롯하여 황원과 긴밀하게 편지를 주고받으면서 문집 간행을 진행했다. 왕수환을 비롯한 세 사람은 1911년 11월 국내에서 모금한 자금 200~300원圓

의 일부인 50원을 먼저 우편으로 김택영에게 부쳤다. 모금액은 한 번에 송금하지 않고, 여러 차례에 나누어 남통의 김택영에게 보내졌다. 아마도 일제의 감시를 피하기 위해 금액을 나누어 송금한 것으로 보이는데, 실제로 일본 경찰서에서 송금액의 출처를 조사받기도 하였다. 세 사람은 김택영에게 모금액이 반액도 걷히지 못하였으나 만약 수개월을 늦추면 완전히 걷힐 것이라고 하면서, 출판비를 모두 송금하는 날에 인쇄를 시작하여 일거에 끝마쳐서 비용이 증가되지 않기를 바란다고 당부하였다.

『매천집』은 중국에서 간행된 이후 국내로 유입되어 전국에 퍼져나갔다. 『매천집』은 처음 500책이 출간되었는데, 그중 50책은 중국에 반포되었고 450책은 국내에서 반포할 요량으로 들여왔다. 그러나 『매천집』을 국내로 들여오는 과정 또한 결코 수월하지 않았다. 모금액을 나누어 송금했던 방식과 마찬가지로 완성된 문집도 일제의 눈을 피해 여러 차례 분할해서 국내로 우편 발송되었다.

황현의 절의와 순절에 대해서는 우리나라 사람뿐만 아니라, 일본인들도 알고 있었기 때문에 일제의 감시를 피하기가 매우 어려웠다. 실제로 『매천집』 간행에 연루되었거나 문집을 소유한 것이 발각되는 경우, 일제에 잡혀가 고된 문초를 당하기도 하였다. 김상국이 황원에게 부친 1912년 2월 4일 자 편지를 보면 일제가 엄밀히 염탐하는 것이 더욱 심해진 상황에 대해 탄식하기도 했다. 이러한 사정으로 인해 이건방은 황현의 행장 저술을 부탁받고도 사양하였으며, 서간도에 체류 중인 이건승에게 전달받은 황현의 제문을 황원에게 전하지 않기도 하였다. 그러나 마침내 두 사람이 지은 황현의 제문은 『매천속집』에 실리게 되었다.

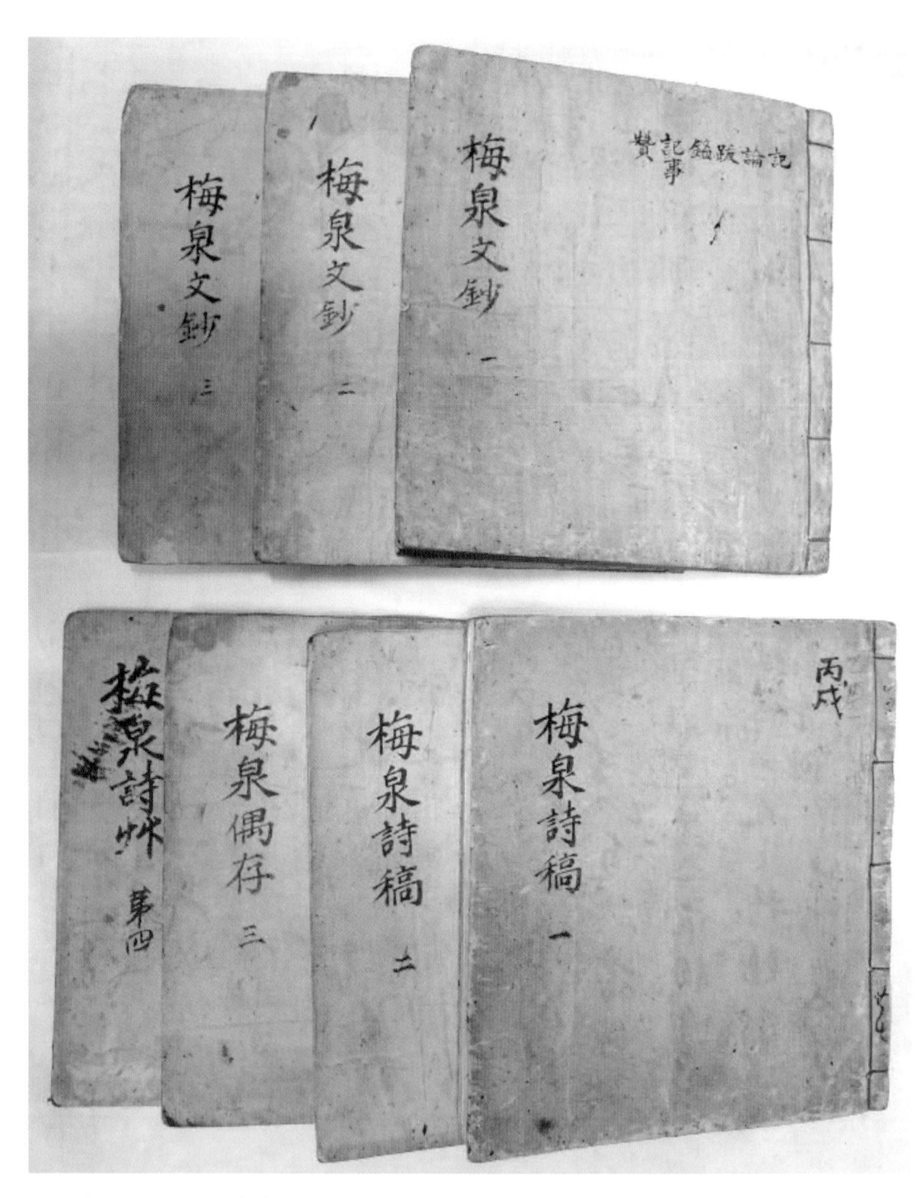

〈그림 1〉 황현의 시집(4책)과 문집(3책), 등록문화재 제749-1호
출처 : 문화재청

『매천집』이 출간된 때는 1911년 12월 전후로 보인다. 김택영은 출간이 완료된 『매천집』을 왕수환에게 직접 보내지 않고, 개성에 사는 왕성순王性淳에게 발송했다. 그리고 왕수환에게 편지를 써서 개성에 사는 왕성순에게 『매천집』 450책을 부쳤으니 대광주리를 들고 찾아갈 것을 당부하였다. 왕수환이나 황원에게 직접 『매천집』을 부쳤을 경우에 일제의 검문을 피할 수 없을 것이라는 예상에서 나온 계책으로, 비록 돌아가더라도 안전한 방책을 도모한 것이다. 김택영이 보낸 『매천집』을 받은 왕성순은 곧바로 왕수환에게 편지를 부쳐, 수백 책에 달하는 문집의 운송비 경감과 편리성을 위해 우편 대신 철로로 부칠 것이니 가까운 철로역에서 찾아갈 것을 권하였다.

그러나 이와 같이 만반의 준비를 기하였음에도 불구하고, 1912년 9월에 『매천집』과 『창강고』를 동시에 일제에게 압수당하는 사건이 발생했다. 이때 압수당한 『매천집』은 처음 출간된 450책 중의 절반 분량에 해당되는 것으로, 나머지 절반인 225책은 무사하게 국내에 반포될 수 있었다. 결국 일제의 강제 압수로 인해 그해 겨울에 재간再刊을 해야만 했다.

『매천집』이 간행된 경위와 반포된 노정을 살펴보면, 이보다 여러 사람의 노고와 험난한 과정을 거쳐서 간행된 문집이 다시 있을까라는 의문이 절로 든다. 곧 『매천집』은 한 개인의 시문이 수록된 것이나, 그것을 엮어 문집으로 간행될 수 있었던 데에는 평소 황현의 문장과 의리를 숭상한 수많은 사람들의 의지와 간절한 바람이 있었기 때문에 가능했다. 실로 우여곡절 끝에 간행된 『매천집』은 국내외 문사들의 손에서 손으로 전해졌고, 그 속에 담긴 황현의 곧은 지조와 절개도 함께 전파되었다. 곧 황현의 뛰어난 시문과 드높은 절의는 『매천집』 간행을 통해 불후할 수 있었다.

2. 『매천속집』 간행 경위

『매천집』이 간행된 이후, 곧바로 『매천속집』 간행을 위한 계획이 착수되었다.

> 지난번에 내가 죽은 친구 황매천의 유고遺稿를 선별하여 권卷으로 만들 때 시詩는 다섯 권이었는데 산문은 두 권밖에 되지 않았다. 그런데 이를 간행한 뒤에 매천의 큰아들 암현巖顯이 다시 나에게 급히 편지를 보내 말하기를, "백부伯父께서는 다시 우리 선친의 산문을 선별하여 간행해 주시기를 바랍니다. 저는 삼가 얼마 안 되는 땅을 팔아서 간행할 비용을 마련하였습니다. 지난번에 원집原集을 간행하고 나자 제군자들이 마음속으로 몹시 불만스러워하였는데, 이번에 만약 이 토지를 지키려고 선친의 글을 싣는 데 부족하게 한다면 어떻게 제군자들의 얼굴을 볼 수 있겠습니까" 하는 것이었다. 나는 이 말을 듣고 탄식이 일었고 그리하여 드디어 다시 산문을 선별해서 두 권으로 만들게 된 것이다.[6]

김택영은 황현의 시문을 편정編定하여 『매천집』을 간행할 때 시는 2분의 1을 제외시켰고, 문은 4분의 3에 해당되는 분량을 제외시켰다. 『매천집』을 간행할 때 황현의 시문 가운데 상당한 분량을 산삭刪削했던 탓에 여러 사람이 아쉬움을 토로했다. 그러자 황현의 큰 아들인 황암현이 얼마 안 되는 토지를 팔아 비용을 마련한 뒤 김택영에게 편지를 보내어 원집에서 부족했던 산문을 선별해서 간행해 줄 것을 부탁한 것이다. 이에 김택영은 다시 황현의 원고 가운데 산문을 선별하여 2권으로 엮고 『매천속집』이라 명명하여 출간했다.

김택영은 출간된 『매천속집』을 중국 안동에서 상점을 운영하는 최치훈崔致勳에게 송부하여 국내의 왕수환과 황원에게 부치도록 하였다. 김택영이 송부한 문집을 받은 최치훈은 황원에게 편지를 보내서 먼저 『매천속집』 17책을 우편으로 부치고, 한 달쯤 지난 뒤 『매천집』 85책을 신의주 우편국에서 부쳤다. 『매천속집』의 출간은 최치훈이 황원에게 처음 편지를 부친 때가 1913년 12월 초순인 것에서 미루어볼 때, 그해 12월을 전후하여 완성된 것으로 보인다. 이와 같이 『매천속집』의 경우에도 앞서 『매천집』의 국내 유입 경로와 마찬가지로 중간 지점을 경유해서 구례로 반입함으로써 일제의 압수에 대비했음을 알 수 있다.

이상에서 살펴본 바와 같이 『매천집』과 『매천속집』은 국내외 수많은 사람들의 뜻과 의지가 모여 간행된 것이다. 문집 간행을 위해 모금한 의연금은 당시 흉년으로 어려운 형편임에도 불구하고 1원 또는 수 원 씩 갹출하여 모은 것이다. 당시 일제의 감시와 탄압이 점차 정교하고 극심해지는 상황에서 황현의 문집 간행에 의연금을 낸다는 것은 일제에 저항하는 행동으로 간주될 수 있었다. 이 때문에 당시 일제의 핍박을 견디지 못해 문집 간행에 동참하지 못한 사람들도 간혹 있었다. 곧 일제의 탄압에 내몰릴 수 있는 위험한 상황을 감수한 채 『매천집』 간행에 동참한 것은 또 다른 형태의 독립운동이었다.

매천 황현 연보

1855년 …… 1세

— 12월 11일 경자 을유시乙酉時에 전라도 광양시 봉강면 석사리 서석마을에서 태어나다. 부친인 황시묵黃時默은 질박하고 정직하여 의리를 좋아했으며, 모친인 풍천豐川 노씨盧氏는 황현을 가졌을 때 태교胎敎의 법칙을 준행하여 한 가지 음식이라도 반드시 반듯하게 썬 것을 먹었다.

— 황현이 돌이 채 지나기 전에 조부 황직黃櫶이 세상을 떠나다.

1861년 …… 7세

— 서당에 들어가다.

— 부모가 맹수의 해를 당할까 염려하여 밤에는 서당에 가지 못하게 했으나, 황현은 틈을 엿보아 몰래 가서 글을 읽고 돌아오곤 하였다.

1865년 …… 11세

— 처음으로 시를 지어 숙사塾師인 천사川社 왕석보王錫輔에게 훗날 명가名家가 될 것이라는 칭찬을 받다.

— 마을 장로長老의 연석宴席에 참석하여 처음 시를 지어 "기러기 소리가 처음 노는 이의 연석에 들려온다[雁聲初落遊人席]"라고 하자, 마을 장로들이 모두 놀라워했다.

1868년 …… 14세

— 향시鄕試에 응시하여 붓끝에서 바람이 일도록 거침없이 써 내려가자, 시장試場의 제생諸生들이 담장처럼 둘러싸고 구경하면서 모두 칭찬하며 기재奇才라 일컬었다.

— 주자朱子의 『자치통감강목資治通鑑綱目』을 읽었는데, 한 해에 재독再讀을 하여 눈을 감으면 글자가 머릿속에 모두 삼삼하게 떠올랐다.

1869년 …… 15세

— 지방의 도적 떼가 광양을 함몰시켜서 집안이 마침 텅 비었으므로, 집에 있는 도끼와 가래 등의 연장을 가지고 칼과 창 수십 자루를 만들어 도적 떼를 방어할 계획을 세웠다.

1871년 …… 17세

— 3월 19일, 해주 오씨海州吳氏 오현주吳顯胄의 따님과 혼인하다.

— 순천영順天營의 백일장에 참가하여 영장營將 윤명신尹明信의 무례함을 책망하다.

1876년 …… 22세

— 하동 사람인 남파南坡 성혜영成蕙永이 방문하다. 성혜영은 그해 여름 서울로 유학하여 강위로부터 시를 배웠고, 또 근체시를 더욱 익혀서 황현에게 강위의 시 수백 편을 말해주었다.

1877년 …… 23세

— 남쪽 여러 지방을 유람하다. 금산 보리암, 김해 연자루, 진주 촉석루, 의암사, 창렬사 등을 방문하고 시를 짓다.

— 지리산 연곡사를 방문하다.

— 유제양柳濟陽을 방문했으나 만나지 못하여 시를 남겨놓고 돌아오다.

1878년 …… 24세

— 서울에 올라와 처음으로 강위를 만나다.

— 이건창을 만나기 위해 찾아갔으나, 죄를 얻어 문을 닫아걸고 인사를 사양하므로 만나지 못하다.

— 서울 주동注洞의 우사寓舍에서 고향을 그리워하며 시를 짓다.

— 서울에 있으면서 위당威堂 신헌申櫶 · 향농香農 신정희申正熙 부자와 종유하다.

1879년 …… 25세

— 2월, 벽동碧潼으로 유배를 갔던 이건창이 돌아왔다는 소식을 듣고 시문을 들고 찾아가서 만나다.

— 초가을에 봉주鳳洲 왕사각王師覺과 함께 봉천암에 들어가서 열흘 동안 머무르다.

— 경남 하동 수성촌에 있는 성혜영을 방문하여 그와 함께 진암陣巖에 가다.

— 전남 장성에 있는 노사蘆沙 기정진奇正鎭을 찾아뵙다. 이때 기정진은 황현에게 시를 지어주면서 '지극한 보배至寶'라고 칭찬하였다.

— 전남 구례 운조루雲鳥樓의 5대 주인인 유제양의 서실을 방문하여 이틀 동안 머무르다.

1880년 …… 26세

— 여름, 수신사修信使 김홍집金弘集의 수행원으로 일본에 가는 강위를 부산 동래에 가서 전송하고 시를 지어 올리다.

— 가을에 금강산을 유람하고 기행시를 지어 「풍악기행楓嶽紀行」으로 이름하다.

— 김택영을 만나기 위해 개성으로 가서 천마산을 유람하다.

1881년 …… 27세

— 삼청동에 있는 김종규金宗圭의 원정園亭에서 호산壺山 박문호朴文鎬와 함께 시를 짓다.

— 노사 기정진이 세상을 떠나자, 「기노사선생만奇蘆沙先生挽」을 지어 추모하다.

1882년 …… 28세

— 남궁시南宮試에 낙방하다.

— 박문호·김택영과 함께 2박 3일간 북한산성을 유람하다.

— 신정희, 단농丹農 이건초李建初 등과 교유하다.

1883년 …… 29세

— 보거과保擧科 초시에 장원하였으나 궐정시闕庭試에서 낙방하다.

— 해사海史 안중섭安重燮의 편지를 받고 답장을 보내다.

— 임자도荏子島에 유배 중인 신정희를 찾아가다. 한 달 가량 머무르면서, 두 사람이 수창한 시를 엮어 『영빈창수록靈濱唱酬錄』이라 명명하다.

1884년 …… 30세

— 세상을 떠난 추금 강위를 애도하고 만시를 짓다.

— 전라도 여수에 위치한 매영梅營의 남문南門에 오르다.

— 「이충무공귀선가李忠武公龜船歌」를 짓다.

— 후학을 가르칠 목적으로 『집련集聯』을 집필하다.

1885년 …… 31세

— 소금素琴 왕사천王師天에게 시를 지어 부치다.

— 1년 전 세상을 떠난 신헌을 추모하고 애도시를 짓다.

1886년 …… 32세

— 생계를 위해 책을 팔아 쌀을 사온 것을 탄식하는 봉주鳳洲 왕사각王師覺에게 시를 지어 위로하다.

— 12월, 광양을 떠나 구례 만수동으로 이사하다.

1887년 …… 33세

— 하동에 가서 동석東石 조정현趙正顯을 방문하고 함께 쌍계사 주변을 유람하다.

1888년 …… 34세

— 2월, 부모의 권유에 따라 향공초시생鄕貢初試生으로 성균회시成均會試 생원시生員試에 응시하여 급제하다. 그러나 곧바로 서울을 떠나 고향으로 돌아오다.

— 해사海史 안중섭安重燮과 함께 도림사를 유람하다.

1889년 …… 35세

— 3월, 영남의 농산정, 해인사, 수승대 등지를 유람하다.

— 대구에 사는 하산夏山 정재동鄭載東을 방문하다.

— 강동薑洞에 사는 개석介石 정연갑鄭然甲의 초당草堂을 방문하다.

— 상사上舍 방하규房夏圭를 곡하다.

1890년 …… 36세

— 서실 구안실苟安室이 완성되다.

— 진주의 여사旅舍에서 홍춘사洪春史·박춘포朴春圃와 함께 보내다.

— 단성현에 가서 회당晦堂 이성열李聖烈의 유배지를 방문하다.

— 달성으로 가는 해학海鶴 이기李沂를 처음 만나다.

1891년 …… 37세

— 6월, 「구안실기苟安室記」를 짓다. 훗날 김윤식金允植·이건창·김택영이 구안실苟安室에 대한 기문을 지어주다.

— 해학 이기와 함께 화엄사를 찾아가다.

1892년 …… 38세

— 4월 30일, 부친 회갑연에 헌수하다.

— 6월, 부친상을 당하다.

— 소운少雲 황병욱黃炳郁이 종이를 보내오다.

1893년 …… 39세

— 1월, 종형인 황담黃壜이 세상을 떠나다.

— 2월, 모친상을 당하다.

— 8월, 전라도 보성에 유배된 이건창을 찾아가 위로하다.

1894년 …… 40세

— 『매천야록』·『오하기문』의 집필을 시작하다.

1895년 …… 41세

— 9월, 전남 화순 동복현의 적벽赤壁을 유람하다.

— 오봉산五鳳山 산중에 우거하다.

— 소천小川 왕사찬王師瓚의 시에 화답하다.

— 석주관성石柱關城에서 칠의사七義士를 조상하다.

— 구안실 동쪽에 일립정一笠亭을 세우고, 「일립정명一笠亭銘」을 짓다.

— 석정石亭 이정직李定稷의 서신을 받다.

— 선암사와 송광사를 방문하다.

— 남원 막부에 부임한 유당酉堂 윤종균尹鍾均이 찾아오다.

— 단발령 소식을 듣고 왕사찬을 찾아가서 밤새 이야기를 나누다.

1896년 …… 42세

— 봉주 왕사각을 곡하다.

— 남원에 들러 남원부 관찰사인 겸산兼山 백낙륜白樂倫을 방문하다.

— 장흥 부사 박헌양朴憲陽을 애도하다.

— 진도에 유배된 무정茂亭 정만조鄭萬朝를 방문하다.

— 소치小癡 허유許維의 묵연권墨緣卷에 제하다.

— 벽파진, 표충사를 방문하다.

— 9월, 석현에 들러 김경범金景範을 곡하다.

— 윤종균이 황현을 찾아오다.

1897년 …… 43세

— 이정직의 〈십죽도十竹圖〉를 감상하고 시를 짓다.

— 이정직과 함께 토동에 가서 오산의 승사僧舍에서 유숙하다.
— 이정직이 황현의 집을 방문하여 시를 수창하다.
— 비촌을 지나 승평을 방문하다.
— 당천에 있는 윤종균을 방문하다.
— 을미사변乙未事變에 대한 소회를 시로 짓다.
— 백동으로 돌아가는 김세문金世文에게 부賦 한 편을 지어주다.
— 시부를 지어 이덕일李德一을 전송하다.

1898년 …… 44세

— 구례군수 박항래朴恒來가 성균관 박사시博士試에 응시할 것을 권하였으나 사양하다.
— 3월, 백모伯母 왕유인王孺人의 제문을 짓다.
— 백모伯母의 장지를 잡기 위해 도장동에 가다.
— 외척 노응현盧應玄 · 신윤조申潤祖 · 한경선韓景善에 대하여 만사를 짓다.
— 김효찬金孝燦의 율시집 『용성음고龍城吟稿』에 제하다.
— 금사 박항래 · 해학 이기 · 후춘厚春과 함께 시 짓는 모임을 갖다.
— 6월 20일, 성주 박항래의 초청으로 수레를 타고 천은사에 가다. 유제양 · 이기 · 왕사찬도 이르러 함께 시를 짓다.
— 이건창이 6월 18일에 별세했다는 부음을 듣고 통곡하다.
— 정언正言 안병택安秉澤을 곡하다.
— 9월 8일, 윤종균을 방문했다가 그대로 그를 전송하다.
— 고종의 생일에 군내의 백성들과 함께 읊은 시를 묶어 『화봉첩華封帖』이라 이름하다.
— 오관순吳觀淳 · 안정회安貞晦에 대한 만시를 짓다.
— 도적을 만나 의장을 빼앗긴 이기에게 시를 지어주다.
— 이건창의 장례식에 참석하지 못하여 시를 지어 애도하다.

1899년 …… 45세

— 1월 6일, 순자강을 거슬러 동복으로 가서 소아小雅 조성희趙性喜를 방문하다.

— 남원, 전주, 계룡산, 금강, 마곡사를 방문하다.

— 10년 만에 다시 서울에 들어가다.

— 3월, 윤종균 · 윤윤백尹允伯 · 최형국崔亨國과 함께 강화에 가서 이건창을 조문하고, 「제영재이공문祭寧齋李公文」을 짓다.

— 강화에 가서 이건창의 영궤靈几에 곡을 하고, 5일 동안 지내면서 그의 중제仲弟 이건승李建昇 · 당제堂弟 이건방李建芳과 함께 옛 이야기를 나누다.

— 자성으로 부임하는 박항래를 전송하다.

— 늦가을 순강鶉江의 길을 따라 광양으로 가다.

— 「언사소言事疎」를 지어 시무책을 제시하다.

1900년 …… 46세

— 동지同知 심우서沈禹瑞의 축수시를 짓다.

— 선조에게 물려받은 석현石峴의 농장을 팔다.

— 곤양 군수 박처양朴處陽에 대한 만시를 짓다.

— 3월 보름에 월출령을 넘어 집에 돌아오다.

— 이건창의 아우인 이건승에게 시를 지어 부치다.

— 자성 임소에 있는 박항래에게 시를 지어 부치다.

— 문수암을 방문하다.

— 4월 9일, 봉계鳳溪의 박우朴友가 문안을 오다.

— 고향에 가는 원규元奎 조인여趙仁汝를 전송하다.

— 중복에 왕사찬과 함께 유제양을 방문하여 계제禊祭의 일을 의논하다.

— 「새하곡塞下曲」을 지어 박항래에게 부치다.

— 월계月溪 허자許滋 · 소아 조성희에 대한 만시를 짓다.

— 오봉의 시골 학교로 왕사찬을 찾아갔다가 만나지 못하고 돌아오다.

— 회갑을 맞은 이정직에게 축수시를 지어 부치다.

— 12월, 회인시를 지어 오랜 벗을 그리워하다.

1901년 …… 47세

— 1월 24일, 질녀姪女를 시집보내다.

— 정선명鄭善明에 대한 만시를 짓다.

— 문성재文星齋를 방문하다.

— 사곡 마을에 사는 정운익鄭運翼 노인을 방문하다.

— 죽연竹淵의 강가 주막에서 쉬었다가, 황전黃田으로 돌아가다.

— 매부 유치공柳稚恭을 곡하다.

— 유제양을 찾아가다.

— 6월 초, 승주의 은성재隱城齋를 방문하다.

— 석주칠의각石柱七義閣을 방문하고 시를 짓다.

— 사평沙坪 나루를 건너 하동에 있는 성혜영을 방문하다.

1902년 …… 48세

— 석초石樵 박해우朴海友에 대한 만사를 짓다.

— 2월 15일, 왕고王考의 묘에 비석을 세우다.

— 임경업林慶業 장군의 영당影堂을 방문하다.

— 여도呂島에 있는 양천養泉 서주보徐周輔를 방문하다.

— 4월 중순, 화엄사의 봉천암으로 윤종균을 방문하여 수창하다.

— 동복의 사평으로 상해에서 돌아온 평숙平叔 송태회宋泰會를 방문하다. 평숙이 촉차蜀茶를 선물하다.

— 지도智島에 유배된 김윤식을 찾아가다.

— 남원 현포에서 운파雲坡 홍의섭洪宜燮을 곡하다.

— 가을에 유제양을 방문하다.

— 겨울 초, 윤종균이 묵고 있는 여관을 방문하다.
— 11월 29일, 만수동에서 구례 월곡리로 이사하다.

1903년 …… 49세
— 첫 손자가 태어나다.
— 초여름에 왕사찬과 함께 윤종균을 방문하다.
— 9월 17일, 막냇동생 황원黃瑗이 아들을 얻다.

1904년 …… 50세
— 단약丹藥인 추석秋石을 만들어 막내아우에게 주다.
— 송태회에게 받았던 촉차를 시음하고 시를 짓다.
— 벽하碧下 조주승趙周昇을 곡하다.
— 화엄사를 방문하다.
— 거담蘧潭 오계열吳啓烈의 만사를 짓다.
— 선산에 있는 오래된 재실을 다시 짓고 중추절에 「지모재기持慕齋記」를 쓰다.

1905년 …… 51세
— 광양의 남경열南景烈을 곡하다.
— 이건승의 시유당始有堂에 제하다.
— 김택영이 정월에 보낸 편지를 받고 여비를 마련하여 가을에 올라갈 계획을 세우다. 그러던 중 6월 초에 갑자기 종가의 종질이 세상을 떠나, 그의 가족들이 황현에게 생활을 의지할 수밖에 없어 떠나려던 계획을 그만두다.
— 10월, 을사늑약 체결 소식에 며칠 동안 단식하고 「오애시五哀詩」를 짓다.
— 평양대平壤隊의 군병 김봉학金奉鶴이 자결한 일을 기록하다.
— 꿈에서 이건창을 보고난 뒤 시를 짓다.

1906년 …… 52세

— 난세에 절의를 지킨 10인의 화상畫像을 그리고 각각 시를 붙인 「십절도시十節圖詩」로 병풍을 만들어 '효효병嘐嘐屛'이라 이름하다.

— 세모에 연재淵齋 송병선宋秉璿 선생의 순절 소식을 듣고 홀로 애통해하다.

— 2월에 윤종균이 방문하다.

— 6월, 조창준趙昌駿에게 편지를 보내어 의병 12인의 본관과 성명, 의병 활동의 전말에 대한 기록을 보내줄 것을 요청하다.

— 6월, 박항래에게 편지를 부치다.

— 8월, 조영선趙泳善에게 편지를 보내어 의병 활동을 치하하고 향후 방문해 줄 것을 요청하다.

— 10월, 황재묵黃在默에게 편지를 부치다.

— 무장의 의병장 정시해鄭時海를 애도하다.

— 왕사천의 장례 행렬을 전송하다.

— 고용주高墉柱에게 편지를 부치다.

— 바다 건너 김택영에게 편지를 부치다.

— 11월, 대마도에서 순국한 면암勉菴 최익현崔益鉉을 곡하다.

1907년 …… 53세

— 유내극柳乃極이 황어黃魚를 보내주다.

— 초계 수령 직함의 양한규梁漢奎를 애도하다.

— 4월, 조영선에게 편지를 보내어 『동의록同義錄』의 정본 확정 여부를 물어보고, 향후 방문해 줄 것을 요청하다.

— 6월, 김택영이 4월에 회수淮水에서 보낸 편지를 받다.

— 정만기鄭萬箕에게 편지를 부치다.

— 연곡의 전장戰場에서 의병장 고광순高光洵을 조문하다.

— 『해석시권海石詩卷』에 제하다.

1908년 …… 54세

— 8월, 전남 구례 광의면 지천리에 호남 최초 신문화학교인 호양학교壺陽學校를 설립하다.

— 응령촌을 지나며 최병두崔炳斗를 애도하다.

— 익산의 반율촌으로 노천수盧天壽를 방문하였으나 만나지 못하다.

— 공주의 노적동으로 백낙륜을 방문하다.

— 진안 쌍계정雙溪亭을 방문하다.

1909년 …… 55세

— 서울. 천연당사진관에서 사진을 촬영하다.

— 봄에 김택영이 잠시 귀국하여 만나기를 청했는데, 가을에 가니 이미 출국하여 만나지 못하다.

— 7월, 이기가 서울 여사旅舍에서 생을 마감하다.

— 강화도 사곡에 가서 이건승을 방문하고 이건창의 묘를 찾아가다.

— 9월, 이건승과 함께 서울에 들어갔을 때 정만조의 집에 초대를 받다.

— 충남 금산의 종용당從容堂을 방문하다.

— 안중근 의사가 하얼빈역에서 이토 히로부미를 총살했다는 소식을 듣고 시를 짓다. 이와 관련된 신문 기사를 스크랩하여 보관하다.

1910년 …… 56세

— 정월에 김택영이 보낸 시에 화답하다.

— 송곡 박주현朴周鉉의 만사를 짓다.

— 음력 2월, 세상을 떠난 이기를 추모하여 「곡이해학문哭李海鶴文」을 짓다.

— 6월, 김택영이 5월에 써서 보낸 편지를 받고 답장을 보내다.

— 음력 7월, 『영재고寧齋稿』 2책을 인편에 부치고, 이건방에게 편지를 보내다.

— 8월 3일, 황제皇帝의 양국조서讓國詔書가 본군本郡에 이르다. 조서를 읽다가 기가 막혀

다 읽지 못하고 기둥 위에 매달아 놓다.

— 8월 5일, 손님과 밤늦도록 바둑을 두다가 『황성신문』을 받고 열람하다.

— 8월 6일, 한일병합 소식을 듣고 「절명시絶命詩」 4수와 유서를 남기고 음독 자결하다. 다음날 새벽닭이 두 머리째 울 때 숨을 거두다.

— 10월 20일, 『세설신어世說新語』 1부를 함께 넣어 구례군 유산촌에 장사 지내다.

1911년 …… 사후 1년

— 김택영이 중국 남통에서 『매천집』을 연활자鉛活字로 인행印行하다.

1913년 …… 사후 3년

— 김택영이 중국 남통에서 『매천속집』을 연활자로 인행하다.

참고문헌

강위, 『古歡堂收艸』(한국문집총간 318), 한국고전번역원, 2005.

김윤식, 구지현 역, 『雲養集』, 연세대 국학연구원, 2013.

김택영, 『韶濩堂集』(한국문집총간 347), 한국고전번역원, 2005

______, 남춘우 외역, 『국역 韶濩堂集』 1-4, 부산대 점필재연구소, 2018.

박문호, 『壺山集』, 국립중앙도서관, 1923.

유인석, 『毅菴集』(한국문집총간 338), 한국고전번역원, 2004.

이건창, 『明美堂集』(한국문집총간 349), 한국고전번역원, 2005.

______, 김영봉 외역, 『국역 明美堂集』 1, 3-4, 연세대 국학연구원, 2016.

이곡, 이상현 역, 『稼亭集』, 한국고전번역원, 2006.

이유원, 홍승균 역, 『국역 林下筆記』, 한국고전번역원, 1999.

조긍섭, 남춘우 역, 『巖棲集』, 부산대 점필재연구소, 2013.

최치원, 이상현 역, 『孤雲集』, 한국고전번역원, 2009.

황현, 『梅泉集』(한국문집총간 348), 한국고전번역원, 2005.

____, 『黃玹全集』, 아세아문화사, 1978.

____, 『梅泉全集』, 전주대 호남학연구소, 1984.

____, 『梅泉野錄』, 국사편찬위원회, 1955.

____, 『梅泉野錄』, 국사편찬위원회, 1971.

____, 김종익 역, 『(번역)오하기문』, 역사비평사, 1995.

____, 임형택 역, 『(역주)매천야록』 상·하, 문학과지성사, 2005.

____, 허경진 역, 『매천야록-지식인의 눈으로 바라본 개화와 망국의 역사』, 서해문집, 2006.

____, 김영붕·이병기 역, 『(역주)매천 황현 시집』 上·中·下, 보고사, 2007.

____, 김영붕 역, 『(역주)황매천 시집 후집』, 보고사, 2010.

____, 임정기 외역, 『국역 매천집』 1-4, 한국고전번역원, 2010.

이우성 감수, 최승효 편, 『(國譯)黃梅泉 및 關聯人士文墨萃編』, 未來文化社, 1985.

최승효 편, 『黃梅泉 및 關聯人士文墨萃編-影印原文』, 未來文化社, 1985.

단행본

기태완, 『黃梅泉詩研究』, 보고사, 1999.

김정환, 『梅泉詩派 研究』, 경인문화사, 2007.

김태준, 『조선한문학사』, 조선어문학회, 1931.

박충록, 『조선후기 삼대시인 연구-김택영, 황현, 이건창 연구』, 이회문화사, 1994.

배종석, 『인간세상 지식인 노릇하기 어렵구나』, 학자원, 2018.

서영희, 『일제 침략과 대한제국의 종말』, 역사비평사, 2012.

순천대 박물관, 『매천 황현과 매천집』, 순천대 박물관, 2006.

연갑수 외, 『한국근대사』 1, 푸른역사, 2016.

이병기, 『梅泉詩研究』, 보고사, 1994.

______, 『梅泉黃玹散文研究』, 보고사, 1995.

허영환, 『석지 채용신』, 삶과꿈, 2001.

학위논문

기태완, 「梅泉詩 研究-詩의 修鍊과 影響關係 및 그 風格을 중심으로」, 성균관대 박사논문, 1998.

김소영, 「梅泉 黃玹의 散文에 관한 研究」, 성균관대 박사논문, 2007.

황수정, 「매천 황현의 전기연구」, 순천대 석사논문, 2003.

______, 「梅泉 黃玹의 詩文學 研究」, 조선대 박사논문, 2006.

일반논문

김소영, 「梅泉 散文의 표현형식 연구」, 『한문학보』, 우리한문학회, 2008.

______, 「척독을 통해 본 매천 황현의 삶의 자세와 시대인식」, 『한문학보』, 우리한문학회, 2004.

______, 「梅泉 黃玹의 散文觀」, 『한문학보』 제23집, 우리한문학회, 2010.

김창수, 「東匪紀略 草藁解題」, 『東學亂』, 을유문화사, 1985.

______, 「매천 황현의 동학관계자료; 『梧下記聞』의 分析을 통한 『東匪紀略』의 再構」, 『新人間』 제432~3호, 新人間社, 1985.

______, 「매천 황현의 동학인식에 대하여」, 『新人間』 제416호, 新人間社, 1984.

배종석, 「『集聯』을 통해 본 梅泉의 學詩傾向」, 『열상고전연구』 제30집, 열상고전연구회, 2009.

배종석, 「梅泉詩의 意境－萬壽洞 형상을 중심으로」, 『한문학보』 제23집, 우리한문학회, 2010.
송재소, 「매천황현의 시」, 『시와 시학』 통권 제46호, 시와 시학사, 2002.
안대회, 「조선말기의 문예그룹 南社와 南社同人의 문학활동」, 『한국한시연구』 25, 한국한시학회, 2017.
이의강, 「梅泉 黃玹의 서정시 저변에 흐르는 두 가지 의식」, 『한문학보』 제23집, 우리한문학회, 2010.
이희목, 「梅泉 黃玹의 山水詩 小考」, 『한문학보』 제23집, 우리한문학회, 2010.
임형택, 「黃梅泉의 詩人意識과 詩」, 『창작과비평』 통권 제19호, 창비, 1970.
______, 「黃梅泉의 批判知性과 寫實的 詩風」, 『한국한문학연구』 제18집, 한국한문학회, 1995.
______, 「망국의 시대를 고발한 전통지식인의 눈」, 『우리고전을 찾아서』, 한길사, 2007.
______, 「해제－變易과 危亡의 시대상을 담아낸 문집」, 『국역 매천집』 제1권, 한국고전번역원, 2010.
정양완, 「매천 황현의 上元雜詠」, 『이조후기 한문학의 재조명』, 창비, 1983.
최영옥, 「창강 김택영의 중국 망명과 출판사업 의식」, 『한국사상사학』 40, 한국사상사학회, 2012.

주석

서장 _ 천재 소년에서 절명 시인으로

1 김태준, 『조선한문학사』, 조선어문학회, 1931, 189~190면.

2 조긍섭, 남춘우 역, 「與金滄江」, 『巖棲集』 권8, 부산대 점필재연구소, 2013.

3 「答金滄江」, 위의 책.

4 박은식, 독립기념관 한국독립운동사 편, 『한국통사』, 국학자료원, 1998, 389~389면.

제1장 _ 광양의 천재 소년

1 黃玹, 「王考府君墓表」, 『梅泉集』 卷7, 한국고전번역원, 2010.(본서에서 인용하는 『梅泉集』과 『梅泉續集』은 한국고전번역원의 번역을 따르되, 일부 수정을 가했음. 이후 동일한 인용처 표기는 생략함.)

府君諱櫶 字汝化 黃氏貫長水者 麗初有諱瓊爲始祖 其後文缺莫詳 入國朝 厖村相公始大顯 曾孫諱塏始寓南原 (…중략…) 配南原尹氏三子 長欽默一子� 壏子莘顯 次時默三子 玹成均生員 琎 瑗 玹子巖顯 渭顯 季泰默子增 哲宗丙辰卒 壽六十二 墓順天西面竹梅山左隩癸坐原

2 위의 책, 卷6, 「王考手蹟跋」.

我家自王考以上世甚貧 王考發憤出游 居積以爲業 十年貲數萬 此卷卽其佃租貨殖之簿之一也 子孫尙賴之 雖敗册亂書 不稱傳後之觀 而竊惟先河後海之義 顧不足以備一家文獻之數歟 (…중략…) 雖然 近年家寖落 王考遺業 存者無幾 其載此卷者 已變剝盡矣 每一奉閱 不覺凜然懼也 嗚呼 使我擁千卷書 解弄筆記先蹟之後者 秋毫亦王考恩也 此卷之在我家 顧不重歟

3 위의 책, 卷4, 「二月十五日竪短碣于王考墓事竣志感」.

4 위의 책, 卷7, 「先考學生府君行狀」.

府君脩幹踈髯 器宇軒昂 性嚴正而儀貌溫然 簡默不尙口而發語欵厚 雖怒時 迎人必莞爾 其容可掬 人皆薰然心醉 所至一口稱善人 自奉甚薄 而於周窮急難 往往有古人風

5 위의 책.

6 金澤榮, 「黃處士墓碣銘」, 『韶濩堂文集』 定本卷十二(한국문집총간 347), 한국고전번역원, 2005.

7 「題先人手蹟卷首」, 『梅泉集』 卷6.

嗚呼 先人棄不肖輩 忽焉已十四年 藹然之容 頎然之儀 所可彷像於慨廓之餘者 終未免日遠而日忘 嗚呼 呼號穹淵 如不肖者亦可成人子乎 於是檢舊簏 得平日心畫之遺細 鈔成册者數卷 曰五言唐音 曰七言聯珠詩 曰諸說親觀 其諸說親觀者 鈔古文數十篇而創籤之者也 季弟瑗爲之裝葺而識其後 若此卷則先人管宗家時 簿錄其佃租者也 猥瑣不足存 然竊念先人拙於文藝 著述無可傳 且盡瘁宗家 戮力孤寡 類古藎臣之輔幼主 其片庄石租 猶恐墜損以負心者 其精神心術 尙依俙字墨之間 盖其可以警薄俗而貽後謨者 實非尋常著述比也

8 한국고전번역원 번역본에는 '40년'으로 되어 있으나, 원문에 의거하여 '14년'으로 수정했음

을 밝혀둔다.(위의 책. "嗚呼. 先人棄不肖輩, 忽焉已十四年.")
9 위의 책, 卷7, 「先考學生府君行狀」.
10 최승효 역, 「川社詩稿序」, 『황매천 및 관련인사 문묵췌편』, 미래문화사, 1985.
11 崔益翰, 「酉堂集序」(김정환, 『梅泉詩波 硏究』, 경인문화사, 2007, 11~12면).

제2장 _ 서울 출입, 그리고 한말사대가의 만남

1 「本傳」, 『梅泉集』 卷首.
弱冠 患鄕里闇陋 北遊京師 時李校理建昌文章冠薦紳國中名士 自姜瑋以下 莫不從遊 玹贄詩以見 建昌見詩大稱之 由是名聲日起.
2 「漢京注洞寓舍夏夜憶鄕作」, 위의 책, 卷1.
3 「題申香農元戎正熙詩卷後」, 위의 책.
4 「靈濱唱酬錄跋文」, 『梅泉全集』 卷4.
5 「哭威堂申大將」, 『梅泉集』 卷1.
6 「宿三淸洞金振菴宗圭園亭與朴壺山文鎬共賦」, 위의 책.
7 「歲暮懷人諸作」, 위의 책, 卷3.
8 朴文鎬, 「梅泉黃公墓表」, 위의 책, 卷首.
始余少時 與梅泉於漢京中相識 遂定爲忘形之交 放浪文酒間者三四年
9 「與朴壺山金滄江澤榮游北漢山城」, 위의 책, 卷1.
10 金澤榮, 「同壺山梅泉遊北漢山城」, 『韶濩堂詩集』 定本卷二(남춘우·정석태 역, 『韶濩堂集』 1, 2016, 한국고전번역원·부산대 점필재연구소, 2016, 318면).
11 위의 책, 時二君俱見屈於成均會試
12 李德懋, 「記遊北漢」, 『靑莊館全書』 卷之三 嬰處文稿.
13 李瀷, 「遊三角山記」, 『星湖先生全集』 卷之五十三.
14 金澤榮, 「同壺山登白雲臺絶」, 『韶濩堂詩集』 定本卷二, (남춘우·정석태 역, 『韶濩堂集』 1, 2016, 한국고전번역원·부산대 점필재연구소, 2016, 319면).
15 朴文鎬, 「遊白雲臺記」, 『壺山集』, 국립중앙도서관, 1923.
16 위의 책.
17 황현, 김영붕 역주, 「將見姜秋琴先生瑋」, 『黃梅泉詩集 續集』, 보고사, 2010, 231면.
18 姜瑋, 「五月初二日, 余六十一初度也. 李二堂,呂荷亭,李甯齋,畊齋,徐養泉,徐怡堂,葆堂,鄭懋亭,葵園,黃養雲,金游齋,吳經齋,成次蘭, 邀集花樹亭, 分勸君更進一杯酒與爾同消萬古愁, 爲余作壽琴帖, 得古字」, 『古歡堂收艸』 詩稿卷之十 南村晨夕集.
19 연갑수 외, 『한국근대사』 1, 푸른역사, 2016, 80~81면.
20 「奉送姜秋琴老人瑋赴日本」, 『梅泉集』 卷1.
21 「海金剛」, 위의 책.
22 황현, 김영붕 역주, 「憶王鳳洲先生」, 『黃梅泉詩集 續集』, 보고사, 2010, 296~297면.
23 「憶滄江」, 위의 책, 299면.
24 金澤榮, 「酬黃梅泉斷髮嶺見憶之作 三首」, 『韶濩堂詩集』 定本卷二.

25 金澤榮, 「楓嶽七十二峯定名記」, 『韶濩堂文集』 卷6.

26 『한국문집총간』 348권에 수록된 『매천집』 해제에는 황현이 처음 서울에 올라온 1878년에 이건창과 교유한 것으로 되어 있다. 그러나 이건창의 「送黃雲卿序」(『명미당집』 卷九(한국문집총간 349))에 "余時獲罪, 杜戶謝人事, 尋以謫行, 不果遇. 雲卿則浮湛遊居間, 爲數三公卿所知, 或延之勤. 然雲卿性畏熱, 不能與之久. 踰年, 余有還, 雲卿大喜, 復以詩與文來"라고 기술되어 있는 것으로 보아, 두 사람의 첫 대면은 이건창이 1878년에 유배된 벽동에서 풀려난 그 다음 해인 1879년에 이루어진 것으로 보아야 할 것이다.

27 黃瑗, 「先兄梅泉公事行零錄」, 『梅泉集』 卷首.
始訪寧齋李公 見其短小 故問主人爲誰 李曰 我也 公曰 非也 李曰 非非也 公曰 主人必巍巍長八尺 而乃今不滿六尺 其非也決矣 李爲之大笑

28 이건창, 김영봉 외역, 「送黃雲卿序」, 『明美堂集』 3, 연세대 국학연구원, 2016, 75~77면.
晞陽黃雲卿 其爲人 安而介 其讀書 堅記而疾解 其詩峭而多姿 其議論 負氣而不詭於正 其年甫二十七 方古所云茂材異等者蔑過矣 始雲卿攻文辭於其鄕 患固而寡聞 人道京師之大學士之衆也 意欣然如將有獲 徒步半千里北上 旣至 靡所嚮 會有以余告雲卿者 輒以詩贄而叩余

29 黃瑗, 「先兄梅泉公事行零錄」, 『梅泉集』 卷首.
寧齋晚年 自廢於時 故於公之隱居高尙 尤心契也 病劇 歎曰 一見黃梅泉 則死無恨矣 及卒 公奔六百里哭之 其弟耕齋呼泣而述其語矣

30 「得寧齋李學士建昌復書」, 『梅泉集』 卷5.

31 기태완, 『황매천시연구』, 보고사, 1999, 52면.

32 金澤榮, 「送黃梅泉雲卿遊天磨山 三首」, 『韶濩堂詩集』 卷二(남춘우·정석태 역, 『韶濩堂集』 1, 2016, 한국고전번역원·부산대 점필재연구소, 2016, 283~284면).

33 金澤榮, 「酬黃梅泉斷髮嶺見憶之作 三首」, 『韶濩堂詩集』 定本卷二(남춘우·정석태 역, 『韶濩堂集』 1, 2016, 한국고전번역원·부산대 점필재연구소, 2016, 288~290면).

34 「歲暮懷人諸作」, 『梅泉集』 卷3.

35 黃瑗, 「上郭俛宇先生書」, 『黃梅泉 및 關聯人士 文墨萃編』, 미래문화사, 1985, 228~229면.

36 『승정원일기』, 고종 20년 계미(1883) 5월 6일(을유) 맑음, "병조가 아뢰기를, "대왕대비전께서 모림(母臨)하신 지 50년이 되고 왕대비전께서 모림하신 지 40년이 되며, 익종 대왕에게 존호(尊號)를 추상(追上)하고 대왕대비전에 존호를 가상(加上)한 네 가지 경사를 합하여 보이는 경과 전시(慶科殿試)의 절목(節目)을 마련해야 하는데, 친림하실 것인지 명관이 거행하게 할 것인지를 기일에 앞서 품지한 뒤에 마련하도록 한 정식이 일찍이 있었습니다. 이번에는 어떻게 할 것이며, 처소는 어느 곳에서 거행할 것인지를 감히 여쭙니다" 하니, 전교하기를, "춘당대에서 친림하는 것으로 마련하라" 하였다."

37 황현, 김영봉 역주, 「辭家將赴漢城」, 『黃梅泉詩集 續集』, 보고사, 2010, 509~512면.

38 金澤榮, 「本傳」, 『梅泉集』 卷首; 朴文鎬, 「梅泉黃公墓表」, 『梅泉集』 卷首.

39 「答安海史」, 『梅泉續集』 卷1.
少弟自東堂還山纔一旬 而積憊難甦 家君作浴海行 尙未還次 眷率亦多未健 非徒連敗場屋爲可恨 俗事日棼 眞個是皺眉處也 當初上洛 固知其妄 畢竟倒網 亦所甘心 而那有餘勇可賈又赴庭對耶 且主司無眼力 筆子無手勢 則滔滔斯世 雖鼂 董之才 百戰則百敗 況又樗散瓠落

如僕者乎 今番惟坐定而已

40 「哭秋琴先生 四首」, 『梅泉集』 卷1.

41 김택영, 남춘우·정석태 역, 『韶濩堂集』 4, 부산대 점필재연구소, 2018, 197면.

42 李建昌, 「古歡堂詩文集序」, 『明美堂集』 卷九.

43 「哭秋琴先生 四首」, 『梅泉集』 卷1.

44 연갑수 외, 『한국근대사』 1, 푸른역사, 2016, 110~114면.

45 「賣書歎寄慰王鳳洲先生師覺」, 『梅泉集』 卷1.

46 위의 책.

제3장 _ 만수동에서의 은둔과 저술

1 黃瑗, 「年譜抄」, 『梅泉全集』 3권, 24면(배종석, 「梅泉詩의 意境」, 『한문학보』 제23집, 우리한문학회, 2010, 85면 재인용).

2 「丙戌臘月八日移寓鳳城之萬壽洞窮山雪積索居有懷」, 『梅泉集』 卷1.

3 『續修求禮誌』(김정환, 『梅泉詩波 硏究』, 경인문화사, 2007, 11~12면).

4 「成均會試見罷作」, 위의 책, 卷5.

5 「和善吾課韻」, 위의 책, 卷2.

6 黃瑗, 「年譜抄」, 『梅泉全集』 권3, 24~25면(김소영, 「매천 황현의 산문에 관한 연구」, 성균관대 박사논문, 12면 재인용).

7 「戊子二月生員覆試預魁選有作」, 『梅泉集』 卷1.

8 황현, 임형택 외역, 『역주 매천야록』 상, 문학과지성사, 2005, 108면.

9 위의 책, 112~113면.

10 위의 책, 232면.

11 「渡洛東江」, 『梅泉集』 卷1.

12 이유원, 홍승균 역, 「伽倻山」, 『國譯 林下筆記』 卷13 文獻指掌編, 한국고전번역원, 1999.

13 「紅流洞」, 『梅泉集』 卷1.

14 「紅流洞見石刻題名甚多」, 『梅泉集』 卷1.

15 최치원, 이상현 역, 「題伽倻山讀書堂」, 『孤雲集』 제1권, 한국고전번역원, 2009.

16 「籠山亭次板上韻」, 『梅泉集』 卷1.

17 「搜勝臺次舊韻」, 위의 책.

18 「永矣亭記」, 위의 책, 卷6.

19 「哭房上舍夏圭」, 위의 책, 卷1.

20 「苟安室始成」, 위의 책.

21 「苟安室記」, 위의 책, 卷6.
余自丱弁時 嘗游學不家食 且貧不能具書室 及寓壽洞也 地僻鮮過從 兒子日長 亦患受課無所 去年春 揀門前隙地磽确不畊者數畝 築一室

22 위의 책.
屋成僅三間 分其二 使臧獲之異爨者居之 嬴 其東爲讀書之室 盖甚窄而陋 書室之稱殆不類

然入其中 堗溫而簟凉 牕明如對鏡 冠童四五人 聚首作琅琅聲 余因手一册 繞壁而行 支枕而臥 體甚適 故飯畢無事則輒往 往則忘返 殆忘其窄陋 而有足可以安之者 故榜之曰苟安 以其規制雖苟而於余安也

23 「學而」, 『論語』.

24 「子路」, 위의 책.

25 김윤식, 구지현 역, 「苟安室記」, 『雲養集』 卷十, 연세대 국학연구원, 2013.

26 이건창, 김영봉 외역, 「苟安室記」, 『明美堂集』 3, 연세대 국학연구원, 2016, 215~217면.

梅泉子起南服 勝冠卽有雋譽 自負其能 出游當世 踔厲風生 達官不足以盈其眥 嵬儒不足以屈其首 惟求古書 與數千載之人神氣相往來 (…중략…) 其識解論議 往往嶄絶洞快 如矢破的 如鋸取朽 雖其於六經之旨 聖賢之用心 顧未知如何 而總其所長 可謂一時之奇才矣 (…중략…)以梅泉子之才 而旅游十年 僅得一進士歸 而自逋於萬壽洞白雲渠 至自名其室曰苟安 則吾恐朝廷宰相 不能無任其責 而卽如余輩 歐陽公所謂無資攘臂之閑民 猶不能不悵然而失圖 誠不願梅泉子之苟安於此室也 梅泉子求余復記其室 余爲叙所感者以應之 亦淮南小山之餘意云爾

27 「苟安室與諸生話別分韻雪晴雲散北風寒得雪字」, 『梅泉集』 卷2.

28 배종석, 『인간세상 지식인 노릇하기 어렵구나』, 학자원, 2018, 283면.

29 「送李海鶴沂往達城」, 『梅泉集』 卷1.

30 황현, 김영봉 역주, 「錦士城主設白日場, 先期見速, 余與海鶴幷赴, 因留小酌」, 『黃梅泉詩集 後集』, 보고사, 2010, 137면.

31 위의 책, 137면.

32 전주대 호남학연구소 편, 『梅泉全集』, 2001.

33 황현, 김영봉 역주, 「四月二十六日赴錦士華寺之約」, 『黃梅泉詩集 後集』, 보고사, 2010, 138~139면.

34 「赴海鶴華寺之約」, 『梅泉集』 卷1.

35 「與李海鶴」, 『梅泉全集』 卷3(김소영, 「梅泉 黃玹의 散文에 관한 硏究」, 성균관대 박사논문, 2007, 146면).

36 「先考學生府君行狀」, 『梅泉集』 卷7.

府君脩幹踈髯 器宇軒昂 性嚴正而儀貌溫然 簡默不尙口而發語欵厚 雖怒時 迎人必莞爾 其容可掬 人皆薰然心醉 所至一口稱善人 自奉甚薄 而於周窮急難 往往有古人風

37 위의 글.

嗚呼 府君未沾一命 又短於文學逮夫身後 盖無可以目言而稱述之者 然其醇心厚行 殆澆俗所罕覯也 (…중략…) 何必倘來之爲榮業而一藝之爲成名哉 惟懼其或陷於不明不仁之罪 故謹第錄而槩其大如右

38 「四月三十日家大人回甲宴上壽作」, 위의 책, 卷1.

39 「四月二十日夜五鳳山塾作」, 위의 책.

40 신석호, 「매천야록 해설」, 『매천야록』(한국사료총서 제1집), 국사편찬위원회, 1955.

41 黃瑗, 「先兄梅泉公事行零錄」, 『梅泉集』 卷首.

42 황현, 임형택 외역, 『역주 매천야록』 상, 문학과지성사, 2005, 50면.

43 위의 책, 112~113면.

44 위의 책, 123면.

45 위의 책, 85~86면.

46 위의 책, 82면.

47 위의 책, 123~124면.

48 위의 책, 292면.

49 임형택, 「『매천야록』 해제」, 『역주 매천야록』 상, 문학과지성사, 2005, 25~26면.

50 황현, 이민수 역, 『동학란』, 을유문화사, 1985. 이 책의 부제는 '東匪紀略草藁'로 되어 있다.

51 이이화, 「황현의 『오하기문』에 대한 내용검토－1894년 동학농민전쟁의 기술을 중심으로」, 『서지학보』 제4호, 한국서지학회, 1991, 9~10면.

52 황현의 저술로 알려진 것 가운데 『동비기략(東匪記略)』이 있다. 이 책은 『매천야록』에 "동학의 시말은 『동비기략』에 상세히 갖추어 서술한 까닭에 이 책에서는 대략 언급한다"는 주기(註記)가 달려 있어 연구자들 사이에서 비상한 관심을 끌었으나 아직까지 발견된 바 없다.(임형택, 「『매천야록』 해제」, 『역주 매천야록』 상, 문학과지성사, 2005, 25면)

53 황현, 임형택 외역, 「부록 오하기문(梧下紀聞)」, 『역주 매천야록』 하, 문학과지성사, 2005, 666면.

54 이이화, 「황현의 『오하기문』에 대한 내용검토－1894년 동학농민전쟁의 기술을 중심으로」, 『서지학보』 제4호, 한국서지학회, 1991 참조.

55 「一笠亭成後和文稺韻」, 『梅泉集』 卷1.

56 「一笠亭銘」, 위의 책, 卷7.

57 「西堂將赴南原幕見訪話別」, 위의 책, 卷2.

58 「歲暮懷人諸作」, 위의 책, 卷3.

59 「亭成之五日泰卿携其姪士彬見訪遂與諸友分韻海內此亭古濟南名士多得亭字」, 위의 책, 卷1.

60 황현, 임형택 외역, 『역주 매천야록』 상, 문학과지성사, 2005, 474면.

61 연갑수 외, 『한국근대사』 1, 푸른역사, 2016, 171~173면.

62 「聞斷髮令下訪小川夜話」, 『梅泉集』 卷2

63 「歲暮懷人諸作」, 위의 책, 卷3

64 황현, 임형택 외역, 『역주 매천야록』 상, 문학과지성사, 2005, 470면.

65 정만조, 안대회·김보성 역, 『용등시화』, 성균관대 출판부, 2018, 163~164면.

66 「訪茂亭謫居」, 『梅泉集』 卷2.

67 朴文鎬, 「梅泉黃公墓表」, 위의 책, 卷首.

68 「石亭見過弊居贈古詩次其韻仍有唱酬」, 위의 책, 卷2.

69 「韻海內存知己天涯若比鄰十字寄壽石亭老友」, 위의 책, 卷3.

70 위의 책.

71 위의 책.

72 「次放翁韻」, 위의 책, 卷2.

73 「和善吾課韻」, 위의 책.

74 「苟安室夜話」, 위의 책, 卷3.

75 「道中聞寧齋捐館已在六月十八日愕然下涕」, 위의 책.

76 '800리'는 황현이 이건창의 제문(「祭寧齋李公文」, 위의 책, 卷7)에서 표현한 것이다.

77 황현, 임형택 외역, 『역주 매천야록』 상, 문학과지성사, 2005, 551~552면.

78 「聞寧齋葬期已過作詩哀之情見于辭」, 『梅泉集』 卷3.

79 위의 책.

80 「入京師」, 위의 책.

81 「江華沙谷哭寧齋靈几因留五宿與其仲弟建昇堂弟建芳話舊拈丁卯集韻」, 위의 책.

82 「祭寧齋李公文」, 위의 책, 卷7.

嗚呼哀哉 嗚呼痛哉 (…중략…) 箴我箚我 盡抽己有 亦復賞我 舌不容口 抑不知公 奚余之取 氣來神往 如水得乳 中間一紀 南北擾擾 聚散則有 靡心不照 (…중략…) 睠念宗國 攬涕汍瀾 于潼于寶 風折霜摧 刦火炎炎 玉終不灰 視官如癰 不割不止 名藩大歒 擲丐羣蟻 一葦凌海 匪罪伊榮 湖壖婦孺 再瞻景星 我時婆娑 撫膺窮山 方擬命駕 遽聞承環 歸後一書 千里同堂 公筆我心 字字琳琅 孰謂此書 於我絶筆

83 황현, 임형택 외역, 『역주 매천야록』 상, 문학과지성사, 2005, 69면.

84 황현이 「언사소(言事疏)」를 저술한 시기에 대해서는 그 내용 중에 "마침 갑오년(1894)의 변란을 만났을 때, 신의 충분(忠憤)이 너무 격한 나머지 망녕되이 상소를 하나 올렸습니다. 그러고 나서 조만간 섬으로 귀양을 가거나 죽음을 당하리라 생각하고 있었는데, 성상께서 너그러운 도량으로 포용해 주시어 죄를 묻지 않으셨을 뿐만 아니라 오히려 다시 관직을 올리고 품계를 높여 주시어, 당시에 같이 상소를 올린 신하들과 함께 당상관의 반열에 오르게 되었습니다. (…중략…) 그 뒤로 이렇게 강호에서 성상을 그리며 보낸 지가 어느덧 5년이 흘렀습니다"라는 대목에서 미루어 1899년으로 추정할 수 있다. 또한 매천이 1899년 4월에 이건창의 조문을 위해 강화를 다녀오는 길에 서울을 경유했던 점에서 볼 때, 그 여정에서 매천이 직접 눈으로 보고 귀로 들은 당대의 여러 사회상과 시대적 현실이 「언사소」에 구체적으로 반영되었을 것으로 짐작된다.

85 「言事疏」, 『梅泉集』 卷7.

竊伏見甲午以來 時局日變 百度更張 赫然建中興萬世之基 觀聽非不美矣 而夷考其實 禍難之作 危亡之兆 反有甚於更化之前 此何故也 徒慕乎開化之末而不究其本也 天下之事 毋論巨細 莫不有本有末 奚獨於開化而無之哉 夫開化云者 非別件也 不過開物化民之謂 則開物化民 可以無其本而致之乎 若親賢遠姦 愛民節用 信賞必罰之類 卽所謂本也 若鍊軍伍利器械 通商販之類 卽所謂末也

86 위의 책.

西人之法 雖與中國異 今考彼所謂萬國史 則其興也必由於立其本 苟無其本 雖强必斃 興亡之跡 種種可考 由是觀之 開化之名 雖屬創見 其實與中國之治無以異也 爲國之道 雖外無强鄰 內無亂臣 處昇平積弛之勢 非百倍勵精 無以挽回頹波 況在今日 猶復伈泄玩愒 而但一意外騖 雇西技而購西械 燃電氣之燈 駕火輪之車 雍容顧影 以號令天下曰我亦中興天子 不亦重爲遠人嗤笑哉 不惟嗤笑已也 豺狼無親 狡焉思啓 則雖欲永保今日之委靡 其可得乎

87 위의 책.

88 안대회, 「조선말기의 문예그룹 南社와 南社同人의 문학활동」, 『한국한시연구』 25, 한국한시

학회, 2017.
89 「歲暮懷人諸作」, 『梅泉集』 卷3.
90 「同朴壺山李丹農建初陪香農元戎小飮」, 위의 책, 卷1.
91 「送李丹農建初還淸州」, 위의 책, 卷5.
92 李沂, 「哭李丹農建初」, 『海鶴遺書』.
93 「歲暮懷人諸作」, 『梅泉集』 卷3.
94 「重陽後五六日, 南坡來訪」, 『梅泉全集』 卷3, 88면.
95 「逢河東人問南坡消息」, 『梅泉集』 卷2.
96 「歲暮懷人諸作」, 위의 책, 卷3.
97 「訪南坡渡沙坪津」, 위의 책, 卷4.
98 「成南坡蕙永壽序」, 위의 책, 卷1.
余之不見南坡久矣 計其年且六十三矣 始余與南坡 後先游學京師 終南洌水之間 觴酒文燕 可謂極一時之勝 而俛仰三十年 疇昔風流文雅之倫 存者已無幾 (…중략…) 嗚呼 余與南坡遊 京師之日 所相屈指稱大兒文擧 小兒德操者 莫先於寧齋滄江 而寧齋墓草已宿 滄江盡室客 中國 其不可復見 與寧齋無異 而風雨一樽 可得重會而論文者 惟吾南坡而已 愛之欲其生 庸 有旣乎

제4장 _ 월곡리에서의 절명

1 「十一月二十九日自萬壽洞移居月谷」, 『梅泉集』 卷4.
2 「抱孫志喜」, 위의 책.
3 「季方連生三女之餘以九月十七日擧一男聞報志喜」, 위의 책.
4 「又次眉公七絶韻」, 위의 책, 卷5.
5 이종묵, 「조선시대 괴석(怪石) 취향 연구 – 침향석(沈香石)과 태호석(太湖石)을 중심으로」, 『한국한문학연구』 제70집, 한국한문학회, 2018.
6 「怪石」, 『梅泉集』 卷4.
7 박현희, 「조선시대 괴석도(怪石圖)에 나타난 '돌(石)'의 상징적 의미에 관한 연구」, 『造形敎育』 제58집, 2016, 73면.
8 이곡, 이상현 역, 「石問」, 『稼亭集』 卷之一, 한국고전번역원, 2006.
9 연갑수 외, 『한국근대사』 1, 푸른역사, 2016, 238~240면.
10 「聞變 三首」, 『梅泉集』 卷4.
11 황현, 임형택 외역, 『역주 매천야록』 하, 문학과지성사, 2005, 250~251면.
12 위의 책, 545면.
13 「五哀詩」, 『梅泉集』 卷4.
乙巳十月之變 趙相以下三公死之 余聞而感慕 倣古人八哀以作詩 其泛及崔勉菴者 望之也 及李寧齋者 以今人物之眇少而追慕之也
14 「五哀詩」, 위의 책, 〈趙政丞秉世〉.
15 황현, 임형택 외역, 『역주 매천야록』 하, 문학과지성사, 2005, 248~249면.

16 위의 책, 248~249면.

17 「聞金滄江去國作」, 『梅泉集』 卷4.

春暮 得滄江正月出書 云新年來 頗有萬里之想 倘借天靈 得終老於蘇浙之間 則不猶愈於作島兒之奴耶 老兄聞此 亦當仙仙欲擧 但我輩俱羸弱人 辦此豈易易 余執書歎息 遂不告家人潛辦資斧 擬待秋凉北上 六月初 忽哭宗家從侄 侄本孑然無近親 其孤寡視余爲命 由是行計自輟 (…중략…)未幾 十月之變作 殆不俟終日 知幾其神者乎 以吾視之 眞所謂壤蟲之於黃鵠也 一日雪作 峭然掩戶 綴長歌一篇 焚香西向而讀之 以見萬里外停雲之思

18 「聞金滄江去國作」, 위의 책.

19 「又」, 『梅泉續集』 卷1.

弟治一屛材 必借宋平叔書 乃可入用 而宿痾罣之 重以俗累 實難躬作 故頃與贊武有約矣 今聞此友非直家累 又入新學校云 向約想已弁髦之矣 不得不借兄一往 未審盛意云何

20 황수정, 「황매천의 중국 절의지사에 대한 지향-「題屛畵十絶」을 중심으로」, 『한국언어문학』 제71집, 한국언어문학회, 2009.

21 「題屛畵十絶」, 『梅泉集』 卷4, 〈玉笥採藥〉.

22 위의 글, 〈翠微結社〉.

23 金澤榮, 「本傳」, 위의 책, 卷首.

玹詩淸切飄勁 在本朝藝苑中 指不多屈 而其所咏古今人伏節捐軀之事者甚多 莫不傾肝倒腸極其悲痛 然後乃已 非天性篤好而能然哉 加羔裘於錦衣之上 雖三尺之童 無不知其美也 以玹之文章而加之以姱節 其光垂百世 奚疑焉

24 「聞勉翁渡海次文山零丁洋詩示趙而慶」, 위의 책, 卷4.

25 황현, 임형택 외역, 『역주 매천야록』 상, 문학과지성사, 2005, 77면.

26 위의 책, 하, 219~220면.

27 「哭勉庵先生」, 『梅泉集』 卷4.

28 이준규, 「祭黃梅泉」, 『황매천 및 관련인사 문묵췌편』 상권, 미래문화사, 1985, 136면.

29 黃玹, 「答王粹煥書」, 위의 책, 91~92면.

30 黃瑗, 「先兄梅泉公事行零錄」, 『梅泉集』 卷首.

31 「與李蘭谷建芳」, 『梅泉續集』 卷1.

傳聞之說 北方大擾 又有靑城之變云 而各新聞以檢定拘禁 不能揭其實云 擧世聾盲 如在混沌開闢中 拊心狂叫而已

32 한관일, 「대한제국 민간 사립학교의 교육구국운동에 관한 연구」, 『한국사상과 문화』 제45집, 한국사상문화학회, 2008, 172~179면.

33 「養英學校記」, 『梅泉集』 卷6.

嗚呼 天下無華夷 天下有王伯乎 (…중략…) 然國焉而不可任其自亡 民焉而不可任其自殲 惟當奮勵振淬 力與之敵 得免弱肉强食 然後始可以號于天下曰我亦人耳 其術顧安在哉 不過曰效彼富强 欲富强 不過曰效彼學問 此近日學校之新 所以于喁相聞也

34 임형택, 「黃梅泉의 批判知性과 寫實的 詩風」, 『한국한문학연구』 제18집, 1999.

35 「私立壺陽學校募捐疏」, 『梅泉集』 卷7.

竊惟壺陽建校之勞 實有竿頭進步之勢 掃外道之魔戲 旣經八難三災 罄僝力於經營 難補千

瘡百孔 畢竟爲無麪不飥 莫容妙手之調 (…중략…) 雖然今此新學問之發心 亶爲全國民而起見 則享功食報 固切大同之情

36 김항구,「황현의 신학문 수용과 '호양학교' 설립」,『문화사학』 21, 한국문화사학회, 2004, 1004~1006면.

37 「春間滄江東還馳書要見至秋余始入都則滄江已歸矣悵然有作」,『梅泉集』 卷5.

38 「除夜憶滄江」, 위의 책.

39 「入都」, 위의 책.

40 「沙谷訪李耕齋」, 위의 책.

41 「歲暮懷人諸作」, 위의 책, 卷3.

42 「寄題李耕齋始有堂」, 위의 책, 卷4.

43 「九月初偕耕齋入京赴諸公招于茂亭宅賦詩」, 위의 책, 卷5.

44 「過寧齋墓」, 위의 책.

45 「哭海鶴」, 위의 책.

46 원재연,「근대 이행기 호남 유림의 시무론(時務論)과 동학(東學) 인식－이기와 황현을 중심으로」,『조선시대사학보』 74, 2015, 조선시대사학회, 340~342면.

47 「哭李海鶴文」,『梅泉集』 卷7.

48 황현, 김영붕 역주,「哈報」,『黃梅泉詩集 後集』, 보고사, 2010, 574면.

49 김택영, 남춘우·정석태 역,「聞義兵將安報國讎事」,『韶濩堂集』 2, 한국고전번역원·부산대 점필재연구소, 2016, 149~150면.

50 3·1운동 및 대한민국임시정부 수립 100주년 기념 특별전 '문화재에 깃든 100년 전 그날'(주최 : 문화재청, 주관 : 서대문형무소역사관)에 전시되었다.

51 황현, 임형택 외역,『역주 매천야록』 하, 문학과지성사, 2005, 629~630면.

52 3·1운동 및 대한민국임시정부 수립 100주년 기념 특별전 '문화재에 깃든 100년 전 그날'(주최 : 문화재청, 주관 : 서대문형무소역사관)에 전시되었다.

53 「五十五歲小影自贊」,『梅泉集』 卷7.

54 윤종균,「梅泉先生寫眞賛」,『黃梅泉 및 關聯人士 文墨萃編』, 미래문화사, 1985, 122면.

55 허영환,「석지 채용신 연구」,『석지 채용신』, 삶과꿈, 2001, 8면.

56 위의 책, 12면.

57 금마(金馬)는 전라북도 익산(益山)의 옛 이름이다.

58 황원,「上郭俛宇先生書」,『黃梅泉 및 關聯人士 文墨萃編』, 미래문화사, 1985, 228~229면.

59 金澤榮,「黃梅泉先生像贊」,『梅泉集』 卷首.

60 王粹煥,「梅泉公像贊」, 위의 책.

61 黃瑗,「先兄梅泉公事行零錄」, 위의 책.

庚戌七月二十五日韓亡 八月三日 皇帝讓國詔至本郡 公讀未半 氣塞而止 將詔紙束懸柱上 余自外來 取詔讀之 公曰 吾不忍聞 汝可往他處讀之 余愧汗止之 問公云今日有人望 可死節者爲誰 又曰 某公今日不死 殊非平日所望 公莞爾曰 不能自死而責人不死 何可哉 宗社淪亡之日 人人皆可死 獨有時望者哉

62 金澤榮,「本傳」, 위의 책.

又爲遺子弟書曰 吾無可死之義 但國家養士五百年 國亡之日 無一人死難者 寧不痛哉 吾上不負皇天秉彝之懿 下不負平日所讀之書 冥然長寢 良覺痛快 汝曹勿過悲

63 黃瑗,「先兄梅泉公事行零錄」, 위의 책.
斂用襴襆 治喪從儉 以志吾前後喪傷貧之痛 拙著詩文散在箱篋者 可細尋成書 詩則按年 文則分門 然後托明眼人綜理也 隆熙四年舊曆秋八月六日曉燈 梅泉絶筆書 又補書曰 書册是吾精力所在 可善守護 今日之事 當告汝曹 而恐汝曹敗壞之 故已之 知舊處亦不能徧訣 殊爲忍情 鴉烟一錢二三分 可以了吾事否 若不了事 當又奈何 東碓下水田三斗落 割與季方

64 黃瑗,「先兄梅泉公事行零錄」, 위의 책.
公曰 汝年踰四十 粗有覺知 何憫我至此 世事如此 士固當死 且如今日不死 將來必不堪日日所見聞之逆心而至於萎枯 萎枯而死 豈如速死之安乎 又問家事 公曰 吾忘家事久矣 如干小小之事 吾已有所書 可取見之 因笑曰 下藥時離口者三 吾其痴乎 金孫可念 可携置鄰舍 (…중략…) 余扶坐曰 兄之詩文綜理 可托李耕齋否 公沈吟久之曰 聽金滄江則遠無梯矣 自午時精神漸昏 至七日鷄再唱而絶

65 「絶命詩 四首」, 위의 책, 卷5.

66 柳麟錫,「雜錄」,『毅菴集』卷之二十七(한국문집총간 338), 한국고전번역원, 2004.

67 金澤榮,「寄黃瑗季方處士書」,『황매천 및 관련인사 문묵췌편』, 미래문화사, 1985, 124면.

68 「與金滄江」,『梅泉續集』卷1.

69 김택영,「寄黃瑗季方處士書」,『황매천 및 관련인사 문묵췌편』, 미래문화사, 1985, 124면.(『韶濩堂詩集』에는「聞黃梅泉殉信作」으로 실려 있다.)

70 황수정,「梅泉 黃玹의 傳記硏究」, 순천대 석사논문, 2002, 42면.

71 韓龍雲,「哭黃梅泉」,『황매천 및 관련인사 문묵췌편』상, 미래문화사, 1985, 123면.

72 白樂倫,「憶梅泉」, 위의 책, 118~122면.

73 李根洨,「哭黃梅泉」, 위의 책, 130~134면.

74 李駿圭,「祭黃梅泉」, 위의 책, 134~137면.

75 林炳瓚,「祭黃梅泉文」, 위의 책, 138~140면.

76 3·1운동 및 대한민국임시정부 수립 100주년 기념 특별전 '문화재에 깃든 100년 전 그날'(주최 : 문화재청, 주관 : 서대문형무소역사관)에 전시되었다.

77 金祥國,「梅泉先生墓誌銘」,『황매천 및 관련인사 문묵췌편』상, 미래문화사, 1985, 144면.

78 매천 황현의 위패를 모신 사당이다. 생전에 살았던 곳에 그의 후손과 지방 유림들이 1955년에 세운 이 사당은 앞면 3칸·옆면 1칸 규모로, 지붕은 옆면에서 볼 때 사람 인(人) 자 모양을 한 맞배지붕이다.

제5장 _『매천집』·『매천속집』의 간행 경위

1 권봉수,「懷中新鏡(日記手帖)」,『황매천 및 관련인사 문묵췌편』상, 미래문화사, 1985, 220면.

2 金澤榮,「梅泉集同刊錄序」, 위의 책, 151~153면.

3 金澤榮,「梅泉集募刊記」, 위의 책, 151면.

4 최영옥,「창강 김택영의 중국 망명과 출판사업 의식」,『한국사상사학』40, 한국사상사학회,

2012, 183면.

5 위의 책, 193면.

6 金澤榮, 「跋」, 『梅泉續集』.

曩余之擇亡友黃梅泉之遺稿也 爲卷者詩五而文止二 既刊之後 梅泉長子岩顯又走書來曰 願伯父之再勤於吾先子之文 岩顯謹已鬻咫尺之毛地 以待手民矣 夫向之刊 諸君子之心血沸矣 今若欲厚其毛而於先子之傳瘠焉 其何以見諸君子 余聞而嘆息 遂又擇文爲二卷焉

서명·작품명

인명·지명·고유 명사